인형공장

인형공장

초판 1쇄 인쇄 2020년 6월 10일
초판 1쇄 발행 2020년 6월 20일

지은이 엘리자베스 맥닐
옮긴이 박설영
펴낸곳 B612북스
펴낸이 권기남

주소 경기 양주시 백석읍 양주산성로 838-71, 107동 602호
전화 031) 879-7831 / 팩스 031) 879-7832
E-mail b612books@naver.com
홈페이지 blog.naver.com/b612books
출판등록일 2012년 3월 30일(제2012-000069호)
ISBN 978-89-98427-28-3(03840)

* 책값은 뒤표지에 표시되어 있습니다.
* 이 도서의 국립중앙도서관 출판예정도서목록(CIP)은 서지정보유통지원시스템 홈페이지(http://seoji.nl.go.
  kr)와 국가자료종합목록 구축시스템(http://kolis-net.nl.go.kr)에서 이용하실 수 있습니다.
  (CIP제어번호: CIP2020021238)

인형공장

엘리자베스 맥닐 지음
박설영 옮김

ELIZABETH MACNEAL

B612 북스

| 목 차 |

한국어판서문   6

프롤로그   15

1장   19

2장   109

3장   441

에필로그   547

감사의 말   552

한국어판 저자서문

한국에서 제 소설이 출간된다니 너무 감격스럽고 꿈만 같습니다. 늘 한국에 가보고 싶었는데 저보다 책이 먼저 한국에 가게 되었습니다. 제가 오랫동안 쓰고, 다듬고, 연마한 친숙한 단어들이 제가 알지 못하는 알파벳과 언어로 바뀐다니. 8천 킬로미터나 떨어진 곳의 독자들이 제가 너무나 잘 아는 런던에 대해 읽는다고 생각하니 짜릿합니다. 이 글을 쓰는 지금 이 순간도, 소설 속 무대가 지구 반대편이든 170년 전 과거든 상관없이, 인간의 영혼은 한결같이 이어져 있다는 사실에 경이를 느낍니다.

≪인형 공장≫에 불씨를 당긴 건 런던이었습니다. 물론 그땐 알지도 못했거니와, 그 후로 첫 소설을 쓰기까지 스무 해가 넘는 시간이 걸리긴 했지만 말입니다. 부모님이 휴가 차 저를 런던에 데리고 갔을 때, 저는 열 살이었습니다. 우리는 테이트 브리튼을 방문했습니다. 저는 런던이라는 낯선 도시를 세세한 것 하나까지 넋 놓고 바라보았습니다. 그곳에서 존 밀레이의 〈오필리아〉를 멍하니 바라보던 게 생각납니다. 그 생생한 색감, 물에 빠져 죽은 비극적인 여인 주위를 떠다니는 놀랍도록 세밀한 꽃들, 그

녀의 수동적인 아름다움에 저는 완전히 사로잡혔습니다.

고향 에딘버러로 돌아온 저는 제 방 벽에 라파엘전파형제회의 그림엽서를 걸어두고, 중고 가게를 샅샅이 뒤져 그들에 관한 책을 찾고, 그들이 쓴 시를 읽었습니다. 금세 그 남성 화가들의 이름을 익히게 되었죠. 바로 단테 가브리엘 로세티, 존 밀레이, 윌리엄 홀먼 헌트였습니다.

하지만 제게 가장 큰 흥미를 불러일으킨 건 그들이 그린 그림 속 여인들이었습니다. 그들은 나른하고 욕망에 가득 찬 강렬한 모습으로 금색 테두리에 갇혀 있었습니다. 때로는 셰익스피어의 작품이나 유명 일화에 등장하는 인물들도 있었죠. 마리아나, 베아트릭스, 또는 샬롯 공주처럼 말입니다. 그들은 이국적이고 비현실적이었지만 서로 강한 연결고리를 지닌 것처럼 보였습니다. 저는 그들이 누군지 알고 싶었습니다. 그리고 그들의 이름을 익혔습니다. 애니 밀러, 엘리자베스 시달, 제인 버든, 파니 이튼. 그들이 어떤 삶을 살았는지, 그들이 라파엘전파 운동에 미친 영향이 어떻게 세월 속에서 지워졌는지, 그들이 어떤 (상대적으로 덜 알려졌지만) 공적을 남겼는지 알게 되었습니다.

대학 시절 저는 〈오필리아〉의 모델이 된 여인, 엘리자베스 시달의 인생에 대해 더 열심히 찾아 읽었습니다. 수백 년이라는 시간 차이가 있었고, 그녀가 살던 사회는 제가 사는 사회와 많은 면에서 달랐지만, 그녀가 라파엘전파형제회를 처음 만나서 모델을 서기 시작한 나이는 당시 제 나이와 같은 스무 살이었습니다. 저는 시간을 초월한 그녀의 인생 역전 이야기에, 끝내 비극적인 결말을 맞이한 그녀의 인생 궤적에 완전히 매료되었습니다. 언제나 창의적이었던 그녀는 어려서 버터 포장지에 스케치를 하곤 했습니다. 그녀의 인생이 완전히 바뀐 건 모자 판매점에서 점원으로 일하다가 '절세미인'으로 지목 당하면서였습니다. 그리고 스스로를 라파엘전파형제회라고 부르며 당대 미술의 원칙에 도전하고자 했던 반항적인 젊은 남성화가 집단과 어울리게 됩니다. 그때 기분이 어땠을까요? 아득하고 흥분되고 두렵게 느껴졌을까요? 아마도 그녀는 자신의 불안정한 위치를 인식했을 겁니다. 당시 모델은 매춘부나 다름없는 취급을 받았고, 남성 지배적인 미술 세계에서 화가로서 자기 자리를 찾는 건 힘든 일이었죠. 여성은 왕립 미술원에서 그림을 배울 수도 없던 시절이었으니까요. 훗날 존 러스킨이 그녀를 후원하긴 했지만 현재 그녀가 그린 그림은 거의 알려져 있지 않았습니다.

저는 안정적이지만 단조로운 직업을 얻었습니다. 사무실에 앉아 주구장창 엑셀 스프레드시트를 채우는 일이었습니다. 다른 많은 이들처럼 저는 창밖을 바라보며 다른 삶을 동경했습니다. 책을 출간해서 작가가 되는 미래를 꿈꿨습니다. 엘리자베스 시달이 처음 화가들의 스튜디오에 앉게 된 순간, 어떤 기분이었을지 궁금했습니다. 세상에 받아들여진 그 짜릿하도록 어지러운 순간, 자신의 그림을 창조하며 목소리를 들려주기 시작한 순간 말입니다.

저는 이스트 앵글리아 대학에서 창조적 글쓰기 문학 석사 과정에 지원하기로 마음먹었습니다. 존 밀레이가 왕립 미술원에서 기술을 연마한 것처럼, 엘리자베스 시달이 가브리엘 로세티로부터 그림을 배운 것처럼, 저 역시 누군가로부터 글쓰기를 배울 필요가 있다고 생각했습니다. 그곳에서 저는 진지하게 글쓰기를 배우는 사람들에게 둘러싸였습니다. 그 중 일부는 스스로를 작가라고 부르기도 했습니다. 거대한 자유에 해방감이 느껴졌지만 두렵기도 했습니다. 그렇지만 그것이 제가 원한 전부였기에 기대에 부응하고 싶었습니다.

"소설을 한 번 써봐." 제 선생님 중 한 분이 말했습니다. 반년쯤 지났을 때였습니다. 하지만 저는 10만 단어 이상을 써 내려갈 적당한 아이디어가 떠오를 때까지 기다리고 싶었습니다. 미친 듯이 책을 읽었습니다. 수단의 수도 하르툼을, 18세기 뉴욕을, 우주를 배경으로 한 소설들을, 베트남어, 한국어(한강은 제가 가장 좋아하는 작가 중 하나입니다), 프랑스어를 번역한 작품들을 읽었죠. 소설 속 세계를 어떻게 구축하는지, 캐릭터를 어떻게 만드는지, 목소리를 어떻게 표현하는지 등 다른 작가들로부터 얻을 수 있는 모든 기술과 능력을 수집했습니다. 소설들의 배경이 어딘지, 언제인지는 중요하지 않았습니다.

그러다가 진기한 것들을 모으는 수집가에 대한 단편 소설을 쓰게 되었습니다. 우연히 들른 지하의 한 이상한 박물관에서 영감을 받았습니다. 폭풍우가 쏟아지는 어느 오후, 저는 비를 피해 그곳에 숨어들었습니다. 비를 쫄딱 맞고 현관에 서 있던 제 눈에 천장에 걸린 말린 복어 뼈와 페도라를 쓴 박제 사자, 테이블 밑에 놓인 인간의 해골이 보였습니다. 저는 그런 물건들을 모으고, 보관하고, 전시한 사람에게, 그의 집착에 매료되었습니다. 고서나 조개껍데기, 사진을 수집해 아파트에 가지런히 진열하는 것처럼 무언가를 소유하고 전시하고 싶은 욕구는 아주 보편적인 것입니다. 하지만 그렇게 기괴한 수집품을 모으는 건 광기 같았고, 흥미롭게 느껴졌습니다. 이야기가 잘 풀리지는 않았습니다. 현대를 배경으로 한 제 소설 속 수집가에겐 무언가가 부족했습니다. 그가 저와 너무 가까운 것처럼, 제가 잘 아는 사회에서 한 치도 벗어나지 못한 것처럼 느껴졌습니다. 그를 저의 세상으로부터 아주 조금이나마 떨어뜨려야 했습니다.

그 생각이 떠오른 건 이른 봄이었습니다. 얼른 앉아서 글을 쓰고 싶은 마음에 세 들어 살던 작은 집으로 달려가다시피 했습니다. 저는 수집가라는 아이디어에 엘리자베스 시달의 이야기를 엮어야겠다고 생각했습니다. 두 이야기의 실마리 모두 집착과 소유, 그리고 예술적 기교였습니다. 아주 간단명료한 내러티브가 될 것 같았습니다. 화가가 되기를 열망하는 젊은 여자 아이리스, 그녀를 향한 집착 때문에 결국 그녀의 세계를 파괴하게 되는 사일러스. 제목도 지었습니다. '인형공장.'

저의 현대판 수집가는 사일러스가 되었습니다. 망상에 빠진 빅토리아 시대 인물로 스토크온트렌트의 도자기 공장에서 불우한 어린 시절을 겪어 이상해진 인물입니다. 그는 1850년대 런던을 배경으로 활동합니다. 당시 런던은 수집에 집착하던 사회로, 3만평이 넘는 땅에 거대한 임시 박물관을 지어 만국박람회를 열기도 했습니다. 그가 만든 박제품은 잡동사니로 가득한 라파엘 전파의 그림 속에 등장하고, 심지어 만국박람회에 전시되기도 합니다.

그리고 리지 시달은 아이리스가 되었습니다. 자신의 성별과

계급에 대한 기대를 거부하고 싶어 하는, 묘한 아름다움을 지닌 젊은 여인입니다. 빅토리아 사회가 그녀의 외면과 내면을 구속하긴 하지만, 그녀의 감정만큼은 보편적입니다. 리지 시달이 모자 가게에 처박혀 일하는 신세였다면, 아이리스는 인형 가게에 갇힌 신세입니다. 하지만 그녀는 도자기 인형의 얼굴과 손만 그리던 곳에서 탈출합니다. 그리고 자신의 삶을 앞으로 밀어붙이며 런던 저편으로 질주합니다. 그녀는 자유로워지기를, 자기만의 그림을 그릴 자유를 얻기를 갈망합니다. 그건 제게도 익숙한 감정입니다. 그리고 앞에서 말했듯이 그 감정 덕분에 저와 제 캐릭터들 사이에 놓인 긴 시간의 간격이 좁혀지는 듯한 느낌이었습니다. 저는 그녀가 살던 시대의 언어와 문학과 시에 완전히 빠져들었습니다. 마치 수지를 바른 가게 창문 너머로 1850년대 런던을 엿보는 것 같은 기분이었습니다. 발로는 화가의 오래된 작업실 문을 밀어젖히고, 손으로는 가루 물감과 흑담비 붓 위를 서성이는 것 같았습니다. 공기 중에서 아마씨유 냄새, 땀냄새, 오래된 책 냄새가 나는 듯 했습니다. 저는 《인형 공장》을 정신없이 써내려갔습니다. 소설 속 장면들이 너무나 생생해서 손에 만져질 듯 했습니다. 저는 제게 익숙한 감정들로 소설을 채우되 살짝 비틀어 표현했습니다. 그리고 제게 친숙하면서도 낯선 도시 풍경을 배경으로 삼았습니다.

≪인형공장≫이 출판사를 찾았을 때쯤, 저는 엘리자베스 시달이 그토록 소속되길 갈망하던 단체로부터 받아들여졌을 때의 흥분과 두려움을 이해하게 되었습니다. 기쁨에 들떠 출판사를 찾아가던 저는 시달을, 존 러스킨이 그녀의 그림을 후원하게 된 순간을 떠올렸습니다. 작품이 세상에 공개되면 리뷰가 달릴 터이고, 모두가 보는 앞에서 비평과 평가를 받게 될 겁니다. 그런 기분은 상상하기가 힘듭니다.

이제는 세상 각지에 있을 제 출판사를, 다양한 판본들을 생각합니다. 그 모든 책들이 제가 알지도 못하는 단어와 알파벳으로 채워지겠지만 의미는 같을 걸 잘 압니다. ≪인형공장≫에는 아이리스가 처음으로 만국박람회장을 구경하는 장면이 나옵니다. 상상이 불가능할 정도로 거대한 수정궁입니다. 그녀는 군중 속의 낯선 이들을 바라보며 이렇게 생각합니다. "모든 이들이, 저마다 걱정과 사랑과 좌절과 눈물과 꿈과 웃음을 가진 모두가 똑같이 근사해 보였다."

런던

1850년 11월

그림

거리가 짙은 어둠에 물들고 사위가 적막해지자, 여자는 인형 가게 지하실로 내려가 작은 탁자에 자리를 잡았다. 탁자에 놓인 반들반들한 도자기 인형이 공허한 눈으로 그녀를 바라봤다. 여자가 굴 껍데기에 빨간색과 하얀색 수채화 물감을 짜서 붓 끝에 묻히고 거울의 각도를 조정했다. 촛불이 일렁였다. 텅 빈 종이를 향해 그녀가 가늘게 눈을 떴다.

여자는 물을 섞어 살색을 만들었다. 첫 선을 긋는 느낌이 마찰음처럼 날카로웠다. 종이는 두꺼운 데다 냉압처리가 돼 있어서 물감을 묻혀도 우글쭈글해지지 않았다.

촛불에 비친 사물의 그림자가 거대해 보였다. 여자의 머리 선을 따라 검은 그림자가 생겼다. 여자가 그림을 그려나갔다. 단숨에 턱을 그리고, 흰색 물감으로 광대의 빛을 표현했다. 넓은 미간, 기형으로 뒤틀린 쇄골. 단점도 그대로 화폭에 옮겼다. 여자의 언니와 가게 주인은 위층에서 자는 중이었다. 조용히 붓질하는 소리가 귀에 거슬렸다. 그들의 잠을 깨울 정도로 시끄러운 굉음처럼 들렸다.

여자가 인상을 찌푸렸다. 얼굴을 너무 작게 그렸다. 종이를 꽉 채우려던 계획과 달리 얼굴이 넓은 여백 위에 동동 떠 있었다. 일주일 치 급료를 모아 산 도화지를 망쳤다. 성급하게 굴지 말고 먼저 스케치를 했어야 했다.

여자는 촛불과 자화상을 놓고 잠시 그대로 앉아 있었다. 심장이 빠르게 뛰었다. 인형이 그 모습을 바라봤다. 발각되기 전에 침대로 돌아가야 했다.

하지만 여자는 거울에 시선을 고정한 채 몸을 앞으로 기울이고 촛불을 가까이 끌어당겼다. 수지가 아니라 밀랍으로 만든 초였다. 가게 여주인이 숨겨둔 초를 몰래 빼돌렸다. 여자가 뜨거운 밀랍에 손끝을 담갔다가 꺼내 촛농으로 골무를 만들었다. 그리고 불꽃 속에 손가락을 넣고 얼마나 오래 버틸 수 있는지 확인했다. 손가락의 보송보송한 털이 지글거리기 시작했다.

1장

가슴 속에 죽지 않는 무언가가 있기 때문에,
삶은 한낱 꿈에 그치지 않는다.

—메리 울스턴크래프트,
〈스웨덴, 노르웨이, 덴마크 체류 중에 쓴 편지〉(1796년)

아름다운 것은 영원한 기쁨,
그 사랑스러움은 오로지 증가할 뿐, 결코
무(無)가 되지 않는다네. 그것은 우리에게 영원히
조용한 쉼터가 되어 주고, 감미로운 꿈으로
가득 찬 잠을 주고, 건강과 차분한 호흡을 준다네.

—존 키츠,
〈엔디미온〉(1818년)

사일러스 리드의
진기한 박물 가게

사일러스는 박제된 멧비둘기를 손바닥 위에 올려놓고 책상 앞에 앉아 있었다. 지하실은 무덤처럼 괴괴하고 고요했다. 천천히 드나드는 숨결에 새의 깃털이 흔들릴 뿐이었다.

그가 작업을 하며 입술을 오므렸다. 램프 불빛에 비친 얼굴은 평범했다. 서른여덟 살에 머리숱은 풍성하고 새치도 보이지 않았다. 주위를 둘러보던 그의 시선이 벽마다 줄지어 선 유리병에서 멈췄다. 병에는 모두 이름표가 붙었고, 퉁퉁 불은 동물 표본들이 용액에 담겼다. 양, 뱀, 도마뱀, 고양이의 불어터진 사체가 유리병을 짓눌렀다.

"도망치려고 몸부림쳐도 소용없어, 이 못된 놈." 펜치로 새의 발톱에 줄을 단단히 감으며 그가 중얼거렸다.

사일러스는 박제된 동물에게 말을 걸며 그것들이 작업대에 오르게 된 사연을 지어내기 좋아했다. 이 비둘기에게도 적합한 각본을 수없이 상상하다가(운하를 지나는 바지선에 훼방을 놓은 죄, *오디세이* 속 돛에 둥지를 튼 죄 등), 마음에 드는 이야기 하나로 생각을 굳혔다. 그러고는 미나리 행상을 공격한다는 가상의 이유를 들먹이며 툭하면 새를 질책하곤 했다. 그가 쥐었던 손을 놓자 새가 나무 기둥 위에 꼿꼿하게 섰다.

"그렇지!" 그가 탄식하며, 몸을 뒤로 젖히고는 머리카락을 쓸어 넘겼다. "행상이 들고 있던 미나리 다발을 망가뜨린 대가다. 네놈은 혼쭐이 나야 해."

사일러스는 이번 의뢰 품이 만족스러웠다. 아침까지 마무리 짓기 위해 막판에 박차를 가한 것치고는 훌륭했다. 화가도 박제 비둘기를 마음에 들어 할 거라고 확신했다. 화가가 요구한 대로, 새가 날갯짓을 하다가 그대로 굳은 것처럼 날개가 완벽한 'V'자를 그렸다. 더군다나 그로선 비둘기 심장 표본 하나를 더 얻은 셈이니 남는 장사였다. 보존 용액에 둥둥 떠 있는 작은 갈색 눈알들이 돌팔이 의사와 약재상에게 좋은 가격에 팔리기를 기다렸다.

기구를 닦아서 제자리에 놓고 작업장을 정리했다. 사다리를 반쯤 올라간 그가 양손으로 비둘기를 떠받치느라 부족해진 손을 대신해서 어깨로 덧문을 슬쩍 밀었다. 때마침, 아래쪽에서 폐병이라도 걸린 것처럼 쌕쌕거리는 벨 소리가 들렸다.

앨비인가. 좀 이르긴 했지만 녀석이길 바랐다. 사일러스는 선반에 새를 버려두고 서둘러 가게 쪽으로 발걸음을 옮겼다. 꼬마

가 이번엔 뭘 가지고 왔을지 궁금했다. 소년이 가져오는 물건은 최근 들어 나날이 형편없어졌다. 구더기가 들끓는 쥐새끼, 두개골이 박살난 늙은 고양이, 심지어 몸의 절반이 마차에 치여 발이 몽똑해진 비둘기도 있었다("그런데 아시겠지만 말이에요, 나리, 저 같은 뼈 수거인이 최고의 상품을 건지는 건 보통 어려운 일이 아니에요"). 세월이 흘러도 그의 수집품이 건재하려면 정말 특별한 보물이 필요했다. 사일러스는 근처 스트랜드가의 빵집을 떠올렸다. 원래 문의 버팀목으로 안성맞춤인 두툼한 통밀 빵을 팔아 겨우 입에 풀칠이나 하는 집이었다. 그러다가 주인이 빚을 갚지 못해 감옥에 갈 위기에 처하자, 언제부턴가 설탕에 절인 딸기를 유리병에 넣어 팔기 시작했다. 덕분에 가게는 도시 여행안내책자에 소개될 만큼 명소로 탈바꿈했다.

사일러스도 경이롭고 진기한 물건을 찾았다고 여러 번 생각했었다. 문제는 작업만 끝나면 의심이 도져서 더 대단한 물건을 찾아야 한다는 괴로움에 시달린다는 점이었다. 그가 흠모하는 병리학자들과 수집가들(존 헌터나 에슐리 쿠퍼처럼 의학을 공부하는 사람들) 곁에는 표본이 마를 날이 없었다. 그는 '유니버시티 칼리지 런던' 맞은편 술집에 앉아, 의대생들이 그날 아침 있었던 해부실습에 대해 나누는 대화를 엿 들으며 질투로 얼굴이 창백해지곤 했다. 그런 의대생 연줄은 없을지 몰라도 언젠가, *분명히*, 틀림없이 앨비가 깜짝 놀랄만한 물건(생각만 해도 손이 떨렸다)을 갖다 줄 거라고 믿었다. 그러면 비로소 그의 이름이 박물관 현관에 또렷이 새겨지고, 그간 흘린 수많은 땀과 노력을 세상이 알아주지 않겠는가. 그는 어릴 적 소중한 친구였던 플릭과 박물관 돌계단을 나란히 오르다가 대리석에 새겨진 '*사일러스 리드*'라는 이름을 보고 걸음을 멈추는 모습을 상상했다. 뿌듯함을 억누르지 못하고 플릭이 그의 등허리에 손을 살포시 갖다 댄다. 그때 그가 이렇게 설명하는 것이다. 전부 그녀를 위해 지었노라고.

찾아온 이는 앨비가 아니었다. 누군가가 찾아올 때마다 사일러스의 실망감은 커졌다. 하녀 하나가 여주인의 심부름으로 모자에 붙일 박제 벌새를 만들어 달라고 부탁했다. 벨벳 재킷을 입은 한 소년은 가게 안을 한참 둘러보다가 결국 나비 브로치 하나를 사갔다. 그가 팔면서도 경멸에 몸서리를 치는 물건이었다. 사일러스는 내내 꼼짝 않다가 받은 동전을 개가죽 지갑에 넣을 때만 잠깐씩 움직였다. 그리고 틈틈이 의학 전문지 《란셋》의 한 문장을 엄지손가락으로 조용히 따라 읽었다. "뼈…에서 조…종…양을 부…분…리하는…." 벨소리와 문을 두드리는 소리만이 그의 삶에 들리는 유일한 박동 소리였다. 일층 가게, 다락방 침실, 컴컴한 지하실 모두 침묵이 감돌았다.

정말 짜증나는 일이다, 사일러스는 가게를 둘러보며 이렇게 생각했다, 제일 시시한 물건들을 팔아 월세를 내다니. 대중들의 형편없는 취향을 이해할 길이 없었다. 손님들은 대부분 백 년 된 사자 두개골, 고래 폐 조직으로 만든 부채, 종모양의 유리그릇에 담긴 원숭이 박제 같은 진짜 보석들을 지나쳐 곧장 가게 뒤편에 세워둔 나비 진열장으로 향했다. 진열장에는 조그만 판유리 사이에 주황색 나비 날개를 끼운 물건이 전시되어 있었다. 일부는 싸구려 목걸이였고, 어떤 건 단순 전시용이었다. 사일러스 눈에는, 상상력만 있다면 누구나 만들 수 있는 쓸데없는 장신구에 지나지 않았다. 정말 중요한 물건을 찾는 이들은 화가와 연금술사뿐이었다.

시계가 열한 시를 알리는 순간, 가벼운 노크 소리와 함께 지하실 벨이 희미하게 떨리는 소리가 들렸다.

사일러스는 서둘러 문으로 향했다. 별 볼 일 없는 꼬맹이 짓이거나, 혹시 앨비라면 또 넌더리나는 박쥐나 스튜 재료 같은, 딱히 쓸모도 없는 흡윤개선에 걸린 개의 사체나 가지고 왔으리라. 하지만 가슴이 뛰었다.

"아, 앨비." 사일러스가 문을 열며 애써 침착하게 말했다. 템스 강의 안개가 스멀스멀 안으로 기어들어왔다.

열 살 된 소년이 그를 보고 씩 웃었다. ("열 살이에요. 그건 아시죠, 나리. 여왕이 앨버트 공과 결혼식을 올린 날 태어났거든요.") 누런 치아 하나가 윗잇몸 한가운데 교수대처럼 덩그러니 박혀 있었다.

"꽤 괜찮은 물건이에요. 아직 따끈따끈해요." 소년이 말했다.

사일러스는 막다른 골목을 흘깃 내려다봤다. 쓰러져가는 빈집들이 죄다 술에 취해 앞으로 기우뚱거리는 사람들 같았다.

"말해봐. 꼬마야." 사일러스가 소년의 턱을 비틀어 우위를 확실히 하며 말했다. "이번엔 뭐야? 메갈로사우루스의 앞다리? 아니면 인어의 머리라도 되나?"

"요즘 같은 계절은 리젠트 운하에서 인어를 잡기엔 좀 춥죠. 하지만 그 나머지—메가…어쩌구…루스—는 돼지면 알아서 제 무릎을 내놓을 겁니다."

"그래주면 좋겠군."

앨비가 소매에 입김을 불어넣었다. "나리께 딱 맞는 보물을 가져왔어요. 2실링 밑으로는 팔지 않을 생각입니다. 그렇지만 미리 말씀드리는데, 나리. 나리가 원하는, 숨이 붙은 물건은 아니에요."

소년이 마대자루 끈을 풀기 시작했다. 사일러스의 눈동자가 소년의 손가락을 좇았다. 자루 안에 갇혔던 공기가 밖으로 새어 나왔다. 달큼하면서도 지독한 고기 비린내. 그가 손을 들어 코를 막았다. 사체 냄새를 견딜 수 없었다. 가게가 화학자의 실험실만큼이나 깨끗한 것도 그가 매일 무연탄, 털 먼지, 악취와 씨름하기 때문이었다. 사일러스는 조끼 안쪽에 넣어둔 작은 라벤더오일 병을 열어 인중에 묻히고 싶었다. 하지만 소년을 방해하고 싶지 않았다. 앨비는 맑은 날 들쥐만큼이나 발이 넓은 녀석이었다.

소년이 눈을 찡긋하더니, 자루가 살아 있기라도 한 것처럼 드잡이하는 시늉을 했다.

사일러스는 거리를 떠도는 이 버릇없는 녀석이 자신을 놀리는 게 싫었다. 그때마다, 어머니에게 맞아서 욱신거리는 팔을 하고 마르지 않은 무거운 도자기를 자루에 담아 공장 마당을 가로지르던 앨비 나이대의 어린 시절이 떠오르기 때문이었다. 그럴 때면 정말 그 끔찍한 삶에서 벗어난 것인지 의심스러웠다. 지금도 이렇게 치아가 하나밖에 없는 악마 같은 꼬맹이에게 조롱이나 당하고 있지 않은가.

하지만 사일러스는 아무 말도 하지 않았다. 그는 하품하는 척을 했다. 하지만 관심이 없다는 시늉과 달리 눈 한 번 깜빡이지 않고 곁눈질로 소년을 지켜봤다.

앨비가 씩 웃으며 자루를 벗겨 죽은 강아지 두 마리를 꺼냈다.

적어도 개 두 마리라고 사일러스는 생각했다. 하지만 다리를 들어 올린 뒤에야 목덜미가 하나밖에 없다는 걸 알아차렸다. 목이 하나. 머리도 하나. 두개골은 아직 여물지 않았다.

사일러스는 숨이 막혔다. 웃음이 절로 났다. 속임수인지 확인하기 위해 손가락으로 정수리의 봉합선을 더듬었다. 앨비라면 몇 푼 더 받으려고 강아지 두 마리를 실로 꿰매고도 남을 녀석이라고 생각했다. 그가 강아지를 쳐들어 램프에 윤곽을 비춰보고는 다리 여덟 개를 꽉 움켜쥐고 기둥처럼 척추를 받쳤다.

"이게 훨씬 낫군." 사일러스가 숨을 내쉬었다. "그래, 이거야."

"2실링은 주셔야 합니다." 앨비가 말했다. "그 밑으로는 안 돼요."

사일러스가 웃으며 지갑을 꺼냈다. "1실링. 그 이상은 못 줘. 들어와서 작업실을 둘러봐도 좋아." 앨비가 고개를 저으며 골목 쪽으로 뒷걸음질 쳤다. 소년의 얼굴에 두려움이 스쳤지만, 사일러스가 손바닥에 동전을 올려놓자 두려운 기색은 금세 사라졌다. 앨비가 잽싸게 동전을 낚아채더니 경멸을 담아 자갈길에 침을 퉤 뱉었다.

"겨우 1실링이요? 저 보고 굶어 죽으라는 겁니까?"

하지만 사일러스는 문을 닫아버렸고, 뒤이어 들리는 쾅쾅대는 소음도 모른 척했다.

사일러스는 진열장의 수집품들을 보며 마음을 진정시켰다. 아래를 힐끗 내려다보며 강아지가 그 자리에 있는지 확인했다. 그대로 있었다. 어린아이가 인형을 끌어안듯 강아지를 가슴팍에 꼭 껴안았다. 두더지만큼이나 부드러운 여덟 개의 다리가 허공에서 대롱거렸다. 강아지는 태어나서 첫 숨을 쉬기도 전에 죽은 것 같았다.

마침내 손에 넣었다. 그만의 딸기 절임.

소년

사일러스가 문을 쾅 닫고 들어가자, 앨비는 앞니와 잇몸 사이에 1실링을 넣고 깨물었다. 특별한 이유가 있어서라기보다 그저 누나가 하던 게 생각났기 때문이다. 그가 입으로 동전을 빨았다. 달콤했다. 기분이 좋았다. 사실 앨비는 2실링을 바라지는 않았다. 하지만 2실링을 달라고 하면 1실링을 줄 게 뻔한데, 1실링을 달라고 하면 어떻게 되겠는가? 그가 어깨를 으쓱하고는 동전을 뱉어 주머니에 넣었다. 점심으로 삶은 돼지 귀 한 사발을 사먹고, 나머지는 누나에게 줄 생각이었다. 하지만 그 전에 해야 할 일이 있었다. 이미 약속에 늦었다.

앨비가 죽은 동물을 담는 자루 옆에는 마대자루가 하나 더 있었다. 거기에는 그가 밤새 바느질한 조그만 치마들이 들었다. 그는 두 개의 자루가 헷갈리지 않도록 주의를 기울였다. 가끔 인형 가게에 가방을 건네준 뒤 잘못 전해준 걸 깨닫고는 화살 깃 떨리듯 심장이 파르르 떨리는 걸 느꼈다. 설터 부인이 자루를 열다가 구더기가 들끓는 죽은 쥐를 보고 오만상을 찌푸리는 모습을 보고 싶지 않았다.

앨비가 시린 두 주먹에 입김을 불고 뛰기 시작했다. 바깥으로 휘어진 허약한 두 다리로, 거리를 지그재그 가로지르며 더러운 소호를 지나 서쪽으로 달렸다. 기력이 쇠한 고양이가 파리를 바라보듯, 수척한 창녀들의 지저분한 눈빛이 뛰어가는 소년의 팔다리를 좇았다.

리젠트 거리에 들어서자 앨비는 틀니를 4기니에 파는 가게를 힐끔 쳐다보고는 하나밖에 없는 치아를 혀로 톡톡 쳤다. 그러고는 달리는 말 앞으로 불쑥 뛰어들었다. 말이 놀라서 앞발을 치켜들었다. 그가 뒤로 펄쩍 물러나며 놀란 마음을 진정시키려고 마차꾼에게 소리쳤다. "조심해, 이 양반아!"

마차꾼이 뒤돌아서 고함을 치거나 채찍이라도 휘두를까 두려웠던 앨비는 한달음에 달려 설터 부인의 인형 가게 문턱에 다다랐다.

설터 부인의 인형 가게

아이리스는 엄지손톱으로 치마 솔기를 죽 훑으며 벼룩을 찾았다. 그러다가 풀린 실밥이 보이자 당겨서 매듭을 묶었다.

정오가 다 됐지만 설터 부인은 아직 출근 전이었다. 아이리스의 쌍둥이 언니는 바느질감 위로 고개를 숙인 채 뒤에 앉아 있었다.

"적어도 벼룩은 없네. 하지만 바느질은 좀 더 신경 써야 할 것 같아." 아이리스가 앨비에게 말했다. "네 일거리를 차지하려고 갓난아기라도 팔겠다는 침모들이 온 도시에 널렸어."

"그렇지만 아가씨. 누나가 독감에 걸려서 밤새 간호를 해야 했어요. 며칠 동안 스케이트는 구경도 못 했고요. 이건 공평하지 않아요…."

"불쌍해라." 아이리스가 주변을 둘러봤다. 언니 로즈는 바느질에 정신이 팔렸다. 그녀가 목소리를 낮췄다. "하지만 명심해야

해. 너는 여자가 아니라 설터 부인 몸속에 있는 악마와 거래하는 거야. 공평함은 부인의 관심사가 아니야. 부인이 혀를 내밀 때 봤어?"

앨비는 고개를 저었다.

"끝이 두 갈래야."

앨비가 꾸밈없는 표정으로 활짝 웃었다. 아이리스는 그를 꼭 안아주고 싶었다. 꾀죄죄한 금발, 하나밖에 없는 치아, 숯 검둥이 얼굴. 어느 것 하나 그의 잘못이 아니었다. 다른 세상에서는 마차를 부리는 집안의 아들로 태어났을지도 몰랐다.

아이리스는 다음 일감을 앨비의 가방에 쑤셔 넣고, 로즈가 보지 않는지 다시 확인했다. 그리고 6펜스를 그에게 건넸다. 새 종이와 붓을 사려고 모아 둔 돈이었다. "누나에게 죽이라도 사 먹이렴."

앨비가 머뭇거리며 동전을 바라봤다.

"농담 아니야." 아이리스가 말했다.

"고맙습니다, 아가씨." 앨비가 말했다. 눈이 못대가리처럼 까맸다. 아이리스가 마음을 바꿀까 겁이 났는지 그가 잽싸게 돈을 가로채서 가게 밖으로 후다닥 뛰어 나갔다. 그 바람에 그와 세게 부딪힐 뻔한 이탈리아 손풍금 연주자가 막대기로 그를 찰싹 때렸다.

아이리스는 앨비가 사라지는 걸 보고서야 참았던 숨을 들이쉬었다. 몰골이 꾀죄죄한 건 이해했지만 왜 저렇게 썩은 내가 진동하는지 알 수 없었다.

* * *

리젠트 거리의 이 길쭉한 가게는 라이벌인 두 제과점 사이에 끼어 있었다. 굴뚝에 살짝 틈이 벌어져서, 설터 부인의 인형 가게는 1년 내내 설탕 녹이는 냄새와 탄 카라멜 향으로 가득했다. 아이리스는 때때로 꿈속에서 봉봉과 플럼 젤리, 나팔 모양의 빵에 휘핑크림을 얹은 완벽하고 조그만 케이크를 먹는가 하면, 생강쿠키로 만든 코끼리를 타고 버킹엄 궁까지 행차하기도 했다. 심지어 끓고 있는 당밀 시럽에 빠져 허우적거린 적도 있었다.

휘틀 자매가 설터 부인(그녀가 결혼했는지는 아이리스도 알 수 없었다)의 가게에서 처음 견습생 일을 시작했을 때, 아이리스는 인형 가게에 완전히 마음을 빼앗겼다. 그녀는 자신의 뒤틀린 쇄골과 로즈의 천연두 자국 때문에 지하 창고에 갇혀 일하게 될 거라고 생각했다. 하지만 예상과 달리 그들은 가게 1층 중앙에 위치한 화려한 책상으로 자리를 배정받았다. 가게에 흥미를 느낀 손님들이 작업 과정을 구경하도록 만들어놓은 곳이었다. 아이리스는 인형의 손, 발, 얼굴을 그릴 가루 물감과 여우 털로 된 붓을 건네받았다. 물론 하루가 고될 거라는 건 알고 있었다. 하지만 방에 가로로 놓인 흑단 서랍장과 선반을 빼곡히 채운 도자기 인형을 보면 황홀하기만 했다. 게다가 그곳은 따뜻하고 밝았다. 벽에 걸린 금색 촛대에선 촛불이 지글거렸고, 모퉁이엔 난로도 있었다.

하지만 지금 아이리스는 로즈 옆에 앉아서 도자기 인형과 닳아빠진 붓을 움켜쥔 채 하품을 틀어막으려고 애쓰는 중이었다. 공장일보다 힘들고 단조로운 작업이었다. 상상할 수 없는 극심한 피로였다. 겨울 추위로 손이 발갛게 텄지만, 붓이 미끄러져 인형의 입술과 볼을 망칠까봐 손에 수지를 바를 수도 없었다. 아이리스가 주위를 둘러봤다. 흑단나무 같지만 실은 검게 칠한 싸구려 참나무로 만든 서랍장, 촛불의 열기 때문에 금칠이 벗겨진 얼룩덜룩한 촛대가 보였다. 그녀가 가장 싫어하는 해진 카펫 바닥은 매일같이 설터 부인이 서성거리며 밟은 탓에 부인의 머리카락보다 얇게 닳았다. 제과점의 역겨운 냄새, 공기가 안 통하는 답답한 실내, 일렬로 서서 한 곳을 빤히 바라보는 인형들은 가게보다는 지하 묘지를 연상케 했다. 그래서 이따금 힘겹게 숨을 가다듬어야 했다.

"죽었어?" 아이리스가 은판 사진법으로 찍은 사진을 쌍둥이 언니에게 슬쩍 보여주며 속삭였다. 적갈색이 도는 사진 속 어린 소녀는 비둘기처럼 두 손을 무릎 위에 가지런히 포갰다. 위를 흘긋 쳐다보니 설터 부인이 들어와서 문 옆에 앉아 있었다. 부인이 성경책을 펼치자 책등에서 우지직 하는 소리가 났다.

로즈의 얼굴에는 동생을 조용히 시키려고 애쓰는 표정이 역력했다.

죄책감이 살짝 들었지만, 사진 속 아이가 죽었는지 살아 있는지 맞추는 일은 아이리스가 좋아하는 몇 안 되는 재밋거리 중 하나였다. 이유는 설명할 수 없었지만, 그녀는 죽은 아이의 무덤에 놓을 애도용 인형을 만드는지, 살아 있는 건강한 아이의 장난감을 그리는지 알고 싶었다.

설터 부인은 맞춤식 인형을 판매해서 엄청난 수입을 거둬들였다. 겨울로 접어들면서 추위로 앓아 눕는 사람들 때문에 일감이 두 배로 늘었다. 바쁜 날엔 업무 시간이 열두 시간에서 스무 시간까지 연장됐다. "이해합니다." 설터 부인은 고객 응대용 목소리로 이렇게 말하곤 했다. "저세상으로 간 소중한 영혼을 기리고자 하는 건 아주 자연스러운 일입니다. 고린도전서에도 이렇게 적혀 있지 않습니까. '우리가 담대하여 원하는 바는 차라리 몸을 떠나 주와 함께 있는 그것이라.' 영혼은 떠났고, 인형은 그들이 남긴 육신의 상징물이죠."

사진 속 아이가 죽었는지 살아 있는지 가늠하려면 아주 세심한 관찰이 필요했다. 하지만 아이리스는 단서를 찾아냈다. 알기 쉬울 때도 있었다. 아이가 꽃에 둘러싸여 잠자는 듯 보이는 경우였다. 아이 뒤에 버팀목을 뒀거나 덮개 아래 사람이 숨어서 아이를 붙잡고 있는 게 아닌가 싶었다. 어떤 사진은, 함께 한 다른 사람들은 전부 흐릿한데 아이만 조금의 움직임도 없이 눈에 띄게 선명한 경우도 있었다.

"살아 있어." 아이리스가 결론을 내렸다. "눈이 흐릿해."

"조용히 해! 한 번만 더 떠들면 가만두지 않을 거야." 설터 부인이 성냥에 불이 붙듯 벌컥 소리를 질렀다. 아이리스는 고개를 숙이고 인형의 입술 사이에 음영을 넣기 위해 물감을 섞어 짙은 분홍색을 만들었다. 설터 부인에게 팔꿈치 안쪽을 꼬집힐까 봐 차마 고개를 들 수는 없었다.

자매는 빵에 소고기 기름을 곁들여 식사를 할 때만 잠깐 쉴 뿐, 일하는 내내 나란히 앉아서 말도 하지 않고 움직이지도 않았다.

아이리스는 도자기 인형 얼굴에 색칠을 하고, 두피 구멍에 실을 꿰어 머리카락을 붙이고, 때론 곱슬머리를 표현하기 위해 숯에 달군 인두로 머리카락을 말았다. 그러는 동안 언니 로즈의 바늘은 바이올리니스트처럼 위아래로 오르락내리락 했다. 로즈가 맡은 일은 싸구려 바느질꾼들이 밤새 만든 조잡한 치마와 상의에 정교하고 솜씨 좋게 자잘한 장식들을 추가하는 것이었다. 작은 진주알을 붙이고, 소매에 주름을 넣고, 금은사 장식을 수놓고, 쥐 코만큼이나 작은 벨벳 단추를 다는 식이었다.

둘은 쌍둥이였지만, 닮은 구석이라고는 찾아볼 수 없었다. 얼굴이 예쁜 로즈는 어려서부터 부모님의 사랑을 독차지했다. 그리고 이 사실을 보물을 쥐듯 꽉 잡고 놓지 않았다. 반면, 아이리스는 선천적 쇄골 기형으로, 날 때부터 왼쪽 어깨가 앞으로 구부러졌다. 그 때문에 로즈로부터 연민 섞인 친절을 받곤 했는데, 이런 행동은 그녀를 짜증나게 할 뿐이었다. ("나는 무능력한 병자가 아니야." 로즈가 물건을 대신 들어주겠다며 우기고는 동생이 뒤처질 게 분명하다는 듯 앞으로 성큼성큼 걸어 나갈 때면 아이리스가 버럭 화를 냈다.) 누가 저녁 식사에서 제일 큰 구운 감자를 먹는지, 누가 줄넘기를 더 오래 하는지, 누구의 글씨가 더 예쁜지를 두고 둘은 티격태격 했다. 하지만 서로를 무자비하게 공격하다가도 금세 누그러졌다. 싸워봐야 결국 화해할 걸 알기 때문이었다. 그들은 어느새 난롯가에 앉아 서로의 팔다리를 포갠 채 상상 속 가게 '플로라'의 선반을 자질구레한 꽃 장식으로 가득 채우자며, 벽에 걸린 받침대에는 백합과 장미를 빼곡히 놓자며 상상의 나래를 펴곤 했다.

그러다가 자매가 열여섯 살이 되던 해 로즈가 천연두에 걸려 죽을 고비를 넘겼다. 얼굴을 비롯해서 온몸을 빼곡하게 덮은 종기와 시력을 잃은 희뿌연 왼쪽 눈알을 보고, 로즈는 차라리 죽고 싶다고 말했다. 금세 구멍이 생기며 피부가 자줏빛으로 변했고, 쉬지 않고 상처를 긁는 바람에 마맛자국은 더욱 흉해졌다. 다리에도 옴폭한 흉터가 생겼다. "왜 나지? 왜 나야?" 로즈가 울부짖었다. 그리고 딱 한 번, 원망 섞인 목소리로 나지막이 이렇게 읊조렸다. "네가 걸렸어야 했어." 아이리스는 귀를 의심했다.

어느덧 스물한 살, 똑같이 짙은 적갈색이었지만, 로즈는 우묵한 뺨을 가리려고 머리카락을 최대한 앞으로 길게 늘어뜨렸다. 그런 로즈를 조롱이라도 하듯 아이리스는 부드럽고 흰 피부를 드러낸 채 허리까지 내려오는 긴 머리카락을 촘촘하게 땋고 다녔다. 그들은 이제 더는 서로를 놀리지도, 비밀을 속삭이지도 않았다. 가게에서도 말을 섞지 않았다.

이따금 아이리스는 아침에 눈을 뜰 때 서늘하고 공허한 눈빛으로 자신을 바라보는 로즈를 발견하고 소스라치게 놀랐다.

* * *

아이리스는 눈꺼풀이 저절로 감기는 걸 느꼈다. 눈꺼풀이 납덩이를 매단 것처럼 무거웠다. 고객을 응대하는 설터 부인의 목소리가 듣기 좋게 응응거렸다.

"주문을 받을 때마다 최대한 세심하게 신경 써서 작업합니다. 북부 공장에서 가져온 깨끗한 도자기를 쓰죠. 우리 가게 식구들은 한 가족이나 다름없어요. 정말이지 이 순수한 아이들은 크랜본 앨리에서 소리를 꽥꽥 질러대는, 행실 나쁜 보닛팔이 호객꾼들과는 전혀 다르답니다."

아이리스가 졸음을 물리치려고 손가락으로 허벅지를 찔렀다. 몸이 앞으로 고꾸라질 때마다, 잠깐씩 눈을 좀 붙이는 게 그렇게 해가 되는지 의심스러웠다.

"저런, 로지." 아이리스가 몸을 곧추세우고 팔을 문지르며 속삭였다. "그렇게 팔꿈치로 받치고 졸거면 내가 바늘로 좀 찔러줄까."

"혹시 설터 부인이 봤으면 어떡하지."

"더는 못 참겠어. 못 참겠다고." 아이리스가 속삭였다.

로즈는 조용했다. 그녀는 손에 생긴 딱지를 걱정했다.

"여기서 도망친다면 뭘 하고 싶어? 이 일을 안 해도 된다면…."

"우리는 운이 좋은 편이야." 로즈가 소곤거렸다. "이것 말고 네가 할 수 있는 게 뭐가 있겠니? 혼자 도망쳐서 몸이라도 팔 거야?"

"말도 안 돼." 아이리스가 화가 난 듯 받아쳤다. "난 진짜 그림을 그릴 거야. 도자기 인형에 눈, 입술, 볼 따위를 죽어라 그리는 일 말고…웩." 그녀는 자신도 모르게 주먹을 불끈 쥐었다. 그리고 주먹을 펴면서 로즈에게 어떤 고통을 줬는지 생각하려고 했다. 하지만 로즈의 병은 아이리스의 잘못이 아니었다. 그런데도 로즈는 매일 그녀를 밀어내고 혼냈다. "사탄 부인의 소굴에 사는 건 더는 못 견디겠어."

가게 저편에서 설터 부인이 부엉이처럼 재빠르게 고개를 이리 저리 돌렸다. 부인이 인상을 찌푸렸다. 화들짝 놀란 로즈가 엉겁결에 바늘로 자기 자신을 찔렀다.

바람에 문이 쾅 닫혔다. 아이리스는 눈을 크게 뜨고 지저분한 창문 너머 바깥 풍경을 내다봤다. 지나가는 마차를 보고 그 안에 아늑하게 앉아 있을 숙녀들을 떠올렸다.

아이리스는 입술을 깨물며 푸른색 가루 물감을 털고 물속에 붓을 한 번 더 담갔다.

강아지

"이런, 요 못된 강아지." 사일러스가 지하실 책상에 앉아 검은 머리카락을 앞으로 늘어뜨린 채 중얼거렸다. "이렇게 돼서 안타깝구나. 네놈이 쿡의 마지팬을 먹어치우지만 않았어도 이렇게 안 됐을 거야." 그가 자신이 지어낸 이야기에 만족하며 웃었다. 그리고 크기가 다른 세 개의 칼을 일렬로 세웠다. 몸통이 붙은 강아지가 배를 드러낸 채 앞에 누워 있었다.

처음에는 이 짐승을 보존 용액에 담글 계획이었다. 하지만 생각을 바꿔 하나는 속을 채우고 다른 하나는 관절을 이어 표본 두 개를 만들기로 했다. 박제와 해골은 훗날 그가 대리석 박물관을 지으면 회반죽으로 치장한 기둥의 호위를 받으며 입구에 나란히 앉게 될 것이다.

11월 한기에도 땀이 흘러내리자 사일러스가 이마를 닦았다. 그리고 손가락을 풀었다. 제일 큰 칼을 손에 쥐자 차가운 기운이 전해졌다.

왼쪽 강아지의 복부를 살짝 절개하고 균일하게 힘을 가하며 가죽을 벗겼다. 치아 사이로 얕은 숨이 식식거리며 새어나왔다. 가죽과 그 아래 장기에 구멍을 내지 않으려고 신중을 기했다. 모든 장기가 보라색 세포막 안에 빼곡히 들어찼다. 램프 불빛 아래 놓이도록 강아지를 왼쪽으로 아주 살짝 옮겼다. 부드러운 발바닥부터 콧구멍이 네 개인 마름모꼴 코까지 최대한 길게 가죽을 벗길 계획이었다. 그림자가 져서 정확성을 기하기 어려워지자 속도를 늦춰 작은 메스로 마지막 절개가 끝날 때까지 조심스레 손을 움직였다. 땅거미가 깔리기 시작할 무렵, 결국 가죽을 온전한 한 조각으로 벗기는 데 성공했다.

"그 많은 손님들이 마지팬도 없이 온실 과일과 크림을 먹어야 했단다. 이 짓궂은 강아지 같으니라고." 사일러스는 이렇게 말하며 깨끗하게 속을 채운 강아지 박제를 상상했다. 기든이 이런 모습을 본다면, 지난 15년 동안 얼마나 발전했는지 알게 된다면 어떨까. 하지만 그는 이내 생각을 접었다. 사체가 아직 잠재력과 가능성을 품고 눈앞에 놓여 있는 이 순서를 즐기기로 했다. 난생처음 두개골을 발견했을 때처럼 신선한 전율이 일었다.

"함께 걷자." 그날 사일러스는 도자기 공장을 나오며 플릭에게 이렇게 말했다. 하지만, 이유는 기억나지 않았지만, 날이 저물 때쯤 그는 마을 변두리에 혼자 있었다.

부패하는 여우 사체를 발견한 것도 그때였다. 처음에는 역겨운 냄새 때문에 코를 틀어막았지만, 그때 플릭의 머리카락만큼이나 붉은 털이 보였다. 여우는 완벽하고 연약했으며, 뼛조각은 퍼즐조각보다 더 깔끔하게 맞춰져 있었다. 한때 살아 숨 쉬던 생명체는 아름다움과 참혹함 사이의 묘한 경계에 놓여 있었다. 그는 여우의 두개골을 만지고 이내 자신의 두개골을 더듬었다.

사일러스는 매일 그곳에 들러 구더기가 들끓어 거죽이 썩어 문드러지고 뼈가 하얗게 드러나는 걸 지켜봤다. 그 과정은 마치 하얀 꽃이 서서히 만개하는 것과 같았다. 갈 때마다 새로운 것들이 드러났다. 놀랍도록 얇은 허벅지 뼈, 두개골을 둘러싼 레이스 같은 막. 손톱으로 가볍게 쳤더니 둔탁한 소리가 났다. 살점이 거의 사라지자 그는 두개골을 천으로 싸서 집으로 가져왔다.

그해 여름 사일러스는 풀무더기, 둔덕, 잡목더미, 강둑을 샅샅이 뒤지느라 온몸이 먼지와 땀으로 범벅이 됐다. 그렇게 그는 두개골 열다섯 개를 찾아냈다. 움직임이 둔한 늙은 토끼들을 잡기 위해 덫을 놓고, 막대기를 창처럼 뾰족하게 다듬어 몰래 덮친 후 두 손으로 숨통을 조였다. 처음 몇 분은 놈들이 발버둥치는 바람에 목을 조른 채로 숨을 죽여야 했다. 금세 지쳐 축 늘어졌지만, 혹시나 하는 마음에 거머쥔 손은 놓지 않았다.

얼마나 가지런히 두개골을 정리했던가! 다섯 개면, 아니 열 개면 만족할 거라고 생각했지만 모으면 모을수록 갈증은 짙어졌다.

새로운 두개골을 구할 때마다 기쁨도 초조함도 커져만 갔다. 그런데 그가 이런 보물을 수중에 넣게 됐다. 어릴 적 꿈꾸던 그 어떤 물건보다 훌륭한, 다리가 많은 복슬복슬한 짐승을. 이젠 어떤 것도 욕심나지 않을 것 같았다.

사일러스는 오늘 할 수 있는 작업량을 모두 채웠다. 경험을 통해 쉬지 않고 계속 일하면 표본을 망칠수도 있다는 걸 깨달았다. 다섯 시쯤 됐을 것이다. 그는 하품을 하며 쉬기로 마음먹었다. 쇠로 된 양동이에 가죽이 벗겨진 강아지를 담았다. 나중에 삶아서 살점을 발라내고 핀셋, 풀, 아주 가는 철사를 이용해 해골을 조립할 생각이었다.

사다리를 타고 가게로 올라간 그가 계단을 이용해 다락방으로 올라갔다. 잠옷으로 갈아입으며 침대 옆 선반에 놓인 박제된 쥐를 힐끔거렸다. 두 마리 모두 작은 옷을 입고 있었다.

그가 갈색쥐를 집어 들었다. 소모사로 지은 치마와 얇디얇은 실로 직접 뜨개질한 숄과 앞발 위에 놓인 접시를 쓰다듬었다. 그러고는 선반에 다시 올려놓은 뒤 촛불을 껐다.

설핏 잠이 들 무렵 누군가가 문을 두드렸다.

사일러스는 베개를 끌어당겨 머리를 덮었다.

노크 소리가 흐릿한 천둥소리처럼 들렸다.

"사일러어어어어스!"

사일러스가 한숨을 쉬었다. 참을성 없는 놈! 그에게 이웃이 없어서 천만다행이었다. '영업 종료'라는 팻말도 못 봤단 말인가?

"*Ouvrez la porte!(문 좀 열어줘!)*"

그가 투덜대며 일어나서는 재킷과 바지를 걸친 뒤 깜빡이는 촛불을 들고 좁은 계단을 비집고 내려갔다.

"*Je veux ma colombe!(내 비둘기를 가지러 왔네!)*"

"프로스트 씨." 사일러스가 문을 열며 말했다. 키가 크고 날씬한 남자가 얼룩덜룩한 물감이 묻은 옷을 걸친 채 그를 마주보고 있었다. 사람을 끄는 강렬한 매력과 자기 확신, 게다가 높은 신분까지 가진 이 남자를 보면 사일러스는 그에게 잘 보이고 싶다가도 경멸하고픈 상반된 마음 사이에서 오락가락했다. 루이가 미소를 지었다.

"거봐! 안에 있을 줄 알았다니까. 비둘기를 찾으러 왔네. 비둘기가 나 때문에 놀라 횃대에서 떨어지지는 않았겠지." 루이는 답을 듣지도 않고 골목 초입에서 걸어오는 한 남자의 윤곽을 향해 소리쳤다. "여기야! 이쪽! 오늘도 지각이군."

날이 어둑어둑했다. 사일러스는 골목 저쪽에서 악취가 진동하는 채소 껍데기와 잿더미를 피해 걸음을 재촉하는 남자를 확인하려고 애썼다. 그가 좀 더 가까이 다가오자 램프 불빛에 얼굴이 환하게 드러났다. 존 밀레이였다. 어찌나 수척한지 앙상하게 마른 조랑말 같았다.

"세상에, 루이, 옷이 왜 그 모양이야? 우리 강아지한테도 그런 셔츠는 안 입히겠네."

"반가워, 밀레이. 늘 그렇듯이." 들어오란 허락도 받지 않고, 문간의 흙털개에 신발에 묻은 흙을 털어내지도 않고, 루이가 가게로 들어서며 말했다.

"자네가 아직 문을 닫지 않아서 다행이야." 밀레이가 루이를 따라 들어가며 말했다. 사일러스는 아무런 반박도 하지 않았다.

"사일러스가 내 비둘기를 손봐주고 있네. 지금 어디 있나?" 루이가 사자 두개골을 두 손으로 들어 밀레이에게 던지는 시늉을 했다. "어흥!" 그가 사자 소리를 흉내 냈다.

잔뜩 긴장한 사일러스는 그에게 내려놓으라고 말할 용기가 있었으면 좋겠다고 생각했다. 하지만 그 대신 찬장에서 재빨리 비둘기를 꺼냈다.

"세상에나! 놀랍군. 내가 생각한 그대로야." 화가가 소리쳤다. 루이가 비둘기를 쥐고 머리를 쓰다듬었다. "내 모델들이 너만큼만 얌전히 앉아 있으면 얼마나 좋을까." 루이가 사일러스의 손에 1기니를 건넸다. 약속한 금액의 두 배였다. "그리고 밀레이, 자넨 〈마리아나〉 귀퉁이에 그릴 쥐를 사야 해. 그래야 캔버스 여백에 움직임을 추가하지." 루이가 선반에 놓인 갈색 박제 쥐를 꼬리째 집어 들며 말했다. "이것도 사겠네."

"부서질 수도…." 사일러스가 말을 하려고 했지만 루이는 듣는 둥 마는 둥 하며 비둘기와 쥐를 작은 가방에 머리부터 쑤셔 넣었다.

사일러스는 두 남자가 좁은 통로로 걸어가는 모습을 지켜봤다. 루이가 밀레이의 뒤쪽 어깨를 양손으로 잡고 세 걸음마다 한 번씩 폴짝 뛰었다. 램프 불빛에 루이의 발목과 손목이 하얗게 도드라졌다. 그걸 보자 지난 20년 동안 느껴보지 못한 플릭의 손길이 떠올랐다.

그들이 어둠 속으로 사라진 뒤 사일러스는 낮은 천장과 정성을 다해 손수 칠한 깨진 서랍장들이 놓인 작은 가게를 둘러보고 입 꼬리를 내렸다.

"미나리 행상을 공격하는 짓은 이제 금지야." 그가 말했다. "너의 새로운 친구가 좋아하지 않을 테니까."

화가

초저녁부터 졸음이 밀려왔지만, 아이리스는 잠을 잘 수 없었다. 설탕 태우는 냄새 때문에 머리가 지끈거렸고, 매트리스에서 삐져나온 말총 가닥 때문에 허벅지가 따끔거렸다. 몸을 뒤척이다가 끈적끈적한 한쪽 팔을 이불 밖으로 빼내 땀을 식혔다. 고요와 평온을 유지하며 로즈와 호흡을 맞추려고 애썼다. 하지만 마음이 요동쳤다. 그림을 그리고 싶었다. 윈저앤뉴튼사의 금속으로 된 매끈한 수채화 물감 튜브, 물감을 섞는 굴 껍질, 반 년 동안 알뜰하게 아껴서 산 흑담비 털로 만든 그림붓을 생각했다.

로즈를 슬쩍 찔러 봤다.

"하지만 잉꼬는 본 적이 없는 걸요." 로즈가 잠꼬대를 하며 중얼거렸다. 아이리스는 로즈가 세인트 조지의 종탑이 다섯 시를 알릴 때까지 깨지 않을 걸 알고 있었다. 벽 너머로 설터 부인이 기관차처럼 드르렁 쉭쉭 대는 소리가 들렸다. 부인은 밤마다 아편제를 들이켜고 시체처럼 늘어졌다.

아이리스는 끝내 참지 못하고 이불을 걷었다. 나무 바닥이 발 아래에서 삐걱거렸다. 그녀가 기름칠을 잘 해둔 덕분에 침실 문의 걸쇠가 쉽게 열렸다. 웃고 싶은 묘한 충동이 일었지만, 손으로 입을 틀어막고 피식피식 새어나오는 웃음을 참았다.

복도를 지나가자 실바람에 잠옷이 가볍게 날렸다. 설터 부인의 살짝 열린 방문 틈으로 램프 불빛이 새어나와 바닥에 삐딱한 백열을 드리웠다. 시큼한 위산 냄새가 진동했다. 아이리스는 설터 부인의 병이 밤마다 복용하는 알약 때문에 완화되기는커녕 심화된다고 확신했다. 부인은 속 쓰림을 진정시키려고 '마더스 프랜드'를, 여드름을 없애려고 '먼로 박사의 무해한 비소 안색 웨이퍼'를 복용했다. 아이리스는 토사물이 말라붙은 양탄자를 씻는 일에도, 손에 식초 냄새가 진동하는 것에도 이골이 났다. 그보다 참기 힘든 건 환각에 취한 설터 부인이 쌍둥이 매춘부를 집안에 들였다느니, 그녀가 삐죽한 엄니와 녹색 피부를 가진 신사의 유혹에 넘어가기 직전이라느니 하며, 망상에 사로잡혀 휘두르는 손찌검이었다.

약재상이 부인의 약에 쥐약이라도 섞어주면 좋으련만. 아이리스는 삐걱거리는 소리가 나지 않도록 계단 끝부분을 발끝으로 살금살금 디디며 이렇게 생각했다.

* * *

작고 비좁은 지하 창고는 습기로 얼룩덜룩했다. 회반죽벽에 핀 곰팡이 냄새 때문에 설탕 향조차 나지 않았다.

아이리스는 모퉁이에 놓인 서랍장으로 걸어갔다. 서랍장에 가득 쌓인 바구니에는 색칠이 안 된 도자기 인형의 팔, 다리, 머리가 담겼다. 천 가방에는 독일 남부 소농들의 머리카락을 잘라 만든 인모 더미가 들었다. 그녀는 가방을 들어 올려 그림을 꺼내고 그 밑에 숨겨둔 그림 도구들을 챙겨 책상에 앉았다.

얼굴 비율이 짐작했던 대로 이상했다. 처음에 아이리스는 자신의 그림 실력이 보잘 것 없으며 앞으로도 절대 나아지지 않을 거라고 생각하며 절망했다. 하지만 가까이에서 그림을 유심히 살펴보니 그녀가 좋아하는 단호함과 쾌활함이 보였다. 도화지 상단에 머리를 그렇게 무심히 띄우지 않고 몸통에 좀 더 바짝 붙였으면 좋았으리라. 하지만 그림을 잘라내고 싶지는 않았다. 벌써 종이가 많이 줄어들었다. 어쩌면 아껴 뒀다가 여백을 활용할 수 있을지도 몰랐다.

낡을 대로 낡아 거칠어진 잠옷 천—하얀 플란넬 천으로 겨드랑이 아래쪽이 누랬다—이 목을 할퀴었다. 아이리스는 자신의 행동을 미처 깨닫기도 전에 자리에서 일어나 머리 위로 잠옷을 벗었다. 그녀의 몸이 초의 불빛을 받아 피라미 비늘처럼 어슴푸

레하게 빛났다.

아이리스는 잠시, 부모님이 자신의 행동을 보면 도덕이 어쨌다는 둥 설교를 늘어놓으며 얼마나 역겨워할까 상상했다. 하지만 이곳에서 부모님에게 들킬 위험은 없었다. 그보다 두려운 건 로즈를 실망시키는 일이었고, 최악의 경우는 설터 부인이 아편에 취해 비틀비틀 방으로 들어왔다가 경악하는 일이었다. 부인이 그녀에게 쓰는 호칭('창녀', '매춘부')이 기정사실화되며 직장을 잃는 동시에 1년에 20파운드라는 급료를 잃을 가능성이 컸다. 하지만 아이리스는 이런 걱정에 머무르지 않고 차가운 의자에 허벅지를 댄 채 수채화 물감을 섞었다.

다시 거울을 응시하다가 이번에는 젖꼭지가 단단해진 작은 가슴 쪽으로 시선을 살짝 이동했다. 그녀가 입술을 깨물었다. 기형. 그럼에도 그녀는 자신에게 아름다움이 조금이라도 있는지 궁금했다.

아이리스는 뒤틀린 쇄골을 증오했다. 태어날 때 부러진 뼈가 튀어나온 채로 굳은 탓에 생긴 기형이었다. 걸음걸이가 약간 이상할 뿐이었지만, 거리의 아이들은 과장해서 그녀를 놀리곤 했다("저기 곱사등이 좀 봐"). 로즈는 아이들의 거센 놀림을 무릅쓰고 오직 아이리스에 대한 동정심에서 그들을 꾸짖었다("쌍둥이 여자 거인이다"). 하지만 근래 들어 아이리스는 이걸 바꿀 수 있다고 해도 바꾸고 싶지 않은 자신의 일부로 받아들였다. 그랬더니 날품팔이 소년들의 놀림도 사라졌다. 이따금 그들은 그녀가 지나갈 때 허리를 잡으려고 했다. "나랑 잠깐 재미 좀 볼까?" 또는 "내 묵직한 거시기로 박아주길 바라는 눈빛인 걸." 그때마다 아이리스는 정색하고 ("우울증이라도 걸린 거요, 아가씨? 기운 좀 차려!") 그들의 야유를 못 본 척 지나쳤다.

누구 하나 놀리지도, 집적대지도, 갈구하지도 않는 로즈는 땅바닥만 내려다봤다. 아이리스는 로즈의 어깨에 팔을 두른 채 휘파람 소리가 얼마나 혐오감을 주는지 열띤 목소리로 설명했다.

아이리스는 언젠가 가게 문간에 서 있는 사내들 중 하나를 구슬려야 할지도 모른다고 생각했다. 결혼을 해야 가게에서 탈출할 수 있었기 때문이다. 어쨌거나 그녀는 스물한 살이었다. 머지않아 그녀의 아름다움도 크림처럼 녹아버릴 것이다. 부모님이 편지를 보내 그녀를 마음에 둔 짐꾼에 대해 언질도 했다. 하지만 그녀는 찾아온 남자를 피해버렸다.

하지만. 로즈. 그녀는 절대 짝을 찾지 못할 것이다. 아이리스가 바라는 최선은 적당한 혼처를 찾아 평생 로즈를 부양하는 것이었다. 로즈를 떠난다는 생각은 해본 적이 없었다. 그들은 하나로 연결된 쌍둥이였고, 로즈의 병은 둘을 단단하게 죄기도 하고 느슨하게 풀기도 하는 열쇠인지도 몰랐다. 어린 시절 아이리스가 버터 포장지, 신문지 쪼가리, 낡은 벽지 자투리 같은 구할 수 있는 아무 종이에나 연필로 그림을 그리면 로즈는 앞에 놓인 물건을 똑같이 흉내 내는 동생의 모습에 흠뻑 매료되곤 했다. "저 가위 좀 그려봐!" 아이리스는 로즈가 부탁하는 대로 그렸다. "코끼리도 그려줘!" 하지만 눈에 보이는 대로만 그릴 뿐, 그 밖의 것들은 그리지 못했다. 이제는 그림을 그려 기쁘게 해주려고 해도 로즈가 외면했다.

아이리스는 잡생각을 밀어내고 물감을 섞어 가슴 그늘에 어울릴 발그레한 색을 만들었다. 종이에 붓질을 하자 수채 물감이 꽃처럼 피어났다. 자신감이 차올랐다. 그녀의 몸이, 온전히 그녀 자신의 것이 된 것만 같았다. 바닥을 닦을 때 쓰는 설터 부인의 도구가 아니라, 로즈에게 잃어버린 미래를 매일같이 상기시키는 존재가 아니라. 아이리스는 부끄러움 때문인지, 만족감 때문인지, 그도 아니면 추위 때문인지 알 수 없는 원인 모를 떨림을 느꼈다.

그녀가 옆구리를 바라봤다. 남자의 거친 손이 옆구리를 와락 쥔 모습을 상상하는 건 불가능했다. 손바닥으로 옆구리를 눌렀다가 위치를 옮겨 가슴을 움켜쥐었다. 그녀가 움찔하더니 다시 그림 쪽으로 몸을 돌렸다.

로즈와 '그녀의 신사' 찰스가 벌인 애정 행각을 목격하고도 아이리스는 그 일에 대해 단 한 번도 로즈에게 물어보지 않았다. 처음에 로즈는 별다른 이야기 없이 여유 있고 자신만만하게 신사가 보낸 선물만 보여줬다. 초콜릿 봉봉과 노란색 카나리아(굴뚝

속으로 날아가 결국 죽었다)였다. 그들은 열다섯 살이었고, 신사는 로즈를 단조로운 삶으로부터 구출해 메릴본의 소박한 저택에서 어여쁜 신부로 맞이할 예정이었다. 신사는 아이리스의 친구이기도 했다. 한번은 그가 아이리스에게 가게를 차리도록 돈을 얼마간 빌려줄 테니 언젠가 자신이 로즈와…라며 결혼을 암시하는 말을 하려다가 멈췄다. 상상 속에서만 아련하게 빛나던 '플로라'가 현실이 될 수도 있었다. 아이리스는 로즈의 신사가 그들 둘의 꿈에 자신을 포함시키려는 게 싫진 않은지 로즈에게 확인했다.

신사는 부모님이 출타하시는 일요일마다 찾아왔다. 그때마다 로즈는 아이리스에게 이층에 머무르라고 했다. 어느 날 오후 그 일로 로즈와 다툰 아이리스는 혼자만 비밀에서 소외되고 고립된 것 같아 기분이 언짢았다. 그래서 문 밖에 자리를 잡고 열쇠 구멍으로 몰래 안을 들여다봤다. 신사가 자리에 앉더니, 로즈를 끌어당겨 치마를 들치고 바지 단추를 풀었다. 숨을 고를 틈도 없이 로즈가 다리를 벌리고는 그 위에 올라타더니 리드미컬하게 위아래로 움직였다. 겁에 질린 아이리스는 몸을 움직일 수도, 고개를 돌릴 수도 없었다. 신사의 일그러진 얼굴과, 로즈의 뽀얀 허벅지를 그러쥔 그의 손에서 눈을 뗄 수 없었다. 순간 아이리스는 저기서 패티코트를 올리고 있는 사람이 자신이기를, 열쇠 구멍으로 훔쳐보는 사람이 쌍둥이 언니이기를 바랐다. 모든 일은 아버지가 손수 만든 나무 의자에서 무서울 정도로 너무도 쉽게, 너무도 가뿐하게 벌어졌다.

로즈가 천연두에 걸린 사실을 찰스가 어떻게 알았는지 아이리스는 여전히 알지 못했다. 얼굴을 비롯해서 로즈의 온몸에 종기가 핀 다음 날, 아이리스는 복도로 그를 안내하고 편지를 건네받았다. "언니가 소식을 들으면 정말 기뻐할 거예요. 그냥 감기니까, 금방 좋아질 거예요." 거짓말을 했지만 찰스는 별 말 없이 황급히 떠났다. 편지는 연서가 아니었다. 편지와 함께 로즈의 시끄러운 웃음소리도, 잔잔하게 배어나오던 자신감도 전부 끝이 났다. 로즈는 방에서 썩 나가라고 소리쳤고, 아이리스는 의자를 벽으로 밀었다.

갑자기 소리가 들렸다. 발걸음이 묵직했다.

회상에 푹 빠져 있던 아이리스가 놀라 펄쩍 뛰다가 붓을 씻는 시커먼 물을 책상 너머로 밀쳤다.

물통이 도화지를 덮치기 전에 손을 뻗어 간신히 그림을 구해냈다. 발소리가 잦아들었다.

"이런, 세상에." 아이리스가 가슴에 손을 얹고 중얼거렸다. 그러고는 안도하며 웃음을 터뜨렸다. 얼마나 바보 같은가! 소리가 너무 가깝고 컸던 탓에 설터 부인이 계단을 내려오는 게 분명하다고 생각했다. 실은 제과점 견습생들이 밤늦게 싸구려 극장에 들렀다가 돌아오는 소리일 뿐이었다.

물을 닦으려고 걸레질을 시작한 후에야 아이리스는 인형 머리가 눈에 들어왔다. 그녀가 욕설을 퍼부었다. 물통이 떨어지면서 물이 튄 게 분명했다. 인형 얼굴이 회색 얼룩으로 푸르죽죽했다.

"이런, 큰일 났네." 인형 머리를 잡고 잠옷으로 문지르며 아이리스가 중얼거렸다. 그리는 데만 몇 시간이 걸렸다. 양쪽 뺨에 침을 뱉으며 빡빡 문질렀지만 아무 소용이 없었다. 손보는 게 불가능할 정도로 얼룩이 심했다.

아이리스는 이를 갈며 짐승처럼 신음을 내뱉었다. 생각해보면 누군가가 길을 지나간 것뿐이었다. 높다란 창살 밖을 보며 일러도 자정인 게 분명하다고 확신했다. 얼굴을 다시 그리려면 밤새 작업해야 했다.

그녀는 잠옷을 입다가 갑자기 작은 지하방을 감도는 한기를 느꼈다. 그림을 쳐다볼 용기가 나지 않았다. *음탕한 것.*

도려낼 수 없는 종양덩어리처럼 내면 깊숙한 곳의 무언가가 잘못됐다는 익숙한 감정과 마주했다. 그림을 없애야 했다. 종이를 촛불에 태워야 했다.

하지만 아이리스는 그냥 서서, 바구니 아래에 그림을 밀어 넣고, 새하얀 도자기 인형 머리를 가만히 집어 들었다.

만국박람회

토요일 아침을 알리는 종소리가 울렸다. 지난 2주간 사일러스는 강아지 골격을 조립하는 데 정신이 팔려서 상한 케이크와 김빠진 맥주 말고는 아무것도 입에 대지 않았다. 돌핀에서 버터 브랜디를 시원하게 들이켜고 싶었다. 시계를 보니 돌핀이 문을 열려면 몇 시간은 더 기다려야 했다.

"아, 그렇지." 사일러스는 박람회 건축 현장을 둘러보며 시간을 때우기로 마음먹었다. 어떤 기분이 들지 알 수 없었다. 어떻게 역사상 가장 큰 박물관과 코딱지만 한 그의 가게를 비교하겠는가? 그처럼 으리으리한 건축물은 그의 업적을 깎아내릴 뿐이었지만, 건물이 완성되기를 기대하며 사일러스는 거의 매주 공사 현장을 찾았다.

그의 집 앞 골목은 보통 휑한데 웬일인지 남자 두엇이 배수로 배설물 위에 큰 대자로 뻗어 있었다. 한 사람은 자기가 쏟은 토사물을 뒤집어쓰고 바지에 오줌을 지린 상태였다. 사일러스는 잠시 그들을 빤히 바라봤다. 머리와 어깨의 생김새가 기든과 무척 비슷했다. 하지만 착각임을 깨달았다. 손수건으로 코를 틀어막고 통로 벽을 스쳐 그들을 지나갔다.

기든을 만난 건 사일러스가 1835년 런던에 처음 도착했을 때였다. 당시 그는 홀번의 비좁은 공동 하숙방에 박제품과 해골들을 쌓아 둔 채 살았다. 명성을 얻고 싶은 마음에 스토크의 응접실을 벗어나 도시로 이사했다. 플릭이 사라진 뒤라 막연히 그녀를 기다리는 건 의미가 없었다. 게다가 전에 해부와 보존에 흠뻑 매료된 외과 의사들과 의학계 인사들에 대해 들은 터였다.

'유니버시티 칼리지 런던'을 찾는 건 어렵지 않았다. 오후만 되면 사일러스는 육중한 철문이 쾅 닫힌 뒤 유명 외과 의사들이 티끌 한 점 없는 녹색 광장을 가로지르는 모습을 철책 너머로 지켜봤다.

밤이면 시체가 들어온다는 시간에 맞춰 건물 뒤편 으슥한 구역을 어슬렁거렸다. 하지만 정확히 어디에서 그것들을 구해오는지 알 수 없었다. 아니나 다를까, 기다린 지 얼마 되지 않아 무언가가 건물 안뜰을 가로질렀다. 말이 달가닥거리며 우는 소리가 들리더니 검은 마차가 나타났다. 마차에는 하사품이 천이 씌워진 나무판자에 담긴 채 실려 있었다. 사일러스는 시체에 대해 무슨 대화가 오가는지 조금이라도 들을 수 있을까 해서 목을 길게 빼고 몸을 앞으로 기울였다.

그러던 어느 날 오후 기든이 그에게 접근했다. 기든은 무기력한 특권의식을 풍기는 땅딸막한 의대생이었다. 그는 사일러스에게 유리병에 담긴 폐종양 조직이며, 쭉 늘어선 매독 환자의 두개골이며, 도끼로 절단한 뇌 표본이며, 밀랍을 주입해서 크게 펼친 신경 조직 등 해부실의 온갖 표본에 대해 이야기했다.

"물론, 우리는 생명을 이해하기 위해 이런 표본을 모은다네. 어떻게 생명을 연장할 수 있는지 알기 위해서지. 자네가 사체를 보존하는 의도와는 달라. 그것 역시 나름 흥미롭긴 하지만…."

사일러스는 가슴에 힘을 줬다. 날이 갈수록 기든은 더욱 자주 그를 찾았다. 기든은 사일러스를 구슬려 수집품에 대한 정보를 상세히 알아냈다. 사일러스는 교문 철책 옆에 서서 참새, 생쥐, 들쥐와 같은 수집품을 자세히 설명하고는 언젠가 박물관을 세워 이름을 떨칠 거라는 계획을 털어놓았다. 그는 어느 지점에서 그들이 친구가 됐는지 궁금했다. 분명 축하해야 할 순간이었지만 기척도 없이 지나가버렸다.

"내 생각엔 말이야," 거듭되는 간청 끝에 사일러스가 박제된 울새를 보여주자 기든이 말했다. "부리가 저렇게 제멋대로 기울어지다니, 야생에서는 결코 볼 수 없는 현상이야, 정말 놀라워." 기든이 콧수염을 씰룩거리며 손으로 입을 가린 채 감탄사를 뱉었다. "진정 보기 드문 과학적 보물일세. 이렇게 불안정하게 한쪽으로 치우친 울새는 본 적이 없어. 놀라워, 정말 경이로워."

사일러스는 소리 내어 웃고 싶었다. 의대생이자 신사인 기든이 그의 작품에, 그라는 존재에 감동했다. 이런 친구를 사귀게 되어 거의 매일 오후 짧게나마 대화를 나눌 수 있었던 건 그에게 영광스러운 일이었다.

그 일이 있은 뒤, 사일러스는 용기를 내어 기든에게 '수집용 물품'을 부탁했다. 기든은 생각해둔 훌륭한 보물이 있다며, 그 물건만 있으면 수집품이 완벽해질 거라며 넌지시 알렸다.

"프레데릭 라위스조차 탐이 나서 무덤을 박차고 나올 물건이지." 기든이 마침내 작은 천 가방을 건네며 속삭였다. 그의 윗입술이 부들부들 떨렸다.

사일러스는 짐짓 태연하게 물건을 받아들고 잠시 후 기든과 선술집에서 머리를 맞대고 나눌 대화를 상상하며 가방을 열기 시작했다. 무게를 보아하니, 심장이거나 아니면….

"안 돼." 기든이 그를 제지하며 말했다. "집에 가서 풀어보게. 너무 훌륭한 보물이라서 말이야. 이걸 자네에게 준 걸 교수들이 알면…."

"얼마인가? 큰돈은 줄 수 없네만."

"그런 생각 말게. 이제껏 자네가 준…." 기든이 뜸을 들였다. "자네와 친구로 지내며 받은 그 모든 기쁨만으로 충분하네."

"어떻게 고맙다고 해야 할지 모르겠네."

"그 근사한 박물관에 내 공을 새겨주는 건 어떤가? 훗날 개장하면 말이야."

"물론이지! 물론이고말고."

사일러스는 고개를 끄덕이며 웃었다. 가방을 열어보고 싶은 마음은 굴뚝같았지만, 기든의 지시를 유념하며 마차를 피해 급히 집으로 달려갔다.

그는 문을 쾅 닫고 자물쇠로 잠근 뒤 가방을 찢었다.

먹다 남은 닭다리 반쪽과 푹 익혀 물컹거리는 당근 두 개였다.

사일러스는 울음을 참으며 입술을 꽉 깨물었다. 그제야 기든이 한 마디씩 뱉을 때마다, 콧수염을 씰룩거릴 때마다 그 뒤에 숨어 있던 조롱의 의미를 깨달았다.

* * *

어느새 사일러스는 하이드 파크의 오솔길을 걷고 있었다. 허벅지에 피로가 누적돼 경련이 일었다. 생각해보니 걸어오는 동안의 기억이 하나도 없었다. 머릿속은 술에 취한 남자 둘을 본 이후로 완전히 백지였다. 익숙한 느낌이었다. 수은 증기를 쐬지 않아 아직 상이 맺히지 않은 은판 사진처럼 사일러스는 이따금 기억이 수면 위로 떠오르지 않았다. 머리를 흔들어봤지만, 아무 그림도 떠오르지 않았다.

하지만 걱정할 필요는 없었다. 불쾌한 냄새는 사라졌고, 새들은 지저귀었다. 아름다웠다. 여름의 마지막 초록 잎을 떨구고 뼈다귀만 남은 나무들의 모습이 어여뻤다. 앙상한 가지가 뼈처럼 오도독 밟혔다. 한 남자가 그를 밀치며 사과했다. 그는 인파를 따라 박람회 건설 현장으로 발걸음을 옮겼다.

사일러스는 건물이 올라가는 모습을 보기 위해 이따금 약간의 돈을 지불하고 출입이 봉쇄된 나무 울타리 너머로 들어갔다. 왜 1년 후에 이 건물을 해체해 하이드 파크에서 치워버린다는 건지 이해할 수 없었다. 전시품을 영원히 보존할 수 없다면 대체 박물관을 짓는 목적이 무엇이란 말인가? 어찌됐건 고개를 들어 골조를 올려다볼수록 마음이 위축되는 걸 느꼈다. 기중기와 도르래의 윤곽이 하늘을 등에 업은 독수리 같았다. *장엄했다.* 산업, 무역, 설계, 과학 방면의 그토록 많은 물건들을 수집해서 전시하다니. 그가 기사에서 읽은 바로는 10만 점이 넘는 전시품이 저 커다란 유리 지붕 아래에 전부 놓인다고 했다. 눈을 어디에 둬야 할지 몰랐다. 잡지 ≪펀치≫에서 '수정궁'이라고 별명을 붙인 것도 놀랄 일은 아니었다.

주변은 온갖 작업들로 분주했다. 현장 감독관이 고함을 치며 지시를 내리자 건물 맨 위에 있던 일꾼들이 무거운 줄을 잡아당겼다. 바닥의 일꾼들은 짐마차를 끄는 말의 옆구리를 채찍질했다. 기계들이 하늘로 증기를 뿜어냈다. 윈치를 감아올리자 교차랑(십자형 건물의 좌우 날개부분―옮긴이)의 흉곽 부분이 미풍에 흔들리며 천천히 위로 올라갔다.

박람회 준비위원들이 그에게 예술품 분야에 작품 한 점만 출품해달라고 부탁한다면 얼마나 좋을까. 하지만 아무도 그에게 연락하지 않았다. 누구도 편지에 답하지 않았다. 왜일까? 왜 그의 수집품을 진지하게 받아들이지 않는 걸까?

몸속을 휘감는 분노를 털어버리려고 애썼지만 그도 모르게 주먹에 힘이 들어갔다. 갑자기 바람이 세차게 불며 낮은 구름을 밀어냈다. 런던의 검은 허파가 숨을 들이마셨다가 내뱉었다. 말들이 울부짖었다.

사일러스는 두 배로 노력하리라 다짐했다. 더 열심히 일해서 훗날 그보다 훨씬 거대한 박물관을 세우리라.

그때 한 아이가 쏜살같이 앞으로 뛰어오더니 어떤 숙녀의 가방에서 빨간 손수건을 낚아챘다. 자세히 보니 옅은 머리색에 꾀죄죄한 몰골이 낯익었다. 그 낯익음은 정신없는 공사판 무리에서 사일러스가 혼자가 아님을 상기시키며 그에게 위안을 줬다. 그가 웃으며 소년을 불렀다. "앨비!"

하지만 소년은 듣지 못했다. 사일러스는 소년이 붙잡힌 사실을 알아차렸다. 한 여자가 앨비의 손목을 잡고 있었고, 그의 주먹에는 손수건이 깃발처럼 축 늘어져 있었다. 사일러스가 경찰에 신고하지 말아 달라고 그녀에게 사정하며 앨비의 구세주 역할을 하려고 서두르다가 잔디를 밟고 미끄러졌다. 그때 앨비가 웃는 게 보였다.

사일러스가 여자를 자세히 살폈다. 여자는 남자만큼이나 키가 컸고, 붉은 머리를 한 갈래로 길게 땋아 내린 모습이었다. 그녀는…플릭이 아닌가? 성장해서 여자가 된 플릭이었다. 하지만 그럴 리 없었다. 이 여자는 몸이 왼쪽으로 살짝 휘었다.

오래된 집에서 종소리가 들리는 듯했다. 사일러스는 벽과 바닥을 타고 건물 깊숙이 흐르는 종소리의 진동을 느꼈다. 진동에서 작은 종소리가 연달아 울리는 걸 들으며 그 자리에 꼼짝 않고 서 있었다.

이것이 무엇을 의미하는지 그는 알지 못했다.

소매치기

앨비는 하이드 파크의 수로에 쭈그리고 앉아 있었다. 그가 둔부에 힘을 줄 때 한 무리의 남자들이 때 묻은 흰 달덩이 같은 그의 두 볼기짝 곁을 지나갔다. 그 중 한 남자가 멈춰 서서 야유를 퍼붓더니 막대기를 던졌다.

"꺼져, 이 쌍놈아!" 앨비가 떡갈잎으로 궁둥이를 대충 닦고 바지를 올리며 소리쳤다. 똥에서 김이 모락모락 피어올랐다. 모든 신체 분비물이 그렇듯, 그는 똥이 마냥 신기하기만 했다. 어째서 귀에서는 시큼하고 미끈거리는 노란색 귀지가 나오는 걸까, 어째서 코에서는 소매에 흥하고 풀 때 나오는 시커멓고 끈적거리는 물체가 만들어지는 걸까?

앨비는 막대 두 개로 똥을 집어서 멀어지는 남자들 뒤통수를 향해 던지고는, 그들이 황급히 흩어지자 딸꾹질이 나도록 웃었다. 그러고는 바글거리는 인파를 향해 뛰어갔다.

* * *

한두 건 올리기 딱 좋은 날이었다. 그만하면 울타리를 넘어 안으로 들어가는 수고를 할만 했다. 사람들은 거대한 궁전의 건설 현장에 온통 정신이 팔렸다. 팽팽하게 당겨진 줄과 환호성, 북적거림으로 가득했다. 앨비는 그 건물이 무슨 용도로 쓰이는지 알지 못했고, 딱히 관심도 없었지만 느릅나무보다 높이 솟은 거대한 철골 구조를 빤히 올려다봤다. 주변 바닥은 철근과 비계를 실은 마차가 돌면서 휘저어놓은 탓에 진흙탕이나 다름없었다. 그는 단지 돈 많은 양반들이 깜짝 놀라는 꼴을 보기 위해, 유리 설치 공사가 끝난 뒤 다시 돌아와 유리에 벽돌을 던지는 모습을 상상했다.

앨비는 인파를 하나로 꿰매는 가느다란 실처럼 이리저리 머리를 숙였다가 뺐다. 소매에 가짜 손을 끼우고 진짜 손을 이용해 주머니에서 비단 손수건을 슬쩍 꺼냈다. 진주 팔찌와 반짝이는 은줄은 건드리지 않았다. 겉으로 티는 내지 않았지만, 중노동을 선고받거나 누나를 남겨 두고 홀로 식민지호를 타게 될까 두려웠다.

금색 비단옷을 걸치고 저택에 고립되어 사는 이 사람들은 앨비가 자기네 집 변소를 청소해준다고 해도 싫어할 것이다. 그가 그들의 짐을 덜어주며 씩 웃었다. 덕 레인의 전당포 주인에게 가져가면 아무것도 묻지 않고 물건 당 반 페니 어치는 쳐줄 것이고, 그러면 머지않아 훌륭한 틀니를 해 넣을 돈을 모으게 될 것이다. 바다소 상아로 만든 치아, 이게 그의 꿈이었다.

앨비가 한 여자의 소매에서 빨간색 물방울무늬 손수건을 꺼내막 바지주머니 안으로 쑤셔 넣으려는데, 누군가가 그의 재킷에서 석고로 만든 가짜 손을 빼내 흔들었다.

"아니요, 제가 안 그랬어요." 앨비가 변명을 하려는데, 알고 보니 아이리스였다. 안도감에 털 뭉치가 목에 걸린 고양이처럼 쉰 웃음이 피식피식 새어나왔다. 그가 아이리스를 향해 가장 애교 섞인 웃음을 웃어 보였다.

"그거 이리 내 놔, 앨버트." 아이리스가 명령했다.

"뭘 말하는 거예요, 아가씨?" 아이리스가 인상을 찌푸리자 앨비가 한숨을 쉬었다. "에이, 아가씨. 이건 그냥 물건일 뿐이에요, 안 그래요? 사는 게 고달파요. 얼마나 힘든지 알면…." 하지만 본인의 말이 별 설득력이 없다는 걸 그도 알고 있었다. 훔친 물건을 아이리스에게 줬다. 물건을 주인에게 돌려주는 걸 보고("실례합니다, 부인. 이걸 떨어뜨린 것 같네요.") 앨비는 눈길을 피했다. "아가씨는 정직하고 고지식한 훼방꾼이에요."

"또 훔친 거야?" 한 남자가 말했다. 앨비는 단정한 푸른 망토 차림의 사일러스를 알아봤다. "내가 준 2실링이면 충분할 거라고 생각했는데."

앨비의 몸이 굳었다. 그는 남자가 슬금슬금 접근하는 게 싫었다. 저 깨끗한 소독약 냄새. 그 냄새가 위장을 뒤틀리게 했다. 하지만 그 수전노가 마지못해 토해낸 게 겨우 1실링이라는 사실은 바로잡지 않았다. "아이리스 머시기예요." 앨비가 상류층 발음을 흉내 내려고 했지만 아일랜드 억양처럼 들렸다. "이쪽은, 그러니까, 인사하세요. 사일러스예요. 사실대로 말하면, 이쪽 역시 성은 몰라요." 아이리스가 짧게 웃었다. "제가 아가씨를 도와 설터 부인 가게에서 판매할 인형 옷가지를 바느질해요."

"리젠트 거리에 있는?" 사일러스가 묻자 그녀가 고개를 끄덕였다.

"그리고 저는 사일러스 씨에게 죽은 동물들을 갖다 줘요." 앨비는 극적인 효과를 내기 위해 허공에 대고 목을 조르는 시늉을 하려다가 생각을 접고 뒤돌아서 아이리스를 바라봤다. 그녀는 어딘가 불편해 보였다. 함께 사일러스를 비웃고 싶은 충동이 불쑥 일었지만 그녀의 눈길을 끌 수 없었다.

"아."

"수집품 때문이죠." 사일러스가 설명했다. "언젠가 유명해질 겁니다."

"네, 꼭 구경하고 싶네요." 단조롭고 기계적인 목소리에 앨비는 아이리스가 건성으로 듣는다는 걸 알아차렸다. 누군가를 찾는지 그녀가 작별인사를 건넸다. 사일러스는 보닛이 군중 속으로 사라지는 모습을 지켜봤다.

앨비가 어깨를 으쓱하며 사일러스를 향해 모자를 기울였다. 남자는 그녀의 비틀어진 쇄골과 같은 쪽 자신의 쇄골을 잡고서 저 먼 곳을 뚫어지게 바라봤다.

"나리," 사일러스의 분별력이 겨우 자신의 반밖에 되지 않는다고 생각하며 앨비가 말했다. "목에 있는 그거 말이에요. 전염되지 않아요."

만국박람회

아이리스는 앨비와 남자에게서 멀어져 인파를 빠져나왔다. 그녀는 자신이 키가 작아서 정장 모자와 보닛 물결 속으로 사라졌으면, 그래서 로즈가 쉽게 찾지 못했으면 좋겠다고 생각했다.

로즈를 찾아 사방을 두리번거렸다. 없었다. 다행이었다. 로즈에게서 도망쳤다.

아이리스는 눈을 감았다. 눈을 뜨면 모든 게 새롭게 보이리라. 눈앞에 놓인 것이 원근법을 살려 세세한 부분까지 완벽하게 설계한 거대한 캔버스라고 상상할 것이다.

위를 올려다봤다. 높이 치솟은 철골 구조가 구름 가장자리에 닿을 것만 같았다. 증기가 내셔널 갤러리에서 보던 나폴레옹의 전투 장면에 묘사된 연기처럼 보였다. 하지만 아이리스가 기억하는 갈색 톤의 그림들과 달리 이쪽이 훨씬 선명했다. 눈앞에 보이는 색깔들을 사용해 스테인드글라스 창문 같은 세상을 묘사하고 싶었다.

아이리스는 거대한 만화경 속에 발을 들인 것처럼 박물관 골조에 빨간색, 파란색, 초록색의 유리가 끼워진 광경을 상상했다. 하지만 그러면 너무 눈이 부실 것 같았다. 이미 이 상태로도 상상할 수 있는 그 무엇보다 웅장했다. 인간이 이런 걸 만들 수 있다면, 철골로 느릅나무를 감싸고 이런 규모로 자연을 정복할 수 있다면, 과연 그녀는 뭘 할 수 있을까? 아이리스는 자기 자신이 머리의 이처럼 하찮은 존재로 느껴지다가도 어느 순간에는 하늘로 날아올라 집과 가게, 심지어는 (생각만 해도 우울했다) 로즈의 속박에서도 벗어날 수 있을 것만 같았다.

"참으로 훌륭하지 않나요?" 아이리스가 옆에 서 있던 여성에게 말했다.

"정말 놀랍군요." 뜻밖에도 낯선 여자가 상냥한 말투로 답했다. 아이리스는 이 이름 모를 인간과 자신을 둘러싼 모든 사람에게 사랑이 샘솟는 걸 느꼈다. 저마다 걱정과 즐거움과 사랑과 좌절과 눈물과 꿈과 웃음을 가진 모든 이들이 똑같이 근사해 보였다.

아이리스는 달리기 시작했다. 탁 트인 공원 들판을 향해 힘껏 달리자 길게 땋은 붉은 머리가 등에 부딪치며 통통 튀어 올랐다. 발은 새끼 고양이처럼 가볍고, 발에 밟히는 잔디는 부드럽기 그지없었다. 하지만 첫 번째 가로수 길에 도착하기도 전에 숨을 얕게 몰아쉬며 멈춰 설 수 밖에 없었다. 코르셋 뼈대가 갈비뼈를 너무 세게 조였고, 고래수염 조각이 엉덩이를 찔렀다. 레이스 장갑을 낀 손가락은 땀으로 흥건했다.

등 뒤에서 그녀를 부르는 소리가 들렸다. 아이리스는 뒤돌아보지 않고도 누군지 알 수 있었다. 왜 로즈가 어디든 자신을 따라가겠다고 우기는 건지, 그렇게 해서 뭘 찾겠다는 건지 알 수 없었다. 아이리스의 삶은 변색한 은보다 흐리멍덩했다. 게다가 위선적 태도가 끊임없이 마음을 괴롭혔다. 신사가 청혼했다면 로즈는 꼽추 동생 같은 건 돌아보지도 않고 청혼을 받아들였으리라.

"어머," 아이리스가 그제야 로즈를 본 것처럼 놀란 시늉을 했다. 로즈의 손은 불안한 기색이 역력했고, 치맛단엔 진흙이 묻어 있었다. 로즈가 발에 바퀴라도 단듯 우아한 숙녀처럼 걸어왔다. 멀리서 본 그녀의 모습은 예전만큼 아름다웠다. 아이리스는 유리창에 비친 자신의 흐느적거리는 걸음걸이를 생각했다. "다행이야, 로즈! 이제야 찾았네. 저녁 식사에 늦겠어. 어머니가 애타게 기다릴 거야."

"나한테서 도망쳤지. 내가 봤어. 나를 버리고 떠나는 줄 알았다고."

로즈의 얼굴에 허탈과 상실이 가득한 걸 보고 아이리스는 자신이 미워졌다.

＊ ＊ ＊

떠들썩한 승합마차를 타고 하이드 파크에서 배스털그린까지 오는 동안 아이리스는 로즈에게서 팔을 슬쩍 뗐다. 짤막한 잔소리가 들렸고, 시큼한 세탁물 냄새가 났다. 그들은 식탁에 앉았다. 아버지가 소매에 대고 기침을 했다.

아이리스는 쇠기름 푸딩을 씹으려다가 고기 덩어리를 통째로 삼켰다. 로즈의 입에서 공기와 음식이 섞이며 우적거리는 소리가 났다. 그 소리가 견디기 힘들 때쯤 아이리스가 입을 열었다. "얼른 내일이 와서 제가 좋아하는 유쾌한 목사님을 뵙고 싶어요…."

"그분의 설교가 너를 감화시켰다니 기쁘구나." 어머니가 경고하는 표정으로 불쑥 끼어들었다.

"네, 맞아요." 아이리스가 포크를 반쯤 입으로 가져가다가 멈췄다. 물렁뼈가 콩팥 위에서 번들거렸고, 지방은 누르스름했다. 그녀는 낮에 있었던 일에 대해 화해하기 위해 로즈와 눈을 마주치려고 애썼다. "저는 성찬식 포도주를 과음하는 게 강력한 종교적 의미를 지닌다고 생각해요. 예수님 피를 갈구하는 목사님의 갈증이 쉽게 충족될 리 없죠."

아이리스가 흘깃 쳐다보니 순간 로즈가 웃고 있었다. 하지만 로즈는 이내 웃음을 거두고 손으로 턱 주변의 곰보 자국을 문질렀다. 아이리스는 벽난로 위에 놓인, 반질거리며 윤이 나는 스패니얼 도자기 인형을 바라봤다. 상류층 집안의 장식품을 흉내 내다 만 싸구려 인형이었다. 한심하게도 그들이 속하지 않은 계층의 관행과 윤리를 따르려고 애쓰는, 부모님을 똑 닮은 물건이었다. 아이리스는 다른 여점원의 부모님은 도덕적 타락에 이토록 집착하지도, 신경을 쓰지도 않는다고 장담했다.

어머니가 한숨을 쉬었다. "아이리스, 그만해. 그게 그렇게 재미있니?"

어머니가 로즈와 팔짱을 꼈다. 로즈가 병에 걸린 날, 그러니까 찰스로부터 편지가 온 그날부터 형성된 전투 대형이었다. 아이리스는 결코 이해할 수 없었다. 로즈는, 이별 편지를 쓰고 그녀의 희망을 짓밟고 종기를 일으켜 얼굴을 망쳐놓은 게 아이리스인 듯 굴었다. 그날 이후 아이리스는 어떤 수를 써도 일을 바로잡을 수 없었다. 마치 하룻밤 사이에 로즈를 위로하는 법도, 로즈를 기쁘게 하는 법도 잊어버린 것만 같았다. 아이리스는 사이가 틀어지기 전, 로즈와 둘이서 훗날 가게를 차리면 꽃무늬 벽지를 바르고 말린 장미 액자를 걸자며 상상의 나래를 펴던 그 시절을 회상했다. 아이리스는 로즈를 사랑했다. 당연히 사랑했다. 하지만….

아이리스가 다시 입을 열었다. "만국박람회장이 정말 화려했어요…."

"만금이 더 그럴싸하지 않겠니." 자신의 재치를 이해시키려고 청중을 부추기는 배우처럼 아버지가 너털웃음을 터뜨리며 말했다. 아이리스가 맞장구를 치듯 웃었다.

"셜터 부인이, 물건을 숭배하다간 세상이 몰락할 거라고 했어요." 로즈가 덧붙였다.

"그걸 부인이 모르면 누가 알겠어요." 이렇게 말하고 아이리스는 아차 싶었다.

"저런, 그게 무슨 말이니?" 어머니가 물었다.

아이리스는 대답하지 않았다. 냅킨으로 입 주변을 닦았다. 갈색 그레이비 소스가 회색 리넨천에 묻었다.

"아이리스가 나를 두고 도망쳤어요." 로즈가 불쑥 고자질을 했다. "너무 무서웠어요. 분명 거기 서 있었는데, 잠깐 사이에 어디로 갔는지 안 보이지 뭐에요. 사람들 무리 속으로 그냥 사라졌어요. 가끔 잘 안 보이거든요, 눈이 이렇게 돼서…." 로즈는 문장을 채 마무리 짓지 못하고 실명이 안 된 한쪽 눈을 아래로 떨궜다.

고자질쟁이.

"사실이니, 아이리스? 왜 그런 거야? 옛날엔 그렇게 언니를 좋아하더니 이제는 사람들 사이에 버려두고 도망친단 말이지."

아이리스는 여전히 말이 없었다. 그녀는 자신이 잔인했던 건 인정했다. 하지만 처음 로즈를 밀어낸 건 그녀가 아니었다. 아이리스는 강철 기둥 모서리 위에서 십자형 건물의 좌우 날개 부분이 흔들리며 맴돌던 광경을, 그때 느낀 의기양양한 기분을 떠올리려고 애썼다. 하지만 가슴을 꽉 조이는 답답함이 상상을 방해했다.

아이리스는 결코 도망칠 수 없으리라. 절대 자유로워질 수 없을 것이다. 설터 부인의 모욕과 손찌검을 참으며, 로즈의 질투를 견디며 비루한 인생을 근근이 살아갈 팔자였다. 그러다가 결국엔 앙상하게 거죽만 남은 사내를 만나 줄줄이 애를 낳느라 몸은 퍼질 대로 퍼지고, 허구한 날 빨래통과 씨름하고, 썩은 내장을 씻어 선데이 파이를 만들고, 성홍열과 독감으로 칭얼대는 아이나 돌보며 살 터였다. 그러다가 그녀도 병에 걸릴지 누가 알겠는가….

어머니가 한숨을 쉬었다. 아이리스는 무섭게 쏘아보는 그 눈빛을 무시하려고 애썼다.

"감자 더 먹을 사람?" 아버지가 무의식중에 주머니를 쓰다듬으며 물었다. 아이리스와 로즈가 주급의 대부분을 드리기 시작한 후로 늘 하는 행동이었다. 고개를 숙인 그의 머리 위로 기름진 정수리가 보였다.

"아니요, 괜찮아요." 아버지를 제외한 나머지가 중얼거렸다.

어머니가 기침을 했다.

"아이리스?" 어머니의 목소리가 팽팽하게 당겨진 실타래 같았다. 아버지는 위를 쳐다봤다. 팔뚝에 난 털이 흔들렸다. "왜 언니처럼 대답할 수 없는 거냐? 그게 그렇게 어려워?"

아이리스는 접시 위 두꺼운 그레이비 막을 뚫어져라 바라봤다. 주먹으로 탁자를 내려치지 않으려고, 얼룩진 식탁보를 와락 그러쥐지 않으려고, 몽땅 바닥에 내동댕이치지 않으려고 애썼다. 아이리스는 스패니얼 도자기 인형이 산산조각 나는 꼴을 보고 싶었다.

아이리스가 웃었다. "아니요, 괜찮아요." 그리고 음식을 한입 가득 입에 넣었다.

시계가 여섯 시를 알렸다.

Prb

"뜨거운 브랜디 한 잔." 사일러스가 탁자 위에 동전을 놓으며 말했다. 교회 종소리가 활기차게 울려 퍼졌다. 여섯 시 저녁예배를 알리는 소리였다. 난로와 가까운 칸막이 자리에 앉은 덕분에 그의 뺨이 불그레했다. 세상이 화려하게 빛났다. 묵직한 쇠살대, 커다란 은색 맥주잔들이 주렁주렁 매달린 천장. 발밑의 깔개 뒤편에서 깜빡이는, 타다 남은 장작. 벽에는 '그대는 어떤 에일을?'이라고 적힌 명판이 걸려 있었다. 사일러스는 글을 읽을 줄 안다는 걸 보여주기 위해 명판을 볼 때마다 실없이 웃었다. 갓 도착한 술은 뜨겁고 매콤했다. 먼저 한 모금 홀짝이고 녹은 버터층을 걷어냈다. 그리고 그 여자를, 그 여자의 뒤틀린 쇄골을, 초록 눈동자를 다시 떠올렸다.

"오랜만에 오셨네요, 손님." 마담이 친근한 목소리로 말을 건넸지만, 거기에 불편함이 배어 있다고 사일러스는 확신했다. "화가 분들은 자주 오더라고요. 지겹도록 자주 와서 알아볼 정도로."

"바빴소." 사일러스는 이렇게 대꾸하면서도 왜 자신이 그토록 오랫동안 아늑하고 활기 넘치는 돌핀을 피했는지 의아했다. 그는 이 술집을 좋아했다. 술도 달달하고, 엿듣는 재미는 더욱 달콤했다.

사일러스의 맞은편 칸막이 자리에 젊은 여자가 있었다. 옷을 지나치게 끌어내려 붉은 초승달처럼 젖꼭지를 드러낸 여자가 머리카락이 희끗한 남자의 가슴팍을 두드리며 깔깔거렸다. 머리에는 평소처럼 분홍색으로 물들인 타조 깃털을 꽂았다. 마담이 그녀를 향해 재빨리 걸어갔다. "이봐, 블루벨. 귀하신 손님한테 버릇없이 굴면 못 써."

사일러스가 술잔을 움켜쥐었다. 브랜디 거품만 봐도 그녀의 머리색이 떠올랐다. 아이리스, 앨비가 그렇게 불렀다. 살짝 패인 두 눈에는 외로움과 갈망이 담겨 있었다. 그 모습이 단번에 친숙하게 느껴졌다. 보이지 않는 끈이 그들을 이어주는 것만 같았다.

성인이 된 플릭이라고 생각할 만큼 너무 닮아서 사일러스는 하마터면 플릭이라고 착각할 뻔했다. 플릭은 그가 열다섯 살이 되던 해 공장에서 실종됐다. 한 번은 수집품을 보여주기 위해 함께 시골길도 달렸다. 사일러스는 플릭의 머리에서 뿜어져 나오던 붉은 빛을, 뼈마디가 앙상한 손을 떠올렸다. 난생 처음 자신의 서재로 숙녀를 안내하는 신사가 된 기분이었다. *여기가 내가 사는 세상이야.* 그는 집토끼, 오소리, 산토끼와 그의 보물—뿔이 꼬인 숫양의 두개골—을 꺼냈을 때 플릭이 어떤 표정을 지었는지 회상하려고 애썼다.

사일러스의 마음은 이따금 플릭에게로 돌아갔고, 그녀가 성장한 모습을 상상하며 위로 받았다. 플릭은 아이리스가 됐다. 그가 언제나 상상하던 것처럼, 플릭은 스태포드셔 강에 빠졌거나, 도자기 공장 상속자에게 변을 당했거나, 술 취한 마차꾼의 바퀴 아래 깔려 죽은 게 아니라, 살아서 런던으로 도망친 뒤 인형 가게에 취직해서 더 나은 장래를 가진 여자가 됐다.

"뛰어, 루이." 누군가가 소리쳤다. 몸을 돌린 사일러스는 바옆쪽 무대에서 낄낄대는 세 명의 화가를 알아봤다. 루이 프로스트와 존 밀레이, 가게에 다녀간 지 3주밖에 되지 않은 그들에게 물건을 파는 건 너무 이를 것 같았다. 나머지 한 사람 가브리엘 로세티는 밀레이와 가슴 높이로 팔짱을 끼고 다리를 만든 상태였다. 루이는 몇 걸음 뒤에 서 있었다. 그의 검은 머리카락이 민들레 솜털처럼 자유로이 나부꼈다.

"신사분들! 간청합니다." 마담이 타일렀지만 루이는 벌써 도움닫기를 시작해서 곧게 뻗은 두 팔을 펄쩍 뛰어넘었다. 그리고 쿵 소리와 함께 바닥에 착지했다. 천장이 덜컹거렸다. 루이가 바지에 묻은 먼지를 털고 손님들을 향해 씩 웃었다. 몇몇은 환호했고, 몇몇은 음식을 먹으며 눈살을 찌푸렸다.

"*PRB 만세!*" 로세티의 외침에 사일러스는 짜증이 솟구쳤다. 소음이 거슬려서가 아니라 비밀스러운 이니셜에 소외감이 들어서였다. PRB? 무슨 단체지?

"*PRB 만세!*" 존 밀레이와 루이 프로스트가 따라 외쳤다.

루이가 갑자기 프랑스 국가를 선창했다. "*일어나라 조국의 형제여!*"

"*영광의 날이 찾아왔네!*"

"*조용히 좀 하세요. 그런 날은 아직 오지 않았으니까.*" 마담이 고함을 쳐서 조용히 시켰다. 그리고 사일러스 뒤편 칸막이 자리로 그들을 쫓았다. "사실 그럴 기미조차 보이지 않잖아요. 타임스에서 맥의 작품을 신랄하게 비평한 것만 봐도 뻔한데."

"비열한 공격이야…."

"무례하기 짝이 없군…."

"우리의 날은 올 거야. 두고 보라고. 친애하는 쭈그렁 할멈…."

손님 몇몇이 낄낄대고 웃었다. 그 무리에 사일러스는 속하지 않았다. 그가 청년들을 응시했다. 그보다 열 살이나 어렸지만, 그들에게는 그가 상상할 수도 없는 자신감과 에너지가 흘러넘쳤다. 사일러스는 그들이 이른바 절세미인을 찾는답시고 도로에서 팔짱을 낀 채 지나가는 여자들을 한 명씩 걸러내는 저인망 놀이를 하는 걸 봤다. 그가 의대생이었다면 그들과 같은 친목 집단을 만들었을 것이다.

사일러스는 그들이 나누는 대화를 군데군데 주워들었다.

"토트넘 코트 로드에는 절세미녀가 하나도 보이지 않아. 전시회까지 〈감금된 기주마르의 여왕〉을 어떻게 끝내지, 모델도 없는데….'

"매드 같은 집시를 찾느라 빈민굴을 샅샅이 뒤지는 것보다는 나아….'

"라고 '목이 굽고, 울어서 얼굴이 퉁퉁 부은 붉은 머리 소년'이 말했다.'

"제발, 그 바보 같은 비평은 입에 올리지도 마.'

"오, 밀레이, 그래도 디킨스가 뭐 하는 사람인지는 다들 안다고." 루이가 위로하듯 말했다.

"유치한 얼간이라고 말이지!'

세 남자가 웃었다. 사일러스는 몸을 내밀고 그들에게 참새 박제나 고양이 박제 아니면 두개골 같은, 그림 배경에 쓸 소품을 팔아야 하나 고민했다. 최근 샘 강아지에 정신이 팔려 나비 날개 목걸이를 많이 팔지 못했다.

"이봐, 여기 사체 양반 아닌가!" 로세티가 소리쳤다. 사일러스도 자기 별명을 곧바로 알아들었다. 자리 사이에 칸막이가 놓여 있어서 그는 몸을 돌려 고개만 까딱이고 술잔을 치켜들었다.

"이놈의 무례함을 용서하게." 루이가 의자에 무릎을 꿇고 올라서서 몸을 앞으로 기대며 말했다. 그의 머리가 사일러스 위쪽에 둥둥 떠 있는 것처럼 보였다. 화가는 평소보다 훨씬 더 흡혈귀처럼 보였다. 검은 머리카락은 헝클어졌고, 피부는 창백하다 못해 푸른빛을 띠었다. "가브리엘, 이 무례한 놈. 너도 그렇게 불리면 기분이 좋진 않을 거야."

"무슨 말이야. 애정을 담은 표현이라고." 로세티가 대답하며 루이 옆으로 고개를 내밀었다.

"그보다 심한 말도 들었습니다." 사일러스가 말했다.

루이가 알 수 없는 리듬으로 칸막이 난간을 두드렸다. 손톱에는 물감이 끼어 있었다.

"사일러스, 마침 찾아갈 생각이었네. 자네 덕분에 가게까지 가는 수고를 덜게 됐지 뭐야."

조금 있으면 그냥 가게가 아니라 박물관 주인이 된다고. 사일러스는 이렇게 생각했다. 그가 브랜디 한 모금을 홀짝이며 말했다. "아? 또 원하시는 동물이 있나요?"

루이가 손을 내저었다. "아니야. 이런 말하기 미안하지만 자네가 판 그 비둘기 박제 말이야…."

"네?" 사일러스가 물었다. 그는 미나리 행상을 악랄하게 공격하던 녀석을, 완벽한 부채꼴로 펼쳐진 녀석의 깃털을 떠올렸다. 그가 만든 최고의 작품 중 하나이자 숭고한 장인정신의 표본이었다.

루이가 한숨을 쉬었다. "그게, 안타깝지만…그게 말이야, 비둘기가 부패했어."

"무슨 말씀인지?" 사일러스가 말을 더듬었다.

"썩었다고. 고작 일주일을 에든버러에 갔다 돌아왔더니 집에 똥파리가 들끓지 뭔가." 루이가 손짓을 하며 온몸을 부르르 떨었다. "그게…세상에, 구더기가 기어 다니더라고. 집에 들어갔다가 토할 뻔했어. 세상에나, 존, 그 악취 기억나?"

"고워가에서도 맡을 수 있을 정도였지."

"그게 정말 새 때문인 게 확실합니까?" 사일러스가 탁자 모서리를 만지작거리며 물었다. 기분이 언짢았다. "제대로 건조했다고 확신합니다."

"확신한다고?" 로세티가 고함을 질렀다. "지금 확신한다고 했나? 그게 아니면 대체 뭐란 말인가? 붓에서 곰팡이라도 자란 건가? 내가 아니라 루이가 이런 일을 겪은 걸 다행으로 알게. 나는 저놈처럼 성질이 온화하지가 못 하거든…."

"로세티, 가만있어." 루이가 그를 제지하며 더욱 정중하게 말했다. "이런 말하기 정말 싫지만 분명하네. 하지만 그게 말이야, 그 바람에 상황이 좀 복잡하게 됐어. 내 모델, 내 여왕이 말이야, 방을 박차고 나가버렸네. 그런 썩은 내가 진동하는 집에 더는 있을 수 없다고 하면서. 작업 상황이 좀 골치 아프게 됐어."

사일러스가 술잔을 세게 그러쥐었다. "죄송합니다." 그가 말했다. "왜 그런 일이 벌어졌는지 도무지 모르겠군요. 물론 보상은 하겠습니다." 루이가 손사래를 치며 제안을 일축했지만, 그의 관대함이 사일러스를 더욱 비참하게 만들었다. 다른 표본에 정신이 팔려서 새를 대강 말렸던 걸까? 그게 박쥐였던가? 사일러스는 루이에게 박쥐를 줘서 보상할 생각이었다. 아니, 보상하겠다고 우길 생각이었다. 우겨야만 했다. 아깝지만 손해 본 돈은 생각하지 않기로 했다. 사일러스가 이마를 닦았다. 훗날 그들이 더 많은 손님들을 데려와서 그에게 보답할 것이다. 수중에 월세를 내려고 모아 둔 돈도 약간 있었다.

"그리고 이젠, 그 썩은 비둘기 때문에, 자네 상황이 몹시 난처하게 됐어." 로세티가 사일러스에게서 등을 돌리며 말했다. 어찌나 크게 말했던지 블루벨도 인상을 찌푸렸다. 사일러스는 다른 손님들의 업신여기는 표정을 감히 감당할 자신이 없어서 술잔만 멀뚱히 내려다봤다. 그는 실패했다. 로세티는 누가 듣든 말든 신경 쓰지 않았다.

"몹시 난처한 것까지는 아니고…." 루이가 입을 열었다.

"네 멧비둘기는 구더기가 득실거리는 대재앙이야. 그래서 시궁창 같은 템스 강 깊숙한 곳에 내다버린 거잖아."

"비둘기는 거의 완성했어…."

"그 모델, 그 안절부절 못 하던 여점원은 어쩔 거야…."

"약속을 조금 미룬 것뿐이야…."

"미루긴 했지, 영원히. 자네 하숙집에서 나는 그 썩은 납골당 냄새 같은 악취 때문에 말이야."

"시드가 도와줄 거야. 아니면 매춘부를 찾든가." 루이가 힘주어 말했다.

로세티가 콧방귀를 뀌었다. "리지 시달? 그렇게는 안 될 걸. 밀레이가 벌써 모델로 쓰잖아. 자네가 그린 여자 그림엔 여자가 없어, 여자가 있을 거란 희망도 없고. 현 상태로는 텅 빈 여백에 채색한 작은 비둘기뿐이라고. 그 꼴로 왕립 미술원에 출품이라도 해 보시지." 로세티가 다시 자리에 앉으며 손가락을 뾰족하게 마주 세웠다. "그러고도 몹시 난처한 상황이 아니라고 말하는 거야?"

루이가 얼굴을 찌푸렸다. "하지만 내겐 비전이 있어. 구상도 이미 끝났어. 내 그림은 꼭 왕립 미술원 벽에 걸리게 될 거야." 목소리가 떨렸다. "단, 그 안에 여자만 그려 넣는다면 말이야."

"비전이 가장 중요하지." 밀레이가 팔을 토닥거리며 말했다. "세부적인 것들은 해결하면 돼."

"그러니 사체 양반…." 로세티가 몸을 돌리자 사일러스가 움찔했다.

"사일러스야." 루이가 바로잡았다.

"그러니 사일러스." 로세티가 곁눈질을 하며 말했다. "루이에게 보상하겠다고 약속했지. 어떻게 말인가? 마법을 부려서 썩은 비둘기가 쫓아버린 정신 산만한 처자를 다시 데려오기라도 할 건가? 그건 말도 안 되는 짓이야."

"그게 최고의 해결책은 아니야, 사일러스." 밀레이가 덧붙였다. 사일러스의 얼굴이 빨개졌다. 밀레이마저 실망하고 말았다. "지난 며칠 동안 루이가 어땠는지 자네가 봤어야 해."

"우울의 늪에 빠져 보기 가여울 지경이었네." 로세티가 말했다. "전문가로서 자네가 이보단 나은 사람일 거라고 생각했어."

자네가 이보단 나은 사람일 거라고 생각했어. 그건 말도 안 되는 짓이야. 이렇게 불안정하게 한쪽으로 치우친 울새는 본 적이 없어. 사일러스는 두 손으로 얼굴을 가리고 싶었다. *이렇게 불안정하게 한쪽으로 치우친 울새는 본 적이 없어.* 세 남자가 비웃음을 억누르기 위해 윗입술을 움찍거리며 기든처럼 의뭉스럽게 웃는 것 같았다. 급기야 사일러스는 자신이 아무짝에도 쓸모없는 비열하고 무능력한 인간이라고 확신했다.

그때 루이가 말했다. "정말이지, 제군들. 자네들이 말하는 것처럼 그렇게 나쁜 상황은 아니야. 사일러스, 친구들을 용서하게. 오늘 몹시 흥분한 것 같으니. 어떻게든 방법을 찾아보겠네. 적어도 썩기 전에 비둘기는 그려뒀잖아." 루이가 손을 뻗자 사일러스가 몸을 움츠렸다. 하지만 루이는 그저 그의 어깨를 토닥거린 것뿐이었다.

루이의 손길은 단호하면서도 따뜻했다. 로세티의 고함을 들다가 느닷없이 루이의 친절을 받으니 가슴이 너무 벅찼다. 고개를 들지도, 떨리는 목소리를 진정시키지도 못한 채 그가 말했다. "제게 해결책이 있을 듯합니다." 브랜디를 내려놓는 그의 손이 부들부들 떨렸다. 정신도 아찔했다. 술맛은 역겨웠다. 너무 달았다. 감정이 요동쳤다. 사일러스는 이 남자를 기쁘게 하고, 이 우정의 싹을 부여잡고, 비둘기로 인해 발생한 손해를 보상하고 싶었다. 말릴 새도 없이 그가 말했다. "딱 맞는 모델이 있을 것 같습니다. 원하시는 게 여왕이죠, 기품이 넘치는 사람? 설터 부인 가게에 있습니다."

"인형 가게 말인가?"

"제가 알기로 그렇습니다." 사일러스가 말을 멈췄다. 그리고 손을 얼굴에 갖다 대더니 흘러나오는 말을 목구멍 안으로 밀어 넣기라도 하듯 목을 감싸 쥐었다. 아이리스는 너무나 소중한 존재였다. 그녀는 *그의 것*이었다. 사일러스는 자신이 저지른 짓을 믿을 수 없었다.

"원하시는 이상적인 사람은 아닐 겁니다." 사일러스가 수습하려고 애썼다. "제가 너무 성급했네요. 몸에 결함이 있습니다. 쇄골인데, 마음에 들지 않을 겁니다."

"어쨌든 내일 직접 확인해보겠네." 루이가 가죽 공책과 연필을 꺼내 '*설터 부인의 가게*'라고 급히 받아 적었다.

이미 늦었다.

언 쟁

아이리스는 인형 발을 손에 들고 앉아 있었다. 기지개를 켜고, 관절을 우두둑거리며 하품을 하다가 위를 흘깃 쳐다봤다. 그러다가 갑자기 펄쩍 뛰었다.

남자 넷이 동그랗게 김이 서린 유리창 너머로 그녀를 바라봤다. 젊고 잘생긴 남자들 중 유독 검은 곱슬머리를 한 남자가 뚫어져라 응시했다. 아이리스는 얼굴을 붉히며 고개를 숙이고 자신의 모습을 내려다봤다. 옷을 다 입었는데도 몸을 가리고 싶은 마음과 그들이 계속 바라봐주기를 바라는 욕구가 묘하게 엇갈렸다. 마음이 복잡했다. 내면에 숨기고 있던 부정한 생각을 다시 떠올렸다. 나체로 초상화를 그리고, 열쇠 구멍으로 로즈를 훔쳐보며 흥분하도록 만든 자신의 욕망을.

로즈는 조그만 레이스 깃에서 실을 풀어내느라 고개를 숙이고 있었다.

아이리스가 고개를 들고 로즈를 넌지시 찌르려고 하자 머리카락이 제멋대로인 남자가 손가락을 입술에 갖다 댔다.

아이리스는 흠칫 놀랐다. 저렇게 뻔뻔할 수가! 어떻게 감히 매춘부를 보듯, 박물관의 전시품을 보듯 저렇게 노골적으로 바라볼 수 있단 말인가! 남자는 그냥 거리의 행상처럼 보였다. 심지어 모자도 쓰지 않았다. 아이리스가 자세를 고쳐 앉으며 무의식적으로 쇄골을 만졌다.

"저것 좀 봐!" 먼저 설터 부인이 없는 걸 확인하고 아이리스가 로즈에게 말을 걸었다. "저기 저 무례한 놈들 좀…."

하지만 남자들은 이미 달아난 뒤라 아이리스가 가리킨 창문 너머엔 아무것도 없었다.

* * *

태양이 창문 너머로 아련하게 새어 들어오더니 마침내 어둠이 찾아왔다. 기름 램프와 양초는 환히 밝혀져 있었고, 난로의 마지막 불도 꺼지지 않고 남아 있었다. 자매가 저녁 식사를 하는 동안 설터 부인은 아편 병을 젖꼭지처럼 빨았다. 식사를 마친 뒤 그들은 각자의 방으로 돌아갔다.

침대에서 로즈가 아이리스의 무릎 사이로 자신의 무릎을 밀어넣었다. 아이리스가 손을 뻗었다. 로즈도 손을 잡도록 허락했다.

"도망가서 미안해."

"괜찮아."

"우리 가게 기억나?" 맞잡은 로즈의 손바닥이 뜨거웠다. "내가 그린 비스킷 통 말이야. 언니가 수놓은 손수건도."

"음."

"내가 뭘 잘못했어?"

로즈는 아무런 대답이 없었다.

잠시 후 아이리스는 로즈가 잠든 걸 알았다. 가만히 누워 있었더니 로즈의 손이 저절로 축 늘어졌다. 아이리스는 침대에서 몸을 빼내 살금살금 방을 나와 기름칠을 해둔 방문을 통과했다. 그리고 계단을 내려가 지하 창고에 도착했다. 옷을 벗고 그림 그릴 준비를 했다. 거울을 앞에 놓고, 책상 위에 그림을 펼쳤다.

한 번씩 붓을 그을 때마다, 그림자가 굽이지고 빛이 조각조각 기워질 때마다, 목구멍을 팽팽하게 잡아당기던 긴장감이 느슨해졌다. 낮에 후끈거렸던 배 아래쪽에다 손을 갖다 댔다. 정말 무례하기 짝이 없는 남자들이었다. 하지만 그들의 시선을 조용히 묵인하던 자신의 모습도 떠올랐다. 아이리스는 위층에서 자고 있을 로즈를, 로즈의 허벅지가 신사의 거친 모직 바지를 스치던 장면을, 로즈의 엉덩이에 생긴 푸르스름한 손자국을 떠올렸다.

손이 차가웠다. 그녀는 배꼽 아래를 더듬으며 손가락을 이리저리 놀렸다.

그때 문이 삐걱거리며 열렸다. 아이리스는 재빨리 잠옷을 집어 들고 몸을 가렸다.

"그…그게….." 아이리스가 말을 더듬었다. 너무 당황해서 뒤도 돌아보지 못했다. 심장이 북소리처럼 요동쳤다. 설터 부인일 거라고 확신했다. 꼼짝없이 일자리를 잃게 생겼다. 품위를 잃고 어쩔 수 없이 싸구려 기성복이나 꿰매며 가족에게 오늘 일을 설명해야 할 것이다. 아이리스는 언젠가 들킬 거라는 걸, 자신의 도덕적 타락이 발각될 거라는 걸 알았어야 했다.

"뭐하는 거야? 대체 이게…?" 목소리에 분노가 서렸다. 하지만 설터 부인이 아니었다.

로즈였다.

순간 아이리스는 실망했다. 금방 떨쳐버렸지만, 그녀는 이런 기분이 드는 걸 막을 길이 없었다.

로즈가 앞에 서서 그림을 잡고 촛불에 갖다 댔다. 그러고는 그림을 유심히 훑어봤다. "무슨 짓을 하는 거야? 이게 대체 뭐야?" 로즈가 도화지를 흔들었다. 두 뺨이 붉은 마맛자국으로 옴폭 패였다.

"그거 이리 줘." 아이리스가 그림을 낚아챘다. 더는 미안하지도, 부끄럽지도 않았다. "언니랑 아무 상관없는 일이야."

"이건…음란한 짓이야! 잠옷까지 벗다니…. 나를 조롱하려고 이런 짓을 하나 본데. 그래봐야 쓸 데 없는 짓이야! 나랑 아무 상관없어? 추천서도 못 받고 둘 다 여기서 쫓겨나면 어쩔 거야?"
로즈가 목소리를 높였다. "설터 부인이 어떻게 생각할지 알잖아!
그럼 우리가 어떻게 되는지도 알잖아? 어떤 가게에서 우릴 받아
주겠어?"

"나는…나는 언니까지 비난 받을 거란 생각은 못했어."

"아이리스," 로즈가 아이리스의 팔꿈치를 잡고 설터 부인이 꼬
집은 희미한 멍 자국에 손을 올린 채 설득했다. "다시는 이런 그
림은, 이딴 건 그리지 않겠다고 약속해." 로즈가 말을 멈추고 울
음을 삼켰다. "내가 안다면 부인도 알 거야. 네 안에 사악한 무언
가가 있다는 사실을 말이야."

아이리스는 자신의 몸을 더듬는 로즈의 시선을 느꼈다. 잠옷
을 그러모아 가슴을 가리자 로즈가 재빨리 시선을 돌렸다. 하지
만 익히 아는 그 표정을 포착하기엔 충분한 시간이었다. 그건 고
통과 질투였다.

"다시는 이런 짓 안 하겠다고 약속해." 로즈가 몰아세웠다.

아이리스는 말없이 서 있었다. 한 손에는 그녀의 초상화이자
온몸에 곰보 자국이 생기기 전 로즈의 몸을 연상시키는 그림을,
다른 한 손에는 잠옷을 들었다. 그녀는 약속할 수 없었다. 약속
하지 않을 것이다.

"약속해," 로즈가 언성을 높였다. "해야만 해. 분명히 말했어,
아니면 어머니한테 다 말할 거야."

아이리스는 아무 말 없이 충격에 고동치는 맥박을 느꼈다. 그러면서 나무 바닥에 대고 발가락을 움츠렸다. 어쩌다 로즈와 아이리스는 이 지경이 됐을까? 옛날엔 세상 하나뿐인 짝이라도 되는 것처럼 누가 시키지 않아도 두 손을 꼭 맞잡고 어디든 함께 다녔다. 그런데 이젠 로즈라는 존재로 인해 아이리스는 숨을 쉴 수 없었다.

"네가 약속하지 않으면….."

"그러면 뭐?" 아이리스가 따져 물었다. 목소리가 버릇없는 어린애가 심통 부리는 소리처럼 들렸다. "설터 부인과 어머니한테 이를 거라고? 그래, 나는 두 사람 다 꼴 보기 싫어! 이렇게 인생을 낭비하는 것도 싫어! 언니는 그냥 나를 여기에 가두고 싶은 거야, 언니처럼 나도 비참하게 만들고 싶은 거라고. 약속 못해. 언니는 내가 뭘 원하는지 아무 관심도 없어. 그 병에 걸린 뒤부터 한 번도….."

"병에 걸린 뒤부터?" 로즈가 갑자기 흐느끼기 시작했다. "네가….."

"내가 뭐? 난 아무 짓도 안 했어! 언니가 병에 걸린 건 내 잘못이 아니야. 언니가 천연두에 걸리는 건 나도 원하지 않았다고. 그러니까 그 일로 나를 벌주려고 하지 마! 나한테 도덕 운운하며 훈계하는데 언니야말로….." 아이리스는 화를 내면서도 한 번 뱉으면 주워 담을 수 없을까봐 적절한 단어를 고민했다. "언니야말

로 어겼잖아. 언니가 찰스랑 무슨 짓을 했는지 내가 모를 줄 알
아?"

아이리스가 통증을 느낄 새도 없이 철썩 하는 소리가 났다. 매
서운 손자국으로 뺨이 붉어졌다. "네가 감히 어떻게!" 설터 부인
이 듣든 말든 개의치 않고 소리쳤다. "나는 언니가 싫어!" 아이리
스는 자신이 벌거벗은 사실도, 꼴사납게 보인다는 사실도 잊은
채 바닥에 잠옷을 던졌다.

감정이 무너져 내렸는지 로즈가 아기처럼 울기 시작했다. 발
악하듯 꺽꺽거렸다. 벌어진 입술 사이로 침이 줄줄 흘러내렸고,
얼굴은 고통으로 일그러졌다.

"가지…마…." 로즈가 힘들게 말했지만 아이리스는 견딜 수 없
었다. 우는 모습에 마음이 약해지지 않으려고 애썼다. 그러고는
가슴팍에 그림을 끌어안고 차가운 계단을 쿵쾅거리며 다락방 침
대로 돌아갔다. 방문 열쇠를 돌리다가 그제야 잠옷을 두고 온 사
실을 깨달았다. 하지만 다시 내려가고 싶지 않았다. 도저히 그럴
수 없었다.

아이리스는 벌거벗은 채로 누워서 분을 이기지 못하고 씩씩거
렸다.

* * *

아이리스는 세인트 조지 종탑이 다섯 시를 알리는 소리에 잠에서 깼다. 침대 옆자리는 비어 있었다. 지난밤이 조각조각 떠오르자 아이리스는 머리 위로 이불을 푹 뒤집어썼다. 로즈에게 그렇게 말하면 안 됐다. 그렇게 이성을 잃으면 안 됐다. 로즈를 위로해줬어야 했다.

노크 소리에 아이리스가 문을 열었다. 로즈는 지하실 바닥에서 잔 게 분명했다.

아이리스는 아무 말도 하지 않았다. 사과의 말이 나오지 않았다. *네 안에 사악한 무언가가 있어.* 자매는 서로의 코르셋을 조이며 조용하고 침착하게 옷을 걸쳤다.

"동생아, 제발." 로즈가 코르셋 끈을 세게 조이며 속삭였다.

이제 그림은 끝이라는 걸 알면서도 아이리스는 약속하지 않았다. 앞으로도 안 할 생각이었다. 로즈가 협박하고 구슬리고 들들 볶을 게 뻔했다. 눈가에서 눈물방울이 또르르 흘러내렸다. 마침내 아이리스가 입을 열었다. "못되게 말해서 미안해. 일부러 그런 건 아니야."

로즈의 목소리가 얼음장처럼 차가웠다. "네가 사과해야 할 건 그림이야."

"기분 나쁘게 해서 미안해."

"내가 원한 대답은 그게 아니야." 로즈가 말했다. 아이리스는 대꾸하지 않았다.

로즈가 요강을 사용하려고 뒤로 돌자, 이불 밑에서 슬며시 그림을 빼낸 아이리스는 설터 부인이 깨기 전에 지하 창고를 정리하려고 서둘러 아래로 내려갔다.

하지만 창고는 먼지 하나 없이 깨끗했다. 인형 부품을 담은 상자들은 서랍장의 제 위치에 놓여 있었고, 책상도 깨끗이 정리되어 있었다. 이상한 느낌에 바구니 아래를 허둥지둥 뒤졌다.

로즈가 문 옆에 서 있었다. 살갗이 우묵하게 패였고, 왼쪽 눈은 뿌옇게 초점이 없었다.

"내 붓 어디 있어? 나머지는 어디다 뒀어? 내가 그린 그림들은?" 아이리스가 다그쳤다. "내 물건을 어떻게 한 거야?"

로즈가 머리카락을 잡아당겨 올가미처럼 손가락 끝에 팽팽하게 감았다.

"몇 달에 걸쳐 그린 그림들이야! 그림 어디다 뒀어? 설마 불태운 건 아니지…. 내 그림 어디 있느냐니까?"

"그게 뭐가 중요해? 그냥 물건에 불과하잖아." 로즈가 떨리는 목소리로 말했다. "내가…내가 널 위해서 이런다는 걸 알아야 해. 쫓겨나면 어떡할 거야? 어떻게…."

"거짓말쟁이! 언니가 불행하니까 나도 똑같이 만들고 싶은 거잖아." 아이리스가 말을 잘랐다. "그 그림들은 내 거야. 내가 산

거야. 내가 돈을 모아서 산거라고. 몇 달이나 걸려서."

"돈은 부모님한테 드렸어야지. 그렇게 마음대로 쓰면 되겠어."

"나쁜 년." 아이리스가 낮게 중얼거렸다. 이제껏 한 번도 큰 소리로 뱉어본 적 없는 단어였다. 쓰라린 고통이 조금은 누그러졌다. "나쁜 년."

* * *

자매는 종일 불편하게 침묵을 지켰다. 아이리스는 로즈와 반대 방향으로 몸을 기울인 채 앉아 있었다. 파란색 물감을 초록색 물감과 헷갈리는가 싶더니 입술선도 비뚤어졌다.

결국 오후 느지막이 설터 부인이 버클리 스퀘어에 사는 가족에게 인형 두 개를 배달하라고 아이리스에게 심부름을 시켰다. "송곳니만 남은 그 꼬마 놈한테 이렇게 중요한 임무를 맡길 순 없지."

가게를 벗어날 수 있다는 안도감에 아이리스는 서둘러 자리에서 일어나 청어 한 쌍처럼 인형을 바구니에 가지런히 뉘었다. "미적거리지 마." 설터 부인이 말했다. 하지만 그녀가 이미 밖으로 나간 자리엔 문 닫히는 소리만 댕그랑거렸다.

네 시 경이라 거리는 노점상과 손님들로 북적였다. 모두가 비누며 겉만 번지르르한 잡동사니, 사탕, 숫양, 밧줄 따위를 사고 팔거나 물물교환 했다. 테리어를 파는 개장수가 개장을 머리 위로 치켜들고 가격을 외쳤지만 그의 고함도, 개 짖는 소리도 마차의 말발굽 소리와 바퀴 소리에 묻혀 전혀 들리지 않았다. 아이리스는 녹색 바탕에 금박이 칠해진 가게 간판을 뒤돌아보며 횃불과 브랜디 한 병이 있었으면 좋겠다고 생각했다.

"실례합니다." 누군가가 아이리스의 소매를 만지며 말했다.

아이리스는 소매치기를 떨쳐내기 위해 뒤로 펄쩍 뛰면서 팔을 휘두르려고 했다. 하지만 그녀를 부른 건 콧대가 오뚝한 숙녀였다.

"이렇게 불쑥 말을 걸어서 미안합니다."

아이리스는 여자가 사람을 잘못 본 건 아닐까 궁금했다.

"우리가 일면식이 있는 사이는 아닐 거예요. 인형 가게에서 일하시죠. 제 이름은 클라리사 프로스트예요." 아이리스는 삐걱거리는 마차 소음 속에서 그녀의 말을 알아들으려고 애썼다. "당신은 어떻게 되나요?"

"뭐라고요?" 아이리스가 말을 듣기 위해 고개를 숙였다.

"이름이 뭔가요?"

"아이리스예요."

"미스 아이리스…?"

아이리스는 자신의 형편없는 에티켓에 얼굴을 붉혔다. "휘틀

이예요. 그런데 무슨 일이죠?"

"불쑥 접근한 무례함을 용서하세요. 휘틀 양. 난데없이 왜 이러나 싶을 거예요."

아이리스가 여인의 뒤쪽을 바라봤다. 어제 창문 너머로 훔쳐보던 남자 중 하나가 초조한 얼굴로 서 있었다. 그녀가 얼굴을 찌푸렸다. 여전히 모자는 쓰지 않았다.

"또 당신이군요." 아이리스가 말했다. 아침에 생긴 분노 때문에 짜증을 억누르기 힘들었다.

"어머," 클라리사가 얼굴을 찡그리며 남자를 돌아봤다. "아직 소개를 안 했군요?"

"소개라뇨? 아니요. 저 분은 창문 너머로 점원을 훔쳐보지 않는 법부터 배워야 할 거예요."

남자가 염치도 없이 웃었다.

"재미있나보죠." 아이리스가 얼굴을 붉히며 말했다. "나는 여자지 전시품이 아니에요."

"이쪽은 내 오빠예요." 남자가 말하려는 찰나, 클라리사가 손으로 그의 입을 막으며 말했다.

"오빠?" 아이리스가 되물었다. 짧은 바지에다 얼룩덜룩한 흰 반점이 있는 셔츠를 입은 남자의 모습은 영락없는 넝마장수였다. 푸른색 재킷은 솔기가 풀어졌다. 그가 비단 치마를 걸친 우아한 숙녀와 같은 핏줄이라는 건 말도 안 되는 소리였다.

"오빠 행색이 저와 다르다는 건 제가 먼저 인정하죠." 아이리스가 행인의 팔꿈치에 맞아 휘청거리자 클라리사가 말했다. "좀 더 편하게 얘기를 나누고 싶은데요? 마차 소음은 딱 질색이라."

여자가 아이리스를 깔끔한 케이크 가게로 안내했다. 가게는 천장이 아치형으로, 탁자에는 말끔하게 다림질한 흰색 식탁보가 깔렸고, 은으로 된 다기 세트가 반짝거렸다. 아이리스는 손에 든 바구니를 까맣게 잊었다. 대체 무슨 일일까 열심히 추측했지만 어떤 짐작도 만족스럽지 않았다. 어째서 이런 사치를 베푸는 걸까? 아이리스의 챙이 넓은 낡은 모자는 프로스트 양의 *챙이 좁은 모자*에 비하면 형편없는 구닥다리였다. 아이리스는 문지기의 조소를 무시하려고 애썼다. 여자는 아무것도 눈치 채지 못한 것 같았다. 여자가 손가락을 까딱이더니 샌드위치와 차를 주문했다. "이번에는 오이를 듬뿍 넣어주세요. 크림도 두툼하게 발라줘요. 맛을 보면 금방 아니까."

그때 아이리스는 문득 깨달았다. 여자는 뚜쟁이고 남자는 포주이며 그들이 순진한 젊은 처녀를 등쳐먹으려고 거리를 이 잡듯 뒤지는 거라고.

"이만 가봐야겠어요." 아이리스가 떠날 채비를 하며 말했다. "나는 그런 애송이가 아니에요. 무슨 일인지 이제 알겠군요. 안녕히 계세요."

"잠깐만요…. 제발," 여자가 말했다. "오빠는 화가예요."

"화가요?" 아이리스가 되물었다.

"루이 프로스트."

남자가 희망이 가득한 표정으로 쳐다봤다. 아이리스는 고개를 흔들었다.

"그게, 그러니까, 아마…오빠는 화가 조합의 일원이에요. PRB라고. 라파엘전파형제회 맞지? 홀먼 헌트, 존 밀레이, 가브리엘 로세티?" 클라리사가 여전히 기대를 놓지 않고 목소리를 높였다.

"잘 몰라요…들어본 적 없어요."

"아, 조만간 듣게 될 거예요." 클라리사는 진지하고 단호하게 말을 이어갔다. 그녀가 의자를 가리켰고, 아이리스는 그곳에 앉았다. "루이는 왕립 미술원에서 그림 교육을 받았어요. 작년 여름 전시회 땐 두 점을 전시했죠. 조만간 엄청난 작품을 그릴 거예요. 확신해요." 여자의 목소리가 떨렸다. "하지만 비평가들을 설득하려면 보다 확실한 그림이 필요해요."

왕립 미술원, 전시회, 비평가. 아이리스는 머릿속으로 이 단어들을 되뇌었다. 잘 익은 체리처럼 맛있게 들렸다. 이런 단어들을 불쑥 꺼내다니, 이런 소리를 만들다니! 어쩌면 우여곡절 끝에 아이리스의 그림을 본 그들이, 그녀를 그 형제회에 가입시키려는 건지도 몰랐다. 하지만 아이리스는 벌써 이름만 듣고도 남성들만 받아들이는 단체란 걸 알았다.

"그러면 나는 왜?" 아이리스가 물었다. 남자가 빤히 바라봤다.

아이리스가 그의 시선을 알아차린 걸 알고도 남자는 고개를 돌리지 않았다. 남자의 눈동자는 몹시 짙어서 검은색에 가까웠다. 가운데는 금색이었다. 저런 눈을 가진 인형을 그리라고 한다면, 적당한 색깔을 구하지 못하리라.

"실례되는 부탁이지만, 최대한 예의를 갖출 것을 약속합니다." 클라리사가 기침을 했다. "오빠는 모델을 찾고 있어요."

"모델이요?" 아이리스는 침착함을 유지하려고 노력했다. 그녀가 소맷자락의 실을 만지작거렸다. 모델 일과 매춘은 큰 차이가 없다는 걸 그녀도 알고 있었다. 로즈가 절대 용서하지 않을 것이다. 로즈는 아이리스가 몸과 얼굴을 내보이면 자신을 모욕하는 것으로 받아들였다. 부모님도 다시는 집안에 발을 들이지 못하게 할 게 자명했다. 인형 가게에서 일자리를 잃을지도 몰랐.

"무슨 문제라도? 나도 알아요, 어떻게 들리는지…."

"아니요, 아무것도 아니에요." 아이리스가 말했다.

"여기요, 이리 주세요." 금테 두른 접시를 식탁에 내려놓는 점원에게 클라리사가 말했다. 껍질을 잘라낸 하얀 샌드위치가 접시에 가득 담겼다. 그녀가 샌드위치를 조심스레 베어 물며 아이리스에게 손짓했다. "루이가 실력에 걸맞은 명성을 얻게 되면 당신은 그의 화폭에서 영원히 살아 숨 쉬게 된다는 사실을 잊지 마세요. 한 번 생각해봐요! 백년, 이백년이 지나도 사람들이 당신에게 경의를 표할 거예요." 클라리사가 새끼손가락을 바깥으로 뻗은 채 차를 한 모금 홀짝였다. "그리고 시간당 1실링이에요. 지금 받는 급여보다 훨씬 많을 거예요."

"1실링, 한 시간에…1실링을?"

"맞아요."

아이리스는 음식물을 삼키려고 애썼다. 하지만 삼키는 법이 떠오르지 않았다. 그래서 음식을 볼 쪽으로 밀었다. "그러면 내가 그 일, 그러니까, 뭐라고 불러야 하나…."

"점잖은 일이라고 내가 장담할게요." 클라리사가 재빨리 대답했다. 루이는 그 반대라는 듯한 표정으로 그녀를 바라봤다. "나도 그림 앞에 앉아봤어요. 그리고 혹시 보호자를 동반하고 싶으면…."

로즈. 아이리스는 로즈와 다툰 장면을 떠올렸다. 도둑맞은 물감, 불타버린 그림들, 그리고 따귀. 아이리스는 입을 꼭 다물었다.

"적당한 사람이 없나보군요? 내가 동석하기를 원한다면 기꺼이 그렇게 할게요."

"혹시, 이것 때문에…." 아이리스가 쇄골을 가리켰다. 그리고는 고개를 숙였다. "이걸 그리고 싶은 건가요?"

"뭐라고요?" 루이가 마침내 입을 열었다. 목소리가 지적이면서도 깊고 달콤했다. "아니에요! 그저 당신이 흥미로워서 그래요. 당신에겐 위엄이 있어요. 당신 얼굴엔…아름다움과 신비함이 공존해요. 그 머리카락! 장담하는데 제아무리 머리핀을 무성하게 꽂아도 절대 길들이지 못할 겁니다. 정말 놀라워요."

아이리스는 온몸에 전율이 일었다. 좋아해야 할지, 기분 나빠해야 할지 알 수 없었다. 그래서 샌드위치에만 집중하려고 애썼다.

"완벽한 여왕이 될 겁니다. 아니, 여왕 그 자체예요."

클라리사가 말을 잘랐다. "아시겠죠, 오빠가 지금 그림을 하나 그리는 중이에요. 〈감금된 기주마르의 여왕〉이라는 작품이죠. 루이가 조금 집착하는 편이에요. 우리가 자기처럼 중세 단시에 언제나 열정이 넘치지 않는다는 걸 까먹어요. 간단히 줄거리를 말씀드리면⋯." 클라리사가 위를 쳐다보더니 수없이 되풀이한 구절을 또 읊는다는 듯 무미건조한 억양으로 설명을 시작했다. "한 여왕이 질투에 사로잡힌 남편 때문에 감금돼요. 기주마르라는 사내의 배가 근처에서 난파되고 둘은 사랑에 빠지죠. 당연히 그들의 사랑은 오래가지 못해요. 왕에게 발각된 후 기주마르는 쫓겨나죠. 하지만 여왕은 자기만이 풀 수 있는 방식으로 기주마르의 셔츠를 매듭짓고, 기주마르도 마찬가지로 여왕의 치마를 묶어요. 맞아?"

루이가 샌드위치를 한입 가득 넣으며 고개를 끄덕였다.

"그런 뒤 남편에게서 도망쳐 메리아뒤크 왕의 성에 도착하죠. 왕이 여왕을 유혹하려고 하지만 거절해요. 그러다 우연히 한 시합에서 기주마르를 만나게 되죠. 그리고 기주마르의 셔츠를 풀어 여왕의 존재를 증명해요, 내 기억에는 그래요. 그런 다음 기주마르가 메리아뒤크 왕을 사로잡고 여왕을 구출하죠. 내가 요약한 줄거리 어때, 루이?"

"그 정도면 괜찮아." 루이가 단어에 맞춰 손톱을 딱딱 두드리며 말했다. "그래서 우리가 이렇게 메리아뒤크 왕에게서 당신을 구출하려고 온 거예요."

"누구요?"

루이가 코웃음을 쳤다. "입이 강아지 궁둥이처럼 오므라진, 그 회색 머리 노파 말이에요."

"아! 설터 부인 말이군요." 아이리스는 웃음을 숨기려고 기침을 했다. 루이를 가만히 바라보고는 속삭이듯 작게 말했다. "그림을 가르쳐줄 수 있나요?"

"당신한테 말이오?"

루이의 의심에 아이리스의 불안이 되살아났다. 그녀가 자리에서 일어났다. "이만 가봐야겠어요. 심부름에도 늦었고요. 차 잘 마셨어요."

"조금만 더 있어줘요." 남자가 손을 뻗으며 말했다. 루이의 손가락이 아이리스의 소매와 장갑 사이 부드러운 손목 안쪽에 닿았다.

제멋대로인 남자의 손길에 아이리스는 화들짝 놀랐다. 그녀가 팔을 뺐다.

"저기, 귀찮게 해서 미안하지만 답은 간단해요. 당신은 나의 여왕이 틀림없어요."

"당신의 여왕이 틀림없다고요?"

루이가 아이리스의 말을 무시하며 말했다. "처음 본 순간 알았어요."

아이리스는 짜증이 치밀었다. "글쎄요, 저야말로 처음 본 순간 알았어요. 당신이 참 무례하다는 걸." 루이가 큰 소리로 웃었다. 아이리스는 로즈의 말이 생각났다. *네 안에는 사악한 무언가가 있어.* 그녀가 턱을 치켜 올렸다. "내가 그림을 배우고 싶다는 게 당신에겐 그토록 우스운 일이라니 유감이군요."

루이가 표정을 진지하게 고쳤다. "무례를 용서하세요. 너무 뜻밖이라. 모델 일을 하는 시달 양도 그림을 그리는 것으로 압니다만. 좋아요. 내 모델이 되면 한 시간에 1실링, 그리고 일주일에 한 시간 그림을 가르쳐드리죠."

"진지하게 배우고 싶어요, 소일거리가 아니라."

루이가 다시 웃었다. "흥정할 줄 아는 아가씨군요. 알겠어요. 수업은 하루에 한 시간 반으로 하죠. 모델을 서지 않을 때는 내 물감을 써요." 아이리스가 어물대자 루이가 덧붙였다. "아, 휘틀 양. 제발 승낙해주세요."

아이리스는 입술을 깨물었다. 그리고 탁자에 몸을 기댔다. 모델 일이 간절히 하고 싶었지만 그녀는 프로스트나 클라리사 모두 알지 못했다. 그녀는 어려서부터 거짓 약속에 속아 넘어간 순진한 아가씨들에 대한 이야기와 어둠 속에서 늑대처럼 몸을 웅크린 채 호시탐탐 기회를 노리는 위험한 존재들에 대해 숱한 경고를 들으며 자랐다. 수상쩍은 시설에서 짭짤한 수입을 올리는 재봉사들, 소문난 난봉꾼에게 고용돼 온갖 끔찍한 학대를 당한 하녀들. 그런데 그림에, 수업에, 탈출까지. 이게 사실이라면….

클라리사가 아이리스의 손을 토닥였다. "있잖아요. 오빠가 의욕이 좀 넘치네요. 아직 철이 덜 들어서 그래요. 그러지 말고 먼저 작업실을 구경하는 건 어때요? 그게 부적절하다고 반대할 사람은 분명 없을 거예요. 그런 다음 결정해요."

아이리스는 말없이 보닛을 썼다. 바구니를 집어 드는 손이 떨렸다.

"언제 가면 좋을까요?" 아이리스가 물었다.

2장

리지, 리지, 언니는 날 위해서
금지된 과일을 맛보았어?
언니의 빛이 내 빛처럼 숨겨져 있었겠네.
언니의 젊은 생명이 내 생명처럼 소모되었겠네.
그렇게 하지 않은 내 것은 하지 않은 채로 있고,
그렇게 해서 파괴된 내 것은 파괴된 채로 있는데.
갈증 나고, 많이 괴롭힘 당하고, 유령들한테 시달렸겠지?
　　　　　　　　　　　　　　—크리스티나 로세티,
　　　　　　　　　　　　　　〈유령 시장〉(1859년))

할 수 있을 때 장미꽃 봉오리를 모아라,
나이 든 시간은 계속 달아나고 있으니;
오늘은 활짝 웃는 이 꽃도
내일이면 지고 말리라.

　　　　　　　　　　　　　　—로버트 헤릭,
　　　　　　　　　　　〈처녀들이여, 시간을 활용하라〉(1648년)

메갈로사우르스

앨비는 대형 쾌속 돛배 위에 있었다. 배는 산들 바람에 삐걱거리는 소리를 내며 기우뚱거렸고, 심장 박동처럼 고동치며 항해했다. 격자무늬로 장식한 선실에는 해먹들이 걸려 있었다. 앨비의 누나도 그의 손을 잡고 선실에 함께 했다. 앨비의 입에는 새 치아가 끼워져 있었다. 눈을 감으면 두 뺨에 부딪치는 살을 에는 듯한 바람과 바다가 느껴졌다. 뱃머리에서 선미까지 쏜살같이 달려가서 뱃사람에게 배운 것들을 외칠 수도 있었다. *가로돛 아랫귀를 올려 접어라! 후미의 세로돛을 바람이 부는 방향으로! 이호! 키를 아래쪽으로!* 사방으로 펼쳐진 푸른 수평선이 구름으로 덮인 하늘과 맞닿은 채 끝없이 일렁였다.

배는 더욱 거칠게 요동쳤고, 앨비의 누나는 조금씩 흐느꼈다. 바람이 탁, 탁, 탁 하고 돛을 때리며 더욱 크고 거친 소리를 냈다. 앨비는 배 위에 있었다. 그는 배 위에 있었다. 누나가 그의 손을 더욱 세게 쥐었다.

이제 앨비는 갑판 아래에 있었다. 그가 누운 해먹 위로는 또 다른 해먹이 걸려 있었다. 돌풍에 배가 사납게 부딪힐 때마다 위에 놓인 침대, 아니 해먹이 바로 코앞까지 내려왔다. 앨비는 배 위에 있었다. 여기는 배다.

폭풍이 마지막 굉음을 터뜨리며 지나가자 누나의 손톱이 그의 손을 파고들었다. 앨비는 당장이라도 바람의 목을 졸라 그 헐떡이는 마지막 숨통을 끊어 버리고 싶었다.

문이 쾅 닫히자 앨비가 침대 밑에서 기어 나왔다. 손이 아팠다. 손등에 반달 모양의 붉은 자국 네 개가 찍혔다.

앨비가 누나의 옅은 머리카락을 귀 뒤로 넘겨주려고 손을 뻗자 그녀가 움찔했다.

"끔찍한 놈은 아니었어." 앨비가 말했다. "안 그래?"

누나는 고개를 저으며 베개 위에 떨어진 때 묻은 동전을 셌다. 그러더니 동전을 깨물었다. 앨비도 같이 셌다. 6펜스. 밤이 지나면 적어도 그보다 다섯 배는 더 벌 것이다. 독감에 걸린 덕분에 누나가 바쁠 거란 걸 앨비는 알고 있었다. 누나는 폐결핵에 걸린 행세를 하며 몸값을 1페니 인상했다. 죽어가는 아가씨들의 몸값이 가장 높았다. 앨비는 이 생각을 하다가 누나 곁으로 우물쭈물 다가가 머리카락에 얼굴을 묻었다. "공장 일보다는 훨씬 나아."

누나가 자리에서 일어났다. 앨비는 그대로 침대에 앉아 바늘과 실을 집어 들고 노래를 불렀다. 낡은 석탄방은 담배갑만큼이나 작아서 앨비가 손을 뻗으면 침대에 앉은 채로도 사면이 닿았다. 좁은 매트리스에 무릎을 꿇으면 천장도 만져졌다.

"내가 기병대 기수를 처음 만난 건

용기병 연대에서였지,

나는 그에게 시원찮은 물건을 주고,

그의 은 숟가락을 훔쳤지."

앨비가 가느다랗게 실눈을 뜨고 누나를 지켜봤다. 누나는 한 손으로 흡인식 청소 용구를 든 채 식초를 푼 대야 위에 웅크리고 앉아 있었다. 음모가 떡이 져 엉켰다. "여길 뜨자! 배에 몰래 기어 들어가는 거야, 어서 가자…." 앨비는 누나에게 이렇게 말하고 싶은 마음이 굴뚝같았다. 하지만 결국엔 똑같지 않을까? 그들은 어디를 가든 똑같으리라. 앨비는 이런 감정이 싫었다. 확실치도 않은 생각이 느닷없이 스치는 게 싫었다. 그러면서 불행한 현실을 받아들였다. 그에게 삶은 행복이나 불행의 문제가 아니라, 구빈원이나 관 속에 들어가지 않고 생존하는 것이었다. 그는 바닥을 쿵쾅거리며 달리고, 질주하고, 도망치고 싶었다.

"누가 목이라도 조르니?"

"노래하는 거야." 앨비가 바늘을 휘두르며 건조한 목소리로 대답했다. "게다가 무장도 했다고. 누구든 공격하면 구스베리 찌르듯 눈알을 확 찔러버릴 거야."

앨비가 다시 바느질을 시작했다. 옷감 자투리를 모아, 아이리스에게 크리스마스 선물로 줄 장미 리본을 만드는 중이었다. 하지만 꽃잎아, 하고 놀릴까봐 누나에겐 차마 말하지 못했다. 가끔 앨비는 아이리스가 손에 쥐어준 동전을 떠올렸다. 그 일로 아이리스를 여왕처럼 여기던 그의 믿음이 확고해졌다. 아이리스가 베풀어준 친절한 손길들을 회상했다. 바느질 가방에 몰래 빵 덩어리를 넣어주던 일, 어릴 때 가지고 놀던 거라며 팽이를 줬던 일.

누나가 이불 밑으로 몸을 밀어 넣었다. "잠을 좀 자야겠어. 몇 사람 더 오기 전에." 그녀가 말했다.

"야!" 머리 위 창문 쇠살대가 덜컹거렸다. "야, 앨비, 저기 개가 있어."

"또 악취가 풍기는 개 사체를 가지고 올 생각은 하지도 마." 앨비는 누나 말은 듣지도 않고 문 대신 쳐놓은 커튼을 젖히고 밖으로 달려 나갔다. 그러고는 계단을 올라가 거리로 이어지는 썩은 층계를 뛰어올랐다. 한 손에는 텅 빈 사체 가방을 든 채였다.

"상태는 어때? 몇 살 쯤 됐어?"

"몰라. 근데 짐수레에 치인 것 같아." 소년이 말했다.

"죽었어?"

"어, 아니. 울부짖는 소리로 봐서는 세인트 앤 성당에 묻힌 시체들을 몽땅 깨울 기세야. 서두르는 게 좋겠어."

석양이 석탄 먼지와 연기를 뚫고 비치는 희미한 노른자 같았다. 두 소년은 낑낑대는 개소리가 들릴 때까지 올드 콤튼과 프리스, 로밀리 거리의 앙상한 골목길을 잽싸게 내달렸다. 그들은 달리면서 사탕과 돼지 껍질 튀김 한 봉지를 놓고 협상했다. 결국 앨비는 정보를 귀띔해주는 대가로 친구에게 생강사탕 한 봉지를 사주기로 약속했다.

개는 마차 바퀴에 뒷다리가 깔려 살이 짓이겨지고 뼈가 훤히 드러났다. 빠져나오려고 몸부림을 칠수록 개의 흐느낌은 더욱 고통스럽게 변했다. 피가 배수로로 흘러들었다.

"누가 저 놈의 고통을 끝내주게나." 한 남자가 말했다. "발길질 몇 번이면 끝날 것 같은데."

"제가 해볼게요." 앨비가 조심스레 강아지에게 다가갔다. "쉿, 쉿." 그는 개에게 물려 입에 거품을 무는 미치광이가 될까 겁났다. 개는 다리가 상해서 결국 죽을 수밖에 없을 것 같았다. 구걸하는 거지 아이들이 소매를 걷어 보여준 상처만큼이나 개의 상처가 깊었다.

"참 착하구나, 그렇지?" 앨비가 개의 등을 쓰다듬었다. 개는 겁을 먹고 하얗게 질린 눈으로 소리를 죽였다. 바들바들 떨었다. "쉬쉬, 조용히 해, 공주님."

앨비가 신호를 보내자 친구가 돌멩이를 건네줬다. 그가 눈을 질끈 감았다. 고통 속에서 천천히 죽어가거나 꼬맹이들에게 괴롭힘을 당하도록 놔두는 것보다 이편이 나았다. 게다가, 이렇게 해야 사일러스에게서 한 푼이라도 더 쥐어짜내 새 치아에 한 걸음 더 다가설 수 있었다. 두개골이 산산조각 나지 않도록 목을 매달아 더 많은 돈을 얻어내는 것도 가능했다. 하지만 앨비는 차마 그런 식으로 강아지를 겁주는 것도, 맥박이 사그라지는 동안 새파랗게 질린 강아지의 모습을 지켜보는 것도 견딜 수 없었다.

쿵 하고 내리치니 쩍 하고 갈라지며 개가 조용해졌다. 앨비는 웅크리고 앉아 숨을 헐떡였다. 개의 눈꺼풀이 파르르 떨렸지만 이미 생명이 다한 걸 알 수 있었다. 그가 손으로 얼굴을 닦고 떨리는 손가락으로 바퀴에 짓이겨진 개의 다리를 마차에서 빼냈다.

"미안해, 공주님." 앨비가 말했다. 진심이었다.

* * *

메갈로사우르스, 메갈로사우르스, 메갈로사우르스.

앨비는 이 단어를 어디에서 들었는지, 이게 무슨 뜻인지 기억하지 못했다. 하지만 계속 중얼거리면 걸을 때 리듬감이 생겼다. 그는 코벤트 가든에 위치한 사일러스의 가게를 향해 사람들 틈바구니를 이리저리 비집고 질주하며 작은 소리로 이 단어를 되풀이했다. 가방 속 개는 아직 따뜻했다. 가여운 짐승. 언젠가 그도 저런 꼴이 되어 납골당에 눕거나 기껏해야 의사의 해부용 안치대에 놓이는 신세가 될 것이다. 앨비가 몸서리를 쳤다. 누나는 그에게 천천히 다니라고, 거리를 메운 마차와 날뛰는 말들, 은제 채찍을 휘두르는 마부들 사이를 뚫고 뛰어다니지 말라고 늘 야단쳤다. 치아도 대부분 그런 식으로 잃어버렸다. 네 살 때 마차 측면에 세게 부딪힌 후로는 새 치아가 나지 않았다. 그가 유일하게 남은 송곳니를 혀로 핥았다.

메갈로사우르스, 메갈로사우르스, 메갈로사우르스.

앨비는 점원들이 개미처럼 줄지어 발길을 재촉하는 행렬을 뚫고 스트랜드가의 대로를 내려가다가 어깨 너비도 되지 않는 막다른 골목에 다다랐다. 그리고 코를 찌르는 악취에 숨을 참으며 사일러스의 가게로 내달렸다. 가게 옆에는 작은 표지판이 붙어 있었다. 사일러스가 표지판을 달면서 노크하고 벨을 누르라는 표시라고 알려준 걸 떠올리고, 벨을 누른 뒤 문을 두드렸다. 칠흑같이 어두운대도 창 안에는 촛불 하나 켜져 있지 않았고, 골목에는 거지 하나 지나가지 않았다. 고양이만 벽을 긁으며 울 뿐이었다.

"무슨 일이야?" 사일러스가 다그치듯 물었다. 평소보다 표정이 훨씬 음산하고 눈빛도 불안정했다. 그의 두 눈이 앨비와 골목을 훑다가 다시 앨비에게로 돌아왔다. 그가 머리카락을 만지작거렸다.

"괜찮은 보물을 건졌습니다." 건진 물건이 최상품이 아니라는 걸 알면서도 앨비는 이렇게 말했다. "어쨌든 다이아몬드가 하나 있었어요. 죽어라 쫓아오던 성질 더러운 똥개한테 던져주긴 했지만요."

"뭐였는데?"

앨비가 머리를 긁적였다. "제 기억이 맞다면, 메갈로사우루스였죠. 작은 놈이요. 근데 지금은 수중에 없으니 어쩔 수 없네요." 그가 어깨를 으쓱했다. 하지만 사일러스는 듣지 못한 것 같았다. "그렇지만 잠깐 이것 좀 보세요, 나리⋯."

강아지를 꺼냈다가 질책만 듣는 건 아닐까 하는 걱정 때문에 앨비가 주춤했다. 사일러스는 이미 관심을 잃은 것처럼 보였다. 그럼에도 그는 양손으로 강아지를 꺼내 희망 섞인 눈으로 사일러스를 쳐다봤다. 상아로 만든 틀니는 4기니였고, 그가 모은 돈은 겨우 12실링이었다. 이런 속도라면 앨비는 서른 살이 될 때까지 잇몸으로 지내야 할 판이었다.

사일러스는 말이 없었다. 앨비를 뚫어져라 노려보는 것 같았다. 계속 말을 했지만 오르락내리락하던 앨비의 억양이 조금 단조롭게 변했다. "나리⋯아주 따끈한 표본입니다, 방금 죽은 거예요, 심지어 굳지도 않았어요⋯. 이 물건으로 해골을 만든다고 생각해보세요⋯. 전부 쓰일 데가 있습니다, 나리⋯가죽으로는 장갑을, 털로는 장식품을 만들 수 있죠. 그리고 **뼈**는⋯깎아서 말입니다, 나리, 호각이나 빗이나 뭐 그런 것들을 만들 수도 있고요. 아니면 개 **뼈**로 만든 피아노 건반은 어때요, 아니면⋯."

"그 여자 말이야." 사일러스가 앨비의 손을 치면서 말을 가로

챘다.

개가 바닥에 철퍼덕 하고 떨어지자 앨비가 주웠다. 무심결에 죽은 개의 정수리를 쓰다듬었다. "어떤 여자요?"

"알잖아." 사일러스가 쇄골을 만졌다. 앨비는 알면서도 애써 어리둥절한 표정을 지었다.

"누굴 말하는지 도통 모르겠네요, 나리."

"설터 부인 가게에서 일하는 여자, 아이리스 말이야."

앨비가 코를 찡그리며 긁는 척했다. "그런 이름은 전혀 기억나지 않아요, 나리. 전혀요."

"만국박람회 공사장에서. 네가 소개했잖아, 맙소사."

"아니요, 상상인 것 같아요." 앨비가 사일러스의 왜곡된 시선과 망상을 이용할 수 있기를 바라며 우겼다. "나리, 저는 아무도 소개하지 않았어요. 꿈을 꿨나 봐요. 그런 이름은 없어요. 그런 사람은 모른다고요."

하지만 사일러스는 머리카락을 잡아당기며 찢어진 입술만 질근거릴 뿐, 앨비는 안중에도 없었다.

"제발요, 나리, 그런 여자는 본 적이 없는 거예요."

대답이 없었다.

앨비는 좋지 않은 일임을 직감했다.

서신

콜빌 플레이스 6번지, 팩토리

1월 2일

누구의 섬김도 받지 않는 여왕에게.

사과합니다. 우리가 만난 지도 한 달이 넘었군요. 그동안 에딘버러에 두 번 다녀오고, 몸살도 지독하게 앓았습니다. 하지만 걱정하지 마세요. 상복에 검은 타조 깃털을 달고 오라는 호출은 없을 겁니다. 사랑하는 귀네비어의 보살핌으로 건강을 회복했거든요. 동생이 어찌나 매몰찬지, 내게 심기증이 있는 신사만 걸리는 감기에 걸렸다고 하더군요. 내 허약한 몸통을 뒤틀고 뼈를 으스러뜨릴 뻔한 기침 소리를 들었다면 당신은 그렇게 잔인하게 굴지 않았을 거라 확신합니다.

내가 이 서신을 쓰는 이유는 당신을 구속하는 메리아뒤크 왕으로부터 당장 도망치라는 말을 하기 위해서입니다! 나는 안식일을 한 번도 지킨 적이 없습니다(분명 내가 저지른 많은 악행 가운데 꽤 무거운 죄일 겁니다), 그러니 예배당에서 무릎을 꿇는다거나 하지 않는다면, 이달 열두 번째 날에 당신이 오기를 기다리겠습니다.

그림 견본도 가져오세요. 간단하게 그림 수업을 하며 손봐주겠습니다.

클라리사에게 동석할 수 있는지도 물어보겠습니다.

친애하는 당신의 s
루이 프로스트 *PRB*

* * *

리젠트 거리, 설터 부인의 인형 가게
1월 2일

프로스트 씨에게.

회복했다는 소식을 들으니 기쁘군요. 그런데 귀네비어는 누군가요?

일요일에 예배가 끝난 후 한 시간 가량 시간을 낼 수 있습니다. 하지만 세 시 전에 끝내야 합니다. 지난번에 차를 마시며 대화한 것처럼 단지 재미 삼아 들르는 겁니다. 모델을 서려는 건 아니에요. 가게 주인과 부모님이 허락하지 않을 거예요. 그러니 부디 희망은 품지 마세요.

존경을 담아,
아이리스 휘틀

팩토리

집은 아이리스가 상상했던 것보다 더 허름하기도 하고 더 훌륭하기도 했다. 높고 좁은 벽돌 건물로, 외관이 꼭 한물 간 한량 같았다. 창문들이 빤히 노려봤다. 그 중 하나는 깨졌다. 양치식물과 종려나무가 창가의 화단, 테라코타 항아리와 화분, 벽에 걸린 바구니를 가리지 않고 모든 구멍에서 무성하게 자랐다. 말이 짐수레를 끌고 급히 지나가는 바람에, 지푸라기가 깔린 길로 걷기가 힘들었다. 어쩔 수 없이 아이리스는 양치식물이 얼굴을 간지럽히는 걸 참으며 화분 위에서 웅크리다시피 했다.

짐수레가 모퉁이를 돌아가자 아이리스는 헛기침을 하며 복장을 살폈다. 가슴팍에는 앨비에게 크리스마스 선물로 받은 작은 비단 장미 리본이 달려 있었다. 그녀가 리본의 구겨진 가장자리를 반듯하게 폈다. 그리고 소매에 묻은 수프 자국을 만지작거렸다. 원래 푸른색이었지만, 이제 회색이 되어버린 면치마는 아이리스가 가진 옷 중 가장 좋은 것이었다. 한때는 잘록하게 당겨 입는 허리 부분도, 팔이 날씬해 보이는 앙증맞은 소매도 마음에 들었다. 하지만 이제는 완벽하게 삼각형으로 자른 오이 샌드위치나 배탈이 날 만큼 진한 크림을 마음껏 즐기는 부류가 아닌, 가난한 독신 여성처럼 보인다는 생각이 들었다.

아이리스는 초인종 위에서 손을 머뭇거리다가 그 아래 붙은 명판을 읽었다.

"더 팩토리. PRB. (제발 초인종을 누르시오-Please Ring Bell.)"

이런 식으로 이니셜의 진짜 뜻을 아는 사람과 그렇지 못한 사람을 은밀하게 구분한다고 생각하니, 아이리스는 웃음이 났다. 라파엘전파형제회(PreRaphaelite Brotherhood). 아이리스는 자기가 내부자에 속한다는 데 잠시 자부심을 느꼈다. 클라리사가 말해준 덕분이었다. 하지만 로즈는 몰랐다. '비평가', '왕립 미술원', '전시회' 같은 단어를 구사하며 대화하는 사람들만 아는 사실이었다. 하긴 아이리스 역시 그 중 어떤 것과도 관련이 없었다. 손에 들고 있던, 설터 부인에게 들킬까봐 소매 안에 숨겨 온 그림이 바람에 구겨졌다.

"초인종을 누를 건가요? 아니면 길바닥에서 수업을 할까요?"

아이리스는 놀라 뒷걸음을 치다가 화분에 걸려 발가락을 찧었다. 발끝이 아렸다. 주변을 두리번거렸다.

"위쪽이에요, 휘틀 양." 루이가 이층 창문에서 인사를 건넸다.

"그게…그러니까 막 초인종을 누르려고 했어요….."

"5분 동안이나? 이실직고하면 짐수레가 쏜살같이 지나갈 때 인기척을 할 뻔했어요. 당신이 화분의 풀을 뜯어먹는 줄 알았거든요."

"몰래 지켜본 거예요?" 아이리스가 얼굴을 붉혔다.

"관찰했다고 해두죠. 관찰은 예술가의 중요한 기술이죠. 이제 내가 안내하겠습니다."

아이리스는 할 말을 준비했다. *나는 아직 당신의 모델이 아니에요. 당신이 5분 동안이나 훔쳐봐도 되는 사람이 아니라고요!* 하지만 문이 열리고 루이가 미소를 보내자 화가 눈 녹듯 사라졌다. 아이리스는 테레빈유, 밀랍, 아마씨유 냄새를 들이마셨다. 양탄자는 너덜너덜 하고 샹들리에의 유리 조각도 거의 사라지고 없었지만, 벽면은 그림들로 빼곡했다. 일부는 완성품이었고, 일부는 이제 막 그리기 시작한 것들이었다. 복도는 놀랍도록 강렬한, 늪지대를 연상시키는 녹색이었고, 공작 깃털이 징두리테와 천장 사이에 일렬로 배열되어 있었다. 굽도리널, 문틀, 계단 난간, 계단 엄지기둥 할 것 없이 사방에 금박이 칠해져 있었다.

여유 있게 둘러보고 싶었지만 루이가 이동을 재촉했다.

"동생도 여기 있나요, 프로스트 씨?"

"클라리사? 아, 아니요, 여성구호단체 일을 보러 갔어요. 메릴

르번 모임이라고. 처리해야 할 일이 있어서. 그리고 부디 크리스티앙이라고 불러주세요. 말도 안 되는 격식 나부랭이는 영 견딜 수가 없어서."

"하지만…."

"나도 알아요, 압니다. 동생에게 동석해달라고 분명 부탁했습니다. 약속하건데 *여성성은 털끝 하나 다치지 않고* 이곳을 떠날 수 있을 겁니다."

가슴이 죄어 왔다. 아이리스는 그렇게 추파 좀 던지지 말라며 루이에게 고상하게 말할 방법을 찾고 싶었다. 여기에 그림을 배우러 온 것이지 딴 목적으로 온 게 아니었다. 다른 모델들은 매춘부처럼 헤프게 굴지 몰라도 그녀는 달랐다. 아이리스는 고결함이라는 자신의 보석을 꼭 거머쥐고 싶었다. 그러다가 문득 루이가 이미 모델을 하겠다고 동의한 것으로 생각한다는 사실을 깨달았다. 아직 동의한 게 아니었다. 하지 않을 것이다. *어쩌면.*

"하인들도 있나요?"

"하인?" 루이가 손사래를 쳤다. "저는 그렇게 호들갑 떠는 사람들이 곁에 있는 걸 참을 수 없어요. 현대 신사라면 일주일에 가정부 한 번으로 족하죠." 루이가 좁은 계단을 가리켰다. "따라오세요, 작업실을 구경시켜드리죠."

아이리스는 지금껏 이런 사람을 만나보지 못했다. 심히 자유로운 사람이거나 무척 강압적인 사람 둘 중 하나같은데, 그가 어느 쪽인지는 확신할 수 없었다. 독특한 관점으로 사람들을 놀라게 하는 힘을 가진, 자기만의 방식에 익숙한 부류로 보였다. 그리고 이 점이 이상야릇한 쾌감을 줬다. 아이리스는 분노를 표출해서 그의 장단에 놀아나지 않을 생각이었다. 그녀는 루이의 허를 찌르는 데서 기쁨을 찾고, 그가 뭐라고 해도 완벽하게 평정심을 유지하는 척 위장할 작정이었다.

"적어도 죽음의 문턱에서 벗어난 건 알겠어요." 아이리스가 말했다.

"내가 빨리 회복한 건 귀네비어의 지극한 간호 덕분이죠."

"아주 너그러운 분인가 보군요." 아이리스는 루이가 결혼했다는 사실에 기뻤다. 복잡한 상황이 말끔히 정리됐다.

"그럼요. 하지만 크리스마스 푸딩을 몽땅 먹어치우는 바람에 모델에서는 영 거리가 멀어졌죠. 곧 만나게 될 겁니다."

"네?"

루이가 계단 위로 안내하고는 안으로 들어갔다. "작업실이에요. 특별히 정리정돈을 했죠."

"정리를 한 거라고요?" 아이리스는 홍합 껍데기를 밟고 움찔했다. 지구가 빙글빙글 돌기라도 한 것처럼 서랍과 책장의 온갖 내용물이 바깥으로 튀어나왔다. 모퉁이에는 새끼곰 인형이 신문지를 담요 삼아 덮고 누워 있었고, 벽에는 볼록 거울 한 쌍이 걸려 있었다. 작업실은 온갖 잡동사니로 정신이 없었다.

"물론 어머니와 나는 정리정돈이라는 단어의 정의에 서로 의견이 다르죠. 정리, 정돈. 소리만 들어도 얼마나 따분합니까! 모든 걸 제자리에 두려는 건 평범함의 극치죠. 그렇게 생각하지 않나요? 책은 여기 두고, 식기류는 저기 두고 하는 식의 분류는 옳지 않다고 생각해요. 취향과 상상력의 빈곤만 보여주죠."

아이리스는 루이의 말을 귀담아 들었다. 그러면서 색색의 줄무늬가 그려진 루이의 이젤을 바라봤다.

"정돈을 한다는 건 정말 형편없는 사고방식이에요. 공장식 사고란 말입니다…."

그때 구석에서 무언가가 꿈틀거렸다. 아이리스가 소리를 질렀다. "저게 뭐야…곰이 살아 있어요! 하느님 세상에…."

루이가 깔깔거리며 웃었다. 그가 눈을 질끈 감고 입을 벌린 채 웃다가 문의 모서리를 부여잡았다. "고…고…곰이라니…."

"웃을 일이 아니라고요." 아이리스는 그들을 향해 느릿느릿 걸어오는 짐승에게 주눅 들지 않으려고 애썼다. 더는 조롱당하고 싶지 않았지만 곰이 공격할까 무서웠다. 그는 재미삼아 위험한 동물을 사는 부류인 것 같았다. 그러다간 결국 그도 죽임을 당하고 말리라. 그녀가 뒤로 물러섰다. "이빨이랑 발톱은 뽑았나요?"

이 말에 루이가 눈물을 닦으며 자세를 고쳤다. "아니오! 어떻게 그러겠어요? 그건 잔인한 짓이에요. 이 녀석이 귀네비어예요, 웜뱃이죠. 지금은 애도 기간입니다."

"어머나. 아…그렇군요." 아이리스가 말했다. "그러니까 귀네비어가 당신의 아…." 아이리스는 *아내*라고 말하려다가 입을 닫았다. 그리고 낯선 단어를 마음속에 새겼다. "*웜뱃.* 애도 기간." 아이리스는 짐승의 목에 묶인 작은 검은색 손수건을 보고 웃음이 터져 나오려는 입을 손으로 가렸다.

"웃을 일이 아니에요." 루이가 말했다. "크리스마스에 랜슬롯을 잃었어요. 뭐 둘이 친구 사이는 아니었지만. 랜슬롯은 위층에서, 귀네비어는 아래층에서 살았으니까요. 저야말로 상실감이 꽤 컸죠."

"나이가 많았나요?"

"차라리 그랬으면 좋았을 걸." 루이가 고개를 떨궜다. "로세티가 그랬죠, 시가를 한 대 피우면 녀석이 좋아할 거라고. 하지만 시가 한 통에다 초콜릿 한 덩이를 눈 깜짝할 사이에 삼키고는 다음날 저세상으로 떠나더군요. 로세티와 나는 더는 그 이야기를 안 한답니다."

"유감이네요." 아이리스는 마지못해 웜뱃을 향해 손을 뻗었다. 하지만 털을 만지지는 못했다. 귀네비어가 털이 무성한 갈색 대포알처럼 보였다. "순한가요?"

대답 대신 루이가 짐승을 두 팔로 안더니, 힘에 부쳤는지 신음하며 녀석의 아래턱을 쓰다듬었다.

* * *

　루이가 반려동물을 쓰다듬는 동안 아이리스는 작업실을 구경하며 작은 것 하나까지 전부 기억하려고 노력했다. 루이의 이젤은 그녀가 그림을 그리는 작은 책상과 달리 방 한쪽 구석에 물감을 뒤집어 쓴 거대한 구조물처럼 서 있었다. 아이리스는 그가 작업 중인 그림을 간절히 보고 싶었지만 감히 볼 엄두가 나지 않았다. 이런 방을, 이런 작업실을 갖게 되다니! 하지만 모델을 할 생각으로 미혼의 화가와 단 둘이 있는 모습을 가족이 본다면 뭐라고 할까. 이런 생각이 뇌리를 떠나지 않더니 아이리스는 자신이 감시를 당하는 것 같은, 아니―순식간에―로즈가 옆에 와 있는 것 같은 느낌을 받았다.

　아이리스는 온갖 진기한 물건들로 가득한 찬장을 자세히 살펴봤다. 물건들을 전부 들어보고, 손으로 무게를 느껴보고, 뒷줄에 놓인 온갖 보물들까지 구경하고 싶었다. 진주조개, 두개골, 속이 빈 달걀, 새 둥지는 물론이고 기사의 갑옷과 투구, 쇠사슬 갑옷, 괴물 석상, 석고 토르소와 흉상 같은 보다 큰 물건도 있었다. 아이리스가 로마인 석고상의 잘생긴 코를 손가락으로 훑은 뒤 대리석으로 만든 손을 집어 들었다.

　"아! 그건 내려놓는 게 좋을 거예요." 루이가 물건을 빼앗으며 말했다.

"깨지기 쉬워서요?"

"전혀. 그보다는 엄청나게 값진 물건이기 때문이죠. 사실 대영 박물관에서 빌린 겁니다."

"그런 능력이 있는 줄은 몰랐네요."

루이는 초조해 보였다. "그게, 딱히 빌려달라고 요청한 건 아니지만."

"그럼 훔친 건가요? 잡히면 어쩌려고?"

"천만에. 마음만 먹었으면 아마 난 솜씨 좋은 도둑이 됐을 거예요. 로세티에게 주의를 돌려달라고 부탁했죠. 밀레이라면 절대 승낙하지 않았겠지만." 루이가 과장된 몸짓을 하며 말했다. "그리고 반납하면 그건 절도가 아니에요."

"아주 탁월한 논리꾼이시군요." 아이리스가 비단 공작 깃털을 집어 들고는 깃털 가닥의 푸른색, 녹색, 보라색 빛깔을 응시했다. 검은색과 금색이 루이의 눈동자를 상기시켰다.

"당신 생각은 다른가보군요."

"나요? 그래요…."

"도둑질은 못하겠네요."

"당신이 어떻게 알아요?" 루이와 눈을 마주치지 않고 아이리스가 대꾸했다.

"증명해봐요." 루이가 한 걸음 가까이 다가갔다.

"왜 그래야 하죠?"

"글쎄, 그러니 더욱 확실해지는군요. 당신이 얼마나 고지식한지!"

"아니에요!" 아이리스가 팔짱을 꼈다. 그녀는 가까이에서 루이를 느낄 수 있었다. 옷에서 유화 물감 냄새가 났다. 가슴이 두근거렸다. 당황해서인지, 흥분해서인지 알 수 없었다.

"저런, 아니라는 걸 증명할 때까지 당신이 도둑질을 못하는 연약한 아가씨라는 의견을 고수하겠어요."

"연약한 아가씨? 날 잘 알지도 못하면서." 아이리스는 미끼를 덥석 물지 않으려고 애썼다.

"어떤 숙녀분들은 그걸 칭찬으로 받아들이죠."

"나는 *어떤 숙녀*가 아니에요." 아이리스가 답했다. 루이가 너무 가까이 다가와 있어서 순간 그가 키스하려는 건 아닐까 싶었다. 가슴이 콩닥콩닥 뛰었지만, 혹시 그가 키스를 하면 몸을 돌릴 생각이었다. 하지만 루이는 자기 입술을 핥고 창가로 걸어갔다.

"그림 좀 볼 수 있을까요?" 루이가 구석에 놓인 책상에서 의자 두 개를 빼냈다. "와서, 앉아요."

"썩 훌륭하지는 않아요." 아이리스가 주저하며 말했다. 그리고 소매에서 종이를 꺼내 앞에 놓인 책상에 반듯하게 펼쳤다.

침대 밑에 숨겨 둔 덕분에 로즈의 횡포에서 살아남은 유일한 그림이었다. 턱 아랫부분은 미리 찢어 버렸다. 아이리스는 초롱초롱한 눈빛으로 그림을 바라보고는 이 정도면 만족한다고 결론 내렸다. 루이에게 깊은 인상을 주고 싶었다.

아이리스는 기다렸다.

"흠." 루이가 그림을 뚫어지게 바라보며 말했다. "확실히 원시적이군요."

"원시적이라고요?" 아이리스가 그림을 낚아챘다.

"아, 이런. 모욕감을 주려고 그런 건 아니에요. 분명 해부학적 구조, 비율, 원근법, 명암, 구도 등을 포착하는 능력은 아직 부족해요…."

아이리스는 소리를 질러야 할지, 울어야 할지, 뺨을 후려쳐야 할지 알 수 없었다. 순간 끓어오르는 분노를 참을 수 없었다. "나도 댁의 작품이 마음에 들지 않을 것 같은 예감이 드네요."

"그럴지도, 그리고 당신이 처음도 아니에요. 디킨스도 그런 평을 한 적이 있죠. 내가 그린…." 비평을 암송하는 데 익숙한 듯 루이가 친숙한 가락으로 읊었다. "*불쾌하고 역겨운 로미오와 구빈원에서 죽은 심술궂은 노파의 송장을 무척이나 닮은 향기로운 줄리엣*'에 대해서 말입니다. 봐요. 이게 내 작품에 대한 평이에요. 칭찬을 원한다면 내가 줄 수 있는 조언은 인형 가게로 돌아가라는 거예요."

"나는 인형 가게를 떠난 적이 없어요, 그럴 생각도 없고요." 아이리스가 머뭇거리며 말했다. "그리고 그 비평가 말이에요…. 정말 그렇게 말했어요? 내가 남자라면 한 대 쳤을 거예요."

"그러게요, 나도 며칠 시무룩했죠. 하지만 우리는 새로운 예술을 시도하는 중이에요. 그러려면 시간이 필요해요. 그 작자는 옛것의 충실한 지지자들, 상상력도 번뜩임도 없는 얼간이들을 좋아하죠."

루이가 그림을 다시 집어 들었다.

"이 그림은 원시적이에요. 진심이에요. 하지만 모욕감을 주려고 쓴 표현은 아니에요. 사실," 루이가 작은 초상화를 가까이 들여다보며 말했다. "여기엔 어떤 가능성이 있어요. 정말 뜻밖이에요. 시시한 꽃 그림일 거라고 짐작했지 이토록 자연스러운 그림을 그렸을 거라는 생각은 못했어요. 분명 기술과 숙련도는 부족하지만, 그건 훈련을 받은 적이 없기 때문이죠. 그보다 중요한 건 *진실함*이에요." 루이의 손짓이 열정적으로 커져갔다. "봐요, 본인 얼굴을 이상적인 타원형이 아닌, 있는 그대로 그렸어요…. 실제로 당신의 코는 애호박처럼 윤곽이 휘었어요, 그게 본 얼굴의 아름다움을 해치죠. 하지만 색감 사용은…뭐랄까, 채색한 필사본처럼 보이는군요. *살아 있어요.*"

아이리스는 떨림을 멈추기 위해 손을 깔고 앉았다. 루이가 손짓을 했다. "이리와요, 의자를 당겨요. 곧 이 사랑스러운 팩토리로 돌아오겠지만, 약속한 대로 지금 짧게 수업을 진행하죠." 그가 벽에 걸린 볼록 거울 중 하나를 들어서 아이리스 앞에 놓았다. 거울이 완벽한 새 인생을 담은 초상화처럼 멋지게 어지럽혀진 방 전체를 비췄다. "가끔은 이 거울들이 싫어요. 또 하나의 왜곡된 나를 보는 것 같아서. 하지만 그림을 그릴 땐 물체를 다차원적으로 볼 수 있죠. 그럴 땐 마법 같다는 생각도 들어요."

"그렇군요."

루이의 목소리가 부드러워졌다. 그에게서 아이리스가 눈치 채지 못한 점잖음이 얼핏 보였다. "코 밑을 봐요. 이게 아마추어 화가들이 저지르는 첫 번째 실수예요. 그림자를 진분홍색으로 칠했죠." 아이리스가 거울에 비친 자기 모습을 보고 얼굴을 붉혔다. 그들의 눈이 거울에서 마주쳤다. "봐요. 실은 짙은 살색이 아니에요. 푸른빛도 있고, 붉은 끼와 노란 끼도 살짝 돌죠. 눈도 마찬가지예요. 단순한 초록색이 아니에요. 눈동자 색을 깊숙이 들여다봐요. 고유한 색도 풍부하지만 눈썹 때문에 그림자도 졌어요." 아이리스가 눈을 깜빡였다. "내가 손을 좀 보고 싶은데, 괜찮을까요?"

아이리스가 고개를 젓자 루이가 옅은 파란색을 만들어 코와 턱 아래에 묻혔다. 그리고 눈동자의 초록빛을 보강하고는 몇 번 쓱쓱 붓질을 해서 볼록한 콧날을 수정했다.

"어떻게 한 거예요?" 아이리스가 물었다. 같은 그림이라고 믿을 수 없었다. 훨씬 사실적이고 훨씬 그녀 자신처럼 보였다. 마법이라도 부린 것 같았다.

"답은 연습이에요. 당신이 내 모델이 되기만 하면 연습할 시간을 갖게 될 거예요. 내가 당신을 그리거나 스케치하지 않을 때 이 책상에 앉아서 혼자 그림을 그려요. 물감과 캔버스도 빌려줄게요. 일이 끝나는 대로 매일 수업을 진행하죠."

아이리스는 아무 말이 없었다.

"유화도 가르쳐줄게요. 혹시 모르지, 내년에 당신도 왕립 미술원 여름 전시회에 출품할지. 물론 거절당할지도 모르지만." 루이가 어깨를 으쓱했다. "나는 그림을 위해 사는 사람이에요. 그림을 안 그렸다면 뭘 하고 있을지 모르겠어요. 당신 역시 이런 기분을 느낄 수도 있고, 느끼지 못할 수도 있겠죠. 하지만 우리와 비슷한 신념이 당신에게서도 보여요. 아무래도 상관없어요. 결정은 전적으로 당신에게 달렸으니까."

아이리스는 거절의 순간을 미루기로 결심하고 주위를 둘러봤다. "당신과 PRB에 대해 말해주겠어요?"

루이가 고개를 끄덕이고 일어섰다. 그리고 이젤 뒤에 놓인 캔버스로 걸어갔다. 아이리스가 뒤를 따랐다. 캔버스 천이 워낙 촘촘해서 나무처럼 보였다. 그림은 전체적으로 흰색을 칠하고, 배경(담쟁이덩굴의 적갈색 이파리, 누런 돌)을 표현하는 작은 골무 무늬를 그 위에 더덕더덕 덧칠했다. 유일하게 완성한 피사체는 새로, 비둘기가 스케치한 창문 밖으로 날아가고 있었다. 부리와 날개의 묘사가 굉장히 세밀했고, 담청색과 흰색으로 표현한 눈은 작은 빛까지 머금었다. 부리에는 은빛 올리브 가지를 물었다.

남자와 여자는 흑연으로 대강 윤곽만 그린 상태였다. 여자는 서 있고 남자가 여자의 발밑에 무릎을 꿇은 채 손에 키스를 하는 자세였다. "밀레이가 기주마르처럼 포즈를 취할 거예요." 루이가 설명했다. "기주마르가 메리아뒤크 왕으로부터 여왕을 구출하는 순간이죠."

그림을 완성하는 건 아이리스의 얼굴이 될 것이다.

"우리의 그림 기법은 미술원에서 배운 것과 달라요. 우린 흰색으로 바탕을 칠하고 마르기 전에 화려한 색감을 덧칠하죠." 루이가 쉴 새 없이 이야기했고, 아이리스는 가만히 들었다. 그녀는 어느 때보다 열심히 경청했다. 어떤 사람도 이처럼 솔직하고 지적으로 그녀에게 말을 건네지 않았다. 루이는 어린아이나 동물을 훈육하는 게 아니라, 아이리스가 자신을 이해할 거라고 믿는다는 듯이 말했다. 아이리스는 루이가 뱉은 단어들을 나중에 다시 들을 수 있도록, 그가 공유하고 싶어 하는 모든 것을 되새김질할 수 있도록 전부 저장해두고 싶었다.

루이는 그들의 형제회가 자연을 있는 그대로 표현하길 원하며, 왕립 미술원의 최연소 단원 존 밀레이가 조직에서 외면당하지만, 그들의 그림 운동에 대한 믿음 때문에 개의치 않는다는 등의 이야기를 해줬다. 그리고 왕립 미술원 여름 전시회가 얼마나 중요한지, 그림이 어디에 걸리는지(이를테면 관객의 시야가 닿는 눈높이에 걸리는지)에 얼마나 목을 매는지, 그들이 석고상과 조각상만 주구장창 그려대는 미술원 수업을 얼마나 지겨워했는지 말해줬다. 또한 밀레이의 천재성을 질투한 학생들이 그를 괴롭힌 이야기와 밀레이가 발목에 비단 스타킹이 묶인 채 창문에 매달렸다가 우연히 그 옆을 지나가던 자기 덕분에 구출된 이야기로 아이리스를 배꼽 잡게 만들었다. 루이가 피사의 캄포산토 석판화집을 꺼내더니, 라파엘로를 기점으로 미술이 진실성을 잃고 이상화되기 전 시대에 만들어진 판화들의 아름다움을 칭송했다. "요즘은 온통 거짓투성이에요. 우리는 요즘처럼 배경이 거무죽죽하고 맥 빠지는 그림이 아니라, 더러운 발을 한 예수를, 턱에 사마귀가 난 요셉을 그리고 싶은 거예요. 그게 진짜니까. 작품에 생명을 불어넣는 거죠."

"그런데 사물을 있는 그대로 그리고 싶다면서, '엄밀한' 현실을 자세하게 그리고 싶다면서, 왜 이런 이상적인 풍경을 선택하는 거죠?"

"미안하지만 무슨 말인지 모르겠군요." 루이가 말했다.

아이리스가 얼빠지게 웃는 맨발의 하녀와 그녀에게 꽃다발을 바치는 기사를 묘사한 그림을 가리켰다. "글쎄요, 기사와의 완벽한 사랑이라…. 당신들의 화풍에 어울리도록 현실적인 풍경을 담는 게 옳지 않을까요? 연인에게 버림받은 비련의 여자 같은 현실적인 사랑 말이에요(아이리스는 문득 로즈가 생각났다)." "아니면 거리에서 굶주리는 아이들이라든가. 런던에는 현실이 널렸어요. 삶도, 진실도 넘친다고요."

아이리스는 루이가 달리 보는 걸 느꼈다. 그가 턱을 치켜 올렸다. "흠," 루이가 말했다. 아이리스는 목이 발갛게 달아올랐다. "헌트는 그런 시도를 더 많이 하는 중이죠. 하여튼 무슨 말인지 알겠어요." 루이가 그녀를 쳐다봤다. "내 앞에 앉아볼래요?"

아이리스는 입술을 깨물었다. 입이 원하는 단어를 뱉어주고 손이 알아서 결정을 내려주길 바랐다. 그녀는 로즈와 부모님이 뒤에 서서 결정을 밀어붙이는 장면을 상상했다. 하지만 대신 이렇게 말했다. "잘 모르겠어요. 하고 싶긴 하지만…."

"정말 모델 일을 거절하고 설터 부인 밑에서 일하고 싶어요? 시드, 그러니까 리지라고 가끔 로세티를 위해 모델을 서는 여성이 있어요. 리지는 가족의 반대 없이 일을 계속해요."

"설터 부인이 허락하지 않을 거예요. 가족도 용서하지 않을 거고요."

"좋아요." 루이가 이마를 덮은 곱슬머리를 쓸어내렸다. "그게 문제라면, 당신이 버는 돈으로 혼자 쓸 다락방 정도는 충분히 구할 거예요. 샬롯가에 여성만 받아주는 점잖은 숙소가 있는데 일주일에 2실링이에요. 두 시간이면 벌 수 있는 돈이죠. 차후에 그림을 팔아서 더 많은 돈을 버는 것도 가능해요. 어쩌면 못 벌수도 있겠지만."

여러 생각들이 섬광처럼 뇌리를 스쳤다. 로즈와 불타버린 그림들, 도자기 스패니얼, 요강에 부딪치는 로즈의 오줌 소리.

그러다가 아이리스는 작은 다락방과 자기만의 요강을 떠올렸다. 그녀만의 작은 사적인 공간. 게다가 매일 화가들에게 둘러싸여 그림을 그리는 것도 가능했다. 왕실 미술원에 걸린 그녀의 그림. 아이리스는 선반에서 깃털을 끄집어내 만지작거렸다.

"저도 알아요." 루이가 마침내 입을 열었다. "모두가 예술이 희생할만한 가치가 있다고 생각하지는 않죠. 생각이 다르다고 당신을 원망하진 않을게요. 다른 여왕을 찾도록 하죠. 당신 그림을 생각하면 정말 안타깝지만."

"안 돼요!" 아이리스가 버럭 소리쳤다. 그녀 안의 모든 것이, 모든 존재가 방에 머물기를 간절히 염원했다. 그녀 안에 닻이 있어서 그녀를 붙잡는 것만 같았다. *'가고 싶지 않아요! 지금은, 아니, 영원히 안 돼요! 여기 머무르게 해주세요'*라고 간청하도록 만드는 것 같았다.

"하겠어요?"

아이리스는 살면서 한 번도 선택이라는 사치를 누려보지도, 인생을 바꿀 권리가 있다고 느껴보지도 못했다. 속이 울렁거렸다. 개기름이 번들거리는 짐꾼, 숱하게 먹게 될 역한 스튜, 일하느라 벌겋게 부르튼 손을 떠올린 다음 그녀는 지금의 이 기회를 생각했다. 새로운 삶. 그림. 그리고 루이.

아이리스가 알아차리기 힘들 정도로 고개를 살짝 끄덕이고는 양손을 맞잡았다. "네, 네, 할게요. 그림은 *분명* 가르쳐줄 거죠?"

"약속하죠."

그들은 아이리스가 언제 일을 그만 둘지, 클라리사가 어떻게 숙소를 알아볼지, 시작일을 대략 언제로 잡을지 등 세부 사항을 논의했다. 루이가 숄과 보닛을 챙기도록 도왔다. 아이리스는 손가락이 떨려서 장갑 단추를 채우기가 힘들었다.

현관을 나서자 차가운 공기에 새하얀 입김이 나왔다. 창문이 열리는 소리를 듣고 아이리스가 고개를 들었다.

"잘 가요, 여왕 아가씨!" 루이가 외치자 그녀가 웃었다.

아이리스는 거리를 걸어가며 구부정한 허리를 티내지 않으려고 애썼다. 대리석 손이 무거워서 몸을 숙이지 않으면 거동이 힘들었다. 적어도 루이가 더는 그녀를 *연약한 아가씨*로 여기지 못할 것이다. 아이리스는 터져 나오는 웃음을 참았다.

"*À bientot!(또 봐요!)*"

아이리스가 손을 흔들었다.

"어머, 죄송합니다." 행인과 부딪히자 그녀가 사과했다.

아이리스의 기쁨이, 온몸 가득하던 온기가 순식간에 얼어붙었다.

"로즈…그게…."

로즈의 몸이 분노로 경직되어 있었다. 평소라면 얼굴을 숨기기 위해 숙이고 다녔을 고개를 빳빳이 쳐들었다. 추위를 견디며 기다리느라 손은 백지장 같았고, 코는 빨갰다.

  "네 *신사분*이 값을 넉넉히 쳐줬길 바라." 로즈의 목소리가 칼날 같았다.

편지 두 통

런던, 벨그라브 광장, 32번지

1851년 1월 5일

친애하는 리드 씨께.

만국박람협회 런던 지부를 대표해 귀하께서 6월 16일, 7월 27일, 8월 18일, 9월 8일, 9월 29일 등에 저희와 스토크온트렌트 지부로 보내주신 서신에 답장을 보냅니다. 답장이 늦어진 점 죄송하게 생각합니다. 귀하께서도 아시겠지만 런던의 도시 확장과 제조 공업 수도라는 스토크온트렌트의 위상 때문에 저희 쪽으로 수 천 통의 지원서가 접수됐습니다.

저희는 귀하께서 작품의 창작자이자 제조자라는 사실을 확인시킨다는 전제 하에 귀하의 〈나비 창문〉을 분류 번호 19 '태피스트리, 레이스, 자수' 부문에 전시하고 싶습니다. 전시 기간 동안

귀하의 작품을 기꺼이 대여하겠습니다. 작품이 전시용으로 적합한지 확인하기 위해 런던 지부 일원인 제 사무실로 작품을 가지고 방문해주시기 바랍니다. 런던 벨그라브 광장 32번지이며 방문일은 이달 8일 오전 중입니다. 이렇게 급히 통보하는 건 수많은 창작자들이 제시간에 작품을 완성하지 못했기 때문이니 참고 부탁드립니다.

작품 견본과 함께 작품에 들인 노력이나 창작 의도를 짧게 요약한 설명서도 첨부해주시기 바랍니다. 예를 들어 물품 번호 218의 설명서는 다음과 같습니다. '2천 개의 천 조각으로 만든 식탁보로 역사 속 인물과 상상 속 인물 23인을 묘사했다. 디자인과 제작 모두 전시자 단독으로 작업했으며 18년 동안 여가 시간을 투자해서 만들었다.'

존경을 담아,
토마스 필리그리
만국 산업제품 대박람회, 런던지부 위원

* * *

시브라이트가

1월 7일

소중한 아이리스에게.

어제 네가 찾아와 설터 부인의 훌륭한 일터를 떠나겠다고 통보해서 우리는 몹시 곤혹스러웠단다. 너의 선택을 유감스럽게 생각하며 재고해보라고 간곡히(가능한 가장 강력한 표현으로) 애원한다. 아직 늦지 않았다. 우리는 네가 나쁜 꾐에 빠져 결코 발을 들이고 싶지 않을 몹쓸 길로 빠지게 됐다고 믿는다.

우리 입장은 단호하다. 우리는 네게 가능한 모든 걸 베풀었다. 보금자리는 물론 교육의 기회를 제공했고, 견습생이 되도록 도왔으며, 아무런 불평 없이 그 대가를 지불했다. 정직과 독실한 기독교적 가르침으로 양육했고, 아주 점잖은 직업도 소개했다(이렇게 자진해서 망가진다면 두말 할 필요도 없이 앞으로 점잖은 직업을 찾는 일은 힘들어질 것이다). 그런데 그간 베푼 은혜를 이런 식으로 짓밟는구나.

너에게 묻고 싶구나. 인생이 망가졌을 때 어디에 의지할 생각이니? 우리는 그게 애석할 따름이다. 너의 불명예로 인해 네 언니마저 힘들어질 게 마음이 아프다. 최소한 언니 생각은 해주길 바란다. 이미 너무 많은 고통을 겪지 않았니.

내일까지 마음을 돌린다면 모든 걸 용서하고 다시는 이 일에 대해 언급하지 않으마. 네가 네 자신과 명성과 미래를 얼마나 위험에 빠트릴 뻔했는지 절대 상기시키지 않으마. 하지만 반대의 선택을 한다면, 집을 떠나야 할 것이며 가족의 품으로 다시 돌아오지 못할 것이다.

너의 새 '고용주'가 준 선불금은 돌려주마. 이 더러운 돈은 네가 가져라.

'나의 이 아들은 죽었다가 다시 살아났고 잃었다가 다시 찾았다.'

네가 올바른 길을 찾고 다시 한 번 우리의 딸로 돌아오기를 기도하마.

너를 사랑하는,
아버지와 어머니가

울새

"동생아, 제발." 로즈가 애원했다. 아이리스가 떠나기 전날 밤이었다. 로즈의 얼굴이 울음을 참느라 부들부들 떨렸다. 몇 벌 되지 않는 아이리스의 옷은 작은 가방에 차곡차곡 담긴 채 구석에 놓여 있었다. 가방은 이게 두 사람이 함께하는 마지막 밤임을 분명히 일깨워줬다.

"제발." 로즈가 다시 말했다.

아이리스가 결심을 굳히자, 로즈는 오만함을 내려놓고 마침내 이렇게 매달리기에 이르렀다. 그만해, 아이리스는 이렇게 말하고 싶었다. 그녀는 헤어짐이 수월해지도록, 식욕마저 앗아간 죄책감을 떨쳐버릴 수 있도록 일부러 말다툼을 부추기고 싶은 마음이 간절했다. 손톱을 얼마나 물어뜯었는지 로즈의 손에서 피가 났다. 로즈는 가방이 저절로 풀리기를, 아이리스의 여벌 페티코트가 스스로 서랍문을 열고 들어가기를, 회색 린넨 치마가 문가에 놓인 자기 치마 옆에 알아서 걸리기를 바라는 듯 가방을 뚫어지게 응시했다.

"내가 새 물감 사줄게, 네가 만약….."

아이리스는 아무 말 없이 남은 머리를 마저 땋고 로즈 옆자리로 기어들어갔다. 그러다가 침대 매트리스에서 삐져나온 말총에 다리가 긁혔다. 손바닥으로 매트리스를 훑었다. "대체 어디 있는 거야…." 상기된 목소리였다. "망할 놈의 말총…밤마다 다리에 긁힌다니까. 밤마다! 어디 있는 거야?" 아이리스는 침구를 주먹으로 치다가 눈물이 쏟아질 것 같은 기분에 화들짝 놀랐다.

로즈가 몸을 숙여 조그만 검은 조각을 뽑아냈다.

"아, 고마워." 아이리스가 민망한 듯 말했지만, 이미 감정이 격해져서 화를 내도 이상하지 않은 상황이 됐다. 그때 로즈가 벌컥 소리를 질렀다. 얼마나 오랫동안 이 말을 속에 품고 있었는지 알 수 있었다.

"너는 이해 못해." 로즈가 말했다.

"뭘 이해 못한다는 거야?" 아이리스가 똑같이 상기된 목소리로 되받아쳤다. 그리고 자신이 로즈의 신경을 긁으며 이 마지막 대립을 즐기고, 또 부추긴다는 걸 알아차렸다.

"네가 깨닫게 하고 싶어." 쏘아붙이듯 말했지만 로즈의 목소리에는 여전히 간청하는 듯한 슬픔이 녹아 있었다. 아이리스는 그제야 이 다툼이 정반대의 결과를 불러오리라는 걸, 자책이 줄기는커녕 커질 거란 걸 알았다. "너는 *망가지는* 게 어떤 건지, 삶을 낭비하는 게 어떤 건지, 무언가에 자기 자신을 온전히 내줬다가 잃어버리는 게 어떤 건지 몰라. 나는 지금도 그가…." 로즈가 울먹였다. "난 알아…그가 널 망쳐놓을 거라는 걸. 과거에 내가…."

"안 그래." 아이리스가 끼어들었다. 아이리스는 자신의 바람이 얼마나 단순한지 로즈가 이해 못하는 게 답답했다. "나는 그냥 그림을 그리고 싶을 뿐이야."

"하지만 *그렇게* 될 거야. 그런 다음 너도 나처럼 될 거야. 그리고…."

"제발, 로즈." 아이리스가 이불 속에서 손을 뻗었다. 로즈는 그 손을 뿌리치기는커녕 꽉 움켜쥔 채 얼굴 가까이로 가져가 입을 맞추고, 맞추고, 또 맞췄다. 지난 몇 년 간 냉담하게 굴던 로즈가 돌연 격렬하게 애정 표현을 하자 아이리스는 몸서리를 쳤다. 손가락 마디마디에 닿는 입맞춤이 무서웠다. 그녀가 손을 빼냈다. "이번엔 다를 거야. 이건 그림 때문이지, 그 남자 때문이 아니야."

"거짓말 마." 로즈가 돌아 누우며 말했다. "넌 거짓말을 하고 있어. 만국박람회 현장에서 나를 못 봤다고 말했을 때처럼. 하지만 난 네가 도망친 걸 *알았어.* 내게서 도망치려고 네가 어깨 너머로 살피는 걸 봤다고. 지금처럼 말이야…."

"거짓말이 아니야." 아이리스가 주장했다. "언니가 이해해주면 좋겠어. 이게 얼마나 중요한 일인지 알잖아. 내가 얼마나 그림을 그리고 싶어 했는지 알잖아."

로즈가 자신의 보랏빛 뺨을 문질렀다. "나보다 더 중요하다는 거구나. 무슨 말인지 똑똑히 알아들었어."

"아니야." 아이리스는 적절한 단어를 선택하려고 했지만 벌써 입이 마음대로 움직였다. "아무것도 달라지는 건 없어. 함께 산책도 하고, 메이페어의 고급스러운 가게들도 구경하고, 예전처럼 지낼 수 있을 거야, 서로 매일 보지 않으면 말이야. 오, 로즈, 옛날 우리 기억나?"

날카롭게 숨을 들이켜는 소리가 들렸다. 로즈가 엄지손가락을 물어뜯었다. 그 모습을 견딜 수 없던 아이리스는 당장 멈추라고 말하고 싶었다.

"나도 생각해봤어. 양쪽 다 선택할 수는 없어. 불가능해. 나를 떠나면 다시는 널 보지 않을 거야."

"농담하지 마."

로즈가 목이 메는지 캑캑거렸다. 그러고는 말을 할 것처럼 입을 열었다가 다시 닫았다.

아무런 할 말도 남아 있지 않았다.

아이리스는 회반죽 천장에 새겨진, 조개처럼 보이는 문양을 뚫어져라 바라봤다. 침묵이 길어졌다. 10분, 그리고 30분. 마침내 잠든 로즈의 고른 숨소리가 들렸다. 촛불이 여전히 타고 있었지만 끄지 않았다. 옆으로 돌아누워 로즈의 닫힌 눈꺼풀과 아래로 축 처진 입술을 바라봤다.

그날 밤 아이리스는 두 번이나 침대에서 일어나 펜을 들고 루이에게 편지를 썼다. *저의 변심을 용서하시기 바랍니다.* 하지만 그때마다 약국에 온 듯한 유화 물감과 바니시 냄새가 가득한 작업실, 그리고 새 삶을 비추는 둥근 창이 연상되는 볼록 거울을 떠올리고는 종이를 찢어버렸다.

태양이 방 안을 비추기 시작할 무렵 아이리스가 로즈의 뺨에 입을 맞췄다. 차마 로즈를 깨울 수 없었다. 마음을 바꿀지도 몰랐다. 소리가 안 나게 살며시 옷을 입었다. 코르셋 줄이 미끄러지고, 치마 단추가 여며지지 않았다. 그녀는 대리석 손을 챙겼는지 확인했다.

아이리스는 가방을 어깨에 둘러메고 마지막으로 로즈를 바라봤다. 로즈의 눈이 황급히 감겼다. 깨어 있었다. 문지방에 서서 마지막으로 역겨운 설탕 냄새를 들이켜며 잠시 망설이다가 이내 문을 닫고 돌아섰다.

* * *

대영박물관 근처에 도착할 무렵 아이리스는 손의 무게 때문에 등이 쑤셨다. 그녀는 애초에 루이에게서 이 물건을 훔친 어리석음을 저주했다. 속임수는 다른 인생에게나, 그녀와는 거리가 먼 경솔한 인사들에게나 속한 일처럼 보였다. 아이리스는 더는 어떻게 해야 할지 확신이 서지 않았다. 문지기에게 물건을 돌려주는 장면을 상상해봤다. 하지만 문지기가 질문을 퍼부으며 그녀가 훔쳤다고 의심하면 어떻게 할 것인가?

철책은 두껍고 화려했으며, 아이리스 키 세 배 높이에다 끄트머리를 금박으로 장식해 놓았다. 제아무리 신이라고 해도 흔들지 못할 것처럼 거대해보였다. 철책은 이곳이 지적이고, 돈 많고, 지체 높은 사람들의 사적인 연구 공간이라고 말하는 듯했다. 하지만 그보다는 감옥 철창을 연상시켰다.

아이리스는 '도둑이야! 저 여자 잡아라!'라는 외침을, 경관의 딸랑이를, 뉴게이트 감옥의 독방을 상상했다. 감옥에 들어가게 된다면 배신에 대한 벌이라 여기고 받아들일 생각이었다. 아이리스는 부모님을 비탄에 빠뜨리고 로즈를 버렸다.

난데없이 극적인 상상을 떠올린 걸 민망해하며 아이리스가 천으로 둘둘 싼 손 조각상을 꺼냈다. 그리고 철책 사이로 조각상을 넣고 최대한 멀리 밀었다. 부디 쓰레기로 오인하지 않기를 바랐다. 루이 수중에 두는 게 더 안전했을까? 정식으로 돌려주기 위해서는 그 역시 용기가 필요했을 거란 걸 아이리스는 알고 있었다.

아무도 눈치 챈 사람은 없었다.

박물관에서 멀어지며 아이리스는 어머니가 보낸 편지를 다시 한 번 펼쳐봤다. 저항할 길 없는 통증이 가슴을 날카롭게 찔렀다. *망가졌다, 은혜를 짓밟았다, 위험하다…*. 편지지 속에서 단어들이 빠져나와 뱅어 튀김의 뜨거운 기름과 연기에 섞였다. 순간 분을 이기지 못하고 종이를 갈기갈기 찢어 거리에 던졌다. 그리고 진흙이 묻은 종잇조각 위로 마차가 지나가는 걸 보며 밀려드는 기쁨을 삼켰다. 아이리스는 *자유*였고, 원하는 일을 하게 됐다. 로즈 말이 맞았다. 그녀는 주어진 선택권을 잽싸게 낚아채서 움켜쥐었다. 아이리스는 생선 장수를 쏜살같이 지나 루이의 집으로, *자신*의 다락방으로 환하게 웃으며 달려갔다. 등에 맨 가방이 들썩였다. 몇 달, 아니 몇 년, 아니 난생 처음으로 가슴이 옥죄이지 않았다.

날개가 번들거리는 울새 한 마리가 닭 뼈다귀 더미에서 노래하고 있었다. 아이리스가 손을 뻗자 새는 종종거리며 멀어졌다.

관

감색 제복을 입은 남자가 사일러스를 위해 문을 열어줬다. 그
가 울새처럼 가슴을 의기양양하게 한껏 부풀렸다.

"안녕히 가십시오." 집사는 이렇게 말하고 일부러 잠시 뜸을
들였다. "손님."

사일러스는 싸구려 천이지만 바느질이 훌륭한 푸른색 코트의
옷깃을 만졌다. 집사에게 간단한 인사나 행동을 취할까도 생각했
지만 아무것도 떠오르지 않았다. 현관문을 슬쩍 빠져나와 녹색
공원을 둘러싼 고급 주택 지구로 들어섰다. 새하얗게 치장한 벽
토, 단정한 울타리, 잘 다듬어진 나무. 너무 깨끗해서 일렬로 늘
어선 인형의 집을 보는 것 같았다. 사일러스는 매끈한 기하학적
구조의 테라스들이 있는 이 지역을 좋아했다. 반대로 제멋대로
방치된 스피탈필즈와 소호의 허름한 골목은 혐오했다. 남자, 여
자 할 것 없이 매력적이지도 단정하지도 깔끔하지도 않을뿐더러,

반짝반짝 빛을 반사하는 존재라곤 반질거리는 초인종이 아니라 오줌 섞인 물웅덩이뿐인 곳이었다.

박제 강아지와 그 뼈를 섬세하게 조립한 해골을 담은 나무 상자가 그의 품에 안겼고(토마스 필리그리에게 관에 든 개를 발굴했노라고 미리 연습한 농담을 던졌지만 남자는 웃지 않았다), 나비 날개로 만든 싸구려 장신구는 주머니에 들었다. 박람회 측에서는 세 점 모두 전시하기로 결정했다. 이 생각으로 사일러스의 발걸음은 더욱 경쾌해졌다. 필리그리 씨가 강아지를 거절할 거란 예상은 했지만, 그는 함께 전시할 수 있는 마지막 기회를 놓치고 싶지 않았다.

예상과 달리 필리그리 씨는 정교한 조그만 해골과 정신없이 복잡한 갈비뼈, 등뼈, 골반뼈, 성냥만 한 크기의 다리를 지목하며 강아지 표본에 감탄을 표했다. 필리그리 씨가 파이프를 한 모금 빨고 말했다. "좋아요, 동물학 부문에서 꽤 인기를 끌 게 분명합니다. 지나가는 말에 의하면, 참고로 소문에 불과해요, 6개월 후에는 전시장을 다른 곳으로 옮긴다는군요. 그때 고생물학 전용 구역 개설을 적극 추진할 겁니다. 이 표본을 비롯한 당신의 다른 표본들을 이구아노돈과 익룡 유적 옆에 놓을 생각입니다."

사일러스는 가슴을 진정시켰다.

그들은 나비 창문에 대해 논의했다. 나비 장신구는 창문의 견본이었다. 완성작의 크기는 가로 세로 2피트가 될 것이다. 사일러스는 두 개의 유리판 사이에 나비 날개를 끼워서 스테인드글라스처럼 아름다운 나비 패턴을 만들 생각이었다. 그에게는 공작나비, 멋쟁이나비, 호랑나비 등 다양한 나비가 150마리, 어쩌면 그보다 많이 필요할지도 몰랐다. 5월 초순까지 작품을 완성하도록 박차를 가할 생각이었다. 특히 4월까지는 날씨가 추워서 나비를 잡기 힘들겠지만, 프레임을 준비하고 날씨가 풀리는 대로 앨비손에 그물을 쥐어 공원으로 보내면 가능할 것 같았다. 친절하신 고객님으로부터 더 많은 일거리를 얻었다고 녀석이 얼마나 기뻐하겠는가!

번쩍이는 마차, 잘 솔질한 말들, 가발을 쓴 난봉꾼들, 분을 바른 하인에 이끌려 산책하는 뚱뚱한 개들을 지나 대로를 걸어 내려가자, 사일러스는 난생 처음 인정받고 수고비를 손에 쥐었던 일이 떠올랐다. 그 중에서도 가장 근사한 건 그 중심에 그의 어머니가 있었다는 점이었다. 사일러스의 얼굴을 가루가 되도록 갈아버리는 것 외에 아무것도 원치 않던 그의 어머니가 그가 탈출하는 데 어떤 도움을 주었는지 알았다면 어떻게 됐을까.

어느 날 저녁, 몸을 가누지 못할 정도로 술에 취한 그의 어머니가 아들이 몰래 숨겨놓은 린넨 가방을 발견했다. 세 가구가 함께 사용하던 오두막 뒤편이었다. 어머니가 가방을 던지며 도대체 왜 그러냐고 그에게 소리쳤다(이게 무슨 마녀 같은 짓거리냐며). 사일러스는 겁이 났다. 가방 속 두개골들이 날카롭게 부딪히며 달그락거렸다. 그가 가방을 낚아챘다. 그리고 큰 힘을 들이지 않고 어머니를 따돌린 뒤 물건을 숨겼다. 사일러스는, 자기가 저지른 죄를 아는 강아지처럼 밤늦게 쭈뼛쭈뼛 오두막으로 돌아왔다. 어머니가 잠들어 있기를 바랐다.

다음날 사일러스는 시퍼렇게 멍든 뺨으로 플릭 옆에 앉았고, 뜨거운 접시를 사포질하는 그녀를 지켜봤다. 돈만 있었다면 플릭과 도망쳤을 것이다. 벌써 그의 어머니는 사내 같이 묵직한 저음으로 두개골이 어쨌다는 둥, 막내아들이 머리가 이상하다는 둥 하며 수집품에 대해 일꾼들에게 신나게 떠벌렸다. 어찌나 재미있게 입담을 펼치는지 사내들은 놀라다가도 깔깔거리며 웃었다.

"그 가방 안에 말이야. 누렇게 바랜 두개골들이 씩 웃고 있지 뭐야. 무슨 죽음의 사자 같더라고. 분명 애들 아빠 때문일 거야. 내가 늘 말했잖아. 애가 태어난 그해 여름 바깥양반이 작은 맥주 잔 위에 아들을 떨어뜨렸다고."

공장주가 어깨에 손을 올리자 사일러스는 겁을 먹고 몸을 웅크렸다. 사일러스는 공장주와 공장주의 신경질적인 아내, 그리고 그의 시끄러운 여섯 아이들을 먼발치에서만 봤다.

"네가 그 두개골을 모은다는 아이냐?" 남자가 물었다. 사일러스의 눈이 가마의 벽돌에서 그 앞에 놓인 아직 굽지 않은 부드러운 흙덩이로, 유약 붓을 담는 바구니와 플릭에게로 정신없이 옮겨갔다.

사일러스는 그렇다고 대답해도 괜찮을지 알지 못했다.

"네가 모 리드의 막내아들이냐?"

"저는…."

"따라와." 가죽 상판이 깔린 탁자가 놓인, 어수선한 사무실로 그를 이끌며 남자가 말했다.

공장주는 사일러스의 어머니가 두개골 수집품에 대해 떠드는 걸 들었다고 그에게 말했다. 공장주의 아내에겐 진기한 물건들이 보관된 서랍장이 있었는데, 그곳에 나비는 물론이고 울새, 쇠똥구리 등 자질구레한 박제들이 보관되어 있었다. 사일러스는 이해할 수 없었다. 부인에게는 그런 *소름끼치*고 심란한 물건을 수집하는 것보다 자수를 놓는 게 더 어울릴 것 같았기 때문이었다(그는 부인이 정상이 아니라고 확신했다. 하지만 그 정도면 박제가 꽤 유행이란 의미 아닌가). 부인이 자주 어울리는 숙녀들에겐 고급 수집품들(식민지 인도에서 가져온 인어도 있었다. 물론 어떤 바보라도 원숭이의 몸에다가 말린 생선 꼬리를 기운 가짜라는 걸 알아차리겠지만 말이다)도 있었다. 하지만 그건 중요하지 않았다, 안 그런가. 그가 부인에게 두개골 몇 점을 보여준다면 마음에 드는 물건에 돈을 지불하지 않겠는가?

가능한 일이었다. 하지만 공장주는 이 사실을 누구에게도 말하면 안 됐다. 그의 어머니에게도, 그 누구에게도.

열다섯 살이던 사일러스가 두개골을 처음 팔던 날은 인생에서 가장 힘들고 동시에 가장 근사한 날이었다. 두개골을 팔 때마다, 사랑으로 가꿔온 누런 벗을 떠나보낼 때마다 그는 후회했다. 하지만 주머니로 들어오는 동전이 늘어날수록 플릭을 데리고 공장에서 탈출할 날이 조금씩 가까워졌다. 가족들은 얼빠진 사일러스가 스토크온트렌트 응접실에서 귀염둥이 대접을 받는다는 것을, 그가 문 앞에 나타날 때마다 하인들이 시커먼 양 볼을 닦아주고, 몸에 한껏 힘을 주고, 치장해주고, 야단법석을 떤다는 사실을 알지 못했다. 그렇게 사일러스는 해골로 달콤한 거래를 하며 탈출을 준비했다.

* * *

붉은 제복 바지를 입은 하인이 팔꿈치로 밀치며 지나갔다. 사일러스는 아이리스가 만국박람회 소식을 전해 듣고 어떤 반응을 보일지 상상했다. 가끔 그는 머릿속으로 아이리스와 대화를 나누거나 그녀가 주름이 생기도록 활짝 웃으며 팔꿈치 안쪽을 따스하게 잡는 장면을 그려봤다. 언제나 그렇듯 그녀는 거의 말이 없었다. 그가 주제를 엄선해서 대화를 이끌어나가면 그녀는 경외심에 넋이 나간 채로 앉아 있거나 서 있었다.

"그가 뭐라고 했는지 다시 말해줘요." 아이리스가 말한다. "토마스 필리그리! 벨그라브 광장에 사는 남자 말이에요. 자세히 묘사해 봐요, 머릿속으로 그곳을 그릴 수 있도록."

사일러스가 이야기를 시작하고, 아이리스가 눈을 동그랗게 뜬 채 머리를 뒤로 젖히면서 관에 든 강아지 농담에 깔깔거리고 웃는다. 그러자 입안으로 분홍색 속살이 보인다. 그가 그녀의 팔을 잡고 가게를 안내하며 표본들을 설명한다. 그녀는 무게를 확인이라도 하듯 물건마다 집어 들고 잠시 걸음을 멈춘다.

아이리스가 말한다. "사일러스, 앨비에게 소개 받고 가끔 당신 생각을 했어요. 아주 좋은 쪽으로. 이제 당신과의 우정은." (그녀가 가볍게 눈가를 문지른다.) "나에게 생명보다 소중한, 내 모든 것이에요." (아니오, 너무 과한 표현이요, 사일러스가 말을 멈추고 눈물을 닦아준다.) "내겐 전부나 마찬가지예요, 당신은 친오빠처럼 소중한 존재예요." (봐요, 그게 더 낫군요.)

사일러스는 주위를 둘러보며 눈을 깜빡이다가 자신이 피카딜리 사거리에 서 있다는 사실을 깨닫고 깜짝 놀랐다. 가게 방향인 동쪽으로 계속 걸음을 옮기려고 했지만 몸이 저절로 리젠트 거리 서쪽으로 향했다. 만국박람회 위원들에게 인정받았으니, 그에게는 아이리스를 얻을 자격도 있지 않을까? 그는 아이리스가 자신을 기다리며, 자신이 나타나기만을 언제나 바란다고 확신했다.

사일러스는 아이리스에게 말할 생각이었다. 그녀에게 소식을 전할 생각이었다. 어쨌거나 박람회 현장에서 만난 사이니, 그가 박람회에 초대받은 사실을 전한다고 해서 전혀 뜻밖은 아닐 것이다. 아이리스도 수집품을 보러 오겠다고 말하지 않았는가? 심장이 요동쳤다. 사일러스는 강아지를 보여주고 나비 장신구를 선물로 줄 생각이었다. "어머, 사일러스, 어딜 가야 당신을 만날 수 있을까 궁금했어요." 아이리스는 이렇게 말할 것이다.

사일러스는 귓가에 시끄럽게 요동치는 맥박 소리를 들으며 화려한 거리를 걸어 내려갔다. ("세상에, 이런 깜짝 선물이 있나요!" 아이리스가 귀 뒤로 땋아 넘긴 머리카락을 만지작거리며 감탄에 겨워 그를 바라볼 것이다.)

지난 몇 주 동안, 사일러스는 아주 사소한 핑계를 대며 방향을 틀어 수차례 인형 가게 앞을 지나갔다. 하지만 그때마다 가게 안은 쳐다보지도 않고 땅바닥만 내려다봤다.

그가 가게 안으로 들어갔다.

아이리스가 책상에 앉아 천 조각 위로 몸을 숙이고 있었다. 바느질하는 모습이 어쩌면 저리도 아름다울까! 책상에 놓인 미니어처 레이스용 실감개에는 실이 풀려 있었다. 사일러스는 그녀가 고개를 들고 자신을 알아보는 순간을 기다리며 좀 더 가까이 살금살금 다가갔다. 한 번만 봐주기를, 한 번만 웃어주기를….

아이리스가 고개를 들었다. 사일러스는 하마터면 넘어질 뻔했다. 얼굴이 끔찍한 흉터투성이였다. 그녀일 리 없었다. 짧은 시간에 이렇게 망가질 순 없었다. 하지만 머리카락이나 몸집이나 모든 게…어떻게 이럴 수가? 텅 빈 왼쪽 눈은 하얗게 빛났고, 오른쪽 눈은 울었던 것처럼 충혈이 됐다. 몹시도 슬픈 표정이었다.

"아이리스…대체 무슨 일이…?"

여자의 입이 쌜쭉 올라갔다.

"나는 아이리스가 아니에요." 여자가 실라버브(포도주 등에 우유를 넣어 차게 먹는 디저트-옮긴이)처럼 차갑게 말했다. "동생을 찾아온 거라면, 더는 여기서 일하지 않아요. 오늘 아침 떠났어요."

"뭐라고요? 어디로 갔죠?"

"그게 나와 무슨 상관이죠? 또, *당신과는?*"

사일러스는 여자의 태도에 발끈하지 않으려고 애쓰며 강아지 상자를 내려놓았다. 동생과 이렇게 다르다니! "아이리스를 찾아야 해요. 아주 중요한 일이에요. 그녀는 내 친한 친구요."

여자가 코웃음을 쳤다. "전혀 놀랍지 않네요. 나도 모르는 사이에 *지인*을 많이도 만들었나보군요."

사일러스는 말뜻을 이해하지 못했다. "주소가 있습니까? 어디로 가야 찾을 수 있죠? 꼭 찾아야 해요."

"내가 왜 말해야 하죠?"

"나쁜 뜻은 아닙니다." 사일러스가 말했다. 그때 그는 여자의 표정에서 묘한 변화를 포착했다. 역겨운 듯 흘겨보는 눈빛에서 두 사람을 연인으로 착각한다는 걸 알아차렸다. 기분이 짜릿했다. 하지만 오해를 바로잡지는 않았다. "*잘 알고 지낸* 사이입니다. 그런데 뒤도 안 돌아보고 종적을 감춰버렸어요. 당장 만나야 해요."

"그럴 줄 알았어요." 여자가 손가락으로 천 조각을 비틀며 말했다. 사일러스는 여자가 오해하는 게 즐거웠다. "동생이 걱정돼요, 말려주세요. 겁을 좀 주세요. 새 이내모라토(inamorato–'정부'라는 뜻–옮긴이)가 놀라게 말이에요."

사일러스는 단어의 의미를 알지 못했다. 그는 필요한 정보가 나오기만을 기다리며 책상에 놓인 인형의 머리카락 뭉치만 뚫어지게 바라봤다. "그럼 어디에서⋯."

"콜빌 플레이스 6번지에요." 여자가 말했다. "거기 가면 찾을 수 있어요."

사일러스가 상자를 집어 들었다. "고맙소⋯?"

"로즈예요."

"로즈. 고마워요."

✱ ✱ ✱

콜빌 플레이스는 집들이 다닥다닥 붙어서 거리가 좁았다. 건물들은 4층으로 높았지만, 모두 방 하나 크기 이상은 되어 보이지 않았다. 오밀조밀한 거리에는 잡화점이나 목공소 같은 가게들도 눈에 띄었다.

사일러스는 문을 두드리려다가 생각을 고쳐먹었다. 아이리스가 늙은 미망인의 감시를 받으며 부엌데기 하녀 노릇을 할 거라고, 그래서 주인이 방문객을 허락하지 않을 거라고 짐작했다. "팩토…리. PRB. 제발…벨을…누르시오." 그가 더듬더듬 간판을 읽었다. 그러니까 *이게* 돌핀에서 그가 들었던, 화가들이 소리치던 이니셜의 뜻이었다. 그런데 왜 벨을 누르라고 고함을 쳤을까? 맵시 있는 젊은이들이 사용하는 길거리 은어인 게 분명했다.

사일러스는 버려진 가게 계단에 앉아서, 가지런히 모은 무릎 위에 상자를 올려놓은 뒤 단추를 만지작거리며 기다렸다. 그가 앉은 곳은 대략 아이리스가 일하는 집 맞은편이었다. 주의를 환기하기 위해 그가 진열장의 깨진 유리를 살폈다. 그러고는 인사말을 연습했다. 사일러스는 자신이 찾은 걸 알면 아이리스가 감동할 거라고 확신했다.

누군가가 피아노를 치기 시작했다. 애절한 분위기의 곡이었다. 사일러스는 가끔 교회에 몰래 들어가 웅장한 오르간 소리와 바이올린과 성가대의 웅웅거리는 선율을 듣곤 했다. 아이리스가 레퀴엠을 듣고 감동하는, 부드럽고 여성다운 영혼의 소유자일 거라고 상상했다. 혹시 그녀의 피아노 소리는 아닐까 궁금했다. 그리고 차가운 상아 건반을 오르내리는 가느다란 손가락을, 척추가 좌우로 움직이는 모습을 떠올렸다.

사일러스는 거리에서 발소리가 들릴 때마다 엉거주춤 일어서며 기다리고, 기다리고, 또 기다렸다. 하지만 아이리스가 아니었다. 결국 추위와 허기를 이기지 못하고 구운 감자와 푸딩을 사려고 자리를 뜨려는 순간, 아이리스가 콜빌 플레이스 모퉁이를 돌아, 그가 기억하는 것보다 훨씬 크고 비쩍 마른 몸으로 나타났다. 그는 아이리스의 다부진 어깨에 놀랐다.

사일러스가 상자를 쓰다듬으며 일어섰다. 아이리스는 그를 지나쳐갔다. 그가 불렀다.

"아이리스…양?"

아이리스가 돌아봤다. 미소도, 아련한 그리움도 없었다. 사일러스는 입술을 적시고 침을 삼켰다.

"네?" 아이리스가 대답하며 주위를 둘러봤다. ("사일러스…드디어 왔군요.") "정말 죄송합니다. 그런데 누구신지…."

수많은 반응 중에, 이런 건 상상하지 못했다. 사일러스는 그녀가 자신을 생각했을 거라고 확신했다. "나는…내 이름은 사일러스입니다." 아이리스의 미간이 여전히 일그러졌다. 그녀가 농담이라며 웃을 것이다. 하지만 혹시 몰라서 그가 말을 이었다. "만국박람회 현장에서 만났죠. 내 친구 앨비가…."

살짝 찌푸리는 얼굴. 농담이 아니다, 사일러스는 강아지 상자를 내려다보며 생각했다.

"아, 그래요. 이제 기억나요." 아이리스가 잠시 말을 멈추고 기다렸다. 사일러스는 아무 말이 없었다. 이윽고 그녀가 입을 열었다. "뭐, 도와드릴 일이라도 있나요? 앨비가 아픈가요?"

"아, 아니요, 그게…만국박람회에 초청 받았습니다." 사일러스가 상자를 향해 고갯짓을 했다. "아니 내가 아니라, 박제 강아지와 해골, 그리고 창문이 초청 받았죠…나비로 만든 창문을 말하는 겁니다. 강아지는 여기 있습니다, 몸통이 붙은 놈이죠." 그가 헛기침을 했다. "관 속에 누워 있습니다. 나는 이 상자를 그렇게 부릅니다. 상자를 열면 유골을 발굴하는 셈이 되는 거죠."

아이리스가 당황스러운 표정을 지었다.

"그게 말입니다…혼자만의 사소한 농담입니다. 그건 그렇고." 사일러스가 말을 계속했다. 목소리가 살짝 떨렸다.

"그만 가봐야 해요." 아이리스가 6번지 방향으로 고개를 끄덕이며 말했다. "양초를 사러 잠깐 나온 거예요. 만나서 반가워요…."

사일러스가 잽싸게 끼어들었다. "지난번에 내 수집품을 보고 싶다고 했죠. 언제 방문하는 게 편할까요?"

아이리스가 주변을 두리번거리고는 천천히 말했다. 그녀는 공손했다. 한결같이 공손했다. 그제야 사일러스는 아이리스가 자신을 기억하지 못한다는 사실을 깨달았다. 영원히 안 올 수도 있다는, 그저 상처주지 않기 위한 소리일 뿐이라는 생각이 들었다. 그러면 어떻게 할 것인가? 어떤 생각이 유리처럼 선명하게 뇌리를 스쳤다. 그럼, 그렇다면, 그 목소리가 말했다, 그녀를 죽여라. 사일러스는 자기 자신에게 실소를 보냈다. 이 얼마나 터무니없는 생각인가.

"글쎄요, 우연히 근처를 지날 일이 있으면…." 아이리스가 옷에 달린 장미 리본을 만졌다.

사일러스는 안절부절 못했다. "내일은 어떠세요?"

"내일요?"

"다섯 시에 오세요." 사일러스가 주머니에서 나비 날개 펜던트를 꺼내 건넸다. "이거 가지세요. 당신 겁니다."

아이리스는 푸른색 날개와 갈색과 흰색이 섞인 나비의 눈을 바라봤다. "직접 만든 건가요?"

"그렇습니다."

"어머나." 그리고 아이리스는 아무 말이 없었다. 대화가 끊기든 말든 개의치 않는 것 같았다. 그녀가 엄지손가락으로 유리 표면을 쓰다듬었다. 하지만 의식적인 행동은 아닌 듯 했다. 그때 옷 속에 숨겨진 쇄골이 보였다. 사일러스는 피부 밑에 숨은 저 뼈가 어떤 느낌일까 궁금했다.

"원하시면, 만드는 법을 보여주겠습니다. 다른 전시품들은 그보다 훨씬 놀랍습니다. 가게는…이름이 '사일러스 리드의 진기한 박물가게'입니다. 스트랜드가에서 조용한 골목길을 따라 들어오면 맨 끝에 있죠. 점원이나 편지 대서인 아무나 붙잡고 물어보면 방향을 알려줄 겁니다."

아이리스가 고개를 끄덕였지만 집중하는 것 같지는 않았다.

"리드 씨라고 하셨죠?"

"세례명으로 불러주세요. 사일러스입니다."

"사일러스?"

"네." 사일러스가 씁쓸함을 삼키며 말했다. 분명 앨비가 두 사람을 소개했고, 대화에 앞서 그가 이름을 다시 알려줬다. 그런데도 아이리스는 아무것도 기억하지 못했다.

"*사일러스 리드의 박물가게*, 내일 다섯 시." 사일러스가 반복했다.

"좋아요. 선물 고마워요."

"별 거 아닙니다." 아이리스는 그가 대답하기도 전에 돌아섰다. 발 아래로 바닥이 미친 듯이 날뛰는 것 같았다. 사일러스는 시커먼 파도 속에서 표류하는 듯한 기분을 느꼈다.

자황색과 심홍색

"움직이지 말아요." 루이가 연필로 치아를 딱딱 두드리며 말했다.

"노력하는 중이에요." 아이리스가 말했다. 그녀는 한쪽 팔은 올리고, 다른 쪽 팔은 앞을 떠받치듯 자세를 잡았다. 초록색 긴 드레스를 입고 허리엔 벨트를 느슨하게 걸쳤다. "지금 내 모습을 사진으로 찍으면 흐릿하게 나오는 일 따윈 없을 거예요. 망자를 기리는 은판 사진이라고 착각할지도 몰라요."

"친애하는 시체 양, 제발…턱 좀, 그렇지…그게 나아요."

루이의 이젤은 아이리스에게서 두 걸음 정도 떨어져 있었다. 아이리스는 루이의 뺨에 난 작은 주근깨를 전에는 물감 자국이라고 착각했다. 창백한 피부에 반해 눈썹이 짙고 입술은 소녀처럼 도톰했다.

루이를 보면서 아이리스는 팔에 가해지는 고통을 조금은 잊을 수 있었다. 누구도 모델 일이 이렇게 길고, 지루하고, 불편하고, 극심한 육체/노동이라고 말해주지 않았다. 마치 설터 부인이 수천 개의 바늘을 두 다리에 찔러놓은 것만 같았다. 팔다리가 멍투성이가 되도록 한없이 서 있었지만, 아이리스는 긴 의자에 쿠션을 받치고 대자로 누워 있다고 상상했다.

루이가 아이리스를 보고 있었다. 자세히 관찰하고, 소중하게 여기고, 진가를 알아봐야 할 무언가라도 되는 것처럼 *진지하게* 바라봤다. 종이에 연필을 댄 채 뺨의 작은 공간에 시선을 집중했다. 그 눈빛이 붓질만큼이나 강렬했다.

루이는 아이리스를 아름답다고 생각할까? 살짝 삐뚤어진 코를, 이마에 난 반점을 흉보지는 않을까? 아니면 아무 생각 없이 윤곽과 그림자를 그리는 걸까? 진정한 화가는 세상을 회화처럼 본다고 그가 전에 그녀에게 말했다. 일련의 각도와 형태로, 멈추고 포착할 수 있는 움직임의 연속으로 말이다. 아이리스는 묻고 싶은 것들이 너무 많았다. 어머니 손을 잡고 비둘기는 왜 날개가 있는지, 설탕은 왜 옥수수를 갈아서 만드는지 종알종알 물어보던 어린 아이로 되돌아간 것만 같았다. 하지만 그때마다 돌아오는 건 어머니의 꾸지람이었다. *앉아, 조용히 해, 가만히 좀 있어, 말수 좀 줄여, 로즈를 좀 본받아.* 꼼짝 말라는 한결같은 잔소리와 돌아오지 않는 대답.

가족보다 루이를 떠올리는 게 한결 편했던 아이리스가 다시 그에게로 생각을 돌렸다. 아이리스는 루이가 언제나 이렇게 장난치듯 부드러운 표정으로 모델을 바라보는지 궁금했다. 신사가 로즈에게 한 것처럼 그도 여자들을 끌어당겨 바지를 내리고 허벅지를 밀착한 뒤 황홀경에 넋을 잃은 채 입술을 비벼댔을까? 아이리스는 루이가 손에 입을 맞추는 모습을, 그의 입술이 손가락에 닿은 모습을 상상했다. 그러고는 눈을 깜빡여 생각을 떨쳐 냈다. 그 대신 비평가들이 자신의 그림 앞에 걸음을 멈추고, 가족들의 질타가 자부심으로 바뀌는 장면을 상상했다. "우리 아이리스가 그린 그림이 왕립 미술원에 걸리다니! 가격이 무려…." (그림은 보통 얼마에 팔릴까? 20파운드? 그녀는 잘 알지 못했다. 꼭 기억해뒀다가 루이에게 물어보고 싶었지만, 천박한 질문일지도 몰랐다.)

루이가 연필로 선을 그었다. 건너편 방에서는 밀레이 씨의 팔레트 칼이 쓱, 쓱, 쓱 스치는 소리가 들렸다. 그 소리가 그 역시 이곳에 있다는 사실을 상기시켰다. 아이리스는 시야 밖으로 어렴풋이 보이는, 루이가 그리는 하얀 인간 두개골을 흘깃거렸다. 처음 봤을 때는 한때 그 위를 덮었을 얼굴을, 식사하는 동안 벌리고 있었을 턱을, 웃으며 드러냈을 치아를 생각했다. 그리고 몸서리를 쳤다. 하지만 이제 저 해골은 단지 그림을 그릴 대상일 뿐이었다.

바깥에선 마차 바퀴가 샬롯가를 지나가며 진흙탕을 휘저었다. 눈이 창틀에 내려앉았다. 한 남자가 노래를 부르고 한 여자가 가격을 외쳤다. "레몬이 1페니요, 레몬이 1페니요." 로즈는 가게에 앉아 뻣뻣한 벨벳 사이로 바늘을 찔러 넣을 것이다. 모두가 각자의 삶을 살아갔다. 하지만 아이리스는 이곳에 있었다. 그녀는 화가들과 함께 있었고, 자신의 선택을 조금도 후회하지 않았다.

어제 대리석 손을 대영박물관에 돌려준 뒤 아이리스는 루이의 여동생이 마련해 둔 샬롯가의 다락방으로 곧장 향했다. 콜빌 플레이스에서 모퉁이만 돌면 코앞이었다. 여사감이 문을 열어주며 열쇠를 건네자 아이리스는 자기만의 방, 자기만의 침대, 자기만의 세면대와 옷장까지 생겼다는 사실을 다시금 실감했다.

그 후 아이리스는 양초 두 개를 빌리려고 루이의 집을 방문했고, 클라리사와 함께 코딱지만 한 쇠 난로에 쓸 석탄과 불쏘시개를 가지고 돌아왔다. 둘은 먼지 묻은 유리창을 닦고, 나무 바닥을 걸레질하고, 헝겊에 침을 묻혀 놋쇠로 된 침대 프레임을 닦았다. 클라리사는 하인들이 하는 일에 익숙하다고 했다. 그녀는 오빠 루이와 그의 그림, 그녀의 어머니, 한때 *수치스러운 일에 종사했던 여성들*에게 바느질과 살림살이를 가르치는 자신의 자선 활동에 대해 쉬지 않고 떠들었다. 클라리사가 돌아간 뒤, 아이리스는 자신을 정부로 생각하지 않으려고 노력했고, 로즈가 퍼부

172

을 질책을 머릿속에서 몰아내려고 애썼다. *영락없는 창녀의 다락방이네.* 아이리스는 손에 묻은 먼지를 옷에 닦고 한 걸음 반 만에 방을 가로질러 창가에 섰다. 젊은 여자가 프록코트를 걸친 남자를 골목 아래로 이끄는 모습이 보였다. 대체 정숙하다는 게 뭘까? 여사감이 아주 엄격한 것으로 보아(신사는 방문 사절이었다) 아이리스가 사는 곳은 매음굴이 아니었다. 심지어 아이리스는 지금껏 남자와 입을 맞춘 적도 없었다. 그에 반해 로즈와 신사는….

로즈의 위선에 대한 분노가 아이리스의 죄책감을 조금씩 누그러뜨렸다. 그녀는 침대에 벌렁 드러누워 있다가 밖이 어두워지고 나서야 잠에서 깼다.

* * *

"훨씬 나아요." 루이가 목탄 조각을 집어 들며 말했다. "그저 밑그림일 뿐이지만, 꼼짝 않고 정말 잘 서줬어요."

아이리스가 아이처럼 천진난만하게 말했다. "대리석 손을 흉내 내려고 최선을 다했어요."

루이는 대답하지 않았다.

"대리석 손이 내 손보다 큰가요, 아니면 작은가요?"

여전히 조용했다.

"손바닥을 대서 재볼까요?"

"직접 해보는 게 어때요?" 루이가 캔버스 뒤에서 말했다. "저기, 선반 위에 있어요."

아이리스가 뒤를 돌아봤다. 사실이었다…황급히 도망칠 것처럼 보이는 갈고리 모양의 손.

"어떻게…."

"훌륭한 속임수였어요." 루이가 말했다. "처음엔 온 집안을 미친 듯이 뒤졌죠. 인정해요…사실을 깨닫고 재미있었어요. 아주 교활했어요. 하지만 당신이 그걸 돌려줄 게 뻔했고, 그렇다면 어제 아침이겠거니 짐작하고 박물관에서 기다렸어요. 철책 너머로 종이 뭉치를 던지는 걸 보고 다시 건져냈죠."

"당신 정말…." 아이리스가 뭐라 말하려고 했지만, 이젤 뒤에 숨은 루이의 표정을 읽을 수 없었다.

* * *

세 시가 되자 햇빛이 거의 사라지고 사실상 난로 불빛이 작업실을 밝혔다. 루이가 하루치 일과를 마치며 연필을 내려놓았고, 아이리스는 꼼짝 않고 서 있느라 뻐근하고 아픈 팔다리와 어깨를 풀었다. 밀레이는 태피스트리 쿠션 위에서 귀네비어를 베개 삼아 제멋대로 누워 있었다.

"수업을 시작할까요?" 루이가 아이리스에게 물었다. 그러고는 그녀를 구석의 책상으로 데려갔다. 대리석 손을 앞에 놓고 책상을 뒤적거려 종이와 연필을 꺼낸 뒤 루이가 말했다. "손을 그려요. 눈에 보이는 그대로 그려봐요." 그런 다음 등을 기대고 잡지를 휙휙 넘겼다. ≪기원≫, 그녀가 책등에 적힌 제목을 읽었다.

아이리스는 종이에 줄을 몇 개 그었다. 손톱의 반원과 손날을 나타낸 선이었다.

"밀레이, 크리스티나가 쓴 이 시 말이야…."

아이리스는 눈이 우박으로 바뀌는 창밖 광경을 바라봤다. 그리고 연필을 내려놓고 양손으로 턱을 괬다.

"무슨 문제라도 있어요?" 루이가 물었다. "왜 그리다 말아요?"

"그림을 가르쳐주는 줄 알았어요."

"종이에 겨우 줄만 두 개 그어놨는데, 어떻게 가르쳐요?"

"보지도 않잖아요."

"그래, 뭘 가르쳐줄까요?"

아이리스는 물감이 두껍게 덧발라진, 이젤 위의 그림을 바라봤다. "유화를 배우면 안 될까요?"

"먼저 기는 법부터 배워야 해요…."

밀레이가 코웃음을 쳤다. "옛날 우리의 선생이 정확히 그렇게 말했지. *기는 법부터 배워라!* 그 말 정말 싫어했잖아, 루이. 그 선생 욕을 얼마나 했는지 기억 안 나? 루이 프로스트, 늙은 펄키

와 판박이 선생이라. 내가 이런 날을 보게 될 줄은 꿈에도 생각
못 했네…."

루이가 자리에서 일어나더니 자기 바지를 깨끗이 정리했다.
"그래요, 알겠어요. 유화 수업을 하죠. 단 *저 녀석*을 조용히 시키
려고 그러는 거예요. 하지만 충고하는데, 내일은 다시 스케치로
돌아가야 해요."

밀레이가 아이리스를 향해 고개를 끄덕이자 그녀가 웃었다.

"두 공모자가 주고받는 눈길이라니." 루이가 말했다. 그리고
아이리스 옆에 자리를 잡고 앉아 도자기 팔레트에 유화 물감을
짰다. "우리가 쓰는 기법은 캔버스 바탕에 아연백을 칠하는 거예
요. 색을 거의 섞지 않고 투명하게 칠해서 흰색 바탕이 비치도록
만들죠. 그러면 그림이 훨씬 생생해져요."

아이리스가 앞에 놓인 색깔들을 대충 훑어봤다. 선녹색, 군청
색, 심홍색과 자황색이었다. 몇 달 동안 고초를 겪고 마침내 토
피 푸딩 한 접시를 대접받은 기분이었다. "여기요." 루이가 흑담
비 털로 만든 붓을 건네며 말했다. "이걸로 연습해요."

아이리스가 진홍색 안료에 붓을 담갔다. "어떻게 할까요?"

"마음 가는대로 아무렇게나."

"하지만 뭘 그려야 하죠?"

아이리스가 손을 꼼짝 않자 루이가 상냥하게 말을 이었다. "그
냥 실수를 해요. 그리고 어떤 기분인지 느껴 봐요. 내가 얼마나

많은 실패를 거듭했는지 신은 아실 거예요."

아이리스는 붓을 쥐고 힘차게 선 하나를 내려그었다. 그리고 다시 붓으로 캔버스를 스쳤다. 어린애 솜씨나 다름없는 자국이었지만 거기엔 어떤 활기와 희열이 있었다. 엉망이어도 괜찮았다. 그녀가 루이를, 난로 불빛을 받아 적갈색으로 반짝이는 검은 곱슬머리를 슬쩍 훔쳐봤다. 대리석 손보다 창백한 루이의 손가락이 캔버스 위의 무언가를 가리켰다. 그의 말에 귀를 기울여야 했지만 아이리스는 그러지 않았다. 첫 날 천장이 둥근 찻집에서 루이가 손목을 잡던 느낌을 떠올렸다. 그리고 그때의 기억을 더듬으려 손바닥으로 뺨을 문질렀다.

초인종이 울리자, 루이가 자리에서 일어나 문을 열어주러 갔다. 그가 꼬깃꼬깃한 편지를 들고 돌아왔다.

"누구야?" 밀레이가 물었다.

"별 거 아니야." 루이는 이렇게 대답하며 종이를 불 속으로 던졌다. 아이리스는 불길이 갈고리 손처럼 편지 모서리를 부여잡는 모습을 지켜봤다. *소중한 아이리스에게,* 그녀는 편지를 떠올렸다. *우리는 몹시 곤혹스러웠단다….*

"이번에도 초상화를 그릴 건가요?" 루이가 물었다.

"첫 그림은 대리석 손으로 정했어요."

"아, 그 도둑맞은 조각품. 왜죠?"

대리석 조각은 아이리스에게 인형 가게를, 앨비가 소매치기에 쓰던 가짜 손을, 가슴을 옥죄던 시간들을 떠올리게 했다. 하지만 아이리스는 그 시절을 잊고 싶지 않았다. 그녀는 그 손이 자신의 두 인생을 잇는 다리인 것만 같았다. 하지만 어깨를 으쓱하며 말했다. "특별한 이유는 없어요."

아이리스가 캔버스를 가로지르며 붓을 휘둘렀다. 색깔들이 약동하며 날아올랐다. 방안을 맴도는 침묵이 침대보처럼 부드러웠다. 흑담비 털이 캔버스를 스치는 소리와 장작이 타닥타닥 타는 소리뿐이었다. 루이가 고양이처럼 하품을 하고는 기지개를 켰다. 우박이 비로 바뀌었다. 천둥이 뱃속처럼 우르르 쾅쾅 울렸다. 세 명의 화가는 작업실에 있어 안전했다. 아이리스는 문득 어제 저녁 자신에게 접근해서 가게로 초대한 남자(엘리아스였나? 세실?)를 떠올리고는 그가 어떤 물건을 팔려고 했을까 궁금해했다.

'피시식' 하더니 뒤이어 '드르렁' 하는 소리가 들렸다. 밀레이가 드러누워 입을 벌리고 돼지처럼 코를 쳐든 채 졸고 있었다. 루이와 아이리스는 소리죽여 웃기 시작했다. 얼마나 웃었던지 애초에 왜 웃었는지 까먹을 정도였다. 아이리스는 눈을 감고 생각했다. *이 삶이 영원히 끝나지 않았으면 좋겠어.*

인형 가게로 돌아갔다면 아이리스는 여전히 인형 입이며 신발이며 손톱을 칠할 것이다. 창백한 팔 안쪽은 설터 부인에게 꼬집힌 상처로 쓰라렸으리라.

로즈….

안 돼.

구석에서 대형 괘종시계가 네 시 반을 알렸다.

사자

사일러스는 손가락으로 똑딱거리는 시계 소리를 좋았다. 30분이 지나 다섯 시가 되면 아이리스가 올 것이다. 그는 지금처럼 나비 보관장 옆, 안락의자에 앉아 미리 연습한 대로 학식이 풍부해 보이는 표정을 지을 것이다. 문이 찰칵 열리면, 고개를 들고 코안경을 고쳐 쓰며, 한창 독서 중이던 것처럼 ≪란셋≫의 한 페이지를 접고 잡지를 덮을 것이다. 사일러스는 자세를 두 번, 세 번 고쳐 앉았다. 검은 머리는 매끈하게 빗어 넘겼고, 창백한 얼굴은 비누와 기름으로 부드럽게 닦았다. 로마 원로원처럼 늠름한 코는 그가 가장 자신 있어 하는 부위였다. 그는 기름 램프 대신 양초를 켰다. 그림자를 드리운 빛이 훨씬 보기 좋았다.

"아이리스." 사일러스가 말할 것이다. "반가워요. 사실, ≪란셋≫에 푹 빠져서 시간이 됐는지도 몰랐어요." 아이리스가 장갑을 벗은 맨 손을 내밀고(구운 연어 같은 분홍색이다. 사일러스는 멋쟁이들이 레스토랑에서 먹는 걸 봤다), 그가 손님들이 방해하지 못하도록 문을 잠근다.

"이제 당신에게 온전히 집중할 수 있어요." 사일러스가 이렇게 말하면, 아이리스가 그의 보물들에 감탄한 듯 눈을 반짝이며 다정하게 웃을 것이다. 사자의 두개골을 집어 들고(무겁기 때문에 그가 도와줘야 한다) 까칠까칠한 질감을 손으로 훑을 것이다.

"뼈는 부드러울 거라고 늘 생각했어요." 아이리스가 말한다. "이런 느낌일 거라고는 상상도 못했어요. 저 같은 사람에겐 너무 섬뜩해요."

아이리스가 손으로 얼굴을 가리고 키득거리다가 털어놓을 비밀이 있다고 말한다. 사일러스가 곤란한 듯 쳐다보며 큰일이 아니면 좋겠다고 말한다.

"네, 그럼요." 아이리스가 어제는 장난으로 그를 알아보지 못한 척했다고 털어놓는다. "사실 당신이 실망하는 모습을 보고 몹시 고통스러웠어요." 그녀가 말한다. "제 눈썹이 치켜 올라가는 걸 보고 농담인지 눈치 채지 못했나요?"

"정말 잔인하군요." 사일러스가 한숨을 쉬고 손가락을 좌우로 흔든다.

아이리스는 그의 발밑에 놓인 스툴에 앉아, 그가 스트랜드가 제빵사에게서 사 온, 설탕에 절인 딸기를 푹 찌른다. 그녀가 살점처럼 붉고 촉촉한 딸기를 입술 앞에 들고 머뭇거리다가 천천히 깨문다. 그러고는 과일을 볼 안으로 밀어 넣으며, 강아지 해골을 어떻게 조립했는지 들려달라고 조른다("나비 장신구는 이제 내가 가장 아끼는 보물이에요. 당신은 정말 관대한 분이에요, 너무나 선한 영혼. 내게도 당신을 위해 그만큼 대단한 물건을 만들 능력이 있다면 얼마나 좋을까요!"). 그때 사일러스가 입 안에 들어 있는 딸기 과육을 슬쩍 본다. 치아가 불에 구운 도자기만큼이나 하얗고, 고양이 이빨만큼이나 작다.

사일러스는 아이리스의 개인사도 꾸며냈다. 그녀의 부모님은 서로를 열렬히 사랑했지만 아이리스가 여덟 살이 되던 해에 비명횡사했고, 아이리스는 (사랑스러운 사람이지만) 불구인 언니와 함께 인자한 이모에게 의탁됐다고 정했다.

아이리스 역시 외로움이 컸다고, 친구를 원했다고 고백한다. 사일러스는 지난번 그녀를 본 이후로 일이 손에 잡히지 않았다고, 처음 본 순간 강렬한 우정의 연대를 느꼈다고 말할 것이다. 그리고 어린 시절에 대해, 매질과 공장 연기와 그 뜨거운 열기와 손가락 통증과 목통증에 대해, 과연 탈출할 수 있을까 고민하던 날들에 대해, 한없이 커져가던 외로움과 경멸하던 아이들에 대해 털어놓는다. 또 어느 날 아침 함께 블랙베리를 따러 갔던 플릭이 어떻게 실종됐는지, 어째서 아무도 플릭을 찾지 못했는지 들려준다. 플릭의 시체가 강바닥에 누워 있는 모습을 상상하고, 여우 사체를 보며 플릭의 붉은 머리카락을 떠올리고, 플릭을 죽인 게 그녀의 아버지일 거라고 의심해왔던 것도. 물론 죽지 않았을 수도 있지만, 이유는 몰라도 플릭의 죽음을 그냥 *알았다*는 것도 말한다.

시계가 째깍거렸다. 다섯 시 15분 전. 아이리스에게 더 일찍 오라고 말했어야 했다. 그러면 지금쯤 도착했을 것이다. 초침이 심장 박동에 맞춰 움직였다.

째깍.

째깍.

째깍.

사일러스는 자리에서 일어났다가, 기지개를 켰다가, 양초를 서랍장 이쪽에서 저쪽으로 옮겼다가, 괜찮은지 확인했다가, 원래 자리가 낫다고 결론 내렸다. 그가 거울 앞에서 매무새를 확인했다. 거울의 뼈대는 한 달 전 작디작은 송어 뼈를 부채꼴로 이어 붙여 만든 것이었다. 그걸 만드느라 얼마나 인내했는지, 얼마나 부단히 손을 놀렸는지 이제 상상할 수도 없었다. 거울에 비친 사일러스는 살짝 떨고 있었다. 그가 손가락으로 머리를 훑고 셔츠에 묻은 기름을 닦아냈다.

시곗바늘이 좀체 움직이지 않았다.

10분 전.

사일러스는 부들부들 떨리는 손을 지켜봤다.

5분 전.

사일러스는 다시 의자에 앉아, 근엄하지만 다가오기 쉽도록 무릎 위치에 신경 썼다. 이제 언제라도 아이리스가 문 안으로 쓱 들어올 것이다.

사일러스가 〈*란셋*〉을 다시 집어 들었다.

"시…심각한 양발 내…내반…내반족의 원인은," 그가 더듬더듬 읽어나갔다. "오랫동안 발을 사용하지…않거나 자…잘…잘못된 자…시…자세…때문이다. 건…절…제…술과 파…열…."

단어들이 빙글빙글 돌아서 당최 무슨 말인지 이해할 수 없었다. 사일러스가 잡지를 바닥에 내팽개치는가 싶더니 아이리스가 왔는지 확인하고는 잡지를 주워들어 반듯하게 폈다. 그리고 다시 읽는 척했다. 그의 귀와 목구멍으로 맥박이 뛰는 게 느껴졌다.

다섯 시.

아이리스는 장난삼아 사일러스를 기다리게 할 속셈이다. 자세를 유지하려고 힘을 주다보니 몸에 경련이 일었다. 그는 하염없이 문만 바라봤다. 비가 거세게 내리며 창문 위로 세차게 빗줄기를 뿌렸다. 천둥이 쳤다. 아이리스는 빗물을 뚝뚝 흘리며 홀딱 젖은 채 도착할 것이다. 그는 행주를 짜듯 옷을 짜줄 생각이었다.

"지독한 폭풍이네요!" 아이리스가 말할 것이다. "그래도 헤치고 올 만한 가치가 있었어요."

5분이 지났다.

아이리스는 뛰어야 할 때를 노리며 비를 피할 것이다. "홀딱 젖어서 올 순 없잖아요! 당신이라면 숙녀가 옷을 버리도록 놔두겠어요?"

10분이 지났다.

비가 그쳤다. 하지만 아이리스는 신발이 젖는 게 싫을 것이다. 토끼 굴을 피하듯 물웅덩이를 피해 발을 디디며 사일러스가 기다린다는 사실에 내심 흐뭇해할 것이다.

15분이 지났다.

긴급한 일이 생겨 걸음을 멈춘 게 분명하다. 아이가 조랑말에서 떨어졌거나, 높은 창문에서 고양이를 구출한다거나 하는. 여성스러움을 유지하되 지각을 충분히 납득시킬 만한, 다소 영웅적인 일일 것이다. 지금쯤 사일러스가 기다릴 걸 걱정하며 서두를 것이다.

30분이 지났다.

아이리스에게 무슨 일이 일어났다. 짐수레에 치였다. 거리에 누워 피를 흘리며 그에게 긴급 메시지를 보낼 것이다.

사일러스는 그림자처럼 어둠 속에 갇혀 기다리고, 기다리고, 또 기다렸다.

시계가 여섯 시, 일곱 시, 여덟 시 종을 쳤지만, 사일러스는 미동도 없었다. 혼수상태에 빠진 것처럼 앉아 있었다. 아이리스는 오는 중이다. 전갈을 보낼 것이다. 어쩌면 죽었을지도 모른다.

아니면 적어도, 그의 진심을 확인하려고 장난치는 것이다.

어둠이 깔리고 스트랜드가의 와자지껄한 소음이 사라졌다. 모른 척했지만 사일러스는 아이리스가 오지 않을 걸, 아무런 사고도 일어나지 않은 걸 알았다. 어제는 그를 몰라봤고, 오늘은 약속을 잊었다. 장난치려는 게 아니다. 단지 그에게 관심이 없는 것이다.

사일러스가 손가락을 풀며 자리에서 일어났다. 그리고 방을 가로질러가더니 서랍장 위에 반듯하게 놓인 사자 두개골(*뼈는 부드러울 거라고 늘 생각했어요*—바보 같은 놈, 얼간이 같은 놈—아이리스가 기든처럼 비웃었다)을, 포대기로 감싼 신생아처럼 두 팔로 받쳤다.

그는 빗장을 풀고(종일 기다리던 딸깍 하는 소리가 그를 잔인하게 비웃었다) 밖으로 나가 숨을 크게 쉬었다. 건물 주변은 눈이 녹아 온통 흙탕물로 질척거렸고, 바닥의 자갈이 가게에서 새어나온 양초 불빛에 반짝거렸다. 사일러스는 진흙 웅덩이에 비친, 기괴하게 일그러진 자신의 얼굴을 내려다봤다. 그리고 머리 위로 두개골을 들어 올린 뒤, 잠시 망설이다가 바닥에 내던졌다. 두개골이 세 조각으로 쩍 갈라졌다. 턱이 떨어져 나가고 두개골의 경계선이 깔끔하게 두 동강 났다. 바싹 마른 찰흙이 부서지듯 쉽게 쪼개졌다.

사일러스는 두개골 반쪽을 집어 들어 깨진 모서리 부분을 목에 대고 눌렀다. 통증이 따스했다. 피부의 탄성을 느끼며 더욱 세게 눌렀다. 호흡이 진정됐다. 조금만 더 힘을 가하면 목구멍이 뚫릴 것 같았다.

자갈 바닥에 뼛조각을 내던지고, 덩어리를 차례대로 들어서 바닥에 한 번, 두 번, 세 번 내동댕이쳤다. 어느새 사자 두개골은 손톱 크기로 산산조각 났고, 사일러스는 등에 땀을 줄줄 흘리며 숨을 헐떡였다.

나비 장신구

무언가가 와장창 깨지는 소리에 아이리스는 잠에서 깼다. 다락방은 춥고 난로는 꺼진 지 오래였다. 손에 입김을 불어넣고 하얗게 눈으로 뒤덮인 창밖을 바라봤다. 눈송이가 떨어지며 발자국과 마차 바퀴 자국을 비질이라도 한 것처럼 감쪽같이 지웠다. 다락방에서 보는 세상은 미니어처처럼 작았다. 진창을 달리는 말들은 설탕을 입힌 토실토실한 쥐들 같았고, 길거리 행상들은 시계 태엽 인형처럼 보였다. 장작을 패는 남자의 손에 들린 도끼가 성냥 크기만 했다.

"순박한 서민들이 잠을 청하잖아요." 건너편 집에서 한 여자가 소리쳤다.

"순박 좋아하네, 여남은 놈들이 더럽게 발자국을 찍고 간 이 눈처럼." 남자가 되받아치고는 다시 도끼를 치켜들었다.

아이리스는 하염없이 서 있느라 뻣뻣하게 굳은 몸으로 옷을 입기 시작했다. 루이가 보고 싶었고, 남은 스케치도 얼른 하고 싶었다. 최근 일주일 넘게 하루에 한 번 손 그림을 그렸다. 그림은 하루가 다르게 발전했다. 그녀가 서둘러 옷을 입다가 선반에서 무언가를 쳐서 떨어뜨렸다. 그러고는 떨어진 물건을 집어 들었다. 작은 원형 유리에 끼워 넣은 예쁜 나비 날개였다. 그 이상한 남자와, 장신구를 손에 쥐어주던 그의 모습이 떠올랐다.

아이리스는 유리를 쓰다듬다가 펜던트를 또 다시 떨어뜨렸다. 이번에는 애써 줍지 않았다. 마음에 들지 않는 건 아니었지만 왠지 불편했다. 가게로 불러내 물건을 팔기 위해 미끼로 준 게 틀림없었다. 적어도 아이리스를 그런 자질구레한 장신구에 쓸 은화를 가진 숙녀라고 착각한 것 같았다.

장신구를 보고 아이리스는 자신과 로즈의 상상 속 가게, 플로라를 떠올렸다. 푸른색 차양과 화려한 가스램프들. 가게는 마법의 동굴처럼 런던의 짙은 안개를 뚫고 나타나곤 했다. 물론 절대 이루어지지 않을 꿈이었고, 시간을 때우려는 심심풀이 놀이에 불과했으며, 당연히 인형 가게를 탈출할 자금을 마련하지도 못할 처지였다. 이제 벌이가 좋아졌으니 조금씩 돈을 모아서 로즈에게 가게를 열라고 그 돈을 주면 어떨까 생각했다. 로즈가 받아들인다면 말이다.

로즈는 매일 하염없이 바느질만 했다. 한 땀 한 땀 바느질을 할 때마다 기회는 점점 줄어들었고, 따분하고 의존적인 노처녀에 가까워졌다. 아이리스는 곧 편지를 쓸 생각이었다. 로즈가 일주일 동안 자신의 부재에 적응했으리라 짐작했다. 아이리스는 어젯밤 리젠트 거리까지 걸어가서 15분 넘게 가게 맞은편 길가에 서 있었다. 옛 다락방엔 촛불이 밝혀져 있었다.

아이리스가 몸을 떨었다. 새로 불을 지필 필요 없이 빨리 나가는 게 최선이었다. 루이는 언제나 집안을 오븐처럼 따끈하게 지피는 데다 아침 일찍 눈을 떴다.

하지만 초인종을 누르자 싸구려 앞치마를 두른 여자가 문을 열어줬다.

"프로스트 씨 계신가요?" 아이리스가 묻자, 하녀가 몸을 살짝 숙여 인사를 건넸다.

"누구신가요, 아가씨?"

"아이리…미스 휘틀입니다."

"친척분이세요? 명함을 주시겠어요?"

"아닙니다. 그 분의 모델이에요…."

하녀의 얼굴에 조소가 비쳤다. "직접 부르세요." 하녀는 이렇게 말하고 몸을 숙여 세탁물 한 무더기를 바구니에 담았다.

아이리스가 하녀를 빤히 바라봤다. 하녀가, 파출부가 모욕을 주며 빈대를 봤을 때나 지을 법한 역겨운 표정을 짓다니. 아이리스는 쳇 하고 투덜대는 여자를 비스듬히 지나쳐 계단을 올라 작업실로 갔다. 허리를 꼿꼿하게 세우고 턱은 치켜 올렸다. 루이에게는 말하지 않을 생각이었다. 하녀가 제대로 한 방 먹였다고 루이가 흡족해하는 꼴을 보고 싶지 않았다.

루이가 짧게 목례를 했다. "아! 여왕 아가씨." 그가 잡동사니와 보물들에 둘러싸인 그림 앞에 서서 뺨을 문질렀다. 아이리스는 그의 뺨을 어루만지는 상상을 했다.

"무슨 문제라도 있나요?"

"형편없어요." 루이가 말했다. "못 그리겠어요. 왜 나는 사무원이나 변호사, 아니면 검은 모자 차림의 평범한 전문인이 되지 않았을까요? 차라리 장의사라도 될 걸. 왜 이토록 스스로를 고문하는 일을 택했을까요?"

"대체 뭐가 문제인가요, 소공자님?"

"농담 아니에요…." 이렇게 말하면서도 루이는 웃었다. "제대로 표현이 안 돼요. 기주마르 말이에요. 너무 이상적이에요, 너무…뭐랄까. 전형적이라고 해야 하나? 당신이 말한 그림의 *현실성*에 대한 지적 말이에요…그게 느닷없이 떠올랐어요. 흥미롭고 색다른 그림을 그리고 싶었는데. 그저 여자의 발밑에 무릎을 꿇은 남자라니…."

아이리스는 작은 독방에 갇힌 인물들을 응시했다. 기주마르가 한 손으로 여왕의 풀린 매듭을 잡고, 다른 한 손으로는 여왕의 손마디를 쥔 채 입을 맞췄다.

"여왕만 그리는 건 어때요. 기주마르는 **빼고**."

"뭐라고요?" 루이의 대답을 듣고, 아이리스는 자신이 그의 말을 가로막았다는 걸 깨달았다. "그럼 여왕이 구출된다는 사실을 어떻게 알죠?"

"그게 왜 중요하죠?" 아이리스가 말했다. "고통과 희망, 그리고 여왕이 절망 속에서도 간직한 사랑을 보여줄 수 있잖아요. 그게 더 흥미롭지 않나요? 그리고 저 비둘기…." 올리브 가지를 물고 창밖으로 날아가는 새를 가리켰다. "저게 구원과 탈출을 상징하잖아요. 비둘기에, *거기다가* 기주마르까지, 너무 과하지 않아요?"

루이가 얼굴을 찌푸렸다.

"몸짓을 조금 바꾸면 될 거예요…새를 향해 손을 뻗는 건 어때요? 기주마르가 쫓겨나고 여왕이 탈출하기 전, 질투에 사로잡힌 남편에게 감금된 상황을 나타내는 거예요. 나중에 메리아뒤크 왕에게 잡혔다가 기주마르에게 구출되는 순간이 아니라."

"그럼 전부 다시 그려야 해요."

"아직 시간은 있어요. 그리고 그럴 필요도 없고요…무릎을 꿇은 기주마르에 그냥 색칠만 하면 돼요." 아이리스가 캔버스를 만질 뻔했다.

그러자 루이가 버럭 소리를 질렀다. "멈춰! 안 말랐어요." 아이리스가 손을 거둬들였다. 루이의 표정이 조금씩 변했다.

"그럴 생각은 없었어요…."

"네, 알아요." 루이가 말했다. 그리고 아이리스를 뚫어져라 바라봤다. "당신 말이 맞아요. 여왕 뒤에 거울을 놓아서 감옥 문이 살짝 열린 걸 보여줄 수도 있을 거예요. 여왕은 그걸 눈치 채지 못한 거고." 루이가 좀이 슨 망토를 걸치고는 아이리스에게 그녀의 망토를 던졌다. 아이리스는 루이를 따라 아래층으로 내려갔다. "갑시다, 이 감옥에 한순간도 더 못 있겠어요. 걸읍시다…."

아이리스가 웃었다. "정신 나갔어요?"

"맞아요. 좀 중한 병이에요."

"회복할 희망은 있나요?"

"약재상이 그랬어요." 루이가 초췌한 얼굴의 파출부를 지나 거리로 나서면서 아이리스의 손을 팔꿈치 안쪽으로 잡아당겼다. "다정한 친구와 함께 하는 것만이 유일한 약이라고."

아이리스가 미소를 지었다. 그녀는 루이의 팔에 손을 올리고 있는 게 좋았다. 어쩌다가 그들이 이렇게 편한 사이가 됐는지 신기했다. 여성이 신사와 팔짱을 끼고 걷는 건 수치스러운 일이 아닌 평범한 일이었다. 아이리스는 아버지와도 이렇게 팔짱을 끼고 교회에 가지 않았던가? 그녀는 장갑을 낀 채 약하게 루이의 팔을 쥔 느낌과 그의 바지가 이따금 치마에 쓸리는 느낌 외에, 아무것도 느낄 수 없었다.

그들이 쥐죽은 듯 고요한 거리를 걸어가자 눈 밟는 소리가 뽀드득거렸다. 루이가 손가락으로 사각형을 만들어 화가의 눈으로 세상을 보는 법을 가르쳐줬다. "저 처마에 걸린 고드름 보여요? 저것들을 어떻게 구성할지, 저걸로 뭘 가리킬지 생각해야 해요. 예를 들면 위험 같은 것도 좋고. 아니면 거울처럼 사용해서 그림 밖에 존재하는 무언가를 비출 수도 있어요. 고드름에 비친 저 여자아이의 나풀대는 치마 좀 봐요…." 루이가 흰 가루가 든 작은 유리병을 흔드는 어린아이를 가리켰다. "팔의 각도, 그 각도가 삼각형을 이루는 방식, 그게 어떻게 보는 이의 눈을 더 중요한 대상으로 향하게 하는지 봐요."

"쥐약이 1페니요." 한 아이가 소리쳤다. "비밀 레시피에요…. 1페니, 1페니."

"설터 부인에게 선물로 보내면 좋겠군요." 루이가 권했다. "약상자에 넣어두면 되겠어요."

"못됐어요."

"아, 그래, 이게 좋겠군." 루이가 온실 꽃을 한 아름 안은 어린 소년 앞에 멈춰 섰다. 어느새 리젠트 공원 앞이었다. "푸른색 프림로즈 한 송이만 주려무나."

"1실링입니다, 나리."

아이리스가 루이의 팔을 잡아당기려고 했다. 꽃 한 송이에 1실링이라니! 하지만 그는 아이의 손에 동전을 놓았다. 아이리스는 물감을 사기 위해 일주일에 2펜스씩 모으던 일을 떠올렸다. 이런 사치는 그녀를 설레게 하는 만큼 불편하게 만드는 구석이 있었다.

"아이리스 꽃은 아니지만 이것도 괜찮군." 루이가 말했다. "해 줄까요?"

아이리스가 고개를 끄덕였다. 루이가 머리에 꽃을 꽂아주며 손가락으로 귀를 스쳤다. 아이리스에겐 이 모든 게 너무 과분했다…너무 빠르고 너무 황홀해서, 모든 일이 천천히 일어났으면 했다. 그녀에게는 자신이 하는 일이 옳은지 그른지 돌아보고 바로잡으며 그걸 온전히 누릴 여유가 없었다. 일이 너무 쉽게 풀려 거짓인 것만 같았다. 그녀는 일주일 전만해도 인형 가게에 머물렀다. *우리는 네가 나쁜 꾐에 빠져 결코 발을 들이고 싶지 않을 몹쓸 길로 빠지게 됐다고 믿는다.*

고깃기름을 한 숟가락 삼킨 것처럼 목구멍이 기름지고 뻑뻑했다. 아이리스는 로즈와 매일 점심으로 고깃기름을 먹곤 했다. 그녀는 숟가락으로 듬뿍 떠서 빵에 바르곤 하던 차갑게 굳은 하얀 지방을 떠올렸다. 기름이 입천장에 두꺼운 막처럼 붙어서 하루 종일 그 맛이 느껴졌었다.

"당신, 너무 조용하군요." 루이의 물음에 아이리스는 그저 피곤하다고만 답했다.

리젠트 공원을 거닐면서 루이는 놀랄 만큼 솔직하게 자신의 이야기를 들려줬다. 최근에 돌아가신 프랑스인 어머니("내 평생, 어머니는 돈 많은 미망인으로 사셨어요. 아버지가 돌아가신 뒤에도 재혼할 필요성을 못 느꼈죠. 왜 안 그랬겠어요? 나도 양아버지의 필요성을 느끼지 못했는데")에 대해 말해준 뒤, 아이리스를 구슬려서 자세한 인생사를 들으려고 했다. 하지만 아이리스는 굴껍데기처럼 입을 꽉 다물고 있었다. 일부러 비밀을 고수할 생각은 없었다. 하지만 그녀의 과거를 어떻게 루이와 비교하겠는가? 과거 아이리스의 삶은 짙은 회색이었지만 이젠 유화 물감처럼 생생하게 빛이 났다. 그녀가 본 건 인형 가게 내부밖에 없다고, 매일 아침 다섯 시에 일어나 몽유병자처럼 임무를 완수하는 것 외에 아무것도 한 게 없다고 어떻게 말하겠는가? 아이리스는 루이가 빨랫감에서 나는 식초 냄새를 맡아본 적도, 빨래통 손잡이를 돌려본 적도 없을 거라고 확신했다.

"당신 어머니는 어떤 사람이에요?"

"어머니 얘기는 하지 말아요." 사악한 말들이 그녀의 목구멍까지 차오른 것 같았다. 입을 벌리자 눈송이가 혀 위에서 사르륵 녹았다. "눈을 잡아 봐요." 폭신한 민들레 솜털만큼이나 큰 눈송이를 보며 그녀가 말했다.

루이가 달려가서 강아지처럼 눈송이를 덥석 물었다. "그럼 뭘 얻게 되나요?"

"영원한 영광."

"영원이라, 난 또," 루이가 말했다. "그게 이렇게 쉬운 건 줄 몰랐네요."

그들은 한참을 거닐다가 얼어붙은 강가에 도착했고, 스케이트 장 관리인 막사 옆에 섰다. 아이리스는 스케이트 타는 사람들을 지켜봤다. 사람들이 그녀의 복잡한 머릿속만큼이나 재빠르게 얼음을 지쳤다.

호수의 스케이터

앨비는 얼음 위에서 코트 자락을 나부끼며 발끝으로 한참 회전했다. 바느질한 옷감을 설터 부인 가게에 건네준 뒤 거의 매일 아침 이곳을 찾았다. 오늘따라 부유한 집 아이들이 제과점과 푸줏간 견습생들과 나란히 비단옷을 흩날리며 스케이트를 타느라 호수가 붐볐다. 앨비가 주변을 두리번거렸다. 스케이트장 관리인의 작은 막사들과 약하게 타오르는 겨울 태양과 결핵 환자의 가래침 같은 갈색 진흙탕이 보였다. 얼음에서는 끽끽거리는 소리가 났다. 앨비는 아이들이 줄지어 만든 '기차놀이'에 붙어 함께 허공에 대고 칙칙폭폭을 외치며 호수에서 얼음을 쌩하니 지쳤다.

발이 젖어 얼기 시작하자, 앨비는 호수 가장자리에 위태롭게 서서 빌린 스케이트를 풀었다. 그리고 누나에게 진을 살짝 섞은 우유 밀죽을 사줄까 생각했다.

"앨비!" 누군가가 불렀다. 앨비가 돌아서서 씩 웃었다. "네가 여기 있지 않을까 생각했어. 미친 여자처럼 손을 흔들었지 뭐야."

아이리스가 팔을 내밀자 앨비가 신이 나서 그쪽으로 뛰어갔다.

"얘기 좀 해줘." 아이리스가 다짜고짜 말했다. "오늘 아침 로즈는 어땠어?"

"당최 저를 좋아하지 않아요. 제가 옆에만 가면 항상 코를 틀어막고는 냄새가 난다고 해요." 앨비가 코를 킁킁거렸다.

"부탁인데…내가 그리워한다고 로즈에게 전해줄래?"

앨비가 어깨를 으쓱한 뒤 아이리스의 가슴에 달린 장미 리본을 가리켰다. "제가 준 걸 달고 있네요."

앨비는 사일러스가 아이리스에 대해 물어본 게 영 수상쩍다고 말할까 잠시 고민했다. 그는 사일러스가 어떤 여자를 벽으로 몰아붙인 뒤 목을 조르는 광경을 목격했었다. 하지만 그런 일을 벌인 이유가 무엇인지, 혹시 그녀가 등쳐먹은 건 아닌지 전혀 아는 바는 없었다. 아이리스에게 경고하면 너무 이상할까? '아가씨에 대해 물어본 남자가 있어요'라고 말하면 분명 아이리스는 그냥 웃어넘기겠지?

하지만 앨비가 마음을 굳히기도 전에, 아이리스가 생각을 방해했다. "앨비, 프로스트 씨와 인사해."

"만나서 반갑구나." 남자가 인사를 하고는 앨비의 웃는 얼굴을 가까이에서 유심히 살폈다. "세상에나, 치아가 어떻게 된 거야?"

앨비가 주먹으로 입을 가렸다. "다 자란 치아라 다시 나지 않는대요, 나리. 가짜를 해 넣을 생각이에요."

"돈이 꽤 들 텐데."

"세트에 4기니에요." 앨비는 남자가 자신을 날카롭게 관찰한다는 걸 알아차렸다. 껍데기가 홀랑 벗겨지는 기분이었다. 얼굴이 퉁퉁 부은 여드름투성이의 남자가 찾아올 때마다 그는 누나가 그런 것처럼 뒷걸음질 쳤다. 앨비는 그 남자를 감자라고 불렀다. 풀 먹인 검은 눈동자 같은 딱딱한 부스럼 때문이었다.

"빌어먹을, 여왕 아가씨, 완벽해요." 루이가 말했다.

"뭐가 완벽하다는 거예요?" 아이리스가 물었다. 앨비 역시 뭐가 완벽하다는 건지, 여왕 아가씨는 누구를 말하는 건지 묻고 싶었지만, 그의 혀는 낮에 파이를 먹다가 덴 입천장을 오가느라 정신이 없었다.

"조만간 시작할 목동 그림 말이에요." 남자가 말했다. "보이지 않아요?"

"제 생각엔 말입니다." 앨비가 말했다. "돈만 된다면 양치기 기술을 선보이는 것쯤은 별 문제가 아니죠. 저는 뭐든 빨리 배우는 편이랍니다. 스피탈필즈 시장에 내다 팔 그림인가요, 나리?"

여왕

여러 달이 흘렀다.

남은 1월의 절반 동안, 루이는 밑그림을 끝내고 아이리스를 모델로 여왕의 윤곽을 잡은 뒤 구릿빛 머리카락에 음영을 넣기 시작했다.

아이리스는 자세를 고정하는 법("이젠 어엿한 모델이에요"라고 루이에게 능청스럽게 말했다)과 그림 그리는 법도 배웠다. 유화 물감으로 입체감을 살리고 색을 덧입히는 법, 흑담비 붓으로 곱고 세밀하게 칠해서 붓 자국이 보이지 않도록 하는 법, 얼굴이나 손에서 기하학적 구도와 원근감을 포착하는 법 모두를 섭렵했다. 물감에 아마씨유를 듬뿍 섞어 희석하는 바람에 그림이 수채화처럼 투명해졌다. ("로세티의 화풍과 비슷해요." 루이가 말했다. 아이리스는 자신이 그림에 소질이 있는지 묻고 싶었지만, 질문은 가슴 속에만 담아뒀다.) 그림에 거듭 덧칠을 하던 아이리스는 그림이 얼마나 일시적인지, 초기의 실수가 얼마나 별 게 아닌지를 깨닫고 기뻐했다. 스케치는 하루에 하나씩 늘어났다. 그녀는 홀만 헌트와 밀레이에게는 숨긴 채 오직 루이에게만 그림을 보여줬다. 손가락의 기울기, 엄지두덩의 작은 흠집을 자세히 관찰하며, 어떤 그림보다 대리석 손에 공을 들였다.

밤이면 클라리사가 봉사하는, *계몽된 여성들을 위한 옷*을 만들었다. 두꺼운 감청색 면을 허리, 치마, 등판으로 싹둑 잘라 바느질하되 소매통은 넉넉하게 만들어 본인들이 직접 단추를 채우고 집안일을 할 수 있도록 했다. 아이리스는 이 여성들도 자신처럼 새로운 인생을 시작한다고 상상했다. 정숙을 따지는 사회는 그녀가 구출된 여성들과 반대로 타락의 길을 선택했다고 생각하겠지만.

헌트와 루이는 짧은 언쟁을 벌이곤 했는데, 이번에는 헌트가 〈감금된 기주마르의 여왕〉의 배경이 최근 그가 완성한 〈클라우디오와 이사벨라〉에서 묘사한 독방과 너무 비슷한데다 구출 테마는 〈프로테우스로부터 실비아를 구출하는 발렌타인〉을 모방했다고 지적한 게 화근이었다. 하지만 루이가 오히려 밀레이야말로 애석한 표정으로 방에서 연인을 기다리는 〈마리아나〉를 모방하고선 헌트에게 그가 가장 좋아하는 눈깔사탕 한 상자를 사주지 않았느냐고 반박하면서 둘은 화해했다. 헌트는 마침내 웃음을 터뜨리며 그들의 그림은 전부 감금, 구출, 기다림의 고통과 관련

있는 것 같으니 그걸 PRB의 1851년 주제로 삼는 편이 낫겠다고
받아들였다.

매일 밤, 루이는 하숙집 모퉁이까지 아이리스를 배웅했다. 길
에서 나누는 그들의 작별 인사는 차분하고 조용했다. 잠이 오지
않을 때, 아이리스는 벽지 무늬를 손끝으로 따라 그리며 생각했
다. *나는 살아 있다…내 인생은 이제부터 진짜 시작이다.* 아이리
스는 자신의 피가 행복, 사랑, 웃음이라는 새로운 가능성으로 채
워지는 것 같았다. 그녀는 난생 처음 죽음이 두려웠다. 언젠가
영혼이 몸을 떠나고, 생기가 사라질 거라는 사실을 믿을 수 없어
서 손을 응시했다. 그림 속 아이리스의 얼굴은 현재 모습을 그대
로 보존한 채 그녀보다 오래 살아남을 것이다.

절대 고갈되지 않을 것 같은 기쁨이 그녀를 가득 채웠다.

* * *

2월이 되었다. 파출부는 어느 때보다 아이리스의 천한 신분을
노골적으로 비웃었고, 부모님은 문전박대했다. 예전만큼 그들의
반응을 크게 신경 쓰지 않았지만, 여전히 편지에 답하지 않는 로
즈에 대한 감정은 달랐다. 아이리스는 열세 살 무렵 아버지의 담
뱃갑에 그린 스케치를 황홀하게 바라보던 로즈의 모습을 떠올렸
다. "정말 네가 그린 거야? 거짓말 아니지?" 그러더니 내셔널 갤

러리로 억지로 끌고 가서는 그곳의 어떤 그림보다 아이리스의 그림이 더 훌륭해질 거라며 양손을 한껏 벌려 칭찬했다. "우리가 가게를 열면, 너는 가게 점원인 동시에 유명한 화가가 되는 거야. 그럼 손님들이 모여들 거야, 안 그래?" 그 순간 아이리스는 머릿속에 또 다른 기억이 떠오르며 가슴이 찢어질 듯한 비통함을 느꼈다. 그건 그날 밤 지하실에서 로즈가 지었던 분노로 가득 찬 표정이었다.

도자기 팔레트에 물감을 짤 때마다, 종이에 연필을 그을 때마다 아이리스는 로즈를 생각했다. 하지만 붓질과 함께 상념은 사라졌고, 어느새 색을 덧칠하고 모양을 흉내 내는 느긋한 즐거움이 그 자리를 대신했다. 그렇게 몇 시간 동안 앉아서 만족스럽게 그림에 집중했다. 모든 각도에서 손을 그려봤다. 그리고 마음에 드는 윤곽을 따라 테두리를 그려서 채색 준비를 끝냈다. 아이리스는 하이 홀본의 '브라운'에서 곱게 직조한 작은 캔버스를 구입했다. 캔버스가 너무 부드러워 최고급 마호가니 판자처럼 보였다. 루이가 선물한 붓은 불빛에 비춰봐야만 가닥이 보일 정도로 털이 가늘었다.

아이리스는 도장 크기만 한 작은 여백에 그림을 연습했다. 루이가 〈감금된 기주마르의 여왕〉에 배경을 그리도록 해줬다. 감옥의 벽돌 두 장, 창문 창살 너머로 덩굴이 진 담쟁이 잎 다섯 개, 여왕의 왕관에 박힌 루비 두 개였다. 루이는 여왕의 발밑에 놓인 은쟁반 위 음식을 완성했다. 말벌의 먹이가 된 잘 익은 자두들(기다리는 사이에 여왕의 아름다움이 헛되이 사라짐을 암시한다고 밀레이가 설명했다), 빵 한 덩이, 포도주 한 잔이었다. 가장자리에 털이 달린 여왕의 녹색 드레스는 천연 수지를 사용해서 매끄럽게 광택을 살리고 빛나는 스테인드글래스처럼 표현했다. "이런 게 감금이라면, 감옥에 갇혀도 즐거울 거예요." 아이리스가 포도송이에서 포도 한 알을 따며 말했다. 하지만 여왕의 표정은 제대로 구현하기가 어려웠다. 얼굴은 너무 창백했고, 웃음은 너무 얼빠져 보였다. 루이는 한 달 정도 얼굴을 그대로 두기로 결심했다.

여전히 루이와 아이리스는 시와 야망과 밀레이와 봄과 가족에 대해 이야기했다. 아이리스는 루이가 자신을 여동생처럼 여기는 건 아닐까 궁금했다. 그녀는 루이의 사려 깊은 태도에 사뭇 놀랐다. 원하는 안료가 있다고 언급하면 다음 날 아침 책상에 그 안료가 떡하니 놓였다. 공원으로 걸어가다가 맛있는 쇠기름푸딩 냄새를 맡았다고 말하면 PRB 미팅에서 돌아오는 길에 종이에 싼 당밀 케이크를 대령했다. 그러고는 감사 인사를 한사코 거절하며 클라리사에게 하는 것과 별반 다르지 않다고 설명했다. 아이리스는 루이가 자신을 원했다면 지금쯤 유혹의 몸짓을 보였을 거라고 확신했다. 그래봐야 거절해야 했겠지만 말이다.

아이리스는 포드 매독스 브라운과 그의 모델 엠마 힐의 사랑이야기, 그리고 그들의 혼외 자식 캐서린에 대해 들었다. 밀레이는, 본인이 관찰한 바에 따르면, 비록 로세티는 부인했지만, 가브리엘 로세티와 리지 시달 역시 수상한 관계라고 쑥덕거렸다. 아이리스가 밀레이(이제 더는 밀레이 씨가 아니었다)에게 쭈뼛대며 질문을 던졌다. 소리가 너무 작아서 질문을 제대로 듣지 못한 밀레이가 인상을 찌푸리며 "맞아요, 물론 루이도 전에 다른 모델들을 그렸어요"라고 자신 있게 말했다. 구체적인 질문을 던지고 싶었지만, 그녀는 방법을 알지 못했다.

어느 날 오후, 루이가 스케치를 밀레이에게 보여줘도 되겠느냐고 물었다. 아이리스는 이를 승낙하고 구석에 앉아서 잠든 귀네비어의 머리를 쓰다듬으며 그들의 대화를 하나도 놓치지 않으려고 귀를 바짝 세웠다. "세상에, 이런 큰 비밀을 숨기다니." 밀레이가 그림을 뚫어지게 바라보며 말했다. "단순하지만 그림에 기품이 있어."

"이제 내 말을 이해하겠나?"

별안간 아이리스는 루이가 그림에 대해 밀레이에게 말한 적이 있다는 걸 깨달았다. 작품에 대해 칭찬이라고는 들어본 적이 없다보니, 루이가 뭐라고 했을지 너무 궁금했다. 루이는 오직 어떻게 하면 그림이 좋아지는지에 대한 조언만 했다.

"계집애들처럼 유치한 스케치나 할 줄 알았네. 지난 몇 주 동안 자네가 그림을 가르치느라 시간만 낭비하는 건 아닐까 걱정했어."

루이가 고개를 끄덕였다. "여기 이 손가락들 좀 봐. 물론 능숙하진 않지만, 확실히 가능성이 보여, 안 그래?"

밀레이가 그림을 한 장 넘겼다. "상당하군. 방심하다간 뒤꿈치를 물리겠는걸."

아이리스는 귀네비어의 앞발을 번쩍 들어 왈츠를 추고 싶은 마음을 간신히 억눌렀다.

* * *

3월이 되었다. 루이와 아이리스는 오래도록 산책했다. 아이리스는 루이를 따라잡기 위해 몇 걸음마다 한 번씩 깡충 뛰어야 했다. 루이의 보폭이 훨씬 넓었기 때문이다. 루이가 블루벨 한 다발을 꺾어주었고, 아이리스는 꽃이 시든 뒤에도 차마 그 꽃다발을 버릴 수 없었다. 아이리스는 세상을 캔버스로 보기 시작했다. 청어의 내장을 제거하는 생선 장수의 재빠른 손놀림도 화폭에 정지시켜 담을 수 있을 것 같았다. 살짝 찌그러진 그녀의 칼이 뒤에 놓인 석탄 난로 불빛을 받아 번득였다. 불빛은 자황색을 섞은 심홍색으로 표현한다. 금속의 은빛엔 군청색도 살짝 돌아야 한다. 손톱 속살은 흰색으로, 손톱은 다섯 개의 낡은 거울처럼 표현한다…바짝 힘이 들어간 팔과 미풍에 날리는 머리카락은 움직임을 살린다. 하지만 아직 너무 *사실적*이고 생생한 것들은 그리기가 무서웠다. 그래서 대리석 손만 그리고, 그리고, 또 그렸다.

아이리스와 루이는 리젠트 공원과 그린 공원을 지나 하이게이트 공동묘지까지 걸어가서는 그곳에 나란히 앉아 대천사 석상을 그렸다. 하루하루 지나면서 아이리스는 자신이 루이의 학생에서 모델로, 동료 화가이자 친구로 발전하는 것처럼 느껴졌다. 루이가 스케치를 도와주려고 손을 포갤 때, 공동묘지 문을 빠져나가다가 우연히 손가락이 스칠 때, 이 모든 손길 하나하나가 그녀에겐 소중했다.

아이리스는 평범한 드레스를 걸치고, 코르셋은 느슨하게 받쳐 입고, 땋았던 머리는 풀고, 탐탁찮은 음흉한 미소들은 태연하고 냉담하게 받아쳤다. 한번은, 루이의 파이프 담배도 피웠다.

"세상에," 그들이 하이게이트의 가파른 언덕길을 내려오는 걸 보고 한 신사가 불쾌하게 흘깃거리자 아이리스가 매섭게 노려봤다. 이를 본 루이가 말했다. "눈빛으로 기 죽이는 법까지 터득하다니. 절대 그 눈빛을 받는 일은 없으면 좋겠네요. 맞아 죽을지도 모르겠어요. 연약한 아가씨는 이제 온데간데없군요."

아이리스는 루이의 도움을 받아 흑연으로 대리석 손의 윤곽을 그리고, 흰색에 에메랄드와 군청색을 살짝 섞어 바탕색을 칠하고, 손바닥에 새겨진 가는 손금을 그렸다. 작업은 밤늦게까지 이어졌다. 모델을 서는 동안에는 그날 저녁에 어떻게 그림을 고칠

지, 어떻게 강렬함을 끄집어낼지, 어떻게 그림자를 늘어뜨릴지 고심했다. 그림 속에 담긴 건 불그스름한 분홍색 배경과 나무 책상 위에 놓인 손이 전부였다.

완벽함과는 거리가 멀었지만 그림이 완성되자 아이리스는 뿌듯함을 느끼며, 왕립 미술원 여름 전시회에 제출해도 될지 고민했다. 루이는 통과할 가능성이 낮으니 1년만 더 기다리라고 설득했다. "그 시간 동안 얼마나 발전할지 생각해봐요! 앞으로 시간은 많아요." 하지만 아이리스는 하루 빨리 성공하고 싶었다.

그들은 만국박람회 공사 현장을 방문해서, 유리를 끼우는 화차가 홈을 따라 달리며 수백 장의 판유리를 한 공간으로 녹이는 모습을 지켜봤다.

그러는 내내 그들은 수다를 떨었다. 루이는 오스탠드, 파리, 베니스를 여행하며 뚱뚱한 곤돌리안이 배를 침몰시킬 뻔했던 일, 밤새 무도회장에서 춤을 췄던 일, 세상에서 가장 거대한 고딕 건축물을 봤던 일 등 자신이 겪은 일들을 들려줬다. 그리고 그 도시에서 어떤 에너지와 영감을 얻었는지, ≪베니스의 돌(The Stones of Venice)≫을 읽은 후의 소감은 어땠는지, 예술가의 자유와 진실함을 소중히 여기는 러스킨의 태도가 PRB의 원칙과 얼마나 비슷해 보이는지, 비평가들이 작품을 어떻게 평가해주기를 바라는지도 털어놓았다.

루이는 에딘버러의 조지아 광장에 대해서도 말해줬다. 그곳에서 클라리사가 반년동안 머물며 아픈 친구를 간호할 예정이고, 그 역시 배를 타고 가서 일주일 동안 여행에 동참할 계획이라고 말했다.

루이가 없는 동안 아이리스는 그의 붓과 물감을 빌려 썼다. 처음 이틀 동안은 다락방 침실에서 혼자 호젓하게 작업하며 그림에만 열중할 수 있어서 좋았다. 자기 자신과 그림에만 집중할 수 있는 그런 평화로운 순간은 처음이었다. 셋째 날이 되자 친구가 몹시 그리웠다. 시간이 빨리 흐르기를, 자신의 그림에 대해 담소를 나누고 재미있는 일화로 즐겁게 해줄 사람이 나타나기를 갈구했다. 넷째 날, 아이리스는 로즈에게 편지를 썼다. 난생 처음 초조함을 느끼며 답장이 오기만을 기다렸다. 하지만 답장은 없었다. 고독이 다시 그녀를 덮쳤다. 아이리스는 오롯이 루이에게만 의존하는 자신이 무서웠다. 루이는 그녀가 가진 전부였다. 아이리스는 그들의 대화를 거듭 상상하고 루이의 손이 자신의 손을 스치던 느낌을 떠올리며 쉴 새 없이 그를 생각했다. 마음속에서 루이를 밀어내야 했다. 하지만 스스로 이렇게 타이를수록 루이가 머릿속을 가득 채웠다.

루이가 돌아왔지만, 아이리스는 그의 곁에 있는 게 이상하리만치 어색했다. 아이리스도, 루이도 침묵을 지켰다. 둘 사이에 편안함이 사라진 듯했다.

루이가 아이리스를 앉혀놓고 〈양치는 여자〉를 스케치했다. 다리를 접고 앉는 바람에 아이리스는 매일 몸이 저릿저릿했다. 하지만 편안하냐는 루이의 물음에 그렇다고 거짓말을 했다. 저녁 수업에선, 루이의 태도가 어찌나 차갑고 사무적이던지 모든 어색함의 발단인 에딘버러에서 무슨 일이 있었거나 어떤 말을 들은 건 아닐까 궁금했다. 그림에 관한 대화만 나눌 뿐, 루이는 클라리사나 집안 이야기 또는 자기감정에 대해서는 일체 입을 열지 않았다.

"아니," 루이가 그림을 툭툭 치며 말했다. "원근감을 무시했잖아요. 눈에 보이는 대로 그려요. 당신 실력이 고작 이 정도일 거라고는 생각하지 않아요."

아이리스가 종이를 가져가며 단답형으로 대답했지만 루이는 상한 기분을 다독여주지 않았다.

* * *

이윽고 4월 초, 여름 전시회 마감일이 되었다. 〈감금된 기주마르의 여왕〉은 물감이 다 마른 상태로 이젤 위에 붙박이처럼 놓여 있었다. 하지만 얼굴은 미완성이었다. 루이는 혼신의 힘을 다해 얼굴을 완벽하게 마무리하는 중이었다.

"꼭 그래야 하겠어요, 여왕 아가씨?" 아이리스가 하품을 하자 루이가 말했다. 그녀는 에딘버러에서 돌아온 후 처음으로 그에게

서 애정 어린 기운을 어렴풋이 느꼈다. "제발…그렇지, 그 자세로 꼼짝 말아요."

해는 이미 몇 시간 전에 졌고, 완성된 그림을 싣기 위해 마차가 대기 중이었다. 말이 투레질을 하며 편자로 자갈밭을 차는 소리가 들렸다.

"항상 마지막에 이러더군. 밤새 기름램프를 낭비하면서 말이야." 밀레이가 말했다.

"아주 유익한 조언이군." 루이가 말했다. "자네야 몇 주 전에 캔버스도 보냈고, 니스 칠도 끝냈겠지. 모두가 자네처럼 빠를 순 없어."

"작년에 겨우 통과했으니까 그렇지, 잊지 말라고."

"〈마리아나〉가 거절당하면 내가 미술원에 불이라도 지르겠네." 루이가 인상을 찌푸렸다. "아니면 귀네비어를 잡아먹겠어. 제발, 날 좀 가만 내버려둬."

아이리스가 또 하품을 삼켰다. 시계가 열한 시를 알렸다. 루이는 입술을 깨물었다. 그의 풍성한 머리카락이 제멋대로였다. 그는 이따금 이리저리 서성이며 밀레이가 말하려고 할 때마다 손을 들어 제지했다.

"이 시간까지 작업하는 게 현명한 선택이라고 믿어? 물감이 덜 말라서 번질 수도 있다고…." 루이는 대꾸 대신 쉿 하고 밀레이를 조용히 시켰다.

루이가 이젤을 보며 때론 웃다가 때론 고통스러운 소리를 내며 작업을 이어가는 동안 ("전부 틀렸어! 분명 거절당할 거야") 아이리스는 작은 대리석 손이 담긴 그림과 배경에 칠한 장밋빛 심홍색을 생각했다. 아직 고쳐야 할 부분이 있다는 것도, 거절당할 가능성이 높다는 것도 알고 있었다. 단순히 엄지의 비율이 어긋나서가 아니었다. 위원회는 여성 화가들에게 관대하지 않았다. 하지만 메리 소니크로프트도 여러 번 전시한 걸 보면, 적어도 통과는 하지 않을까 짐작했다. 아이리스는 마지막까지 기다렸다가 루이가 마차에 캔버스를 실을 때 그 옆에 그림을 쑤셔 넣을지 말지 결정할 생각이었다. 귀네비어가 다리를 쿡쿡 찔렀지만 그녀는 쓰다듬지 않았다.

마침내 루이가 붓을 내려놓으며 말했다. "끝났어." 아이리스가 이젤 곁으로 다가가서 새롭게 그림을 바라봤다. "어떻게 생각해?" 그가 팔레트 나이프로 손목을 툭툭 치며 물었다. "너무…원색적이지 않아?" 여왕의 살짝 벌어진 입술 틈으로 순 에메랄드색 충치가 보였다. "너무 진부해…너무…아, 모르겠어. 과연 그들이 받아줄까."

'적어도 희망은 보이네요'와 같은 말로 놀리고 싶었지만 아이리스는 아무 말도 하지 않았다.

아이리스는 기뻤다. 한편으로는 질투도 났다.

흔적이 보이지 않을 만큼 붓질이 너무 정교해서 감옥 벽에서 나는 눅눅한 냄새를 맡을 수도, 담쟁이 잎의 나뭇결을 만질 수도, 먹이를 말아놓은 거미줄의 부드러운 감촉을 느낄 수도 있을 것만 같았다. 여왕이 살아 숨 쉬는 듯한 모습으로 서서, 올리브 가지를 물고 창문의 창살 너머로 날아가는 비둘기를 향해 손을 뻗고 있었다. 비단 리본이 허리에 매듭지어졌고, 발밑에는 호화로운 음식이 어지럽게 널렸다. 여왕은 관객을 향해 옆얼굴을 살짝 돌린 채 입술에는 설핏한 웃음을, 볼에는 홍조를 띄었다. 루이는 여왕이 금방이라도 탈출할 준비가 됐음을 포착하는 데 성공했다. 그건 구원의 순간이었다.

밀레이의 그림 〈마리아나〉의 주제를 반복한 것이므로, 루이는 그림 아래쪽에 중세 프랑스 단시 '기주마르'에서 발췌한 문장 세 개와 함께, 〈마리아나〉에 쓰인 것과 같은 인용구를 새겨 넣었다. '내 삶은 황량하고 / 임은 오지 않네.'

"어때?" 루이가 붓으로 팔레트를 두드리며 다그쳤다. "어떠냐고?"

"정말…완벽해요." 아이리스가 말했다.

"놀라워." 밀레이가 말했다. "확실해, 이 그림이 걸리지 못한다면 어떤 그림도 걸지 못할 거야."

"좋아." 루이가 말했다. 이젤에서 그림을 떼 내 나무 상자에 넣었다. 그리고 뚜껑에 '물감 덜 마름', '주의 요망'이라고 썼다. 그제야 아이리스도 작품을 여름 전시회에 출품하기로 결심했다.

거절당할지도 모르지만 적어도 시도는 해보고 싶었다.

"내 그림은 어디 있나요?"

"함께 마차까지 갑시다. 그런 다음 집까지 바래다줄게요." 루이가 말했다.

"내 그림은 어디 있느냐고요? 대신 액자를 해주겠다고 말했잖아요."

루이가 밀레이를 바라봤다. 그들은 관을 든 상여꾼처럼 나무상자를 마주 들고 출입구에 멈춰 섰다.

"아이리스…." 루이가 운을 뗐다.

"왜 그래요? 내가 출품하면 안 된다고 생각하는군요." 아이리스가 아랫입술을 꼭 깨물었다. "당신처럼 훌륭하지 않은 것도, 고칠 점이 많은 것도 알아요, 하지만…."

루이가 다시 밀레이를 바라봤다.

"이런, 나는 말 못하겠어." 밀레이가 말했다.

"진작 말했어야 했는데…."

아이리스는 목이 메었다. "당신은," 그녀가 매섭게 쏘아붙였다. "결국 내가 가능성이 없다고 생각하는군요."

"아, 아이리스." 루이가 말했다. "그렇게 모질게 말하지 말아요…그런 게 아니에요." 루이는 아이리스의 눈을 바라보지 못했다. "그게…귀네비어 때문이에요. 전적으로 내 잘못이에요. 내가 작업실 서랍에 그림을 올려두는 바람에. 헌트가 들른다기에, 알잖아요. 그에게 보여주고 싶었어요. 그런데 녀석이 방에 있을 줄은 몰랐어요…확인했어야 했는데, 내 불찰이에요…녀석이 그림을 발견한 모양이에요. 녀석의 발톱이 얼마나 날카로운지 알잖아요…그게 그러니까, 그림이 완전히 망가졌어요."

빈민굴

사일러스는 아이리스를 잊었다. 아침에 눈뜰 때마다 그는 자신에게 이렇게 말했다. 아이리스가 가게에 오지 않은 날로부터 두 달 반이 지났다. 그 이튿날 콜빌 플레이스로 가서 아이리스가 나타날 때까지 기다린 덕분에 사일러스는 그녀가 죽지 않았다는 걸 알았다. 약속을 어긴 이유를 해명하는 편지 한 통 없이 다음 날도, 그 다음날 다섯 시에도 아이리스는 나타나지 않았다.

그래서, 사일러스도 아이리스를 잊었다.

그들이 길에서 마주친다면, 사일러스의 손이 그녀의 뺨으로 날아갈지도 몰랐다. 약속을 어겨서 미안하다고 사과한다면, 사일러스는 그녀가 누구인지 기억하려고 애쓸 것이다. "오," 그가 마침내 입을 열 것이다. "우리 가게에 오기로 했던 그 여자군. 미안한데 이름이 기억나지 않는군요." 그리고 가게에 다시 들르겠다고 애걸복걸하는 걸 기쁜 마음으로 거절할 것이다.

아니면, 만국박람회에서 그가 자신의 작품을 감상하고 있을 때 그녀를 만날지도 모른다. 그가 만든 〈나비 창문〉 옆으로 단정한 실루엣의 어딘가 낯익은 인물이 보인다. 아이리스가 나비 장신구를 움켜쥐고 타일 바닥에 또각또각 구두 소리를 내며 급히 다가오지만 신경 쓰지 않는다. "그때 갔어야 했는데," 이렇게 말할 것이다. "가기가 겁났어요." 아니면 "주소를 잊어버렸어요." 그러면 이렇게 답할 것이다. "아…이소벨, 맞죠? 너무 미안해하지 마세요. 그런데 이젠 내가 너무 바빠서 내 작은 박물관을 보여줄 수가 없군요."

사일러스는 쉬지 않고 전시품을 준비했다. 강아지는 푹신한 상자에 넣고 포장해서('깨짐 주의'라는 표시와 함께) 위원회에 손수 전달했다. 〈나비 창문〉은 거의 완성했다. 앨비가 나비를 60마리 넘게 잡아온 덕분이었다. 녀석은 이렇게 예쁜 생명체를 감히 죽일 수 없었다고 물러터진 소리를 하며 나비를 찰흙 병에 산 채로 넣어왔다. 사일러스는 꼬마 녀석이 항상 이렇게 감상적인지 의아했다. 신기한 노릇이었지만, 그에겐 피곤한 일일 뿐이었다.

병에 든 나비 숫자에 따라 앨비에게 1파딩(1/4페니에 해당하는 영국의 구 화폐—옮긴이)이나 반 페니를 주고 지하방에 곤충들을 풀었다. 미처 잡기도 전에 날아가는 바람에 한두 마리는 놓치고 말았다. 사일러스는 더욱 신중을 기했다. 한번은 멧노랑나비의 날개 한쪽을 떼었더니 가느다란 여송연 같은 몸통으로 날개도 없이 원을 그리며 기어 다녔다. 한참이나 그 모습을 지켜보다가 흥미가 다하자 코안경의 클립으로 나비를 눌러 죽였다.

사일러스는 먼저 날개를 떼고, 그것들을 색깔별로 배치했다. 청띠신선나비, 양배추흰나비, 호랑나비. 그 모습이 마치 지하실 바닥에 흩뿌려진 가을 낙엽 같았다. 창문을 구성하는 정사각형 판유리 아홉 개에 대칭으로 날개를 붙였다. 하나를 끝내면 위에 다른 판유리를 놓았다. 작업 과정은 그에게 예상치 못한 위안을 줬다.

하지만 사일러스는 한 달이 지나도록 판유리 아홉 개 중 겨우 다섯 개밖에 채우지 못했다. 남은 공간을 나방으로 채울 수밖에 없었다. 날이 어두워지면 가게에 램프를 켜두고 문을 열었다. 나방이 취한 듯 천장과 서랍장을 어지럽게 두드리며 날아들었다. 조금만 건드려도 먼지처럼 날개가 으스러져서 그물로 조심스럽게 나방을 잡았다.

어느 오후, 활 모양의 노란색 반점이 있는 표범나비 여섯 마리를 판유리에 붙이고 나자 사일러스는 술 생각이 간절했다. 그가 어깨를 주물렀다. 온종일 몸을 구부정하게 숙이고 일하느라 어깨가 쑤셨다.

　　　　　＊　＊　＊

　"평소처럼 버터를 넣은 브랜디로 드릴까요?" 사일러스를 보자
돌핀 마담이 물었다. 마담이 유리잔 가장자리에 묻은 입술연지
자국을 닦았다.

　"두 잔." 사일러스가 마담 쪽으로 동전을 밀며 말했다. 술집은
목요일 오후 치고 조용했다. 1년 중 가장 더운 날이 시작됐으니,
모든 술고래들이 공원에 빼곡하게 모였을 게 분명했다.

　"일행은요, 손님?"

　"없소."

　"이런, 난 또, 두 잔이라고 해서요, 손님. 마음껏 들이켜세요,
제가 항상 하는 말이죠, 설탕에 절인 생강과 거북 수프를 먹고
자란 양반들처럼 흥청망청 들이켜라." 마담이 깔깔거리며 웃었
다. 하지만 사일러스는 전에도 비슷한 대사를 들었던 터라 대답
대신 찡그림에 가까운 미소를 지었다.

　사일러스는 뜨거운 술 두 잔을 건네받고 단숨에 한 잔을 들이
켰다. 술이 들어가자 뱃속이 화끈거렸다. 놀라서 몸을 움찔했지
만 기분은 좋았다. 그동안 너무 *바빴다*. 거의 넋을 놓고 살았다.
옷이 헐렁해져서 밤엔 갈비뼈 틈새로 옴폭한 홈이 만져졌다. 밥
먹는 것도 잊고 살았다. 그에게는 여자의 손길이 필요했다. 만국
박람회에서 명성을 얻어 진짜 박물관을 개장할 능력이 생긴다면,

하녀를 고용할지도 몰랐다. 사일러스는 젊은 여자가 옷깃을 부산스럽게 매만져주고, 접시에 골수를 한 숟갈 떠주고, 김이 모락모락 나는 푸짐한 소고기 푸딩을 권하는 장면을 상상했다. 여자는 그의 말을 경청하고, 그의 독창성과 기술에 감탄하고, 그를 '이 시대 가장 위대한 정신'이라고 부를 것이다.

사일러스는 테이블 너머로 블루벨이 나이 많은 변호사의 가슴을 더듬으며 회중 시곗줄을 만지작거리는 모습을 흘깃거렸다. 블루벨이 손가락에 줄을 휘감고는 낚싯줄에 걸린 물고기를 낚듯 남자를 당겼다. 여자가 입을 맞추자 변호사가 쭈글쭈글한 얼굴을 붉히며 눈을 반쯤 감았다. 모자에 달린 분홍색 타조깃털이 난로 열기를 받아 떨렸다.

신사가 자리에서 일어나자 블루벨이 소리쳤다. "마담, 신사분께 오줌 쌀 양동이 좀 갖다 주세요."

남자가 사라지자 블루벨이 사일러스에게 다가오더니 몸을 가까이 기댔다. 사일러스는 그녀의 손길을 기대하며 얼굴을 붉혔다. 블루벨이 안으면 눈물이 날 것 같았다.

블루벨이 뭐라고 속삭였다.

"뭐라고?" 사일러스가 물었다.

"그 더러운 혀, 입 속에 처넣으라고. 발정난 개새끼가 따로 없네. 보기 역겨워."

"나 말이야?"

"그래, 당신. 괜히 진절머리 나는 사일러스라고 하는 게 아니라니까."

"지…진절머리 나는 사일러스?"

"저기, 그냥 원래 살던 더러운 연못으로 다시 기어들어가라니까."

사일러스는 분노에 휩싸여 술잔의 소용돌이를 가만히 내려다봤다. 술잔에 얼굴이 비쳤다. 목으로 피가 쏠리는 게 느껴졌다. 두 번째 잔을 내려놓자 세상이 빙글빙글 돌았다. 사일러스는 탁자에 술잔을 쾅 하고 내려놓고 자리에서 일어났다. "예의범절을 배워야겠군." 그가 말했다. "내가 언젠가 세련된 신사가 되면, 나한테 그렇게 말한 걸 후회하게 될 거야."

블루벨이 어깨를 으쓱했다. 그리고 입술연지를 바르려고 소형 청동 거울에 입술을 삐죽 내밀었다.

사일러스는 걸음을 똑바로 옮기려고 애쓰며 바에 구부정하게 기대섰다. 사방이 흐릿했다. 무언가를 먹어야 했다. "저 창녀 같은 년." 블루벨을 가리키며 말했다. "저년에게 예의를 좀 가르쳐야겠어."

마담이 팔꿈치로 몸을 받치며 앞으로 기댔다. "저 아이를 가르치라고?" 마담이 소리쳤다. "네놈이 그런 짓을 해놓고? 정말 놀랍지도 않군…."

"*내가* 그런 짓을 하다니? 나는 저런 *헤픈 년*이랑 말 한번 섞지

222

않았어."

"갓 태어난 양처럼 순진하다 이 말씀이군." 마담은 이렇게 말하고 다른 손님에게 술을 주기 위해 몸을 홱 돌렸다.

* * *

사일러스의 발걸음이 길바닥을 쿵쿵 울렸다. 그는 길거리 행상들을 피하지도, 아이들이나 귀부인이나 반질거리는 구두를 신은 프록코트 차림의 신사들을 비켜서지도 않았다. 그들도 가끔 그를 존경해야만 했다. 그는 옷의 밑단처럼 반듯하게 앞만 보며 멈추지 않고 쏜살같이 걸었다.

사일러스는 옥스퍼드 서커스 교차로에 서서 말들이 우레와 같은 소리를 내며 지나가는 모습을 지켜봤다. 어떤 놈들은 은으로 된 굴레를 썼고, 어떤 놈들은 비쩍 마른 몸으로 비지땀을 흘렸다. 그리고 선로를 활개 치는 말발굽 아래로, 바닥을 긁고 지나가는 사륜마차의 쇠바퀴 아래로 몸을 던져 죽는 장면을 상상했다. 그의 몸은 대로에 쩍 갈라진, 한낱 시체가 될 것이다.

다리가 휘청하더니 눈가로 타다닥 하며 기억의 표면에 금이 갔다. *진절머리 나는 사일러스, 이렇게 불안정하게 한쪽으로 치우친 울새는 본 적이 없어.* 블루벨의 머리채를 당길 때 나던 두피 뜯기는 소리, 플릭의 다물어진 입, 그리고 아이리스…결국 오지 않은 아이리스. 사일러스는 눈을 감고, 마차의 시끄러운 소음 속으로 좀 더 가까이 몸을 기울였다.

그러다가 흠칫 놀라며 뒤로 물러섰다. 사일러스는 그들이 원하는 대로 하지 않을 것이다. 꼭 성공할 것이다. 그렇게 *만들* 것이다. 게다가 원하는 거의 전부를 손에 넣지 않았는가? 이게 그가 꿈꾸던 전부가 아닌가? 사일러스는 만국박람회장에 전시된 〈*나비 창문*〉과, 박제와 나란히 놓인 강아지 해골을 상상하려고 애썼다. 금세기 최고의 장관, 거기에 그도 포함되는 것이다. 위원회는 6개월 동안 최소 5백만 명에 달하는 인원이 방문할 거라고 추정했다. 5백만 명이 그의 작품을 보고 그의 기량에 감탄을 표할 것이다.

하지만 눈앞에 보이는 건 아이리스의 얼굴뿐이었다.

사일러스는 두 볼을 세게 잡아당기고, 세인트 자일스 방향으로 발걸음을 옮겼다. 그때 갑자기 밝은 금발머리 여자가 손을 잡았다(콜빌 플레이스에서 겨우 몇 걸음 떨어진 거리였다). 그는 여자가 이끄는 대로 따라갔다.

"멀어?" 여자는 묻는 말에 대답도 없이 정신 사납게 쓸데없는 소리만 지껄여댔다.

"저희 업소는 훌륭한 곳이에요…." 그들은 검게 그을음이 낀 골목으로 들어갔다. 쥐가 파먹은 쓰레기로 가득한 오물 구덩이에서 사우스 뱅크의 무두질 공장보다 더한 악취가 풍겼다("거리가 이렇다고 속지 마세요, 손님"). 사일러스는 말똥 더미를 피해 걸었다("우리 같은 계집들은 어리고, 비둘기처럼 순수하고,"). 여자가 통풍에 걸린 다리 같은 나무 기둥이 건물을 위태롭게 받친, 곧 쓰러질 것 같은 빈민굴 앞에 멈춰 섰다. ("저렴하죠, 손님. 그런데도 정직하답니다…계단 조심하세요….") 한 여자가 쇠 양동이의 물을 비웠다. 창문에 물이 주르륵 흐르는 걸 보고 잠시 주춤하던 그가 안으로 발을 들였다.

여자가 코딱지만 한 아래층 방으로 그를 데려갔다. 지붕이 너무 낮아서 몸을 곧게 펼 수 없었다. 방은 식초, 땀, 정액 냄새로 찌들어 있었다. 천장은 시커먼 폐처럼 그을음이 꼈고, 오랜 시간 습기가 차서 불룩했다. 그는 모든 벽이 시커먼 것을 보고, 한때 석탄 활송 장치가 지나던 방이라는 걸 알았다.

여자가 꾀죄죄한 잠옷을 들추고는 벼룩에 물린 자국과 별 차이가 없는 젖꼭지를 드러냈다. 사일러스는 처음으로 여자의 얼굴을 봤다. 뭐랄까, 어딘가 너무 어린애 같았다.

"안 되겠어." 사일러스가 말했다. 목소리가 잠겼다. "너로는 부족해…난 빨강 머리를 원해."

"아, 손님, 제가 한 번 해볼게요. 제가 손님 취향에 딱 맞을 거라고 확신해요…아니면 손님이 제 취향에 맞을 수도 있죠?" 여자가 키득거리자 시커먼 치아가 드러났다. 사일러스는 여자와 눈을 마주칠 수 없었다. 구석에 놓인 모자를 보고 단번에 누구 것인지 알아차렸다. *앨비.*

"싫어." 사일러스가 몸을 돌렸다.

"잠깐만요." 여자가 불평하듯 말했다.

"여기 빨강 머리 없어?"

여자는 고개를 숙였다. 목소리에서 교태기가 싹 가셨다. 여자가 심드렁하게 말했다. "몰이요. 바로 위층이에요."

사일러스는 한 번에 계단을 두 개씩 올랐다. 바지 속이 불끈거리며 그를 기다리고 있을 무언가를 향한 흥분이 느껴졌다. 그가 노크도 없이 문을 열었다.

머리카락이 붉은 여자가 싱글 침대 위에 앉아 있었다. 조금 전 여자보다 잠옷은 덜 바랬고, 눈빛은 좀 더 어른스럽고, 앞모습은 더욱 보기 좋았다. 천장도 더 높았다. 아래쪽 창이 깨지긴 했지만 작은 창문도 달려 있었다. 쇠살대 안에서는 불꽃이 사그라진 장작이 타고 있었다. 이전 방보다 냄새도 좋았다. 싸구려 향수와 오래된 술 냄새가 바닥에 깔린 시큼한 향을 가렸다.

"아, 드디어 찾았군." 사일러스가 말했다. "여러모로 여기가 낫군." 그가 침대의 누런 천 조각을 빤히 바라봤다. "침대보는 언제 마지막으로 빤 거야?"

"낸 만큼 받는 거예요." 성질 사나운 여자가 낮고 갈라지는 카랑카랑한 목소리로 말했다. "*고급 창녀*를 원한다면 하이마켓으로 가세요. 몇 기니만 내면 얼마든지 가능해요. 하지만 평범한 걸 원한다면, 자기, 많아야 6펜스에요." 여자가 불거진 바지를 가볍게 쳤다. "그리고 장담하는데 방이 허름하다고 될 게 안 되진 않아요, 손님, 사실이 그래요."

"맞는 말이야." 사일러스가 중얼거렸다. "머리가…*정말 빨갛군*."

여자가 가랑이를 쓰다듬기 시작하자 사일러스는 동전을 건네고 눈을 감았다. 그리고 여자 옆에 앉았다. 침대의 용수철이 삐걱거렸다. 촛불이 침침했지만, 시트에 묻은 핏자국과 매일 밤 여자가 웅크려서 생긴 게 틀림없는 매트리스의 움푹한 구더기 모양 자국은 볼 수 있었다. 사일러스가 여자 눈에 비친 자신의 모습을 봤다. 공장 건달 같은 손님이나 받을 게 분명한 여자를 이토록 전도유망한 사일러스가 찾다니, 그 자비란. 심지어 그는 이틀 전에 몸도 씻지 않았는가.

"손님은 저처럼 성깔 있는 여자를 좋아하죠." 여자가 말했다. "보면 알아요, 손님." 사일러스는 여자가 입을 닫았으면 했다. 손으로 입을 틀어막아 조용히 시키고 싶었다. 여자의 깊고 거친 목소리도, 애써 발랄하고 친근한 척하는 태도도 싫었다. 그는 여자의 빨강 머리…오직 거기에만 집중했다.

여자가 팔꿈치를 긁자 건조한 피부에서 떨어진 각질이 불빛 아래에서 춤을 췄다. 사일러스는 이 여자 안에서, 여자의 피부와 먼지와 질병 안에서 숨 쉰다는 사실을 생각하지 않으려고 안간힘을 썼다. 여자가 바지를 내리고 그걸 손에 쥐자("물건이 정말 훌륭하네요, 손님, 우리 같은 못된 계집들을 환장하게 만드는 법을 아시네요."), 사방이 깜깜해졌으면 하는 마음뿐이었다. 그는 여자 속에 자신을 내던지고, 아무것도 느껴지지 않을 때까지 모든 부위를 취하고 싶었다. 수치심과 슬픔과 분노와 외로움이 모두 사라질 때까지. 아이리스에 대한 모든 생각을 떨쳐내고 싶었다. *아이리스.*

사일러스가 여자의 손을 떨쳐내고 머리채를 쥔 채 바닥으로 밀쳤다. 여자가 외마디 비명을 질렀다. "악!" 그가 순식간에 잠옷을 찢는 바람에 손톱이 여자의 가슴을 스치며 할퀴었다. 천은 쉽게 찢어졌고, 여자가 새된 소리를 냈다. "옷값은 내야 해요." 하지만 그는 여자의 외침을 무시하고 다시 머리채를 잡아챘다. 한 손은 목을, 다른 한 손은 꼬챙이 같은 팔을 누른 채 자세를 잡았다. 그가 벼룩에 물린 여자의 몸을 재빠르게 훑었다. 음모가 검은색이었다.

"이런…가짜잖아…." 사일러스가 여자를 밀치며 소리쳤다. 음경이 흐물흐물해졌다. 여자의 머리가 염색임을, 가짜임을 알아차렸다. 여자가 그에게서 허둥지둥 빠져나와 숨을 헐떡였다. 베개에 염색약이 붉게 배었다. 사일러스는 메스꺼움과 함께 고환에 통증을 느꼈다. 그가 바지 단추를 더듬었다. 여자에게서 벗어나 다시 혼자 있고 싶었다. 그는 방마다 들리는 신음소리와 갓난아기의 힘없는 울음소리를 무시하고 비틀비틀 방을 나와 계단을 내려갔다. 이곳은 구역질나는 곳이었다. 악의 요람이었다.

사일러스는 손바닥으로 입을 가린 채 거리를 달렸고, 조금 전 왔던 길을 되짚어 소호와 돌핀 쪽으로 되돌아갔다. 그러고는 밖에 앉아서 하염없이 기다리고, 기다리고, 또 기다렸다. 그랬더니 손의 떨림이 진정되고 마음이 차분하게 가라앉았다.

바다소 상아 치아

선반 한가득, 얼룩진 진주처럼 누런 치아를 담은 유리병들이 쌓여 있었다. 진열장에는 금색 용수철 두 개로 연결한 석고 치아 세트도 보였다. 앨비는 폐결핵으로 죽자마자 치아를 뽑힌 빈민굴 소녀를 생각하며, 이 치아들이 전부 누구의 것일까 생각했다. 병사들 입에서 뽑았다는 워털루 치아, 이게 사람들이 말하던 그 치아가 아닐까?

앨비는 치아가 입안에 자리 잡은 모습을 그려봤다. 활짝 웃으며 연골을 오도독 씹는 모습. 그는 부드러운 감자, 삶은 돼지 귀, 고깃기름 같은 유동식만 먹었다. 누나처럼 어금니로 호두도 깨물고, 양파도 사과처럼 씹어 먹을 수 있으리라.

앨비가 가게 주인과 견습생의 눈을 피해, 접수대 밑으로 몰래 기어들어가서는 지저분한 손가락으로 유리 상자를 만졌다. 견습생은 등을 돌린 채 흉포한 집게 세트를 휘두르고 있었고, 한 아

230

이가 의자에 붙잡혀 있었다. 소년이 피를 흘리는 돼지처럼 꽥꽥 소리를 질렀다. 앨비는 질투가 뜨겁게 치미는 걸 느꼈다. 저 새 끼는 그깟 고통이 뭐가 대수라고? 엄마가 떡하니 내주는 돈으로 상아 치아를 갖게 될 텐데. 그는 의치를 가지게 된다면 마지막 남은 치아를 본인 손으로 뽑을 생각이었다.

가게 주인이 나이 많은 멋쟁이와 이야기를 나누고 있었다. "바다소 상아 세트는 4기니입니다." 주인이 말했다. "워털루 치아보다 변색이 덜 됐죠…하지만 그 용감한 병사들이 입 속 진주를 보통 귀하게 여겼어야죠. 도자기로 만든 건 3기니밖에 안 하지만 조금 더 쓰는 게 좋을 겁니다. 깨질 확률이 아주 높거든요…."

4기니라니! 가격을 듣고 앨비는 그들과의 거리가 새삼 실감났다. 그는 평생 멍청한 토끼처럼 치아 하나만 가지고 잇몸으로 살아야 할 것이다. 누나는 그보다 더한 걱정거리가 많다며, 멋쟁이들처럼 허영심에 가득 찼다며 그를 꾸짖었다.

유리병을 박살내서 치아를 하나 낚아챌까, 남자의 주머니를 찢어 은화를 훔칠까, 앨비는 고민했다. 역사에서 짐을 몰래 빼돌려 큰돈을 건진다면 열두 개도 살 수 있을 것이다. 하지만 허황된 꿈에 불과하다는 사실을 알았다. 손수건 도둑질이 감히 그가 도전할 수 있는 전부였다. 앨비는 도둑질이 발각되어 누나와 떨어지게 되는 걸, 누나 혼자 남자들을 상대하느라 갖은 고초를 겪게 되는 걸 견딜 수 없었다.

주인이 앨비를 발견했다. "이봐! 너! 이 근처에는 얼씬도 말라고 했지. 다시 한 번 말하는데, 썩 꺼져!"

남자가 재킷을 그러쥐려고 걸어오자 앨비가 소리쳤다, "저리 가, 이 지긋지긋한 하이에나, 술 취한 암퇘지!" 그리고는 펄쩍 뛰어올라 설터 부인의 인형 가게로 방향을 틀어 냅다 달렸다.

로즈가 허옇고 흉한 눈동자를 굴리며 기다리고 있었다. 앨비는 1파운드면 의안을 산다는 걸, 의안을 끼면 알아차리는 사람이 거의 없을 거라는 걸 로즈가 아는지 궁금했다.

앨비가 가방을 건네자 로즈가 조그만 벨벳 치마와 윗옷을 획획 넘겼다. 그리고 큰 소리로 수를 셌다.

"윗옷 세 장, 치마 네 장, 윗옷 네 장, 치마 다섯 장…."

앨비가 너덜거리는 손톱을 물어뜯었다.

"아이리스가 전해 달래요…."

"제발 하지 마." 로즈가 말했다.

"아이리스가 말하기를…."

"제발." 로즈의 목소리에서 떨림이 느껴졌다. 주위를 흘깃거리는 표정에서 체념 섞인 슬픔이 보였다. "동생 얘기는 하지 말라고 부탁했잖아."

"안 보고 싶어요?"

"네가 알 바 아니야." 로즈가 쏘아붙였다.

"보고 싶다고 전해달래요."

"제발 좀…."

"이렇게 전하랬어요. 아가씨는 아이리스의 언니고, 아이리스
는 추호도 아가씨를 떠날 생각이 없었다고요." 앨비가 쏜살같이
말을 내뱉었다. "행복하게 지내요, 진짜예요, 그리고 아가씨도
탈출할 수 있다고 말했어요."

앨비는 로즈가 팔꿈치 안쪽을 거미처럼 날쌔게 꼬집으며 덤빌
거라고 예상했다. 설터 부인의 주특기였다. 아니면 적어도 악에
받쳐 욕을 할 거라고 생각했다. *그 아가리 닥치라고 했지!*

하지만 로즈는 아무 말이 없었다. 보랏빛 얼굴에 우울한 슬픔
이 가득해서 앨비는 고개를 돌려야만 했다.

* * *

앨비는 추진력을 잃은 기관차처럼 터벅터벅 발걸음을 옮겼다.
놀러갈 힘도 없어서 곧장 집으로 향했다. 누나를 만나서 웃게 하
고 그 옆에 누워 잠들고 싶었다.

집 앞에 도착할 무렵 사일러스가 빠르게 그를 지나쳐갔다. 앨
비는 혼란스러웠다. 세인트 자일스의 빈민굴이 그의 가게와 가깝
지만 어떤 면에서 그들은 완전히 다른 세계에 속했다. 그를 찾는
걸까? 그때 앨비는 사일러스의 반쯤 여민 바지와 얼굴 표정(손
으로 입을 감쌌다)을 보고 알아차렸다. 그가 사체 가방을 떨어뜨

리고 발아래 썩은 계단이 부서지도록 안으로 뛰어 들어갔다. 안돼, 앨비는 생각했다. *안 돼, 안 돼, 제발 안 돼…*.

앨비는 복도에 서 있던 여자들을 밀치고("바지에 불이라도 붙은 것처럼 왜 저래?") 계단 맨 아래에서 눈물을 흘리던 빨강 머리 몰과 그녀의 손을 꼭 잡고 있던 낸시("다친 건 아니지, 그렇지, 자기야? 그냥 싸운 것뿐이잖아…그런 놈들 한두 번 겪니.")를 지나쳤다. 그들을 뛰어넘으려다가 계단에서 거의 구를 뻔했다. 얼룩덜룩한 낡은 극장 커튼을 젖히자 누나가 벽을 바라보며 침대에 앉아 있었다. 양초가 촛농에 거의 잠겼다.

"아! 괜찮구나. 난 또 혹시…." 앨비가 누나 옆에 앉으며 손을 잡았다. "남자가 하나 있는데…위험한 놈이야, 그 놈이 여기 오면, 받으면 안 돼, 절대 안 돼, 소리를 지르면서 안 된다고 해. 낸시가 싫어하든 말든 상관없어…."

"무슨 소리야?" 누나가 그의 머리를 흐트러뜨리며 말했다. "누구? 누가 위험하다는 거야?"

앨비가 숨을 쉬었다. "어떤 남자가 조금 전에 여기 왔었어. 머리카락이 검고 이상한 냄새가 나는 놈이야. 누난 만나면 안 돼, 절대. 느낌이 안 좋아…."

"왔었어." 누나가 심드렁한 목소리로 말했다. "그 사람 봤어."

"했어…?"

누나가 고개를 저었다. "자기 취향이 아니래. 빨강 머리를 원

234

한다면서. 낸시가 기분이 안 좋아. 남자들이 나를 마음에 안 들어 해서 진절머리가 난다며 빚을 2파운드로 올리겠대. 하지만 곧 박람회가 열리니까 손님들이 몰려올 거야, 그렇지?" 누나가 자신의 머리카락을 세게 잡아당겼다. "앨비, 때로는 손님이 나를 원하는 것보다 원하지 않는 게 더 나쁠 때도 있어."

웜뱃의 한탄

더 팩토리

4월 9일

친애하는 여왕님께,

얼마 전에 잠깐 찾아와줘서 고마웠어요, 그리고 오늘 당신의 불참이 불편함을 끼친 바는 전혀 없습니다. 그래도 오늘 저녁 식사에 참석한다니 기쁩니다. 그림이 그렇게 된 건 미안합니다. 당신이 그 일에 자비를 베푼 것도, 반면 내가 부주의했던 것도 압니다. 그 일은 내가 보상하겠습니다. 우리의 불명예스러운 친구가 그 일을 만회하기 위해서 모든 조치를 취해야 함은 말할 것도 없습니다.

사실 그게 편지를 쓰는 주된 이유입니다. 아침 식사를 마친 뒤, 참회 중인 그 원수의 발자국과 놀랍도록 유사한 잉크 자국이

찍힌 이 시를 우연히 발견했습니다. 그녀가 이 시를 쓴 건 아닐까요? 시의 문체가 훌륭하지 않은 건 인정합니다만, 지적 성취보다 꾸벅꾸벅 졸기를 더 좋아하는 뚱뚱한 네발 달린 짐승인 점을 감안한다면 이 장난꾸러기를 비난하기는 어렵겠죠.

당신의,

루이

웜뱃의 한탄

1편

아! 어떤 비극이 뮤즈와 웜뱃을 갈라놓았는가?

이 보잘 것 없는 시가

두 부드러운 영혼의 화해를 이끌어내기를

오, 신이시여, 제발! 이 목적을 달성하도록 영감을 주시기를.

이 우울하디 우울한 이야기의 기원을 찾아서

콜빌 플레이스 거리에 있는, 우유처럼 창백한 한 여인에게로

향하노니

그녀는 과연 시인이 사는 보잘 것 없는 집으로 들어올 것인가,

아니면 도망쳐서 그녀가 알던 삶으로 돌아갈 것인가?

2편

하! 태양이 어둠에 묻히기 전까지,

석 달의 시간이 흘렀으니, 우리의 여신이 탄식하는구나,

불쌍한 화가, 웜뱃, 귀한 아가씨 세 사람보다

더 축복받으며 사는 사람은 없었거늘.

아침마다 태양은 그녀의 달콤한 머리카락에 부드러운 빛을 비

추고,

심지어 구름조차 그들의 눈빛을 피했구나.

웜뱃, 귀네비어보다 더 충직한 하인은 없어,

랜슬롯에 대한 애도도 눈에 띄게 줄었도다.

하지만 하! 끔찍한 파멸과 폭풍이 눈앞에 닥쳤으니

못된 짐승이 먹이를 먹지 못했기 때문이라.

3편

웜뱃이, 기절할 것 같은 허기에 시달리다

맛있는 음식을 찾았으니, 하필 그게 그림이라!

앞으로 닥칠 불화는 안중에도 없고, 입맛만 다셨으니

그때, 일이 터졌도다:나쁜 의도는 없었다 하거늘.

하지만 어여쁜 아이리스—푸른 꽃잎의 달콤한 꽃,

"나쁜 웜뱃, 저리 꺼져라!" 꾸짖고, 흐느끼고, 울부짖고, 소리

지르고,

그림, 화가, 웜뱃을 저주하고, 분노로 폴짝거리다가

흐느끼고, 울부짖고, 눈물을 훔쳤다.

그러면 웜뱃은 어찌할꼬? 우는 소리가 들리니,
어떤 짐승도 쉰 적 없는 큰 한숨을 쉬더라.

4편

불쌍한 웜뱃이 작업실에서 힘들게 일하다가
얼굴에 주름이 생기고 털이 회색으로 변했더라.
삶에 드리운 그림자가 평생 가실 기미가 없으니
"저예요, 아이리스!" 그녀의 불쾌한 목소리만 세차게 울릴 뿐
이다.
하지만 고되게 일해서 성을 지었으니
아가씨에게 죄책감을 증명하기 위함이라.
이토록 미움 받는 웜뱃이 만든 성보다
더 훌륭한 사원은 지어진 적이 없도다.

5편

그렇게 잔인한 죄를 지었는데, 용서 받을 수 있을까?
분열을 매듭 짓지 못하고, 이야기는 여기서 마친다.

달빛

"아이리스." 루이가 문을 열어주며 말했다. 그가 설핏 웃었지만, 아이리스는 아무런 반응이 없었다. 아이리스는 낮 동안 수정궁 공사 현장을 구경하고 내셔널 갤러리에서 가장 좋아하는 그림 〈아르놀피니 부부의 초상〉을 감상했다. 그러면서 루이의 부름을, 새 캔버스를 고르러 브라운에 함께 가자는 그의 초대를 무시하는 은밀한 기쁨을 즐겼다.

아이리스는 땀 흘려 그린 그림을, 유화 물감을 얇게 펴서 바른 다음 손 뒤에서 흰색 배경이 비치도록 만들던 과정을 생각했다. 루이가 그림을 마차에 싣고 자신의 그림을 보여줬을 때 아이리스는 울음이 터져 나오는 걸 간신히 참았다. 캔버스 실은 뜯겨져 나갔고, 물감은 부스러기가 되어 떨어졌다. 수정이 불가능했다. 아이리스는 루이가 말릴 새도 없이 그림을 난로 속으로 던져 넣었다. 불꽃이 시커멓게 변하더니 연기가 피어올랐고, 루이가 담요로 부지깽이를 감싸 불을 껐다.

루이가 한 손으로 얼굴을 쓸어내렸다. "들어와요, 들어와. 저기, 아이리스, 미안해요."

뒤에서 부스럭대는 소리가 들리더니 귀네비어가 복도로 느릿느릿 걸어 들어왔다.

"썩 꺼져, 이 못된 짐승 같으니." 루이가 양손을 펄럭이며 말했다. 웜뱃이 슬픈 눈으로 쳐다보더니 위층으로 뒤뚱뒤뚱 걸어갔다. "너는 불청객이야…여기 계속 있으면, 아이리스가 결투를 신청할지도 몰라. 그 부드러운 발톱이 아이리스의 날카로운 기지 앞에서 무슨 소용이겠어?"

"당신한테는 그냥 재미난 농담거리에 불과하군요, 안 그래요?" 아이리스가 그를 따라 거실로 가며 말했다. 아이리스는 밀레이가 주최하는 저녁 식사에 입고 가기 위해 숙소의 한 아가씨에게 푸른색 비단 드레스를 빌려 입었다. 드레스가 배내옷처럼 꽉 조였다. 불편함에 짜증이 배가됐다. "그게 당신 그림이라면 이렇게 재미있어 하지는 않을 거예요. 당신이 내 작품에 신경 썼다면 쓰레기처럼 서랍장에 내팽개치지도 않았을 거고요. 난 이젤 위에 올려뒀어요, 손이 닿지 않도록 말이에요. 나도 알아요, 당신이 내 그림에 별 관심이 없다는 걸…."

"관심 *있어요*. 헌트에게 자랑하고 싶어서 그랬어요."

"그럼 그런 농담은 안 했어야죠."

루이가 아이리스를 바라봤다. "미안해요, 미안해, 진심이에요. 나는 그냥 분위기를 가볍게 만들고 싶어서…그게, 뭐라고 해야 할지 모르겠어요. 머리가 복잡하군요." 루이가 귀 뒤로 머리를 쓸어 넘겼다. "정말 미안해요."

거리가 너무 가까워서 루이의 숨결에 섞인 민트차 냄새와 옷에 밴 담배 냄새를 맡을 수 있었다. 아이리스는 분노가 사그라지는 걸 느꼈다.

"나를 용서해주겠어요?"

"아, 그건 안 되겠어요. 그래야 반세기 뒤에도 뉘우칠 테니까."

"비석에 내 마지막 사과를 유언으로 새기라고 말할게요."

"회한에 사무쳐 죽다." 아이리스가 루이를 다시 바라봤다. 딱붙는 꽃무늬 조끼, 회중시계, 기름을 발라 말끔하게 빗어 넘긴 머리. "근데 대체 뭘 입은 거예요?"

"밀레이의 헌옷. 그의 집사인 척하는 거예요." 루이가 소매를 끌어당겼다. "자. 귀네비어…그녀의 시는 받았어요?"

"받았어요. 친절하더군요."

"귀네비어가 당신을 위해 지은 성을 보고 싶지 않아요?"

"무슨 말이에요?"

"그 시 말이에요." 루이가 말했다. "솔직히 말해서, 그 통통한 앞발로 깃펜을 그러쥐고 그런 노력을 기울인 걸 생각해봐요. 장담하는데 쉬운 일은 아니에요. 뉘우침을 증명하려고 그토록 긴 시를 썼는데 아무 관심도 주지 않다니, 눈곱만큼도 말이에요."

"머리에 열이라도 나세요?"

"이리 와요. 같이 찾아봅시다." 루이가 이렇게 말하며 귓불을 두 번 꼬집었다. 긴장할 때 나오는 버릇 중 하나였다.

아이리스는 루이를 따라 작업실로 들어갔다. 빌린 옷이라 잘 차려입은 인형처럼 몸이 뻣뻣했다.

"말 좀 해봐, 이 창피한 녀석아." 루이가 베개에 기대 잠든 귀네비어에게 다가가며 말했다. 그리고 웜뱃의 입에 귀를 갖다 댔다. 웜뱃의 털이 마카사르유를 바른 것처럼 번지르르했다. "네가 호언장담하던 그 성은 어디 있는 게야? 어디에 지은 거야?"

"진흙으로 만든 소굴은 아니겠지, 그럼 우리 우정은 그걸로 끝일 테니까."

루이가 귀네비어의 앞발을 들고 계단을 가리켰다. 그러고는 어깨를 으쓱했다. "가리키는 대로 따라가 보는 게 좋겠어요."

아이리스는 무슨 영문인지 알 수 없었다. 루이가 무언가를, 이를테면 성냥으로 지은 집이나 스노볼을 산 게 아닐까 생각했다. 그들은 루이의 침실 층을 지나 하녀가 묵는 꼭대기 다락방으로 올라갔다. 아이리스는 이렇게 높은 곳까지 올라와본 적은 없었다.

"성처럼 보이진 않는군요." 루이가 콧방귀를 뀌었다. 그러더니 아이리스를 보며 내심 기대에 찬 표정으로 웃었다. "실망하지 않으면 좋겠어요."

문에는 팻말이 붙어 있었다. '주의: 화가가 피땀 흘려 작업하는 중.'

"이게 뭐예요?" 아이리스가 물었다.

루이가 문을 열었고, 아이리스는 가만히 바라보기만 했다.

다락방이 작업실로 바뀌었다. 모퉁이에는 이젤이 놓여 있었고, 이젤 위에는 붕대색의 팽팽한 캔버스가, 선반에는 물감 병과 붓을 가지런히 정돈해 놓았다. 서향의 작은 창문 밖에서는 수백 개의 런던 첨탑 아래로 태양이 지고 있었다. 방은 색칠한 비스킷 상자처럼 아주 깨끗했다. 루이가 몸을 돌리자, 저녁노을 빛을 받은 그의 얼굴이 황금처럼 빛났다.

"귀네비어가 이게 당신 방이라고 생각하는 것 같아요. 물감 살 돈이 어디에서 났는지는 알 수 없지만. 어쩌면 빗자루 대용으로 굴뚝 청소를 해주고 다녔는지도 모르지." 루이가 희미하게 웃었다. 하지만 어디가 불편한지, 눈은 웃지 않았다. 그가 아이리스를 바라봤다.

"제 방이라고요?" 아이리스가 방 저편으로 걸어가 유리병을 집어 들었다. 병에는 라벨이 붙어 있었다. '아이리스의 붓통.' 그녀가 손가락으로 라벨을 문질렀다.

"마음에 들어요?" 루이가 물었다. "대단한 건 아니지만, 그림

일 때문에 마음이 너무 안 좋았어요."

"마음에 드냐고요?" 아이리스가 되물었다.

루이가 놋쇠로 된 고리를 만졌다. "첫 그림을 걸 자리에요. 모델을 서지 않을 땐 언제든 이리로 와서 작업해요. 방해하지 않을게요. 이젠 아래층 구석에 놓인 작은 책상에서 내 고약한 잡소리를 견디며 그림 그릴 필요 없어요." 루이가 보고 있었지만, 아이리스는 그의 표정을 읽을 수 없었다. "그림 일은 다시 한 번 사과해요. 정말 미안해요. 내년엔 출품할 수 있을 거예요. 그땐 꼭 데뷔할 거라고 생각해요! 잉크통이 동나도록 비평가들이 써댈 거예요." 그가 재빨리 덧붙였다. "찬사의 글을 말이에요."

그들은 손바닥 넓이 거리에 서 있었다. 아이리스가 손을 뻗어 그를 당기고 무게를 느낄 수도 있었다. 하지만 불현듯 자신이 없어서 가볍게 대꾸했다. "아, 귀네비어…이걸 전부 준비하다니 정말 짓궂네요."

"기쁜 거요?" 루이가 다시 물었다.

"그럼요." 아이리스가 말했다. 루이가 문을 닫고 혼자 내버려둔 것도 기뻤다. 아이리스는 두 손을 움켜쥐고 창가에 서서 웃기 시작했다. 그리고 빙글빙글 돌았다. 드레스가 너무 조여서 팔을 들 수 없었지만, 방은 그러고도 남을 만큼 넓었다. 아이리스의 방이었다. 그녀의 것, 그림을 그릴 *그녀의* 작업실…아이리스는 너무 행복해서 주먹을 꽉 쥐고 허공에 휘둘렀다. 어떤 그림을 그려야 할까? 캔버스가 전에 쓰던 작은 도화지에 비해 엄청나게 컸다. 적어도 높이가 3피트는 돼 보였다. 손끝에 천의 탄력이 느껴질 때까지 캔버스 가장자리를 꽉 거머쥐었다. 그렇게라도 하지 않으면 너무 기뻐서 캔버스를 갈기갈기 찢어버리고, 유리병을 벽에 던지고, 방을 망가뜨릴 것만 같았다.

노크 소리가 들리더니 루이가 내려가자고 했다.

"밀레이가 기다릴 거예요." 루이가 말했다. "녀석을 로세티의 만행에서 구해내야 해요."

아이리스는 터져 나오는 웃음을 억누르고 마음을 진정시킨 뒤 손바닥으로 머리를 단정하게 매만졌다. 식사에 참석하고 싶지 않았다. 그저 작업실에 혼자 머물고 싶었다. "얼른 만나고 싶네요."

"얼른 만나고 싶은 쪽은 분명 밀레이일 거예요."

"무슨 말인가요?"

루이가 어깨를 으쓱하며 먼저 계단을 내려갔다.

"밀레이와 헌트는 로세티를 좋아하잖아요." 대화의 실마리를 잡으려고 애썼지만, 마음 속 바늘이 자꾸만 방과 이젤과 붓으로 되돌아갔다.

"그들의 반려동물을 시가 상자로 독살한 적도 없죠. 불쌍한 랜슬롯."

"어제는 로세티가 귀네비어도 독살해줬으면 했어요. 그 일에 대한 보상으로 가죽을 벗겨서 다음 캔버스로 삼을까 했죠."

"진심은 아니죠." 루이가 말했다. 그가 복도에서 양탄자를 긁고 있던 웜뱃을 구석으로 몰았다. 웜뱃의 발톱 끝이 아몬드처럼 둥글었다. 그가 '영차' 하고 웜뱃을 들어 육중한 몸을 안았다. 그러고는 앞으로 발을 내민 채 우울한 표정으로 노래를 불렀다.

Voi che sapete che cosa è amor
(사랑이 뭔지 아는 숙녀분들),
Donne, vedete s'io l'ho nel cor
(내 마음 속에 있는 것을 보여드리죠),
Donne, vedete s'io l'ho nel cor!
(내 마음 속에 있는 것을 보여드리죠!)
Quello ch'io provo vi ridirò
(내가 느낀 일을 말씀드리죠),
È per me nuovo, capir nol so. Sento
(새롭고 이해하기 힘든 감정이에요),

Un affetto pien di desir
(욕망으로 차오르는 느낌이죠),

Ch'ora è diletto
(가슴 속이 기쁨인 것 같기도 하고),

248

Ch'ora è martir'
(괴로움인 것 같기도 하고).

아이리스는 루이가 무슨 노래를 부르는지, 그게 프랑스어인지
아니면 다른 유럽어인지 알 길이 없었다.

"모차르트에요." 루이가 말했다. *"피가로의 결혼."*

"알아요." 아이리스가 거짓말을 했다.

"오페라를 본 적 있어요?"

"그게…."

"다음에 데려갈게요."

아이리스는 더 많은 것을 알았더라면 싶을 때가 있었다. 여행
과 시와 예술과 건축에 대한 지식으로 루이를 감동시키고 싶었
다. 하지만 돈도 특권도 없는 아이리스가 월등하게 잘 아는 유일
한 분야는 바늘뜨개 레이스와 보빈 레이스가 어떻게 다른지, 상
품진열창에 물건을 전시하는 게 얼마나 중요한지 같은, 직물과
하찮은 장사일 뿐이었다. 베스널 그린과 리젠트 거리 사이의 그
지긋지긋한 길 말고는, 인형 가게의 부식한 금박 장식 말고는,
다락방과 지하실의 곰팡이 슨 벽 말고는 본 게 없었다. 아이리스
의 인생은 갑갑한 독방이었다. 하지만 이제는 자유가 그녀를 겁
에 질리게 했다. 광활한 자유가 집어삼킬 것처럼 보여서 예전 삶
의 익숙한 폐쇄성이 사무치게 그립기도 했다. 아이리스는 이것들

을 전부 어떻게 받아들여야 할까? 잠잘 곳과 그림 그릴 곳, 그녀만의 다락방이 두 개였다. 이것들을 보물처럼 아끼는 게, 가슴에 꽉 끌어안고 절대 놓아주고 싶지 않은 게 잘못된 걸까? 이 모든 걸 마음껏 즐기면서도, 아이리스는 로즈를 따분하고 지저분한 가게에서 고통 받도록 내버려뒀다.

아이리스가 드레스에 묻은 웜뱃의 털을 털어냈다. "이리와, 가자."

* * *

"솔직히 말해서, 나는 네가 왜 왕립 미술원에 시간을 낭비하는지 모르겠어." 로세티가 메추라기 고기를 포크로 한가득 찍으며 말했다. 미남인 로세티는 단정하게 빗은 머리를 어깨까지 늘어뜨렸다. 하지만 아이리스가 예상했던 것보다 키는 작았다. 로세티와 인사를 나누는데 머리 꼭대기가 이마까지 밖에 닿지 않아서 몸을 숙여야 할 것 같은 기분이 들었다. "비평가들이 더는 확신할 수 없을 정도로 입장을 굳혔어. 그들이 우리를 받아들이지 않는다면 나도 그딴 놈들은 개의치 않을 거야. 그래서 올해는 그림도 출품하지 않았어."

"하지만 내부에 들어가서 조직을 공격해야 하지 않을까?" 밀레이가 제안했다.

"하! 그게 문제야. 네가 '트로이의 목마'라고 생각하는 거. 사실 아이들이 가지고 노는 장난감 말에 지나지 않는데 말이야. 비평가들이 전부 비웃는다고."

헌트가 코웃음을 쳤지만, 루이는 '내가 그러게 뭐랬어요'라는 표정으로 아이리스와 눈길을 주고받았다. 하지만 아이리스는 로세티의 진솔한 태도가 꽤 매력적이라고 생각했다.

아이리스는 식당 안을 둘러봤다. 기다란 창문 밖으로 고워가 내려다보였다. 천장에는 석고 장미 장식과 돌림띠를 둘러놓았다. 4월이었지만 난로에서는 불꽃이 활활 타올랐다.

여섯 명이 윤이 나는 식탁에 앉아 있었다. 윌리엄 홀먼 헌트, 존 밀레이, 가브리엘 로세티, 리지 시달, 아이리스, 그리고 루이. 그 밖의 PRB 회원인 윌리엄 로세티, 토마스 울너, 프레데릭 스테판은 바빠서 참석하지 못했다. ("우리를 피하는 게로군." 로세티가 말했다. "집에 일감을 가져와서 늦게까지 작업하는 내 동생을 제외하고 말이야.")

리지는 아이리스 맞은편에 앉았다. 그녀는 아이리스가 상상했던 것처럼 아름다웠다. 피부가 너무 부드러워 으스러질 것 같았고, 적갈색 머리카락은 풀어 헤쳐졌으며, 얼굴은 인형처럼 완벽했다. 아이리스는 조용히 집중하는 기색이 역력한 것으로 보아 리지도 모든 대화에 넋을 놓고 귀를 기울인다고 확신했다. 그 모습이 너무 품위 있어 보여서 그녀가 과거 크랜본 앨리의 모자 판매상들(설터 부인이 소리를 꽥꽥 질러대는, 행실 나쁜 보닛팔이 *호객꾼*이라고 부르던 게 언뜻 떠올랐다) 사이에서 일하는 모습은 상상하기 힘들었다. 아이리스는 자신과 리지가 왜 초대 받았는지 정확히 이해할 수 없었다. 만찬은 보통 신사들만을 위한 행사였기에, 처음에는 그들이 화가 지망생이라서 초대를 받았다고 생각했다. 하지만 로세티가, 집주인이 그의 직업에 대해 염려하더라는 얘기를 껄껄 웃으며 하는 걸 보고("그가 충고하더군, 신사답게 모델들 몸조심시키라고, 어떤 화가들은 저질스러운 욕망 때문에 예술의 품위를 희생시킨다나."), 헤픈 다른 모델들을 두고 좀 더 정숙한 그들을 대동한 건 아닐까 생각했다.

어쨌거나 리지는 완벽하리만치 조심스럽고, 완벽하리만치 조용했다. 음식도 거의 먹지 않았다. 생선과는 멀찍이 떨어져서 묽은 야채수프만 휘젓던 리지가 그제야 메추라기 조각을 썰어 야금야금 먹었다. 예의범절을 강조하던 어머니의 잔소리가 떠올랐지만("격식 있는 자리에서는 우아하게 조금만 먹어라"), 아이리스는 참을 수 없었다. 음식이 너무 맛있어서 메추라기 뼛조각을 살점 하나 남기지 않고 깨끗이 발라먹고, 버터 넣은 으깬 감자를 포크 위에 수북이 쌓았다. 그럴 수만 있다면 접시도 핥았을 것이다.

"이 까다로운 날짐승." 로세티가 메추라기에 대해 말했다. "내가 순식간에 몽땅 잡아 먹어주지." 그가 날개를 북 찢어서 입에 넣고는 뼈를 우두둑 씹으며 얼굴을 찡그렸다.

"내일 아침 화장실에서 찢어지는 고통을 느낄 걸." 헌트가 말했다. "의사를 부르는 게 좋을 거야."

"숙녀분들이 계시잖아." 밀레이가 말했다. 아이리스가 리지의 눈을 봤다. 리지도 웃음을 참고 있었다.

"우리 섬세한 여성분들," 로세티가 말했다. "용서하시기 바랍니다."

로세티가 식탁 밑으로 슬며시 팔을 뻗어 리지의 손을 잡았다. 아이리스는 고개를 돌렸다. 그들은 이마 사이로 실 한 가닥만큼의 틈을 두고 서로 속삭였다. 그러면서도 그들은 연인 사이가 아니라고 주장했다. 아이리스는 그들의 속삭임을 드문드문 엿 들었다. *페티코트를 입은 나의 철학자, 달콤한 시드.* 아이리스는 루이가 지나치게 접시에 집중하는 걸 의식했다.

"다음엔 뭘 그릴 거야?" 루이가 포크와 나이프를 달그락거리며 말했다.

헌트는 남자목동과 여자목동을 주인공으로 목가적인 그림을 그릴지, *세상의 빛*이라는 제목으로 그림을 그릴지 고민 중이라고 털어놓았다. 밀레이는 *오필리아*를 그릴 계획이라고 밝혔다. 익사한 소녀의 얼굴에는 살짝 멜랑콜리한 표정을 입힐 것이며, 소녀 주위에 물망초, 양귀비, 패모처럼 다양한 상징성을 띤 꽃들을 담을 생각이라고 했다. "정말이지, 그걸 그리려면 놀랄 만큼 아름다운 존재가 필요할 거야." 밀레이가 말했다.

"그럼 리지를 그려야지." 로세티가 말했다.

"물론이죠." 리지가 말했다. "그 작가 희극 중에 그 작품을 제일 좋아하거든요."

"저것 봐! 가르친 보람이 있을 줄 알았어. 다음에는 셰익스피어의 역사물로 주제를 바꾸자고." 로세티가 말하자 헌트가 동의하듯 고개를 끄덕였다.

"아주 좋아." 밀레이가 말했다. "욕조에 누워 있어야 하지만 기름 램프로 물을 데워주겠네."

"그림 때문에 감기에 걸려 죽을 각오까진 안 됐어요." 리지가 말했다.

"내 경우에는," 로세티가 두꺼운 아바나산 엽궐련을 샹들리에로 가져가 불을 붙이며 말했다. "아직 뭘 그릴지 정하지 못했어. 단테와 베아트리체를 그리고 싶은 건 맞아. 어쩌면 베아트리체가 죽고 1년 동안 슬픔을 추스르는 단테를 그릴지도."

루이가 콧방귀를 뀌었다. "나는 그 이야기가 마음에 들지 않아. 어떻게 단테는 평생 한 여자만 사랑할 수 있지…글쎄, 심지어 그 여자 때문에 아내도 본척만척했잖아…겨우 두 번 흘깃 본 거잖아? 기사도적 사랑…난 이제 진절머리가 나." 루이가 접시를 정리하던 집사에게로 몸을 돌렸다. "고맙네, 스미스."

"어떻게 그게 진절머리가 나지?" 밀레이가 물었다. "아름답고 사실적이지 않아? 진정한 사랑이 솔직하게 모습을 드러내는 거

254

말이야. 관습에 얽매이지 않고 열정과 용기와 영적 깨우침을 표출하는 거잖아….”

“하지만 그게 다지.” 루이가 말했다. “그 감정들은 진짜가 *아니라고.* 아이리스가 처음 내게 화두를 던질 때부터 생각해봤어. 그 모든 로맨스들…사실 아무것도 아니면서 사랑을 이상화하는 거라고.”

아이리스가 몸을 앞으로 기댔다. 그리고 말했다. “그럼 사랑이 뭔가요?” *‘당신에겐’*이라고 덧붙이려다가, 로세티가 반대 의사의 표시로 냅킨을 흔들며 콧방귀를 뀌는 바람에 단어들이 길을 잃었다.

“우리가 화폭에 담는 그 사랑을 나도 믿고 *싶어.*” 루이가 말을 이었다. “하지만 지난 몇 달 동안 고민해봤어…글쎄, 사랑은 그런 것과는 전혀 다른 무언가가 아닐까 하고. 순식간에 휘몰아치는 이 어리석은 열병을, 단테도 베아테리체를 겨우 두 번 봤잖아, 진짜 그 사람을 알고, 인내하고, 존경하는 진정한 사랑과 헷갈리는 건 아닌가 하고.”

“설마 진심은 아니겠지.” 로세티가 천장으로 연기를 내뿜으며 말했다. “자네가 전에 그린 작품…밀레이가 다 설명해줬네, 기주마르가 여왕을 구출한 게 기사도적 사랑이 아니면, 그게 뭐란 말인가.”

“난 여왕의 구출을 그린 게 *아니야.* 기주마르가 추방당한 뒤 여왕이 탈출하는 장면을 그린 거지. 그리고 기주마르와 여왕은 1년 반 동안 연인 사이였다는 걸 잊지 마. 베아트리체와 단테처럼 겨우 한 번 눈이 마주친 게 아니라고."

"하," 로세티가 말했다. "진실은 나중에 기주마르가 여왕을 구출했다는 거지, 그게 핵심이야. 우리 모두 여성들을 구출하고 싶어 하지 않나, 반대로 여성들은 구출 당하고 싶어 하고? 결국 시달 양도, 휘틀 양도, 우리가 구출했잖아." 로세티가 아이리스와 리지에게 손을 흔들었다. 아이리스는 파출부의 오만한 찌푸림과, 구출된 게 아니라 꾐에 빠졌다고 확신하던 부모님과 로즈의 주장이 생각났다. "네가 결혼을 얼마나 싫어하는지, 어째서 사랑이 숨 막히는 골칫거리라고 말하는지 알겠어. 루이, 자네의 경고를 유념하지."

아이리스가 그들의 표정을 살폈다. 무언가를 아는 로세티와 경고하는 루이.

"달콤한 사랑의 설렘과 즐거움이 있는데 누가 대가를 치르며 아내를 얻고 지키려고 하겠어?" 로세티가 자기 손가락에 차례로 입을 맞췄다. 쪽, 쪽, 쪽, 쪽.

아이리스는 루이를 볼 수 없었다. 포크의 뾰족한 끄트머리를 뚫어져라 바라보며 담담하게 말하려고 애썼다. 하지만 마음과 달리 목소리가 어색하게 갈라졌다. "결혼에 동의하지 않나보죠, 프로스트 씨."

"나는…그래요, 동의하지 않아요, 여러 가지 이유로 결혼은 숨 막히는 짓이에요." 루이가 로세티를 향해 다시 얼굴을 찌푸리며 말했다. "서로의 사랑을 맹세하는 법적 서류가 왜 필요하지? 증인은 왜 서야 하는 것이며…서로를 사랑한다면 그걸로 충분한 거 아니야? 왜 그걸 전시하고 스스로 손발을 묶는 거지? 만약 그게 실수라면? 그리고 어찌됐건 나는 무신론자야. 신이 보는 앞에서 두 몸이 하나 되겠다고 맹세하는 것 따위는 내겐 아무 의미도 없어."

아이리스가 루이를 빤히 바라봤다.

"결혼 생활에 대한 뛰어난 지식은 인정해." 로세티가 생각에 잠긴 듯 말했다. "결혼도 부정하고, 열정적인 사랑도 부정하다니. 네 첫 기사도적 사랑인 실비아만 불쌍하군. 지금의 연인은 너의 사랑 철학을 조금도 실망시키지 않나보지?"

"입 조심해." 루이가 얼굴을 붉히며 말했다. "나는 모욕해도 휘틀 양에겐 결례를 범하지 마."

로세티가 접시에 담배를 던졌다. "이런! 망할 놈의 엽궐련이 눅눅해졌군. 불이 붙질 않아." 로세티가 장미향이 나는, 손 씻는 그릇에 손가락을 담갔다. "됐어…그만하지."

그리고는 대화의 주제가 조슈아 레이놀즈에 대한 공격으로 옮겨갔다.

아이리스는 더는 대화를 듣지 않았다. 복잡한 생각을 어떻게 정리해야 할지 막막했다. 아이리스가 루이의 연인처럼 *보였던 걸까?* 실비아는 누구인가? 그녀가 루이를 좋아하는 건 어리석은 짓일까? 루이는 절대 아이리스와 결혼하지 않을 것이다. 루이가 결혼을 믿지 않고, 아이리스는 루이의 모델에 불과하며, 루이가 아이리스에게 그런 신호를 보낸 적이 전혀 없기 때문이었다. 루이는 아이리스에게 연서를 보낸 적도, 손을 잡은 적도, 급료와 그림 수업 외에 어떤 종류의 약속도 한 적이 없었다. 루이의 관대함은 우정에서, 형제 같은 의무감에서 비롯했다. 아이리스는 대화를 듣는 둥 마는 둥 했다. 슬로슈아 경, 초서, 이스트레이크, 셰익스피어. 모두 최근 몇 달 동안 루이와 지내면서 겨우 알아듣게 된 이름들이었다.

집사가, 카라멜이 실처럼 뿌려져 고슴도치 가시를 연상시키는 커다란 당밀 푸딩을 가지고 왔다. 속이 울렁거렸다. 아이리스는 잠시 자기 자신이 몸져누운 순간을 상상했다. 그녀가 좁은 다락방 침대로 돌아간다. 그녀와 로즈의 허벅지가 따뜻하게 맞닿았고, 굴뚝으로 설탕 타는 냄새가 스며든다. 하지만 로즈만 그곳에 있을 뿐, 아이리스는 이곳에 나와 창녀처럼 앉아, 결혼 의사도 없고 심지어 자신에게 반하지도 않은 루이의 애인 취급이나 받고 있었다. 아이리스는 숟가락으로 스펀지를 뒤집으며 루이와 눈을 마주치지 않으려고 애썼다.

"내가 만행이라고 했죠." 루이가 말했다. "우리를 모욕하려고 악을 쓰는 것도 그렇고, 말 속에 숨은 속뜻도 그렇고…이해할 수 없어요. 대체 이유가 뭐지? 고양이가 쥐를 가지고 놀듯 악의적으로 장난치는 거예요. 제대로 반격해서 나도 발톱과 이가 있다는 걸 보여줘야 해요."

루이는 콜빌 플레이스로 가는 내내 떠들었다. 아이리스는 발길을 재촉했다. 자기만의 장소인 샬롯가의 숙소로 돌아가 오늘 들었던 걸 밤새 정리하며 곰곰이 생각하고 싶었다.

"여왕 아가씨…폭죽보다 걸음이 빠르네요."

"내 이름은 아이리스예요." 아이리스가 쏘아붙였다. 목소리가 의도했던 것보다 컸다. 와인 때문에 머리가 아프고 살짝 어지러웠다. 그래서 하늘을 바라보며 몸을 가누었다. 지평선이 아가리를 크게 벌렸다. 자욱한 연기 사이로 둥근 동전을 닮은 달이 보였다.

"아이리스, 그런데," 아이리스가 더 나아가지 못하도록 앞을 가로막으며 루이가 말했다.

날은 어둡고 웅크리고 앉은 부랑자 외에 거리에는 아무도 없었다.

"기분이 안 좋군요. 무시하도록 노력해요…."

"아니에요."

"봐요, 숙녀들이 퉁명스럽게 대답할 땐 뭔가 문제가 있다는 거죠. 로세티죠? 당신 기분을 망친 게…."

"글쎄, 어쩌면 나는 다른가 봐요. 당신과…그런 여자들과 말이에요." '*스스럼없이 지내는*'이라는 말이 목구멍까지 올라왔지만, 아이리스는 취기로 몽롱한 중에도 말을 삼갔다. 물 탄 맥주나 성찬식 포도주 말고는 술을 마셔본 적이 없던 그녀로서는 아주 색다른 기분이었다. 아이리스는 실비아가 누군지 궁금했다.

"나와 그런 여자들이라니…뭐가 그렇다는 거예요?"

"아니에요." 아이리스가 말했다. "아무 뜻도 없어요."

루이가 회중시계의 은 시곗줄을 만지작거리며 잠시 말을 멈췄다. 멋을 부리는 건 그와 어울리지 않았다.

"걷고 싶어요." 아이리스가 말했다.

"걷다니? 어디를 말이에요?"

"정하지 못했어요."

그들은 숙소 부근을 벗어나 샬롯가 북쪽으로 걸음을 옮겼다. 루이의 발소리가 아름다웠다. "그게, 나도 목적지를 정하지 않기로 결심했어요. 괜찮다면 뒤따라 걷겠어요, 충직한 강아지처럼."

"굳이 원한다면." 아이리스는 자신도 모르게 살짝 미소를 지었다. 루이가 그녀 옆에 섰고, 둘의 걸음이 서로 비슷해졌다. 아이리스는 왜 기분이 나빠졌는지 잊기 시작했다. 그들은 모퉁이를 돌아 광장을 가로지르며 초승달 모양의 거리를 재빨리 지나갔다. 목구멍에 여전히 씁쓸함이 걸려 있었지만, 아까와는 다른, 가슴 뛰는 강렬한 일탈의 감정도 함께 들었다. 지금 그녀는 주변에서 경고하는, 바로 그런 행동을 하고 있었다. 결혼도 약혼도 하지 않은 몸으로, 자정이 넘은 시각에, 피 한 방울 섞이지 않고 머리는 굵을 대로 굵은 남자와 런던 길거리를 걷고 있었다. 아이리스는 곁눈질로 루이의 머리카락이 밀레이의 그림 속 바닥에 뿌려진 대팻밥처럼 부드럽게 흔들리는 걸 봤다. 루이의 호흡이 그녀와 비슷하게 맞춰졌다.

"언제나 드는 생각이지만, 해가 진 뒤에는 런던도 꽤 낭만적인 것 같아요." 루이가 침묵을 깨며 말했다. 아이리스의 맥박이 빨라졌다. "도둑과 그런…." 손을 뻗는 어떤 여자로부터 벗어나며 그가 말했다. "유혹들이 있긴 하지만 말이에요. 아이리스, 그런 일은 충분히 일어날 수 있어요."

"무슨 말이에요?"

루이가 계단통 뒤 어두운 공간을 가리켰다. "남자가 저런 곳에서 칼을 들고 숨어 있다가 튀어나와 우리를 위협한다고 생각하면 오싹하지 않아요? 아니면 저런 데서…철책 뒤 말이에요." 루이가 아이리스를 바라봤다. "내가 겁을 준 건 아니죠."

아이리스가 콧방귀를 뀌었다. "나 그렇게 약하지 않아요. 기절하는 여자들과는 달라요."

"아니…그러니까 또 후자극제도 없이 나왔단 말이에요? 제발, 휘틀 양." 아이리스가 웃었다. "이거 참, 정말 안타까운 일이군. 강도가 나타나면 놈의 턱을 후려쳐서 주먹맛을 보여주고 당신을 지키려고 했는데." 루이가 어깨를 으쓱했다. "내가 로세티 같은 소리를 하는군요." 그가 주위를 둘러봤다. "여기가 어디죠?"

"모르겠어요. 나는 당신을 따라왔어요."

"이런, *나는 당신을* 따라왔어요." 루이가 목을 길게 빼고 표지판을 바라봤다. "둘 다 너무 당당하게 걷다보니 서로가 길을 안다고 믿은 게 잘못이군요. 정말 문제 많은 한 쌍이에요." 그가 앞에 펼쳐진 어두운 공간을 보고 고개를 끄덕였다. 가로등 불빛도, 촛불의 깜빡임 한 점도 보이지 않았다. "리젠트 공원이 틀림없어요. 우리도 모르는 사이, 피츠로비아와 메릴본을 훌쩍 지나 온 것 같아요."

"화가들은 모든 걸 눈여겨본다면서요."

그들은 거리를 가로질러 공원의 뾰족한 철책 옆에 섰다. 루이가 뾰족한 검은 창살을 손가락으로 쓰다듬었다. "언젠가 한 남자가 아편에 취해 정신을 잃고 창밖으로 떨어져 이런 창살에 찔렸죠. 그 모양이 꼭 배의 갑판에 매달린 생선 같았어요. 정말 무시무시했죠."

"끔찍하네요!"

"그래요." 루이의 눈동자가 너무 검어서 어디를 보는지 알 수 없었다. "때로는 우리도 죽을 거라는 사실이 믿기지 않아요. 내가 사라져도 세상은 여느 때처럼 돌아가겠죠, 내 그림만이 내가 살았던 증표로 남아서. 어머니가 돌아가셨을 때, 바보 같이 들리겠지만, 바보 같다는 거 알아요, 다음 날 아침에도 태양이 뜨는 걸 보고 놀랐던 기억이 나요. 어머니가 살아서 그 풍경을 볼 수 없다면, 태양도 빛을 잃고 모든 게 멈춰야만 할 것 같았어요. 내 말이 이상하게 들려요?"

아이리스가 고개를 저었다. 그녀는 벽지에 손바닥을 펼칠 때 보이던 손가락 사이의 피막과 나비의 날개 맥을 닮은 푸른 정맥을 생각했다. "어머니가 그리운 거예요?"

"매 순간," 루이가 말했다. "정말 멋진 분이었어요."

"아."

"당신을 마음에 들어 했을 거예요. 열정이 넘치는 사람들을 좋아했어요. 우리에게 프랑스어를 가르치는 일에도, 내 그림에도, 봄마다 피는 벚꽃에도, 모든 것에 설렜죠." 루이가 고개를 숙였다. "정말 너무나 그리워."

"나는 어머니가 돌아가셔도 전혀 그리울 것 같지 않아요."

"그리울 거예요." 이런 루이의 말에도 아이리스는 고개를 저었다.

"언제나 나를 마음에 안 들어 했어요. 난 한 번도 어머니를 기쁘게 한 적이 없어요. 심지어 어릴 때도. 잘 모르지만…." 아이리스의 목소리가 작아졌다. "나를 낳은 게 영 못 *마땅*했나 봐요. 가끔씩 몸도 아프고 아이도 더 못 낳게 되자 내게 화가 났던 거죠. 그때 쇄골이 이렇게 됐어요. 분만에 문제가 생겨 태어나면서 쇄골이 부러졌는데 제대로 낫질 않았어요. 게다가 말썽은 또 얼마나 피웠는지…항상 잘못만 저질렀죠."

"당신에게 화를 낸다는 게 상상이 안 돼요." 루이가 말했다. "늙는 걸 상상할 수 없듯이 말이에요."

"당신도 언젠가 할멈처럼 주름이 생길 거예요." 아이리스가 말했다. 그들은 공원 입구를 지나 어둠 속으로 걸어 들어갔다. 아이리스가 양 팔을 펼쳤다. 포도주 때문에 몸은 따뜻했고, 머리도 더는 지끈거리지 않았다.

"아이리스, 어디로 가는 거예요? 공원은 위험해요…."

"강도들을 물리쳐주겠다면서요?"

"그래요, 그런데, *진짜* 강도가 나올지도 모르잖아요."

아이리스가 웃음을 터뜨리며 달리기 시작했다. 어둠 속으로, 4월의 시원한 밤 속으로, 신발에 부딪혀 살랑거리는 풀들을 지나 내달렸다. 아이리스가 토끼처럼 속도를 높였다. 몸통을 꽉 조이던 상의가 터질 듯 부풀었다. 살면서 이처럼 자유로운 적은 없었다. 로즈가 이 모습을 본다면 어떨까! 어둠이 깔린 리젠트 공원에서 루이가 그녀를 멈춰 세우려고 함께 달렸다. 하지만 신경 쓰지 않았다. 그럴 수 *있었기* 때문이다. 이제껏 그럴 수 없었기 때문이다. 그녀가 토끼 굴을 밟고 살짝 휘청거렸다. 칠흑 같던 어둠이 회색으로 엷어지며 나뭇가지와 자갈길과 호수가 눈에 들어왔다.

아이리스가 옆구리를 잡고 헐떡이며 물가에 멈춰 섰다. 루이는 그녀를 앞질러 먼저 와 있었다. 그도 웃고 있었다.

"오, 아이리스." 루이가 넋을 놓고 호수를 바라보며 말했다. "너무 아름다워요."

두 사람은 호수를 바라봤다. 밤하늘에는 은색 달이 빛나고 있었고, 달그림자가 물에 비쳤다. 물안개가 증기처럼 피어올랐다. 그들만을 위해 세상이 이런 조합을 만들어낸 것만 같았다.

"화폭에 담고 싶군요. 잊고 싶지 않은 풍경이에요. 이건…*완벽해요.*"

"정말 그래요." 아이리스가 말했다.

루이가 구두끈을 풀고 앞으로 나갔다. "수영을 해야겠어요."

"바보 같은 소리 말아요." 아이리스가 말했다. 불현듯 루이가 달빛 아래에서 하얀 맨 몸을 드러낸 모습이 떠올랐다. 아이리스는 난색을 표하며 말을 이었다. "먼저 들어가요. 그래야 내가 당신을 구하죠."

"나를 구한다고? 그럴 일은 없을 걸. 내가 *당신*을 구해야지."

루이의 말에 담긴 유혹적인 암시에, 아이리스는 한편으로는 얼굴이 화끈거렸지만 동시에 살짝 실망감도 들었다. 좀 더 상상력을 발휘해 진심어린 표현을 해줬으면 했다.

"숙녀 먼저 가시죠." 루이가 아이리스 허리춤에 팔을 두르며 호수에 던지는 시늉을 했다. 아이리스가 비틀거리다가 발을 헛디뎌 루이 품으로 넘어지며 옆구리를 잡았다. 발이 물에 젖었다. 신발이 엉망이 됐을 것이다.

루이가 손을 그대로 멈췄다. 아이리스 역시 마찬가지였다.

그들은 모래 진흙을 밟고, 숨이 찰 정도로 추운 물속에서, 나란히, 말없이 그렇게 서 있었다. 아이리스는 루이의 얼굴을 똑바로 바라보지 못했다. 루이를 보는 순간 그가 키스를 할까 두려웠다. 키스를 한 뒤엔 무슨 일이 벌어질까?

아이리스는 허리를 붙잡은 루이의 손가락 하나하나를 느꼈다. 그가 허리를 더욱 힘껏 감싸 쥐자 죽을 것만 같았다. 아이리스의 손도 루이의 갈비뼈 아래에 놓여 있었다. 루이의 몸은 단단하고 날씬했다. 그가 추위에 몸을 살짝 떠는 게 느껴졌다. 아이리스의 몸이 뜨거워졌다. 그녀의 모든 기운이 두 사람의 손이 닿은 부위로 향하는 것 같았다. 아이리스는 이 순간이 멈췄으면 좋겠다고 생각하면서도, 멈추지 않길 바랐다.

루이의 손이 아이리스의 허리에 있었다. 그의 손이 그녀의 허리에 있었다. 이 순간은 지나갈 테지만 아이리스는 안개와 어둠과 루이와 함께 이곳에 머물고 싶었다. 이 순간, 그녀는 루이의 것이었다.

유사

사일러스는 아이리스가 사는 샬롯가의 숙소 밖에 서 있었다. 어찌나 오래 걸었는지 발에는 물집이 잡혔다. 그는 눈 한번 깜빡이지 않고 흔들리는 가로등의 가스 불빛을 뚫어지게 쳐다봤다.

몇 주 동안 힘들게 약을 끊었지만 결국 아편 연기를 찾아 자신도 모르게 셰드웰의 더러운 소굴로 향하는 아편 중독자처럼, 사일러스는 아이리스를, 자신의 물건을 찾겠다는 마음에 저항할 수 없다는 걸 알았다.

사일러스는 저녁에 있었던 일이 거의 기억나지 않았다. 여태껏 남아 있던 기억의 조각들도 마저 털어내고 싶었다. 돌핀 앞에서 한참을 머물다가 멍한 상태로 거리를 헤맸던 일, 비단옷과 누더기와 면 드레스를 걸친 여자들을 재빨리 훑던 그의 시선. 그는 아이리스가 그 집에서 하녀로 일할 거라고 믿으며, 콜빌 플레이스 거리에 앉아 하염없이 기다리는 중이었다. 그러다가 맞닥뜨린 그 충격적인 장면, 그놈을 처음 본 순간—그 기분 나쁜 장면보다 더, 훨씬 더 끔찍한—그 호숫가에서 일….

그건 플릭이 공장주의 아들과 함께 있는 모습을 보았을 때보다. 그놈이 목에 키스를 하자 플릭이 내숭을 떨며 몸부림치는 모습을 보았을 때보다 더 최악이었다.

가로등이 꾸물거리다가, 헐떡거리다가, 다시 환해졌다.

사일러스의 내면에 혼란이 휘몰아쳤다. 분노가 타올랐고, 욕망은 처참하게 산산조각 났다. 하지만 겉으로 감정을 드러내지는 않았다. 입술을 살짝 벌린 채 돌처럼 미동도 없이 깜빡이는 램프만 쳐다봤다. 이렇게 꼼짝 않고 있다 보니 손발이 욱신거렸다. 하지만 그는 숨 쉬며 살아 있다는 걸 일깨워주는 이 느낌이 좋았다. 사일러스는 자신이 느끼고, 보고, 냄새 맡는 모든 것에 집중했다. 손바닥을 날카롭게 후벼 파는 그의 손톱. 춤추는 불빛. 블루벨의 싸구려 향수 냄새. 블루벨이 술집에서 그에게 몸을 부빈 게 분명했다.

램프가 틱 소리를 내더니 슬며시 사그라졌다. 사일러스가 눈을 깜빡였다. 옆의 불도 저절로 꺼졌다. 뻣뻣해진 몸을 천천히 돌려, 일출이 지평선을 멍 자국처럼 천천히 물들이는 광경을 지켜봤다. 밀려오는 졸음에 집중력이 떨어지자, 어젯밤의 슬픔이 비참하게 다가왔다.

사일러스는 욱신거리는 두 다리를 끌고, 모퉁이를 돌아 콜빌 플레이스로 향했다. 그리고 전과 같은 계단에 앉아 빈 가게의 나무문에 몸을 기댔다. 기포로 울퉁불퉁해진 페인트칠 위에 머리도 기댔다.

불현듯 떠오른 생각에 그가 문을 밀었다. 문이 약하게 삐걱거렸다. 버려진 가게라 잠입해 있으면 안전하게 몸을 숨긴 채 언제까지고 잠을 잘 수 있을 것 같았다. 주위를 둘러보며 우유 통을 든 소녀가 지나가기를 기다렸다. 나무문에 어깨를 대고 몇 번 쳤더니 엉성하게 잠긴 자물쇠가 쪼개졌다. 그 바람에 복도로 넘어지다시피 했다.

처음엔 컴컴했지만, 사일러스는 금방 어둠에 적응했다. 회반죽벽은 갈라졌고, 돌바닥엔 먼지가 수북했다. 그는 코트를 돌돌 말아 베개 삼아 베고 곧장 곯아떨어졌다.

* * *

잠에서 깬 사일러스는 자신이 어디에 있는지 알지 못했다. 쥐가 놓인 선반과 학술지 더미를 찾으려고 더러운 널돌 주변을 더듬었다. 아무것도 없었다. 그러다가 기억이 돌아왔다. 그 포옹이, 아이리스의 허리를 감싼 루이의 손이 생각났다. 그가 얼굴을 감쌌다.

사일러스는 넓은 쇼윈도로 걸어갔다. 이 각도에서 루이가 서성이고, 먹고, 잠자고, 숨어 지내는 이층 방 안이 보였다. 비열한 악마 놈! 돌핀에서 수많은 여자들에게 팔을 두르며 무릎에다 끌어 앉히곤 하던 루이…사일러스는 그런 그에게 아이리스를 떡하니 쟁반에 올려 넘겼다.

사일러스는 기다렸다. 아이리스가 교활한 모습으로 곧 나타날 것이다. 그녀는 *그의 것*이었다. 하지만 그녀는 그를 배신했다.

오래지 않아—30분을 알리는 종소리가 몇 번 더 울렸다—아이리스가 사랑스러운 걸음걸이로 도착했다. 심장이 철렁 내려앉으며 그의 마음 속 깊은 곳에서 세찬 갈망이 솟구쳤다. 서로의 심장을 연결하는 끈이라도 존재하는 것처럼 아이리스에게는 거부할 수 없는 매력이 있었다. 이 매력이 그를 무장 해제시키며 단번에 그녀를 용서하게 만들었다. 아이리스는 아름다운 쇄골이 훤히 드러나는, 그가 가장 좋아하는 드레스—그들이 처음 만났을 때 입었던 것이다—를 입고 있었다. 피부는 창백했고, 쇄골이 바깥으로 휘었다. 그녀를 잊을 수만 있다면, 그녀가 그에게 이런 마법만 걸지 않았다면.

아이리스는 버려진 가게 앞에 멈춰 섰다. 사일러스가 낚싯줄을 감아올리듯 그녀를 향해 손을 뻗었다.

당신이 가게 안을 본다면, 사일러스가 아이리스에게 말했다. *당신이 내 것이라는 뜻으로 알아듣겠어요. 그는 아무것도 아니며, 내가 계속 당신을 지켜보길 바란다는 메시지로 이해하*

겠어요.

사일러스는 숨을 쉴 수 없었다. 맥박이 빨라지며 목이 부푸는 바람에 손가락으로 목을 세게 눌러야 했다. 증세가 조금 진정되었지만, 사일러스는 아이리스가 자신에게 이런 힘을 행사한다는 사실이, 자신이 이토록 아이리스에게 강하게 반응한다는 사실이 두렵기도 했다.

아이리스가 가까이 다가오더니 소매로 원을 그리며 유리창의 먼지를 닦고—믿을 수 없었다—손을 말아서 창문 안쪽을 들여다봤다.

사일러스는 벽에 등을 기댄 채 꼼짝하지 않았다. 아이리스의 입김으로 유리창이 뿌옇게 변했다.

잠시 후 아이리스는 맞은편 집으로 돌아갔다. 태양이 매연 사이로 기쁨의 빛을 뿜어내더니 건물들이 유령처럼 변했다.

루이를 기다리는지 아이리스가 안절부절 못하며 문 밖에 서 있었다. 지독한 놈들이나 생각하는 그런 일이 벌어지는지도 몰랐다. 하지만 그녀의 분명한 신호를 읽었으니 이런 저열한 일은 추측하지 않기로 했다.

사일러스가 플릭의 집을 지켜볼 때는, 밤새 뜨거운 가마에 석탄을 퍼 넣는 일꾼들을 제외하고, 모든 스토크가 조용히 잠든 상태였다. 언제나 그는 몸을 잘 숨겼고, 반복적인 관찰로 플릭을 익혔다. 한쪽 발을 바깥으로 살짝 휘어지게 걷는 걸음걸이도 그렇게 익혔다. 사일러스는 플릭을 사랑했다…오, 얼마나 사랑했던가! 그는 공장주의 아들이 플릭을 착취할 뿐이라는 걸, 자위한 뒤에 버리는 휴지처럼 종착지인 부유한 숙녀들을 만나기 전에 연습 삼아 즐기는 장난감에 불과하다는 걸 알고 있었다. 몇 년 동안 사랑을 품어온 사일러스는 더는 기다릴 수 없었다. 시골길을 가로지르며 질주하는 플릭의 머리카락은 마치 불꽃같았다. 블랙베리가 잔뜩 열린 곳으로 플릭을 데려갔고, 플릭은 탐욕스럽게 그것들을 입에 쑤셔 넣었다. 그녀의 치아에 과일 찌꺼기가 끼어 반짝거렸다.

사일러스는 플릭을 풀밭에 눕혔다. 어찌나 말랐던지 살갗 아래로 골격이, 갈비뼈 아래로 폐가 보이는 듯했다.

꽃잎

아이리스는 루이가 초인종에 응답하길 기다리며 치마를 매만졌다. 피부가 까칠했다. 차가운 아침 햇살을 받자 어젯밤 그들이 한 일이 충격적이면서도 소중하게 느껴졌다. 아무 일도 아니면서, 한편으로는 특별했다. 아이리스는 두 사람이 무슨 말을 나눌지, 얼마나 많은 것들이 변했을지 궁금했다. 얼마 전에도 이 문 앞에 서서 긴장했었다. 손을 뻗어 자신의 흔적을 잡을 수 있을 것만 같았고, 창문에 비친 자신의 과거를 볼 수 있을 것만 같았다.

헝클어진 머리와 살짝 찡그린 얼굴을 하고 루이가 그녀 앞에 나타났다. 그가 짧게 미소를 건넨 뒤 들어오라고 손짓했다. 서랍장 위에는 찢어진 편지가 놓여 있었다.

아이리스는 누가 먼저 입을 열지 궁금했다.

그녀는 루이를 따라 위층으로 올라갔다. 집이 숨을 쉬듯 삐걱거렸고, 그림들은 비뚤어졌다.

"새 그림에 대해 생각해봤는데," 작업실에 도착한 루이가 마침내 입을 열었다. 그리고 창가로 걸어가 등을 돌리고는 창문에 이마를 기댔다.

"그래서요?"

"목동 그림말이에요, 우리가 스케치한 거. 가로 3피트, 세로 2피트로 할 생각이에요. 오늘이라도 시작할 수 있어요, 그 치아가 없는 소년만 찾는다면."

"앨비 말이군요." 아이리스는 창밖으로 맞은 편 건물 계단에 구부정하게 앉은 사람을 뚫어지게 바라봤다. 유리창 너머로 가게 안을 들여다볼 때만 해도 아무도 없었다.

"앨비를 불러 올까요?"

"그러는 편이 좋을 것 같아요. 온전히 몰입할 무언가가 필요해요." 루이가 목을 문질렀다. "포도주를 그렇게 많이 마시는 게 아니었어요."

후회한다는 뜻일까 생각하며 아이리스는 고개를 숙였다. "나도 마찬가지예요."

"우린 술 마시는 재주가 없나 봐요. 그래도," 루이가 말했다. "어젯밤에는 즐거웠어요."

"나도요, 나도 그래요." 고개를 들던 아이리스가 루이와 눈이 마주쳤다. 그들은 동시에 고개를 돌렸다.

"그 호수에서 수영했다면 죽었을까요? 얼어서?"

아이리스가 웃었다. 그의 생각이 제멋대로여서, 그가 기억하는 걸로 보아 어젯밤 일이 꿈이 아니었음에 안도감이 들어서 그랬다. "그렇진 않을 거예요."

"자살로 치부했을 거예요. 아이리스 꽃다발 하나 못 받았겠지. 교회 마당에 묻히지도 못할 거고." 루이가 셔츠에 난 구멍을 만지작거리며 삐져나온 실을 손가락으로 감았다. 그 역시 긴장한 걸 보고 아이리스는 안심했다. 하지만 그의 눈에서 그녀를 불안하게 하는 무언가가, 이유를 짐작할 수 없는 수치심 같은 게 느껴졌다. 결국 어젯밤엔 아무 일도 일어나지 않았다. 아이리스는 자기 자신에게 이렇게 말했다. 루이는 어떤 약속도, 고백도, 그리고 키스도 하지 않았다. 그에게는 로세티가 알 만큼 진지한 관계였던 연인이 있었다. 실비아…아이리스는 질투로 마음이 어지러웠다.

아이리스는 마음을 가다듬고 다시 버려진 가게를 바라보며 로즈가 그 가게를 운영하는 모습을 상상했다. 안을 보는 건 힘들었지만, 가게는 테이블 두 개를 놓고 벽마다 긴 선반 세 개를 달만큼 널찍했다. 플로라를 차리면 완벽할 것 같았다. 먼지 낀 창문을 거울처럼 깨끗이 닦고 향수병, 자수 쿠션, 분홍색 꽃잎을 넣은 비누로 가득 쌓으면 가능했다.

"오늘 할 일을 시작 합시다." 루이가 말했다. "정원에서 작업할까 해요. 귀네비어가 자신의 은신처로 우리를 들여보내주기만

한다면 말이에요."

＊ ＊ ＊

그들은 앨비를 아는 심부름꾼 편에 전갈을 보내고 풀이 무성한 정원에 자리를 잡았다. 그곳은 웜뱃이 파 놓은 구멍 천지였다. 루이가 지팡이로 쐐기풀을 헤치며 이끼 낀 분수와 괴물 석상이 위치한 곳까지 길을 냈다. 아이리스는 분수 가장자리에 앉았다.

루이가 아이리스 옆에 스툴과 이젤을 놓고 스케치를 시작했다. 선을 크게 그리며 빠르게 작업했다.

한 번 보고, 선을 긋고, 한 번 보고, 선을 긋고.

아이리스는 욱신거리는 다리를 신경 쓰지 않으려고 애썼다. 하지만 가만히 앉아 있는 게 고문 같았다. 긴장과 흥분을 모두 털어버리고 싶었다. 어딘가 마음이 불편했다.

루이가 잠시 스케치를 멈추더니 그녀를 불렀다.

아이리스가 기지개를 켜자 어깨에서 우드득 소리가 났다.

"봐요, 여왕 아가씨." 루이가 스케치로 표현한 덩어리와 선을 가리키며 말했다. 대충 그려서 선이 매끄럽지 않았다. "당신 윤곽을 어떻게 표현했는지 봐요. 한 줄이 아니죠, 로세티와 다른 친구들은 이 방법을 더 좋아할지도 몰라요, 하지만 명암을 살려 그림자를 표현했더니 목이 어딘지 구분이 되죠." 루이가 그림 속 아이리스의 목을 손가락으로 만졌다.

"그렇군요." 아이리스가 말했다.

"자," 루이가 종이를 건네며 말했다. "당신 차례에요."

"뭘 그릴까요?"

"원하는 건 뭐든지."

루이가 자세를 취하지 않고 뒤에서 서성거리기만 하자 아이리스가 의자에 앉았다. 그리고 괴물 석상의 부루퉁한 주둥이와 뿔 모양을 스케치했다. 정적이 감도는 실내에서 벗어나 산들바람이 나무 사이로 가볍게 스치는 모습을 관찰할 수 있어서 다행이었다.

아이리스의 그림은 몇 달 전보다 자신감이 넘치고 정확했으며, 일차원적인 느낌이 줄고 어둠에 대한 고찰이 깊어졌다. 아이리스는 연필을 옆으로 뉘어 그림자에 빗금을 치고는 곁눈질로 새 한 마리가 가지 위에 앉은 모습을 봤다. 전에는 대리석 손을, 이제는 석상을 그리고 있었다. 그녀가 지금껏 한 일이라곤 형체를 끈질기게 복제하고 은판 사진이 포착하지 못하는 세세한 부분들을 표현한 것뿐이었다. 처음으로 아이리스는 손 그림이 데뷔작이 아니어서 기뻤다. 그것보다 더 잘 할 자신이 있었다. 그녀의 그림에는 루이처럼 이야기도, 캔버스 밖에서 살아 움직이는 생명을 시간 속에 가두려는 시도도 없었다. 불현듯 아이리스는 작품에 진전이 없다는 게 지겹게 느껴졌다. 그래서 울새에게로 눈을 돌려 새의 약동하는 기운과 재빠르게 돌진하는 부리를 표현하려고 애썼다. 밀레이와 루이는 살아 있는 동물이 아니라 박제품을 사서 그렸다. 그건 속임수 같았다.

아이리스가 실수를 하고 한숨을 쉬었다. "날개를 그리고 싶어요. 부리로 깃털을 다듬으며 날개를 퍼덕이는 모습을."

"그렇다면 안 됐지만 당신은 질 게 뻔한 전쟁을 하는 거예요. 미술은 순간을 멈추는 행위거든요."

아이리스가 스케치를 빤히 바라봤다. "나는 아무 짝에도 쓸모없어요."

"정말 그렇게 생각해요?"

"형편없어요."

일부러 칭찬을 유도했지만 루이는 끄떡도 하지 않았다. 그의 태도에 아이리스는 바짝 약이 올랐다.

"그림을 그만둬야 할까봐요." 반박해주기를 바라며 아이리스가 말했다. "영 재주가 없어요."

하지만 루이는 하릴없이 나무에 달린 꽃가지만 당겼다. 꽃잎이 흐느적거리는 색종이 조각처럼 미풍에 흩날렸다.

목동

앨비는 양가죽 조끼를 걸친 채 루이의 작업실 쿠션 더미에 누워 있었다. 자선가인 척하는 양반들이 구름 위의 집이라고 호언장담하는 천국을 상상하며, 이 양가죽이야말로 그 천국의 느낌이 아닐까 생각했다. 이런 구름 위에서 폴짝 폴짝 뛴다면 정말 끝내주지 않을까! 앨비는 보풀이 인 재킷 가장자리를 쓰다듬다가 저쪽에서 투덜거리는 소리를 들었다. 그는 움직이지 말고 누워 있어야 한다는 사실을 떠올리고는 손을 다시 엉덩이에 올려놓았다.

"돈은 언제 줘요?" 앨비가 혀 짧은 소리로 물었다. 그리고는 이제 엄연히 일거리도 생겼겠다, 누나처럼 퉁명스러운 목소리로 단언했다. "약속한 2실링은 꼭 내야 해요, 자기, 일 끝나고 도망치면 안 돼요."

"뭐라고?" 루이가 말했다. "내가 어디로 도망친다는 거야…여기가 내 집인데. *가만히* 있어."

"죄송해요." 앨비가 말했다. 하지만 코가 가려워서 그도 모르게 얼굴로 손이 갔다.

남자가 다시 구시렁거렸다.

"저는 바보가 아니에요, 나리, 절대요, 은화를 떼먹고 도망가면 저도 거시기는 못 줘요."

"뭐?" 루이가 다시 말했다. "빌어먹을 대체 무슨 소리야?" 그가 연필을 탁 하고 내려놓았다. "내가 그 망할 돈을 주면 다행인 줄 알아. 제기랄, *제발 가만히 좀 누워 있어.*"

돈을 안 주겠다는 협박은 적어도 1분 30초 동안 앨비를 꼼지락거리지 못하도록 하기에 충분했다. 앨비는 하루에 2실링을 받게 될 것이다. 그 바닥의 멋쟁이들 못지않은 부자가 될 것이다. 그가 셈하는 법을 알았다면 치아를 맞추기까지 며칠이 남았는지 계산했을 것이다.

"소파에 벼룩이라도 있어?"

"죄송합니다, 나리." 앨비가 말했다. 착하게 보이려고 최선을 다했다.

앨비는 텅 빈 가게 앞 계단에 앉아 웅크린 채 졸던 사일러스의 모습을 떠올리고 몸을 부르르 떨었다. 루이의 집으로 오는 길에 그를 보고 처음에는 부랑자라고 생각했다. 하지만 몇 걸음 떨어진 거리에서도 풍기던 그 화학약품 냄새…그게 누구의 냄새인지 알 수 있었다. 그가 아이리스가 사는 곳을 알아내고 감시하는 건 아닐까 의심스러웠다.

앨비는 하나 남은 치아를 핥고 루이에게 뭐라고 말할지 생각했다. *제 생각에는 어떤 남자가 아이리스에게 완전히 빠진 것 같아요.* 하지만 루이가 비웃을까 불안했다. 어쨌거나 무슨 일인지 확실히 아는 바는 없었다. 아이리스에게 직접 말할 수도 있었지만, 그녀는 정원에서 낡은 분수 주위를 날아다니는 새들을 스케치하고 있었다. 게다가 그녀를 겁주고 싶지도 않았다. 앨비는 어제 봤던 몰의 목에 생긴 붉은 자국을 떠올렸다. 아이리스가 지혜롭게 대처하도록 알려주는 게 낫지 않을까?

"남자가 하나 있어요." 앨비가 입을 열었다.

루이가 '*주둥이 좀 닥쳐*'라는 표정으로 얼굴을 찌푸렸다. 하지만 입을 연 앨비는 전력 질주하는 말처럼 쉽게 말을 멈출 수가 없었다.

"밖에서 그자를 봤어요, 나리. 좀 위험한 사람이라 주시해야 할 것 같아요."

"빌어먹을, 얘야, 가만히 좀 있으라고!"

"하지만 나리, 제 생각엔 그자가 아이리스를 보는 것 같았어요."

루이가 앨비를 바라봤다. "누가 아이리스를 봤다고?"

"그자요, 나리. 조금 전 밖에 있었어요, 반대편 건물 계단에. 박람회장에서 아이리스를 본 후 저에게 그녀에 대해 물었어요,

그리고….”

루이가 자리에서 일어나 창가로 걸어갔다. “아무도 없어. 직접 확인해봐…가만, 아니, 아니, 움직이지 마.”

“좀 전에 거기 있었어요, 맹세해요, 나리. 그자의 이름은 사일러스예요, 그자의 가게는 이상한 물건들로 가득해요.”

“아,” 루이가 연필을 집어 들고는 웃으며 말했다. “사일러스, 누군지 잘 알지. 악의라곤 없는 순진한 작자야. 죽이고 싶어도 파리 한 마리 죽이지 못하는 사람이라고. 아이리스가 아니라 나를 찾는 게 분명해…그런 생각은 어디서 나온 거야? 고워가에서 시도 때도 없이 밀레이를 성가시게 하더니, 내 주소도 알아낸 모양이군. 나한테 죽은 비둘기나 스패니얼을 팔고 싶어서 그러는 걸 거야.”

앨비는 아무 말도 하지 말걸 하고 후회하며 얼굴을 붉혔다. 그도 바보 같은 생각인 줄 알았다. 그런데 왜, 그의 마음이 여전히 소란한 걸까? 앨비는 멱살이 잡힌 채 벽에 떠밀린 여자를, 사일러스가 아이리스에 대해 수상쩍게 물어보던 모습을 떠올렸다. 두려움을 누그러뜨리려고 안간힘을 썼지만, 그럴수록 더욱 강하게 되살아날 뿐이었다.

한 아이

호숫가에서의 밤이 있고 2주가 지나는 동안 그들은 그 일을 다시 입 밖에 꺼내지 않았다. 아이리스는 루이가 그 일을 후회하는지, 아니면 그저 생각하지 않는지 궁금했다. 그녀는 매일 밤 옷을 벗을 때마다 루이의 손가락이 옆구리를 단단히 쥐던 느낌을 떠올렸다. 때로 이 놀라운 기억은 그녀의 몸을 비틀었고, 갑작스러운 욕망에 허벅지를 단단히 조이게 했다. 아이리스는 이 느낌의 정체가 뭔지 알지 못했다. 자신의 감정이 어디로 향하는지 몰랐다. 단지 루이가 몸에 올라탔을 때의 묵직한 기분을 느끼고 싶다는 욕망 외에는, 루이가 *그곳에* 손을 대고 열기를 식혀주기를, 어쩌면 불을 질러주기를 바란다는 욕망 외에는…아는 바가 없었다. 아이리스는 가끔 자신을 바라보다가 재빨리 고개를 돌리는 루이의 시선을 느꼈다.

아이리스는 루이가 봉투를 뒤집는 모습을 지켜보고 있었다. 비스듬한 한낮의 태양빛이 종이를 비췄다. 종이 뒤쪽에는 왕립 미술원을 나타내는 금속 표식이 밀랍에 찍혀 있었다.

"어머, 열어봐요." 아이리스가 말했다.

루이가 입술을 깨물며 가장자리를 만지작거렸다. 그러고는 봉투를 서랍장에 내려놓는가 싶더니 다시 집어 들었다.

두 사람 모두 편지를 바라봤다.

"통과라고 장담해요." 아이리스가 말했다.

"하지만 작년 이후로…비평가들이, 어쩌면 'PRB'라는 사인만 보고도 질색했을지 몰라요…."

"그럼 내가 열어볼게요." 아이리스가 봉투를 쥐었다.

"신사의 사적인 서신이에요!" 루이는 이렇게 외치면서도 말리지 않았다. "아, 이 고통을 끝내줘요. 뭐라고 썼어요?"

아이리스가 칼로 봉투를 뜯고 꾸깃꾸깃한 종이를 들었다. "친애하는 포레스트 씨." 더듬더듬 읽어나갔다.

"아, 맙소사, 이리 내요." 루이가 편지를 가로챘다. 그리고 편지를 한 줄 한 줄 훑어 내려갔다.

"뭐래요?"

"통과예요."

"그런데 표정이 왜 그렇게 우울해요?"

"모르겠어요. 그림이 어디에 걸리는지도 중요하니까. 그리고 비평가들이…."

"비평가들의 의견 따위는 안중에도 없다면서요."

"뭐." 루이가 편지를 접으며 말했다. "그렇긴 하지만 자기 작품에 대해 끔찍한 소리를 해대는데 신경 쓰지 않을 화가가 있다면 한 명만 데려와 봐요." 그가 웃기 시작했다. "좋은 소식인 건 맞는 것 같아요."

"맞는 것 같다고요? 오, 당신의 그림이 왕립 미술원에 걸린다고 생각해봐요!"

"당신도 걸리는 거예요. 당신은 유명해질 거예요…. 다음 시즌에는 터너나 컨스터블의 모델이 되어 나를 버릴지도 몰라요."

"당연하죠." 아이리스가 편지를 집어 들었다. "그런데 내가 거기에 *걸린다*는 거죠? 그게 나라는 거죠…세상에, 전부 감옥에 갇힌 나를 보러 온다고 생각해봐요." 수세기가 지나 아이리스가 세상을 떠난 뒤에도 그림은 여전히 존재할 것이다. 내년에는 그녀도 그림을 출품할 생각이었다. 그러면 세월을 견디고 살아남을 작품 뒤에 숨은 뮤즈가 아닌 창작자가 될 것이다. 아이리스에게 필요한 건 아이디어를 찾고 시작하는 것뿐이었다.

누군가가 문을 쿵쿵 두드리자 루이가 달려 나갔다. "밀레이… 들었어?"

밀레이는 〈*나무꾼의 딸*〉, 〈*노아의 방주로 돌아온 비둘기*〉, 〈*마리아나*〉 세 점 모두 통과했다. 루이가 그를 끌어안았다. "올해는 위원회가 우리를 인정하는 해가 될 거야. 우리를 칭송하는 해가 될 거라고, 디킨스가 자신의 독설을 게걸스레 씹어 삼켜야만 하는 해가 될 거라고…*영광의 날이 찾아왔네!* 심지어 러스킨도 우리를 주목할 거야."

루이는 거실로 그들을 데려가 찬장에서 초록색 샤트루즈주 한 병과 두툼한 시가 세 개를 꺼냈다. 거절하는 밀레이에게 억지로 잔을 쥐어주고 잔 세 개에 넉넉하게 술을 따른 뒤, 자신의 잔을 아이리스의 잔에 짠 하고 부딪혔다. "영광의 날을 위하여." 그가 외쳤다. 아이리스는 달콤한 향을 맡고 살짝 기침을 했다.

루이와 함께 술을 마신 지난밤이 떠올랐다. 그날 밤을 불러오는 데는 많은 것들이 필요하지 않았다…루이의 손과 허리를 바라보는 게 전부였다.

"우리 돌핀으로 가자고." 루이가 말했다.

"내가 자네에게 페일을 한 잔 사지." 밀레이가 말했다.

"내가 *자네에게* 페일을 한 잔 사지." 루이가 아이리스에게로 몸을 돌렸다. "우리와 함께 갑시다."

"안 돼요."

"왜 안 된다는 거죠?" 루이가 아이리스의 장갑과 모자로 손을 뻗으며 말했다. "그보다 나은 건 없어요? 파티를 준비한다거나, 오페라를 보러 간다거나…."

아이리스가 루이를 빤히 바라봤다. 남자들은 얼마나 쉬운가, 이런 고민이 필요 없으니. "미혼 남성 둘과 술집에 가는 건…."

"말도 안 되는 소리. 게다가 우린 당신의 보호자예요."

"당신이? 당신은 미혼이에요…. 나도 마찬가지고. 사람들이 나를….." 그러다가 아이리스는 자신이 이런 걸 염려할 위치인가 생각했다. 모델이 된 가게 여점원이라. 이 이상 어떻게 더 망가진단 말인가?

"당신이 도덕에 그렇게 연연하는지 몰랐군."

"어떤 부분을 염려하는지 이해합니다." 밀레이가 말했다.

"고마워요," 아이리스가 말했다. 유리잔을 어찌나 세게 쥐었던지 깨질지도 모른다는 생각이 들 정도였다. 매일 손에서 조금씩 새어나가는 정숙함을 다시 거둬들이기라도 하듯 그녀가 말을 이었다. "밀레이 씨."

루이가 눈살을 찌푸렸다. "그럼 나는 프로스트 씨인가?"

"나 빼고 가세요."

"말도 안 돼요." 루이가 말했다. 그가 아이리스를 곁눈질로 봤다. "애초에 물어보는 게 아니었어. 나는 여기 남아서 징두리테만 뚫어지게 바라보는 데 완벽하게 만족해."

누군가가 또 문을 두드렸다. "헌트가 분명해," 루이가 말했다. "〈발렌타인의 구출〉도, 밀레이 자네 것도 받아들일 거라고 확신했지. 세 점 모두 가장 잘 보이는 곳에 걸리게 될 거야."

아이리스가 문과 가장 가까운 곳에 서 있었다. "내가 집사 노릇을 하죠."

그녀가 자물쇠를 여는 동안 왁자지껄한 대화 소리가 거실 문 너머까지 들렸다.

하지만 문지방에 헌트는 없었다.

한 아이가 아이리스를 쳐다보며 눈을 깜빡였다. 금발의 머리카락이 곧추서 있었다. 큰 눈이 자두처럼 동그란 모양이었다. 구겨진 선원복을 걸친 얼굴에는 부잣집 아이들에게서나 볼 수 있는 몹시 어른스러운 표정이 깃들어 있었다. 교사 같은 아이의 근엄한 표정에 아이리스는 웃음을 터트릴 뻔했다.

"안녕," 아이리스가 아이와 눈을 맞추기 위해 몸을 숙이며 말했다. "무슨 일인가요, 꼬마 신사분?"

"배가 도착한 데서⋯." 아이가 이마를 찌푸렸다. "부두요, 그러니까, 그 사람들이 트렁크를 이리로 보냈다고 했어요. 그런데, 그런데 아빠가 여기 있나요? 엄마가 아파요. 엄마가 나를 증기선에 태워서 제인 이모와 함께 보냈어요. 나는 마음에 들지 않았지만요. 이모는 마차 삯을 내고 계세요. 이모는 한⋯한없⋯이 느려요⋯."

"아빠라고?"

"네." 아이가 말했다. 아이리스는 뒤에서 복도 문이 열리는 소리를 들었다.

"아빠!" 아이가 소리쳤다. 그 작은 얼굴에 서린 심각함이 단번에 사라지면서 아이가 아이리스를 밀치고 들어가 루이의 품에 안겼다.

편지들

고워가 7번지

4월 12일

리드 씨에게,

댁의 거주지로 몇 번 방문했지만, 방문 가능한 시간을 확인할 수 없었습니다.

그림에 쓸 소품으로, 당신이 이사벨라에게 제작해준 그레이하운드 한 쌍과 비슷한 작은 애완용 강아지를 찾습니다. 블레넘 스패니얼이나 요크셔 비슷한 종이면 가장 좋겠습니다. 현재 적당한 물건을 가지고 계신지, 아니면 이달 내로 표본을 확보할 수 있는지 궁금합니다. 2기니면 충분할까요?

최대한 빠른 답장 부탁드립니다.

이만 줄입니다.

J. E. 밀레이

* * *

더 팩토리

4월 17일

아이리스,

당신이 그렇게 서둘러 떠나는 걸 보고 마음이 아팠습니다….
상황을 설명할 기회를 주시면 고맙겠습니다.

그럼 이만,

L

* * *

더 팩토리

4월 18일

아이리스,

어제 내 전갈을 받았을 것으로 믿습니다. 기분은 괜찮은 거겠
죠. 답장도 없고 오늘 아침 수업에도 오지 않아 걱정했습니다.
예정대로 내일은 작업하러 올 수 있을까요? 당신과 상의해야 할
중요한 문제가 있습니다. 그리고 내가 어떤 식으로든 해를 끼쳤

다면 사과하고 싶습니다.

그럼 이만,

L

* * *

간단히 말할게요….

여사감은 당신이 산책을 나갔다고 했지만, 당신 방에 촛불이
켜진 걸 봤습니다. 거짓말을 했다고 비난하고 싶지는 않으니 그
녀에 대한 의심은 거두겠습니다. 촛불을 켜두고 나가면 위험하니
조심하기 바랍니다.

오늘도 작업실에 오지 않았더군요. 귀네비어는 당신이 버린
그림을 먹지 못해 겨우 숨만 붙었습니다.

* * *

콜빌 플레이스 6번지

4월 19일

아이리스,

당신의 침묵이 나를 두렵게 합니다.

함께 대화하고 긴급한 상황에 대해 이야기할 기회를 준다면 고맙겠습니다.

가장 좋아하는 카라멜 트러플 한 봉지를 동봉하니 맛있게 먹기 바랍니다.

그럼 이만,

L

클로드

사일러스는 아이리스를 연구했다. 머리카락 끝을 빠는 버릇, 가슴에 달린 너덜너덜한 장미 리본을 매만지는 버릇 등 그녀의 습관을 익혔다. 아이리스는 여성 전용 숙소에서 잠을 잤으며, 꼭대기 왼쪽 창문 방이었다. 매일 밤 건물로 들어가고 몇 분 뒤 창문으로 불빛이 새어나오는 걸 보고 알았다.

아이리스는 토트넘 코트 로드의 노점에서 파는 토피 트러플을 좋아했다. 역겨울 만큼 달고 치아에도 끼었지만, 사일러스는 가까이에서 그녀를 느끼기 위해 그것들을 사먹었다. 오늘까지 아이리스는 온종일 콜빌 플레이스에서 지냈다. 사일러스는 그녀가 무얼 하는지 생각하지 않으려고 안간힘을 썼다. 때로는 이미지가 여과장치를 뚫고 막무가내로 삐져나오는 바람에 루이가 그녀의 하얀 몸속으로 그의 몸을 밀어 넣는 장면을, 그녀의 웃음소리와 뜨거운 신음을 떠올리기도 했다. 하지만 그는 이런 생각들을 한

편으로 밀어냈다. 전부 거짓이었기 때문이다. 사일러스는 아이
리스가 그의 것이 될 것임을, 그의 *것임*을 알았다.

플릭에 대해서도 같은 생각을 했던 게 떠올랐다. 이제 와 생각
하니, 플릭은 몇 년 뒤 그를 찾아올 진정한 미인에 비하면 오락
거리에, 장난에 불과한 것 같았다. 그토록 잘 해주었건만 플릭은
은혜를 모르는 여자였다. 사일러스는 부유한 스토크 할멈들에게
두개골을 갖다 바치고 받은 돈을 차곡차곡 모았다. 그 모든 벗들
을 떠나보낸 건 플릭을 위해서였다. 그래야만 함께 런던으로 도
망칠 수 있었기 때문이었다. 플릭이 도자기 공장의 상속자와 놀
아난 것도 용서했다. 하지만 수집품을 보여주자 플릭은 도리어
그를 나무라고 비난했다.

아이리스와 함께라면 사일러스는 스스로를 더 잘 통제할 수
있을 것이다. 그는 자신의 사랑이 광기이며 아이리스가 사실은
자신을 사랑하지 않는다는 생각이 들 때면, 인내심이 무너질 것
같은 날들도 있었다. 하지만 이토록 강렬한 감정은 응답을 받을
수밖에 없었다. 아이리스가 그에게 올 준비가 될 때까지 묵묵히,
조용히, 몸을 숨긴 채 기다려야만 했다. 아직 아무런 계획도 없
었지만 걱정하지 않았다. 플릭에 대한 계획도 예상치 못하게 자
연스럽게 떠오른 걸 보면, 이번에도 곧 생각날 거라고 확신했다.

그간 아이리스를 살피느라 너무 바빠서 사일러스는 가게에 오
래 신경 쓸 시간이 없었다. 2주가 넘도록 지하실에 내려가지 않

았다. 모든 것이 허무하고 무의미했다. 〈나비 창문〉이 무슨 소용이란 말인가? 원래 관심 있는 물건도 아닌데 왜 이 따위에 신경 써야 한단 말인가? 그렇게 사일러스는 〈나비 창문〉을 팽개쳤다. 앨비가 잡아온 날개들은 먼지로 변했다. 몇 달 전만 해도 집을 비우면 녀석이 보물을 건졌다며 다녀갔다는 표시를 남겨두곤 했다. 하지만 이젠 표시가 보이지 않았다. 그놈도 이 일에 흥미를 잃은 건 아닐까 궁금했다.

사일러스가 받은 유일한 서신은 밀레이가 보낸 것이었다. 철자 하나 하나를 큰 소리로 읽으며 천천히 훑어본 편지는 구겨진 채 난로에 버려졌다. 그는 밀레이의 순진함을 비웃고 싶었다…이런 시기에 그림에 쓸 시시껄렁한 소품이나 만들라니!

* * *

그때 아이리스로부터 또 다른 신호가 왔다.

아이리스는 잎이 떨어진 수선화 몇 송이가 여태 풀밭에 핀 리젠트 공원에 있었다. 사일러스가 호숫가에 앉은 그녀를 봤다. 그는 아이리스가 앉아 있는 모습을 좋아했다. 훨씬 연약하고 키도 작아 보였다. 단지 목을 덮는 드레스를 입어서 쇄골이 가려진 게 안타까울 따름이었다.

처음으로, 아이리스는 오늘 아침 루이를 방문하지 않았다. 사일러스는 그녀가 어깨를 들썩이는 걸 보고 슬프다는 걸 알았다. 아이리스가 부러진 가지에 달린 꽃을 하나씩 뜯자 분홍색의 타원형 꽃잎이 주변으로 떨어졌다. 이 모습을 보고 사일러스는 가슴이 아팠다. 아이리스는 한 시간 넘게 고개를 숙인 채 그곳에 앉아 있었다. 사일러스는 그녀에게 다가가서 등을 어루만지며 위로해주고, 그 예쁜 턱에서 뚝뚝 떨어지는 작은 눈물방울을 맛보고 싶은 마음이 간절했다.

"나를 보살펴줄 거죠? 당신은 상냥하니까." 아이리스는 이렇게 말할 것이다.

바람이, 보닛에서 삐져나온 곱슬머리를 간지럽혔다. 아이리스가 이따금 손을 들어 밀어 넣었지만 머리카락은 몇 분 뒤 다시 삐져나왔다. 고개를 숙인 얼굴은 창백했고, 눈에는 평소 같은 생기가 없었다. 사일러스는 무엇이 그녀를 슬프게 했을지 궁금했다. 로즈가 아픈 건지도 몰랐다. 인형 가게로 가서 확인해보고 싶었다.

스패니얼 한 마리가 아이리스에게로 뛰어갔다. 사일러스는 반려 강아지를 싫어했다. 그는 이 응석받이 쥐새끼들이 어떤 대접을 받는지 들었다. 식사로 삶은 간을 먹이고, 달걀노른자로 스펀지 목욕을 시키고, 비단을 두른 바구니에서 재우고, 벨벳 장갑을 씌워 앞발을 보호한다고 했다. 개 주인들은 거리의 사람들보다 이 짐승들에게 훨씬 많은 애정을 베풀었다. 공장주의 딸이 쥐새끼 같은 하운드에게 옷을 입히고 유모차에 실어 마당을 산책시키는 동안, 그는 배고픔과 주먹질에 시달리지 않았던가!

하지만 사일러스는 아이리스의 얼굴을 보며 이런 생각들을 떨쳐버렸다. 아이리스가 강아지에게 손을 뻗었다. 사일러스는 오늘 처음으로 그녀가 웃는 모습을 봤다. 강아지가 아이리스를 핥으며 손목에 코를 비비자 그녀가 개의 하얀 배를 간지럽혔다.

이게 신호임은 오해의 여지가 없었다. 아이리스가 고함을 지르는 것만큼이나 선명했다. *일을 내팽개치지 마세요!* 그가 보드라운 가죽을 쓰다듬을 때마다 그녀는 이렇게 말했다. *이게 밀레이의 하운드에요.*

사일러스는 자신의 일거리를 배려하는 아이리스에게 감동했다. 역시 그들은 비슷한 부류였다. 상냥함에는 상냥함이 어울린다.

확실해요? 사일러스가 머릿속으로 아이리스에게 물었다. *이 녀석이라고 확신해요?*

그러자 뒷다리로 서서 춤을 추는 강아지를 보며 아이리스가 웃음으로 답했다.

* * *

집으로 돌아온 사일러스는 ≪란셋≫에서 스크랩한 발췌문 중

클로로포름에 대한 부분을 찾아 읽었다. 실험을 할 적기였다. 지난 5년 동안 진정제에 대한 언급이 간행물에 등장할 때마다 언제 필요할지 알지도 못하면서 가느다란 은색 가위로 이 부분을 오려 뒀다. 서랍을 열고 너덜너덜한 종이 더미를 꺼내 꼼꼼히 읽었다. 그러고는 양초 심지를 들어올렸다.

51권, 1848년: "클로로포름, 효…효과와 위…험…위험성."

2년 전만해도 생소해서 구하기 어려운 약품이었다. 이제 좀 더 희망적이었다. 사일러스는 페링턴으로 가는 승합마차를 잡아 타고 한 번도 방문한 적 없는 약국을 찾았다. 이런 시설에서 그는 묘한 안정감을 느꼈다. 약국에 갈 때마다 달그락거리는 알약들로 가득한 항아리, 금속 삽이 딸린 가루약 서랍, 구석에 놓인 목제 해골, 접수대 뒤에 단정하게 늘어선 상자와 보관함과 유리병을 보며 감탄사를 연발하곤 했다. 하지만 이번에는 주위를 거의 둘러보지 않았다. 사무를 보듯 무뚝뚝하게 움직였다.

"클로로포름을 한 병 사러 왔소." 사일러스가 약사에게 말했다. "의사가 보냈소. 아내가 곧 출산할 예정이라."

"알겠습니다, 손님." 약사가 답했다. "인기가 대단한 약이죠… 심지어 여왕님도 다음번 출산에 쓸지 모른다고 하더군요. 디킨스 부인도 이 약에 찬사를 보냈죠. 아들이길 바라시겠죠, 손님?"

"뭐요?" 사일러스가 눈을 깜빡였다. "아, 아니오, 딸이오."

약사가 돌아서서 손가락으로 선반을 훑었다. 사일러스는 손톱으로 카운터를 두드리며 날카로운 소리를 냈다. "여기 있습니다, 손님. 작은 병 하나면 될 겁니다. 1회분 맞죠?"

"두 병 주시오." 사일러스가 말했다.

약사는 주저했다. "신중하게 써야 합니다, 손님. 그래도 아직 위험합니다. 아내분이 부작용을 겪는 건 원치 않습니다."

"잘 알고 있소. 조심하리다. 하지만 분만 후에 어떤 복잡한 상황이 벌어질지는 아무도 모르는 일이니. 선생도 이해하리라 믿소."

"알겠습니다, 손님. 우리 같은 나이에도 약이 잘 안 들을 수 있죠." 약사는 이렇게 말하며 코르크로 입구가 꽉 막힌 작은 유리병 두 개를 사일러스에게 건넸다.

* * *

나머지는 쉬웠다. 지켜보면서 기다리기만 하면 됐다. 스패니얼 강아지는 매일 아침 몰래 똑같은 웅덩이에 들어가서 정강이와 분홍색 목줄에 진흙을 묻혀 하녀를 짜증나게 했다. 녀석의 이름은 클로드. 글로스터 플레이스 160번지에 살며 찌부러진 돼지 같은 얼굴을 했다. 다리에 난 고등어 같은 줄무늬와 등에 난 다갈색 얼룩을 제외하고 전체적으로 흰색이었다. 녀석은 거미를 보면 요란하게 짖어댔다. 부주의한 부엌데기 하녀가 동틀 녘이면 벨벳 리본을 채워 녀석을 산책시켰다. 하녀는 공원에서 요란하게 하품을 하며 다른 하녀들과 수다 삼매경에 빠졌다. 개똥은 치우지 않고 배설물 수집가가 처리하도록 내버려뒀다.

3일이 지나자 사일러스는 준비가 끝난 걸 알았다. 하녀가 귀찮다는 듯 터덜터덜 무기력하게 걸음을 옮기자 개가 발밑을 쥐새끼처럼 종종거리며 따라갔다. 사일러스는 나무 옆에서 기다렸다. 미끼로 삼을 고기토막도 챙겼다.

해가 뜨고 아침이슬이 쥐의 눈알처럼 반짝였다. 이처럼 이른 아침에는 하인들만 공원에 삼삼오오 모여 피로에 찌든 눈으로 주인의 반려 견을 건성건성 감시할 뿐, 지체 높은 이들은 나오지 않았다.

하녀가 리본을 풀자 개가 덤불 아래를 킁킁대며 자유롭게 뛰어다녔다. 스패니얼이 그레이하운드의 엉덩이에 코를 벌름대다가—사일러스는 저 코에 거만한 주인 놈이 입을 맞추는 상상을 하며 웃었다—달리기 시작했다. 녀석은 호수 가장자리까지 비틀거리며 내려가서 물속에 앞발을 담그고는 허둥지둥 빠져나왔다. 그리고 나무 뒤를 신나게 누비다가 허공을 향해 짖더니 숲속으로 뛰어갔다. 사일러스가 엉거주춤 앉아 있던 녀석을 찾아냈다. 아침 공기가 차서 똥에서 김이 모락모락 났다.

"이리 오렴, 귀염둥이야." 사일러스가 고기토막을 꺼내며 속삭였다.

녀석의 코가 실룩거렸다. 강아지라고 불러야 할 만큼 어린 개였다. 딱 밀레이가 원하는 크기였다. 아이리스가 제대로 골랐다. 녀석은 짧게 잘린 꼬리를 진자처럼 좌우로 흔들며 정신없이 고기를 먹기 시작했다.

순식간에 해치워야 했다. 사일러스는 주머니에서 유리병을 꺼내 손수건에 약품을 묻히고는 주둥이를 꽉 쥐었다. 그리고 5초마다 한 방울씩 약을 추가했다. 실험은 예상보다 몇 분이 더 걸렸다. 이 점이 염려됐다. 녀석은 조금 낑낑대더니 곯아떨어진 듯 축 늘어졌다.

개가 의식을 잃자 놈을 질식시켰다. 찌부러진 주둥이에서 헐떡대던 숨소리가 멈추고 맥박이 사라진 것으로 놈이 죽은 걸 알 수 있었다.

사일러스는 작은 짐승을 코트 속에 집어넣고 공원을 떠났다. 아이리스를 위해 한 일이니 그녀가 기뻐해야 마땅했다.

오명

더 팩토리

4월 20일

아이리스,

잠시만 시간을 내주길 간청합니다. 아들을 보고 당신이 놀랐을 거라는 걸, 아니 경악했을 거라는 걸 압니다. 미안합니다. 그때는 그런 개인적이고 민감한 문제가 그토록 중요한 줄도, 입 밖에 올리기 적절한 주제인 줄도 몰랐습니다. 나의 실수예요.

불완전하게나마 상황을 설명하고 싶습니다. 이 일로 모델이자 '견습생'이라는 당신의 지위가, 당신이 원하기만 하면, 달라지는 건 없다고 말하고 싶습니다. 나는 명의상으로만 유부남입니다. 실비아와 나는 수년간 서로 떨어져 살았습니다. 나

302

는 나의 평판을 더럽힌 적이 없습니다. 사실, 런던의 모든 이가 (형제회 사람들을 제외하고) 나를 시시껄렁한 독신남으로 압니다. 내 상황을 설명한 뒤에도 일을 그만두기로 결심한다면 이해하겠습니다. (1852년 이후로 예술계는 이전만 못해질 것이며, 귀네비어는 절대 정신을 못 차리겠지만.) 하지만 당신에게 설명할 기회를 얻기도 전에 그런 결정을 내리지 않기를 애원합니다.

그럼 이만,

L.

* * *

콜빌 플레이스 6번지

4월 20일

친애하는 아이리스에게,

여사감을 통해 당신이 코벤트 가든에서 일자리를 찾는다는 소식을 들었습니다.

사심을 거두고 말하자면, 부디 재고하길 간청합니다. 당신은 훌륭한 그림 실력을 가졌습니다. 촉망 받는 앞날이 코앞에 와 있느데 이토록 빨리 그만두는 건 큰 실수라고 장담합니다.

온전히 사심을 섞어 말하자면, 당신이 그립습니다.

네 시에 리젠트 공원에서 산책할 테니, 남문으로 나를 만나러 와주세요. 내 상황을 설명하고 싶습니다.

그럼 이만,

L.

* * *

콜빌 플레이스 6번지

4월 20일

친애하는 아이리스에게,

오후에, 당신과 함께 걸으며 직접 설명할 기회를 놓쳐서 안타깝습니다.

당신이 사건의 진실을 이해하는 게 나에겐 중요한 만큼, 여기서 내 상황을 설명하겠습니다. 어디서부터 시작해야 할지 모르겠군요. 당신이 내 앞에 있지 않고 멀리서 이 글을 읽는다고 생각하니 기분이 이상합니다. 그런 연유로 편지는 좋아한 적이 없죠. 눈앞의 벗을 대체하기엔 터무니없이 부족하지 않습니까!

하지만 당신이 여기 있다고 상상하지 않는 것이, 다른 이의 개인사를 서술한다는 심정으로 이 편지를 쓰는 것이 더 쉬울 것 같습니다.

시작은 실비아의 부친과 저의 부친이라고 해야겠죠. 두 분은 학창시절부터 옥스퍼드 재학 시절까지 친구였습니다. 그리고 클라리사와 실비아는 동갑내기 단짝이었죠. 어릴 적 우리는 여름을 함께 보냈습니다.

실비아의 가족은 항상 나를 실비아의 짝으로 염두에 두었죠. 훗날 실비아가 말해주더군요. 그녀의 어머니가 어려서부터 얼마나 내 이야기를 자주 들려주었는지. 실비아가 열 살이 되던 해부터였다더군요. 나와 마주칠 기회가 생길 때마다, 실비아의 어머니가 실비아에게 드레스를 장식할 새 리본을 사주거나 몇 시간 동안 그녀를 앉혀 놓고 뜨거운 쇠막대로 머리를 꾸미게 했다죠. 열다섯 살이 되던 해 여름, 학교에서 돌아온 나는 실비아를 보고 그녀를 난생 처음 본 것 같은 느낌을 받았습니다. 큐피트의 화살에 맞았다고 믿었죠. 우리는 곧 깊은 사랑에 빠졌습니다.

실비아의 가족은 나와 클라리사를 트로서크스로 초대했고, 나는 스케치북과 수채화 물감을 챙겨서 그곳으로 갔습니다. 실비아와 나는 보통 어린아이들에게나 허락되는 자유를 누렸습니다. 단둘이서 호숫가와 개울가의 둑길을 걸었죠…옆길로 샜군요. 요점은, 우리는 서로에게 푹 빠졌습니다. 모든 게 몹시 이상적이었고, 몹시 순진했어요. 내게 사랑은 위험한 횃불 같았어요. 시와 음악과 그림으로 사랑을 키웠으니…지금이야 구역질이 나지만, 이런 것들 외에 나는 사랑을 배운 적이 없습니다. 당시 내 나이를 기억해주길 바랍니다. 사랑이란 나를 사로잡고, 지배하는 것이라고 믿었죠. 나를 거대한 심연으로 추락시키고, 절망하게 만들고, 무릎을 꿇게 만드는 것이라고 말입니다.

실비아의 감정은 내 감정을 거울처럼 비췄습니다. 우리는 터무니없는 시를 교환했고, 늦은 밤 서로를 향해 감상에 찌든 편지를 썼습니다. 그러고는 다음 날 만나 서로의 손에 편지를 쥐어줬죠. 우리를 그림 속에 등장하는 인물이라고 상상하며 손짓 하나까지 세세하게 고려했습니다.

물론, 부모님은 우리의 감정을 유치한 열정이라고 믿으며, 조만간 더욱 단단하고 지속적인 감정으로 발전하기를 바랐죠. 특히 내 어머니는 약혼을 몇 년 미루고 유럽을 여행하면서 금전적으로 자립할 일을 찾으라고 종용했습니다. 우리는 그들의 염려를 묵살했습니다. 결국 결론을 내렸죠. 서로를 아끼는 마음이 초라하고 보잘 것 없는 실비아의 부모님이, 아버지가 돌아가신 후 내심 기뻐하던 나의 어머니가, 어떻게 수세기 동안 존재한 그 어떤 사랑보다 깊은 우리의 사랑을 이해할 수 있겠는가, 라고요.

우리는 야반도주를 결심했습니다. 처음부터 이기적인 계획이 었죠. 우리는 야밤에 몰래 식을 올렸습니다. 부모님과 상의했더라면 어떻게든 동의해줬을지도 모를 일이었죠. 참으로 어처구니 없는 사실은, 우리가 우리의 사랑을 금지된 불멸의 사랑으로 만들고 싶어 했다는 겁니다. 그 모든 게 창작에 불과한지도 모르고 말입니다.

우리는 거의 결혼과 동시에 불행해졌습니다. 가난이라는 현실과 마주하고 서로의 동반자 역할에 짜증을 느끼며 우리의 이상은 급속히 허물어졌죠. 실비아는 내가 생각하던 사람이 아니었습니다. 나는 머릿속으로 실비아를 창조했고, 실비아 역시 마찬가지였어요. 우리는 서로에게 실망했습니다. 낭만적인 전설과 비교하자면 평범한 인간은 얼마나 실망스러운 존재겠습니까? 뒤늦게야 깨달았지만, 나는 이상적인 동반자와는 거리가 먼 사람, 그렇게 되기 힘든 사람이더군요. 겨우 열일곱 살도 안 됐으니…내가 무엇을 꿈꿨겠습니까? 나는 실비아의 변덕을 일일이 맞추는 일보다 그림을 그리거나, 책을 읽거나, 여행하면서 시간을 보내고 싶었습니다. 우리는 공통점도 거의 없었죠. 열병 같은 사랑이 지나고 우리는 남은 게 없다는 걸 깨달았습니다.

실망으로 인해 실비아가 병을 얻었습니다. 마음의 우울함이 몸에 영향을 미친 거죠. 실비아는 종일 누워 있었습니다. 사소한 일에도 화를 냈죠. 신문이 병균을 옮긴다는 믿음 때문에 내가 신문을 읽을 때면 소리를 질렀고, 어떤 냄새에도 구역질을 했어요. 젖은 수건은 치우지 않고 불에 태웠고, 허구한 날 내가 머리맡에 앉아 위로해주고 안아주길 원했죠.

베니스로, 알프스로 의사를 부르러 돌아다니느라 돈도 바닥이 났습니다. 실비아는 나를 견딜 수 없어 했어요. 우리는 서로에게 할 말이 남아 있지 않았죠. 나는 과거 실비아가 썼던 편지를 다시 읽으며 그 속에 진짜 내가 없다는 걸 깨달았습니다. 나는 진짜가 아니었던 거예요. 결국 실비아는 나와 같은 집에서 못 살겠다고 선언했고, 솔직히 나는 그 말에 너무 마음이 놓였습니다. 2년도 되지 않아 실비아는 에딘버러에 사는 가족에게로 아들을 데리고 돌아갔습니다. 실비아와 이혼을 한다거나 공공연히 잘못을 비난해서 서로의 이름을 더럽힐 생각은 없습니다. 앞으로도 그럴 생각은 없습니다. 의사도 그렇게 말하는 걸 보니, 실비아의 병이 이젠 거짓 같지 않습니다. 속에 종기인지, 종양인지가 있다고, 암이라고 하더군요. 클라리사가 에딘버러에서 옛 친구를 돌봅니다. 실비아는 내게 끊임없이 편지를 보내 자신이 죽어가니 옆에 있어 달라고 요구합니다. 하지만 내가 찾을 때마다 침대에 누워 짜증 섞인 목소리로 묽은 수프와 사탕절임을 대령하라고 지시합니다. 그러고는 마구 고함을 치는데 나는 그런 실비아의 행동을 견딜 수가 없습니다.

더 무슨 말을 해야 할까요? 핵심은 이겁니다. 나에겐 아내가 있고, 별거 상태라는 것. 이름을 얻기까지 5년 동안 떨어져 살면서 아무 추문도 없었습니다. 지금 이 모든 상황이 너무 후회됩니다.

왜 내가 당신에게 이 사실을 털어놓을까요? 당신이 나의 모델로, 당신의 권리인 화가의 직분으로 돌아오기를 바라기 때문입니다. 함께 공원을 산책하고, 밀레이의 아니꼬운 잔소리를 비웃고, 우리의 그림이 나란히 걸리기를 바랍니다. 당신이 나의 불완전한 상황을 받아들여줬으면, 나와 교류한다고 해서 절대 이름을 더럽힐 일은 없다는 점을 알아줬으면 합니다. 이 일로 바뀌는 건 없다는 걸 말입니다. 우리의 우정이 진실을 바탕으로 한다는 점을 말입니다.

제발, 내일 나를 만나러 와주기 바랍니다.

진심을 담아,
루이 프로스트

* * *

샬롯가
4월 21일

프로스트 씨께,

내일 오전 댁으로 찾아가겠습니다. 상세하게 상황을 밝혀주셔서 감사합니다. 그리고 나의 현재 상황을 되돌아볼 수 있도록 시간을 주셔서 고맙습니다. 하지만 추천서는 꼭 써주길 부탁드립니다.

진심을 담아,
아이리스 휘틀

실비아

거실은, '정리'에 대한 아이리스의 정의에 따라, 깔끔하게 정돈되어 있었다. 장작은 바구니에, 석탄은 석탄통에, 간행물과 책은 책장에 색인별로 꽂혀 있었다.

루이는 아이리스 맞은편 안락의자에 앉아 있었다. 아들이 문앞에 나타나고 일주일이 채 지나지 않았지만, 그는 밀레이만큼이나 핼쑥해 보였다. 눈에는 다크서클이 내려앉았고, 피부는 도자기보다 하얬다. 팔다리를 편하게 뻗지도, 방이 꽉 차도록 크게 손짓을 하거나 너털웃음을 터뜨리지도 않았다. 발목을 모으고 손을 무릎에 올린 채 성냥갑 속 성냥처럼 뻣뻣하게 앉아 있었다.

"당신이 좋아하는 토피를 사왔어요. 부엌에서 가져오죠." 루이가 자리에서 일어서며 시선을 천장에서 문으로 옮겼다.

이 순간조차, 아이리스는 루이의 잘생긴 얼굴(촘촘한 곱슬머리, 단단한 팔뚝)에 느닷없이 욕망이 꿈틀대는 걸 느꼈다. 거리가 너무 가까워서 그가 손에 잡힐 것만 같았다. 언제부터 그림에 대한 욕구가 사라지고, 루이에 대한 욕망이 생긴 걸까?

아이리스가 손을 흔들며 제안을 거절했다.

"잘 지내나요?" 루이가 물었다.

"잘 지내요, 고마워요." 아이리스가 벽난로 위 선반을 쳐다보며 말했다. 느닷없이 외로움이 덮쳤다. 로즈를 원하고 그리워하는 마음이 너무 강렬해서 이를 악물고 눈물을 삼켜야 할 정도였다.

로즈에게 편지를 썼지만 답장은 없었다. 아이리스는 로즈와 함께 앨버트 공과 결혼식을 마친 어린 여왕을 보려고 벽지로 깃발을 만들어 세인트 제임스의 인파를 헤치며 앞으로 나가던 일을, 무슨 일이든 서로에게 소곤소곤 털어놓던 일을, 로즈의 신사가 준 진한 트뤼플을 함께 핥던 일을, 로즈의 고백 이야기를 들으며 함께 낄낄대던 일을 떠올렸다.

우리는 네가 나쁜 꾐에 빠져 결코 발을 들이고 싶지 않을 몹쓸 길로 빠지게 됐다고 믿는다.

"내 편지를 읽었나보군요." 루이가 말했다. 아이리스는 곁눈질로 목을 앞으로 길게 뺀 그의 모습을 봤다. 그녀는 루이에게, 실비아에게, 그토록 많은 바보 같은 희망을 품어온 자신의 어리석음에 화가 치밀었다. "내가 더 설명을 해도 괜찮겠어요?"

"제발, 그럴 필요 없어요. 사실 필요한 건 내 그림과 추천서에요. 그것 때문에 왔어요."

루이가 어이없다는 듯 웃었다. "그럴 리가."

"사실이에요." 아이리스가 쏘아붙였다. "지금 있나요?"

"꼭 설명을 해야겠어요."

공기가 갑갑했다. 장작 연기와 눅눅한 양털 때문이었다.

"지원하고 싶은 일자리가 생겼어요…코벤트 가든에 위치한 모자 가게예요."

"차라리 공장에서 일하지 그래요." 루이가 말했다.

"당신이 뭔데 그렇게 말해요…?"

"싫어할 게 뻔하니까. 그런 단조로움을 증오할 거요. 창작의 자유 따위 없을 거라는 걸 알잖아요. 톱니바퀴처럼 그저 사지만 놀리는, 평범하기 짝이 없는 단순한 직공 일이에요."

"당신이 뭘 알아요?" 아이리스의 목소리가 커졌다. "나는 추천서를 받으러 온 거예요. 줄 생각 없으면 그냥 가겠어요."

"좋아요, 난 줄 생각이 없어요."

"추천서를 안 주겠다고요?" 아이리스는 아연실색했다.

"그렇게 해야 당신을 붙잡는다면, 그래요. 안 줄 거예요."

"말도 안 돼요." 아이리스가 화를 꾹 참으며 말했다. 루이에게 말려들고 싶지 않았다. 평정심을 유지하며 루이를 꺾을 생각이었다.

"당신은 이곳을 떠날 이유가 전혀 없어요. 왜 그러는지 모르겠어요…."

"그래야만 해요."

"대체 왜요?"

"왜냐하면…." 아이리스는 이렇게 말하고 싶었다. *당신이 유부남인 게 두려우니까.*

"당신은 두려운 거예요." 루이가 말했다.

"내가 왜 두렵다는 거죠?" 침착하려 안간힘을 썼지만, 평정심이 무너지고 있었다. "내 감정이 어떤지 말하지 말아요. 당신은 나에 대해 아무것도 몰라요."

"그래요," 루이의 목소리가 갑자기 격해졌다. "당신은 자기 자신을 드러내지 않아요. 너무 닫혀 있어, 그래서 이해하기 너무 어려워…."

"내가 닫혀 있다고요?" 아이리스가 맞받아쳤다. 믿을 수 없을 만큼 가시 돋친 말들이 쏟아져 나왔다. "당신은 아내가 있는 주제에, 모델들이랑 시시덕거리려고 에딘버러에 데려다놓은 *아내* 말이에요, 그림이 정직해야 한다느니, 진실해야 한다느니 떠들어대지만, 당신은 사기꾼이에요, 위선자, 그리고…." *결혼 생활*에 대한 루이의 지식을 비꼬던 로세티의 말이 생각났다. "난 당신이 유혹하기 좋은 장난감에 불과하죠." 루이가 손목을 잡으려고 했다. "싫어! 놔요…나를 모욕하지 말아요. 돌보는 척하면서 접근하는 짓."

"접근이라고? 나는 내 감정을 숨기려고 혼신의 힘을 다했어요. 마음만 먹었으면 당신을 쉽게 유혹했다고요."

"그렇게는 안 될 걸요!" 아이리스가 반격했다. 그녀는 식탁에 놓인 새초롬한 화병을 내동댕이치고 싶었다. "어떻게 감히 그런 말을! 나는 당신한테 아무 관심도 없어요…전에도 말했죠, 나는 당신이 아는 *다른 여자*들과 다르다고."

"다른 거 알아요! 그들은 아무 의미 없어요. 그저 술집 여자들일 뿐이니까."

"어떻게 그렇게 말하죠? 그들도 사람이에요."

"그들이 눈곱만큼이라도 당신을 위한다고 생각하나보죠? 적어도 이제 당신 입장이 어떤지 알았어요." 아이리스가 곁눈질로 벌벌 떠는 루이의 활짝 벌린 두 팔을 봤다. "나한테 아무 관심이 없는 거였군…좋아요, 좋아. 그래요, 당신을 좋아해서 미안해요…당신은 다르다고 생각해서 미안해요. 이제까지 나는 바보였어, 일말의 기회라도 있다고 생각하다니…아니었어, *당신은 나에게 관심이 없었어!*"

아이리스가 루이를 뚫어지게 응시했다. 그녀의 팔다리가 흐르는 당밀처럼 아주 느리게 움직였다. 루이가 헝클어진 머리를 한 채 눈가를 문질렀다. 그의 말이 머릿속을 맴돌았다. *일말의 기회라도 있다고 생각하다니….*

루이가 등을 돌렸다. 그렇게 질색하지만 않았어도 그에게 바짝 몸을 대고 입을 맞췄을 것이다.

아이리스는 숄을 두르고 떠날 채비를 했다. 하지만 루이가 힘겹게 흘깃 쳐다보자 도저히 감정을 억누를 수 없었다. 그를 보낼 수 없었다…그럴 수 없었다. 순간, 아이리스는 그의 전부를 가지거나 완전히 버릴 수밖에 없다고 느꼈다. 감히 루이를, 그와 관련된 모든 걸 잃을 수 없었다. 손을 잡고 종이를 가로지르며 연필을 이끌던 그의 손. 캔버스 위에 그린 붉은색 사선. 그림 속 잘 익은 딸기, 눈에 띄는 그 반짝임.

아이리스가 루이를 향해 움직였고, 그녀의 입술이 그의 입술에 포개졌다. 루이의 입에서 파이프 담배 맛이 났다. 아이리스는 수치심과 욕망이 동시에 꿈틀대는 걸 느꼈다. 이런 순간이 오면 거부하리라고, 손을 들어 정숙과 명예를 상기시키리라고 언제나 스스로에게 말했다. 하지만 루이의 키스가 목으로 미끄러져 내려오자, 그녀는 조끼 아래로 손을 집어넣어 그의 따뜻하고 부드러운 가슴을 더듬었다. 멈출 수가 없었다.

"아이리스…." 루이가 말했다. 하지만 아이리스가 키스를 하며 입을 막았다. 그리고 그를 소파로, 몸 위로 끌어당겼다. 루이의 손이 치마와 페티코트를 들치고 다리 사이로 미끄러져 들어오자 아이리스는 기쁨의 전율을 느꼈다. 아이리스도 똑같이 손을 뻗으며 신음을 내뱉었다. 안락의자가 허벅지에 눌려 삐걱거렸다. 그녀는 루이의 전부를 원했다. 최대한 그와 밀착하기를, 그의 일부가 되기를 원했다…강렬한 치욕에 몸을 던지고 싶었다.

나비

런던, 벨그라브 스퀘어 32번지

1851년 4월 23일

친애하는 리드 씨,

부디 건강하시길 바랍니다.

수차례 서신을 발송하고 댁으로 심부름꾼도 보냈습니다. 서신의 수신 여부를 알려주시면 감사하겠습니다.

저희는 분류번호 *19,* 품목번호 *297*번 〈나비 창문〉의 완성 본을 아직 받지 못했습니다. 출품일이 지나긴 했지만 이달 *25*일까지 기꺼이 날짜를 연기하려고 합니다. 귀하께서도 이해하시겠지만, *5*월 *1*일 개장 전까지 수집하고 전시할 작품들이 산적했습니다. 완성 기일을 맞추지 못하겠으면 저희에게 꼭 공지해주시기 바랍니다. 저희 측에서 조립이나 운반에 도움을 제공할 수 있을

지도 모르겠습니다.

분류번호 30, 품목번호 106번은 접수되었습니다(몸통이 붙은 하운드의 해골과 박제).

최대한 빠른 답신 부탁드립니다.

그럼 이만,

T. 필리그리

만국 산업제품 대박람회, 런던지부 사무관

뼈

아이리스는 사일러스의 지하실 바닥에 누워 있다. 사일러스가 그녀에게 다가간다. 그녀가 목까지 올라오는 드레스를 아래로 조금씩 내리며 치아가 보이지 않게 살며시 웃는다. 만국박람회 공사현장을 구경하던 날 그가 본 모습 그대로다. 뒤틀린 뼈 위를 덮은 피부. 아이리스가 고개를 끄덕이며 말한다. *좋아요, 만져도 돼요.* 그가 손을 뻗는다. 쇄골을 그러쥐자 푸줏간 주인이 칼질이라도 한 것처럼 쇄골이 툭 떨어진다. 그가 쇄골을 꽉 쥔다. 아이리스가 그의 손끝에 손가락을 올려놓는다.

"이제야 그 놈에게서 벗어났군요." 사일러스가 말한다.

"고마워요." 아이리스가 대답한다. "수정궁에서 당신의 작품을 볼 수만 있다면 소원이 없겠어요. 최고의 지성이잖아요." 문을 쿵쿵 두드리는 소리에 아이리스가 주위를 둘러본다.

"가지 말아요." 사일러스가 매달리지만, 이미 아이리스로부터 멀어지는 게 느껴진다. 그녀가 스르르 흩어지기 시작하자 손 안에 놓였던 뼈도 없어진다. 또 다시 들리는 노크 소리. 아이리스가 어른거리다가 완전히 사라진다.

사일러스는 눈을 감고 환영 속에서 느꼈던 온기를 느긋하게 즐겼다. 너무 생생해서 아이리스가 앞에 있다고, *진짜*라고 믿었다. 사일러스는 그녀가 만국박람회를 언급한 데서 아이디어를 얻었다. 아이리스를 위해 표를 마련할 생각이었다.

노크가 계속되더니 고함이 뒤따랐다. 하지만 사일러스는 베개를 뒤집어쓰고 뼈의 질감을 상기시켰다.

"사일러스! 안에 있는 거 다 알아, 문 열어, 이 비겁한 새끼야."

돌핀 마담 목소리였다. 자정에 술집 밖에서 속을 게우는 주정뱅이들에게 욕할 때와 같은 톤이었다.

사일러스는 얼굴을 찡그리며 눈을 감은 채 꿈을 마저 상상하려고 애썼다. 아이리스의 손이 그의 손 위에 놓여 있다―이 부분에서 꿈이 끝났다―이제 그녀가 무슨 짓을 할까? 아이리스가 그에게 가까이 기댄 채 말한다….

"빌어먹을 문 열어, 개자식아!"

하지만 개의치 않았다.

사일러스는 문을 두드리고 초인종을 눌러대는 손님들에게 이골이 났다. 박람회 시즌이 다가오면서 인파들이 도시를 메우기 시작했기 때문이다. 하지만 그가 대답하지 않으면 그들은 결국 악취 때문에 코를 틀어막고 좁은 골목길을 돌아갔다. 반려 강아지가 집 밖에서 썩어갔다. 그는 개에게도 흥미를 잃었다.

문을 차는 연이은 발길질에 집이 흔들렸다. 대체 뭘 원하기에 마담이 저토록 폭력적으로 구는 걸까? 사일러스는 마담이 아니라 누구에게도 문을 열어줄 생각이 없었다. 심지어 몇 주 동안 집세 고민도 하지 않았다. 그가 웃었다. 아이리스가 나를….

"우리 애한테 무슨 짓을 한 거야?" 마담이 소리쳤다. "네놈과 관계된 거 다 알아, 속일 생각하지 마! 너랑 다툰 그날 밤 배수로에서 시체로 발견됐어. 자갈 바닥에 미끄러졌다고, 웃기고 자빠졌네. 너도 그냥은 못 빠져나가. 블루벨은 내 딸 같은 아이였어."

그러더니 마담이 짐승같이 울부짖으며 문을 걷어찼다. 골목길을 되돌아가는 발소리가 들렸다.

정말이지, 사일러스는 저 여자가 왜 저렇게 우는 소리를 하는지 알 수 없었다. 술에 반쯤 절어서 저러는 게 분명했다. 마담이 말한 것처럼 블루벨이 죽었대도, 글쎄, 그녀는 입버릇 더러운 매춘부였다. 일말의 동정심도 일지 않았다. 그가 가슴을 긁적이며 침대에서 기어 나왔다.

사일러스가 벽 쪽으로 걸어갔다. 선반에 놓인 쥐들이 겁에 질린 듯한 표정으로 얼어 있었다. 사일러스는 이 그림 같은 장면이 은판 사진술 같다고 생각했다. 그가 시간을 멈추고 창조물을 영원히 정지시켰다. 이 짐승들은 썩지도 부패하지도 않을 것이다. 영원히 살아남을 것이다.

쥐들은 사일러스가 초반에 집착한 작품이었다. 그는 쥐들에게 작은 옷을 입히고 인형의 집에 쓰는 소품들을 만들거나 구입했다. 옷만 해도 열두 개쯤 됐는데―치마를 두른 방앗간 일꾼, 보닛을 쓰고 사탕수수를 지팡이 삼아 손에 들고 있는 사탕 팔이 노점상, 비단 드레스를 입은 매춘부―전부 먼지를 뒤집어쓴 채 서 있었다.

사일러스는 한동안 거들떠보지도 않던 쥐들을 맨 끝부터 살폈다. 조그만 플릭이 설치류의 형상을 한 채 작은 도자기 접시를 들고 있었다. 머리에는 고양이털을 잘라 붙인 붉은색 털이 달렸다.

사일러스는 뜨거운 도자기를 다루느라 거칠어진 플릭의 작은 손가락에 생긴 굳은살을 떠올렸다. 그들의 우정…비록 서로 말 한마디 나누지 않았지만, 결국 우정이 아닌가? 그는 더 많은 것들을 떠올렸다. 플릭의 얼굴과 다리에 누렇고, 푸르스름하고, 검게 핀 멍 자국들. 딸의 팔을 인형 다루듯 거머쥐던 아버지의 거친 손길, 플릭의 집에서 들려오던 그 소리들…플릭을 생각하며 얼마나 몸을 떨었던가. 많은 다른 아이들과 마찬가지로 그들도 학대를 당한다는 점에서 닮았었다. 하지만 그 일이 그에게는 특별하게만 느껴졌다. 그건 그들을 이어주는 연결 고리였다. 사일러스와 그의 어머니, 플릭과 그녀의 아버지. 성한 데 없는 플릭의 슬픈 몸이 그에게 말했다. *살려줘. 내 삶은 불길에 뱉는 침만큼이나 보잘 것 없어.*

그래서 사일러스가 플릭을 구출했다. 그가 일을 수월하게 만들었다. 그가 탈출을 도왔다.

신사

앨비는 낸시가 침대보를 빨라며 붙잡기 전에 빈민굴을 도망쳐 나왔다. 최근 그는 일종의 세탁부 일을 맡게 되면서 달팽이 점액 같은 끈적이는 물질이 말라비틀어진 이불을 비벼 빨았다. 그럴 때면 식초와 거친 솔 때문에 손가락이 따끔거렸다. 어쨌든, 이건 공평하지 않았다. 그래서 그가 어제 그 늙은 암퇘지 같은 여자에게, 이제 자신은 고상한 *모델*이니 감히 품위를 떨어뜨리지 말라고 했더니 그녀가 말없이 깔깔 웃으며 솔을 손에 쥐어줬다.

앨비는 페티코트 레인의 손수레에서 막 입수한 푸른색 세미 반바지를 입고 있었다. 재주를 넘고 공중제비를 돌아 손님을 데려오는 대가로 행상이 줬다. 무릎에 난 구멍에는 천이 덧대어졌고, 뼈로 만든 작은 단추로는 장딴지 위를 조일 수 있게 만들었다. 그의 새로운 지위에 완벽하게 어울리는 옷이었다. 그가 어설프게 거만을 떨며 행상들 앞에서 멋쟁이처럼 중절모를 벗어들고 우쭐댔다.

"내가 신사라고 말하지 않았나요?" 앨비가 레몬 파는 행상에게 말했다. 하지만 행상은 콧방귀를 뀌었다.

"신사를 가까이에서 보려면 호텔 앞에 서 있는 방법 밖에 없을 거예요." 행상이 비웃었지만, 앨비는 펄쩍 뛰어 공중에서 두 발을 모아 탁 쳤다. "그 앙상한 잇몸은 어찌 된 게야."

"곧 훌륭한 상아 치아를 해 넣을 거예요, 거짓말이면 알게 되겠죠." 앨비가 회중시계(짧은 줄이 달린 두꺼운 둥근 종이였다)를 들여다보며 장담했다. "시간을 엄수하는 건 신사에게 중요한 일이죠. 너무 일찍 도착하지도, 시간을 너무 지체하지도 않는 것 말이요. 그럼 난 이만 떠나죠, 망할 늙은이 선생."

레몬 행상이 머리를 목 쪽으로 움츠렸다.

앨비는 콜빌 플레이스로 방향을 틀었다. 팔을 날개처럼 활짝 펼쳐서 보도를 꽉 채우자 한 남자가 은색 지팡이 끝으로 손목을 때렸다. "조심해, 이 버르장머리 없는 놈." 그가 혀를 삐죽 내밀었다. 그 무엇도 그의 기분을 상하게 할 순 없었다. 재킷 구멍 사이로 새어 들어오는 바람소리도, 스패니얼을 산책시키는 신사처럼 지저분한 줄이라도 묶어 산책시키려던 길고양이가 옥스퍼드가에서 도망쳤다는 사실도. 경기도 좋았다. 만국박람회 인파들로 누나를 찾는 시골 사람들이 훨씬 많아질 것이다.

도착 시간이 너무 일렀다. 신사는 시간을 엄수한다. 일찍 도착하는 건 지체하는 것만큼이나 무례한 일이다. (앨비는 루이에게 신사의 특징을 말해달라고 조르고는 그것들을 기억했다. 그는 생명의 단서라도 잡듯이 단어들의 뜻을 물었다. '지체하다'는 '늦는다'는 뜻이고, '시간 엄수'는 '시간을 지킨다'는 뜻이다.) 앨비가 낮게 속삭였다, 엄수, 엄수, 엄수. 종소리가 시간을 알리자 손가락으로 횟수를 셌다. "열 시야, 이런!" 그가 혼잣말로 중얼거렸다. "30분까진 초대받은 게 아니지."

전에 사일러스를 봤던 근처 가게 계단이 눈에 들어왔다. 앨비는 종이 한 번 더 울릴 때까지, 제복을 입은 하인처럼 다리를 꼬고 턱을 치켜든 채, 그곳에 앉아 있기로 마음먹었다.

앨비는 먼지 낀 유리창이 자신을 바라보는 것 같아 불안했다. 뒤를 돌아봤지만 창문 가장자리에 오래된 거미줄 몇 개만 걸려 있을 뿐, 가게 안은 깜깜해서 잘 보이지 않았다. 앨비는 유리창에 비친 자신의 얼굴을 보고 씩 웃다가 휑한 잇몸을 떠올리고는 입을 가렸다. 그때 그 냄새가 났다. 화학 약품 냄새.

마른침을 삼키고 일어나 창문 너머를 유심히 바라봤다. 두 개의 눈동자와 삐죽거리는 남자의 입이 보였다.

문을 열어 봤다. 쉽게 열렸다. 앨비가 낡은 가게 안으로 들어갔다. 빈 촛대가 벽에 걸려 있었다.

"사일러스, 나리." 앨비가 부르자 남자가 움찔했다. 사일러스는 창문 옆에 웅크리고 있었다. 보통 때는 아주 깨끗하고 단정한 그였지만 뺨에는 수염이 텁수룩했고, 푸른색 코트는 찢어지고 더러웠다.

앨비는 재킷을 단단히 여미며 주위를 둘러봤다. "여기서 뭐하세요?" 그러고는 루이의 판단이 맞기를 고대하며 물었다. "프로스트 씨에게 동물을 팔려고 기다리는 거예요?"

사일러스가 아무 말 없이 쇄골을 세 번 두드렸다. 두드리는 소리가 꺼림칙했다. 앨비는 이 행동을 어떻게 해석해야 할지 몰랐다.

"나리?" 앨비가 물었다. "취했어요?"

"썩 꺼져." 사일러스가 위협했다. "그녀가 오기라도 하면⋯."

앨비가 침을 삼켰다. 그는 루이에게 더 거세게 밀어붙였어야 했다는 걸, 자신의 직감이 맞았다는 걸 알았다. "그녀를 가만히 둬요."

"누구를 말하는 거야?"

"그녀." 앨비가 말했다. 사일러스가 탁, 탁, 탁 하고 쇄골을 두드리는 소리가 자신의 두개골을 두드리는 소리처럼 앨비의 몸을 뚫고 들어왔다. "아이리스 말이에요. 왜 이러는지 알아요, 나리, 제가⋯."

사일러스가 손을 저었다. 앨비가 루이의 작업실로 향하는 그의 시선을 좇았다. "너는 아무것도 몰라, 앨비⋯그녀가 어떤 고통을 겪는지 아무것도 몰라."

앨비가 고개를 돌려 사일러스를 봤다. "나리, 제발. 그녀를 가만히 두세요. 그녀는 이런 걸 원치 않아요. 가만히 *놔둬야 해요.*" 앨비는 여자 목을 조르던 사일러스의 손을, 빨강 머리 몰의 몸에 생긴 멍 자국을 떠올리고는 가슴을 쫙 펴서 몸을 부풀렸다. 아이리스를 보호해야한다는 생각에 분노가 치밀었다. 그녀는 그렇게 되면 안 되는 사람이었다. 이게 다 그의 잘못이 아닌가? 그가 그들을 서로 소개시켜주지 않았는가? 이제라도 모든 일을 바로잡고 아이리스에게 경고해야 했다. 앨비는 키가 커보이게 몸을 쫙 폈다. "분명히 말하는데 그녀에게서 떨어져요!" 거리가 워낙 가까워서 사일러스의 냄새를 맡을 수 있었다. 화학 약품 냄새 아래로 역겨운 짐승의 악취가 풍겼다.

사일러스는 눈길을 거두지 않았다. 그가 파리를 다루듯 앨비를 찰싹 때렸다. 팔은 앨비가 생각한 것보다 강했다. 소년은 뒤로 비틀거리다가 판석 위에 직각으로 주저앉았다. 새 반바지가 먼지로 뒤덮였다. 앨비는 증오가 솟구쳐 온몸을 떨었다. 그가 자리에서 일어나 사일러스의 소매를 잡아당겼다.

"멈추라고요! 멈춰야 해요…그녀를 잊어야 해요!"

사일러스의 입꼬리가 가늘어졌다.

"제발," 앨비가 말했다. "아이리스를 놔둬요, 제가 빌게요, 아이리스는 안 돼요."

사일러스가 무시하면 무시할수록 앨비의 흥분은 거세져만 갔다. 힘껏 밀쳐도 끄떡 하지 않자, 앨비가 그의 아래턱을 쳤다.

사일러스가 느닷없이 소년에게로 눈길을 돌리더니 재킷 목덜미를 그러쥐었다. 천이 찢어지는 소리가 났다. 앨비는 남자의 강한 아귀힘과 지독한 입 냄새와 더러운 바지에서 나는 쉰내를 느꼈다.

주먹을 휘두르며 남자의 등을 할퀴려 발악했지만 그를 때릴 수도 마땅히 잡을 곳도 없었다. 족쇄에 갇힌 듯 그의 팔에 꽉 잡혀 있었다. 뒤통수가 벽에 부딪쳐 튀어나오며 통증이 밀려왔고—입안에 뜨거운 피가 고이며 따끔거렸다—뼈에 금이 가는 느낌이 들었다. 코에서는 피가 흘러내렸다. 앨비는 피거품을 물고 숨을 헐떡거렸다.

"만약 네놈이," 사일러스가 말했다. 숨결이 뜨거웠다. "방해를 한다면 말이야. 네놈이 참견하거나, 말을 흘리거나, 그 어떤 짓이라도 한다면 말이야, 쥐새끼 같은 네 누나를 찾아갈 거야. 그년이 어디 있는지 알거든. 그 낡은 석탄방에 있지. 어디로 가야 그 싸구려 창녀를 찾을 수 있는지 정확히 알지." 사일러스가 잡고 흔들자 앨비가 훌쩍거렸다. 남자의 얼굴에 침을 뱉으려고 가래 덩어리를 열심히 모았지만, 입안에는 아무것도 남아 있지 않았다.

사일러스가 손을 놓자 앨비는 그대로 바닥에 주저앉고 말았다. 기침과 함께 무언가가 손으로 떨어졌고—마지막 남은 치아였다—둥글게 모은 손바닥으로 피가 물처럼 쏟아졌다. 치아를 잇몸에 다시 쑤셔 넣으려고 했지만 소용없었다.

위를 올려다보니 사일러스는 가고 없었다.

앨비가 몸을 일으켜 세웠다. 포기하고 싶지 않았다. 절대. 아이리스를 보호할 것이다. 그녀는 누구보다 상냥하고 따뜻한 영혼이었다.

가게를 나온 앨비는 루이의 집으로 가서 문을 두드렸다. 20분이나 이른 시각이었다. *시간 엄수,* 그는 생각했다. 다리가 후들거렸다.

안에 있는 게 분명한데 그들은 답이 없었다.

정신이 멍하고, 빛이 어른거렸다. 허약한 두 다리에 힘도 풀렸다. 머리의 통증도 너무 심했다. 그가 으스러지는 소리가 났던 코를 만져봤다. 그리고 비명을 질렀다. 손가락이 벌벌 떨렸다.

그는 계속해서 문을 두드렸다. 나비가 날개를 퍼덕이며 얼굴을 때리는 것처럼 통증이 점점 심해졌다. "제발." 소리를 쳤지만 하나 남은 치아마저 빠져 발음이 제대로 되지 않았다. *데발.*

새 바지는 피가 묻어 얼룩덜룩했고, 피가 턱으로 흘러내려 셔츠와 바닥까지 흥건했다. 그걸 보자 앨비는 어제 아침에 문질러 빨았던 침대보의 점액이, 치아가 빠진 얼굴로 씽긋 웃던 누나의 얼굴이, 흔들리는 침대 위에서 몰래 손을 잡던 누나의 손바닥이 떠올랐다. 사일러스의 협박이 진심임을 알았다.

다리의 떨림이 잦아들고 들끓던 공포도 가라앉기 시작했다. 통증이 심해질수록 앨비는 누나가 구타를 당하고 길거리에 넝마처럼 버려진 장면을 상상했다. 배수로에서 발견된 또 한 명의 창녀. 누구도 신경 쓰거나 그의 말에 귀 기울이지 않을 것이다.

앨비는 쿡쿡 쑤시는 옆구리 통증 때문에 상체를 숙이고 있다가 등을 돌리고 걷기 시작했다. 누나를 희생시킬 수 없었다. 그럴 순 없었다.

모델이라는 인생도, 아이리스의 친구도, 그 무엇도 앨비에게 어울리지 않았다. 그는 그저 비겁하고, 겁 많은, 길거리 요란한 개에 불과했다. 굵은 눈물방울이 뺨을 타고 흘러내려 옴폭한 입안에서 멈췄다. 하지만 눈물을 닦지는 않았다. 대신 혀로 핥았다. 짭짤한 쇠 맛이 났다.

응시

그들은 노크 소리를 무시했다. 누구도 그들의 완벽한 작은 세상을 방해할 수 없었다. 아이리스는 침대에 걸린 무거운 사라사 무명 커튼을 발가락으로 흔들고 루이의 등을 바라봤다. 그는 눈을 감고 있었다.

아이리스는 무한정 사랑을 나누며 영원토록 이곳에 머물 수 있을 것만 같았다. 끈적끈적한 정액이 배 위에 말라붙어 계란 흰자처럼 갈라졌다. 루이는 그녀 안에 아무것도 남겨서는 안 된다고 말했다. 아이리스는 루이의 어깨 아래쯤, 옴폭 들어간 가슴팍에 뺨을 대고 심장 박동소리를 들었다.

"내 머리가 여기에 딱 맞네." 아이리스가 말했다. "당신 가슴이 나를 위해 조각된 것처럼."

"어쩌면 그럴지도," 루이가 말했다. 피아노를 연주하듯 그가 손가락으로 아이리스의 척추를 위아래로 훑었다. "이제 만족해요?"

"더할 나위 없이요." 아이리스는 이렇게 말하고 눈을 감았다. 그녀는 마음 한편에 도사린 두려움을 잊고 *지금 이 순간, 이곳*에 집중했다. 나는 지금 여기 있다, 아이리스는 생각했다, 그리고 루이도 지금 여기 있고, 모든 것이 완벽하다. 어쩌면 완벽하게 불완전할지도 몰랐다. 아이리스는 완벽하게 망가졌다. 루이의 가슴은 매끈하고 부드러웠다. 그녀가 루이의 동그란 엉덩이를 쓰다듬었다. 안쪽의 불편한 통증과 젖꼭지를 부드럽게 애무하는 루이의 손길이 느껴졌다. 그들의 키스는 장미꽃 봉오리에 입을 맞추는 듯한 가벼운 키스가 아니라 갈증과 다급함이 섞인 키스였다. 루이가 치아로 그녀의 입술을 두 번 당겨서 깨물었다.

아이리스는, 모든 *성병 문제*(어머니가 그렇게 부르자 아이리스는 놀라서 입을 막았다)는 고통과 통증과 인내를 동반한다고 언제나 상상했다. 언젠가 아침 열한 시가 조금 지난 시각, 누더기를 걸친 한 남자가 어느 행상의 머리를 사타구니로 끌어당기는 장면을 목격했다. 남자가 헝클어진 머리를 거칠게 잡아당기자 여자가 구토하는 고양이처럼 게우는 소리를 냈다. 심지어 로즈와 신사도 그랬다. 아이리스는 로즈를 더듬는 그의 손을, 그의 팔뚝 힘을, 그가 로즈에게 남긴 멍 자국을 보고 충격에 몸을 움츠렸다. 그녀는 그걸 원하면서도, 동시에 원하지 않았다. 아이리스는 그곳을 수치스럽고, 은밀하고, 숨겨야 하는 원초적인 부위로 여기도록 배웠다. 하지만 이제 모든 게 음모처럼 느껴졌다. 그녀를 위협하던 그 덫이 이토록 매혹적인 것이라고 누구도 말해주지 않았다. 루이가 발가벗은 모습에 창피해하는 그녀를 응시하며 웃었다. 그리고 *그곳에* 입을 맞췄다. 그가 그곳을 아름답다고 했다. 아이리스는 질겁했다. 하지만 처음뿐이었다….

"계속 그러면 신사로서의 맹세를 깨고 당신의 비너스를 한 번 더 희생시킬 수밖에 없어요." 루이가 말했다.

"내가 알고 싶은 게 그거예요." 아이리스가 루이의 귓불에 입을 맞췄다. "욕망이 예술의 품위를 희생시킬 만한 가치가 있는가."

"아, 분명 아니죠."

"진짜 화가처럼 말하네요. 그리고 이건 해부학 수업이나 마찬가지예요."

"당신의 형체를 꼼꼼하게 연구하는 게 내겐 아주 중요해요." 루이가 아이리스의 팔을 들어 올리고 입을 맞췄다. "모든 굴곡과 각 관절의 긴장도를 주시하고 거기에서 극적인 진실을 찾아야 해요." 그가 손가락으로 어깨에서 시작해 가슴까지 쭉 훑었다. "지금 나는 그저 순수한 감정을 얻으려고 애쓰는 거예요. 완벽하게 암기할 때까지 며칠이고 여길 바라봐야 해요."

아이리스가 루이를 더욱 세게 쥐었다. 검은색 음모가, 휘어진 그의 것이 보였다. 이걸 뭐라고 불러야 할까? 아이리스는 욕망에

이를 악물었다. 처음 봤을 때는 그 흉측한 모습에 경외심과 실망감이 묘하게 충돌했었다. 남자들이 바지 속에 이런 딱딱한 물건을 숨기고 다닌다는 건 상상도 못했다(어머니 말에 따르면 '입에 담기도 민망한 것들'이었다).

아이리스의 마음이 제멋대로 흘러가다가 작업실의 하얀 캔버스에 닿았다. 눈앞에 그림들이 펼쳐지자 힘이 솟구쳤다. 아이리스는 캔버스 구석구석을 아주 자세하고 다채롭고 생기 있게 채울 생각이었다. 루이와 앨비가 그림의 중심이 될 것이다. 하지만 그녀 자신도 화폭에 담는다면 어떻게 해야 할까? 아이리스는 셰익스피어나 중세 로맨스에서 영감을 얻기보다 자신이 가장 좋아하는 반에이크의 단순함을 흉내 내고 싶었다. 그들의 몸이 이루는 삼각형 구도가 눈에 보이는 듯했다. 그녀와 루이가 손을 잡고, 앨비는 식탁에 앉아 하늘로 칼을 치켜 올리며 재빨리 딸기 꼭지를 딴다. 루이의 손은 정물화처럼 차분하고, 과일은 알맞게 잘 익었다.

인물들의 자세는 자연스러울 것이다. 형제회의 특징으로 유명한, 도자기 인형 같은 딱딱한 느낌은 배제할 것이다. 오히려 관객이 창문 안을 들여다보는 것처럼 순간을 포착할 계획이었다. 그들의 표정에 소극적이고 시큰둥한 느낌은 없다. 루이가 곧 웃음을 터뜨릴 것 같은 표정을 지을 것이다. 삶을 있는 그대로 축복하는 그림이 될 것이며, 각 피사체는 즐거움을 나타낼 것이다.

로즈 역시 모델로 세우면 좋으련만. 하지만 로즈는 절대 허락하지 않을 것이다. 대신 아이리스는 로즈를 상징하는 장미 한 송이를 꽃병에 꽂을 생각이었다.

아이리스는 루이가 읽어준, 아름다움과 사랑에 대한 시를 떠올렸다. 그 시의 한 구절을 발췌해서 그림에 새겨 넣을 생각이었다. *아름다운 것은 영원한 기쁨이다.* 그리고 이어지는 정원의 나무 그늘이니 꿈이니 하는 부분도 넣을 것이다.

"도깨비한테 홀린 거예요?" 루이가 묻자 아이리스가 눈을 깜빡였다.

"당신을 그리면 어떨까 생각하는 중이에요."

"그래요? 어떻게?"

아이리스는 자신의 아이디어가 너무 부실하다고 생각했다. 조금만 건드려도 부서질 것 같았다.

"아직 확실하진 않아요." 아이리스가 말했다. "있잖아요, 정말 진지하게 화가로 대접받고 싶어요. 여자인데도 가능할까요?"

"글쎄, 당신은 운이 좋게도 재능을 타고 났어요. 그리고 너그러이 접근을 허락하는 당신만의 모델도 있고. 순전히 인체를 다각도로 관찰하라는 의미에서지만."

아이리스가 베개 받침으로 몸을 받쳤다. "재능이요? 내가?"

"알잖아요."

"그런 얘기 한 적 없어요. *'가능성은 보이네'*라고 하면서, 코

밑에서 지독한 냄새라도 나는 것처럼 콧방귀만 뀌었죠."

"내가 그랬다고? 정말 내가 말한 적 없단 말이에요?" 루이가 손가락으로 곱슬머리를 말았다. "남자인 척하는 건 어때요. 그러면 그림이 훨씬 잘 팔릴 거예요. 다른 화가들도 전부 그런 식으로 일해 왔으니까."

아이리스가 고개를 저었다. "내가…아이반이나 아니면, 아이작이라면, 나라는 느낌이 없을 것 같아요."

"유명 화가, 미스 휘틀! 여성도 태피스트리나 맥없는 꽃 그림 이상의 훌륭한 작품을 창작할 수 있음을 증명하는 살아 있는 증거." 루이가 방 저편을 바라보자 아이리스도 벽에 걸린 세밀화로 시선을 돌렸다. "어머니도 당신을 좋아했을 거예요, 분명."

"그럴까요?" 아이리스가 물었다. "내가 가게 점원이었대도?"

"나만큼이나 빨리 그 사실을 잊었을 거예요. 당신은 이제 여왕이에요."

"아, 기주마르." 아이리스가 루이의 몸에서 가장 좋아하는 엉덩이 가장자리 거친 피부를 쓰다듬었다.

"내가 경고했어요." 루이가 턱을 들면서 말했다. 아이리스는 숨이 막혀 죽을지도 모른다는 생각이 들 때까지 입을 맞추고, 맞추고, 또 맞췄다.

표

당신이 부탁한대로 내일 있을 데박람해 개장일 표를 동봉했습니다.

수정궁

밀어닥치는 군중과 혼란함으로 온통 시끌벅적했다. 거대한 분
수가 하늘을 향해 반짝이는 물줄기를 뿜어냈고, 여자들은 잔뜩
들떠서 손에 손을 잡고 바닷물처럼 회전식 개찰구로 밀려들어왔
다. 남성 보호자들의 품에는 망토와 가방이 한가득 안겨 있었다.
깃털로 엮은 장신구, 지나치게 요란한 모자들, 우뚝 솟은 파라
솔, 방대하게 펼쳐진 빳빳한 크리놀린 등 고급 사창가를 연상시
키는 현란한 색깔에 입이 딱 벌어질 정도였다. 크리스탈 샹들리
에 밑으로는 느릅나무, 조각상, 결이 굵은 야자수 화분들이 자리
하고 있었다. 이곳은 멈출 수도, 가질 수도 없는 끝없이 회전하
는 만화경 속이었다. 사일러스는 밤에 군중이 빠져나간 전시회장
을 상상하며 마음을 진정시키려고 노력했다. 침묵이 줄지어선 전
시품들을 지배하는 순간을. *이 순간은 지나갈 것이다.*

"궁중 연회만큼이나 형편없군."

"레이디 찰러몬트가 입은 저 드레스 좀 봐요. *번쩍번쩍*하네요. 무슨 생각으로 저런 걸 입었을까요?"

"게다가 길게 줄을 선 저 숙녀들 하며⋯."

좀 더 굵은 목소리가 말했다. "이곳엔 수세식 변소도 있더군요⋯. 내가 1번으로 사용할 생각입니다."

사일러스는 부채를 세게 부쳤다. 더위를 견딜 수 없어서 셔츠 윗부분은 풀었다. 건물은 온실이었고, 그는 썩어가는 과일이었다. 꽥꽥대는 공작새들 사이에서 수수한 드레스를 입고 있을 아이리스를 상상하며 그녀를 찾으려고 구석구석을 둘러봤다. 수정궁의 규모가 클 거란 건 그도 알고 있었다. 공사 과정을 그렇게 꼼꼼히 지켜봤는데 어찌 모르겠는가? 하지만 그 거대함을 실제로 마주하자 다시 한 번 충격에 빠졌다. 둥근 유리 천장은 하늘의 반구형 지붕만큼이나 멀어 보였다. 전시장과 복도와 갤러리를 돌아다니며 전시품을 전부 보는 데만 몇 주일은 걸릴 것 같았다. 사일러스는 스스로 그토록 자부해 온 자기만의 작은 궁궐을, 그 어두운 구석구석과 공간을 감싸는 온기를 생각했다. 조그만 다락방과 단단한 무덤 같은 지하 창고가 딸린, 발 디딜 틈 없는 그의 가게. 이 정도 공간이면 그가 가진 물건을 수천, 수만 번도 넘게 채울 수 있을 것 같았다. 그리고 전시품들을 생각했다. 겨우 한 인간의 수명 안에서 어떻게 그가 이곳에 대적할 만한 전시품들을 만들겠는가?

아이리스가 그의 위대함을 상기시켜줄 것이다. 그녀의 존재가 실망으로 점철된 그의 인생을 보상해주리라. 아이리스는 사일러스에게 가장 위대한 업적이자 보물이었고, 가장 사랑스러운 창조물이 될 것이다. 아이리스가 잔뜩 몰려든 군중 사이에서 그를 찾느라 애를 먹을지도 모른다는 생각은 들지 않았다. 그녀는 강아지 전시품을 찾아 그를 만나러 올 것이다.

오르간 소리가 웅장하게 울려 퍼지며 여왕이 중앙 회중석으로 천천히 걸어 올라갔다. 사일러스는 대포알이 날아와서 겉만 번지르르한 이 무리들을 몽땅 쓸어버린다 해도, 그래서 세상에 그와 아이리스만 남고 모두 사라진다 해도 상관없을 것 같았다.

* * *

사일러스는 증기 프레스가 왱왱거리는 복도를 어슬렁거리다가 프레스들이 박자에 맞춰 모루를 때리며 아가리를 닫는 광경에 사로잡혔다. 영락없는 도자기 공장 검은 기계들의 모습이었다. 어린 시절 그는 공장 기계의 더러운 입 속으로 꼬챙이를 밀어 넣고 싶어 몸이 근질거렸다. 왜 이런 기계들이 이 공간을 차지한 걸까? 기계가 산업화의 발전을 보여줄지는 모르겠지만 똑같이 조판된 잡지, 똑같은 문장이 새겨진 도자기, 똑같은 무명 보빈을 만든다면 제아무리 깔끔하고 균형이 잡혔다고 한들 그게 무슨 발전이란 말인가? 이런 게 근대라면 그는 근대에 발을 담그고 싶지 않았다. 사일러스는 적어도 기계가 생명체의 배를 가르고, 바느질을 하고, 관절을 잇고, 속을 채우는, 자신의 특별한 기술은 절대 익힐 수 없을 거라며 스스로를 안심시켰다.

사일러스는 자신의 강아지 전시품을 보기 위해 발길을 재촉하며 야단스럽게 치장한 갤러리들(대들보가 푸른색, 노란색, 초록색이었다)을 지나갔다. 그곳은 짐승들을 전시한 진열장으로 가득했다. 박제 엘크, 잠자는 오랑우탄, 〈구애〉라는 제목이 붙은 박제 무지개꿩 한 쌍. (그는 아이리스를 데려와서, 저 꿩 한 쌍을 보면 누가 떠오르느냐고 물을 것이다. 그러면 그녀가 피식 웃으며 그의 팔을 잡고 짓궂다고 할 것이다.)

사일러스는 자신의 벗들이 분실됐거나, 망가졌거나, 잊힌 건 아닐까 염려하며 전시장을 위아래로 샅샅이 훑었다. 그때 우연히 그것들이 눈에 들어왔다. 바로 그곳에 있었다. 아주 작고, 정교하고, *완벽했다.* 자부심이 물결처럼 뜨겁게 밀려왔다. 그는 몇 달 전 앨비가 초인종을 울리며 몸통이 붙은 강아지를 내밀던 순간을, 그것들을 훗날 자신의 박물관에 전시하리라 상상하던 순간을 떠올렸다. 그리고 지금 여기, 그의 상상처럼, 유리 진열장 안에 가죽과 해골이 주춧돌을 딛고 나란히 전시되어 있었다. 그가 만든 것이었다. 그가 발 뼈와 척추 뼈를 마디마디 전부 붙였다. 가죽 속을 채우고, 젖먹이 아기를 다루듯 단계 별로 조심스럽게

342

손을 봤다. 그가 꿈꾸던 모든 것이었다. 수십 만 명의 사람들이 그의 기술을 칭송하는 것. 사일러스는 진열장 사이에 서서 관람객들이 작품 앞에 멈춰 섰다가, 머물렀다가, 응시하는 모습을 지켜봤다. 그가 바로 이 작품을 만든 위대한 지성이라고 그들을 찌르며 말을 걸고 싶은 충동을 참기 힘들었다.

"놀랍군." 비단 연미복을 입은 신사가 동행한 여성에게 말했다. "아주 놀라워요. 이 사람한테 당신 장식장에 전시할 물건을 만들어 달라고 부탁해도 되겠어요."

사일러스는 아이리스가 이 장면을 목격하지 못한 게 아쉬웠다. 그녀의 동의가 없는 성공은 실제가 아닌 것처럼 느껴졌다. 군중 속으로 목을 길게 빼고 아이리스가 나타나 그에게 오기를 바랐다. 그녀는 살짝 당황하다가 그를 보고 웃을 것이다. 어쩌면 무릎을 살짝 굽혀 인사할지도 몰랐다(점잖은 숙녀들의 인사법일까? 아니면 오직 상류층들만 따르는 예법일까? 더욱 자세히 관찰해야 하리라). 그러면 표본 아래에 적힌 설명을 감동적일 만큼 능숙하게 읽어주며 그가 교육 받았음을 증명할 것이다.

'*몸통이 붙은 강아지. 관절 조립품과 박제품. 전시자인 사일러스 리드 씨가 단독으로 디자인하고 제작한 작품. 23년 넘게 진기한 물건들을 광범위하게 수집해온 리드 씨의 수집품 중 일부.*'

하지만 시간이 흘러, 오전이 오후가 되고, 건물이 점점 뜨거워질수록 사일러스는 의심에 몸을 부들부들 떨었다. 진작 깨달아야 했다. 아이리스는 본인이 먼저 관심을 표해 놓고 오지 않을 생각이었다. 그의 업적으로는 결코 그녀를 만족시키지 못할 것이다. 그녀의 마음을 얻을 수 없었다. 아이리스는 여전히 차갑고 그에게서 멀기만 했다. 사일러스는 다섯 시간 넘게 그녀를 기다렸다.

아이리스는 오지 않았다.

사일러스는 흥분을 가라앉히려고 숨을 골랐다. 유리 진열장 속 강아지를 박살내서 가죽을 갈기갈기 찢지 않으려고, 작은 해골을 짓뭉개지 않으려고 양손을 꽉 맞잡았다. 그것들은 아무 짝에도 쓸모가 없었다. 바보 같은 장식품에 지나지 않았다. 이게 뭐라고 그녀와 비교하겠는가? 예의를 갖춰 서신에 응답하기는커녕, 그토록 큰돈을 들여 산 표를 돌려주지도 않다니. 그녀는 거짓말을 일삼는, 은혜를 모르는 년이었다.

이게 마지막 기회였고, 그녀는 오지 않았다.

로즈

"어제 정말 이상한 편지를 받았어요." 아이리스가 마차 굉음을 뚫고 루이에게 소리쳤다. 만국박람회 개장일 오후라 교통이 혼잡했다. 사륜마차 행렬은 정체 상태였고, 말들은 발을 구르며 울어 댔고, 마부들은 하품을 하며 가볍게 채찍을 휘둘렀다. 바퀴들이 삐걱댔다. 두 남자가 주먹다짐이라도 할 것처럼 소매를 걷어 올리고 고함을 쳤다. 하지만 루이는 아이리스를 재촉하며 이 소란을 지나쳤다. 그리고 리젠트 거리 서쪽 보도로 길을 가로질렀다. 아이리스의 손이 루이의 팔뚝 안쪽에 놓여 있었다. "당신이 밀레이 집에 갔을 때 도착 했어요…말하려고 했는데 완전히 까먹었어요."

"까먹다니 뭘요?" 루이가 물었다.

"편지요." 아이리스가 한숨을 쉬었다. "이따금 미술원 일 말고 다른 이야기도 해요." 루이는 긴장한 기색이 역력했다. 내일은 왕립 미술원 여름 전시회 특별 초대전이 있었다. 그들은 그곳에 참석해서 루이의 그림이 어디에 걸리는지도 확인하고 비평가들의 평도 처음으로 들을 예정이었다.

"미안해요." 루이가 이렇게 말하며 아이리스의 손을 꼭 쥐었다. "누가 보낸 거예요?"

"모르겠어요. 안에 표가 들어 있었어요."

"무슨 표?"

"만국박람회 표." 아이리스가 어깨를 으쓱했다. "분명 값이 꽤 나갔을 거예요. 내가 표를 원했다고 적혀 있지 뭐예요, 하지만 나는 그런 적이 없거든요." 아이리스는 자신이 횡설수설한다는 걸 깨달았다. 루이가 그녀를 이상하게 봤다. "아, 그냥 무시해요. 별 일 아닐 거예요."

"내게 라이벌이 있다는 얘기를 그런 식으로 하는 거예요? 결투용 권총이라도 챙겨놔야 하나?"

"그럼, 물론이죠." 아이리스가 말했다. "그 사람은 당신처럼 미술원 얘기만 하진 않거든요, 그건 확실해요."

미술원 얘기가 나오자 루이는 다시 자신이 가장 좋아하는 주제로 떠들기 시작했다. "그림이 눈높이에 걸린다면 정말 놀랄거예요, 하지만 약간 위나 아래에 걸린다면…그리고 괜찮은 방에 걸릴 확률은…."

하지만 아이리스는 루이의 말에 귀를 기울이지 않았다. 설터 부인의 인형 가게가 점점 가까워지고 있었기 때문이다. 그녀는 진열창에 놓인 인형들의 뚫어질 듯한 눈빛을 보고 그 눈을 그리던 과거가 떠올라서 걸음을 주춤했다. 호박에 갇힌 거미처럼 몇 년 동안 숨 막히는 나날을 보낸 곳이었다. 아이리스는 자신의 세계가 너무 많이 변해서 그런지 가게가 여전한 게 신기하게 느껴졌다. 초록색 칠에는 기포가 좀 더 생긴 듯했고, 인형 중 하나는 새것이었다. 하지만 그것만 빼면 완벽하게 보존된 유물처럼 과거와 똑같았다.

진열창 너머로 로즈가 구릿빛 곱슬머리를 앞으로 늘어뜨린 채 고개를 숙인 모습이 보였다.

"안에 들어가 봐야겠어요. 언니를 봐야 해요."

"정말이에요? 어찌됐건 로즈는 당신이 보낸 편지를 전부 무시했어요." 루이가 말했다. "어쩌면…."

"언니가 당신을 보면 안 돼요…화만 더 돋울 거예요." 아이리스가 양산을 루이에게 건넸다. 그리고 잠시 멈춰 서서 코르셋도 착용하지 않고 머리카락도 어깨춤으로 축 늘어뜨린 자신의 모습을 의식했다. 안으로 들어서자 문에 달린 종이 딸랑거렸다. 설터 부인은 없었다.

로즈가 고개를 들었다. 태양을 등지고 선 아이리스는 환한 빛 속을 부유하는 먼지 사이로 로즈를 선명하게 볼 수 있었다. 아이리스는 로즈가 눈이 부셔서 앞이 보이지 않는다는 사실을 미처 깨닫지 못하고 자신을 알아보지 못한다고 생각했다.

"무슨 용건인가요, 손님?"

"그게…나는….” 그때 아이리스가 로즈의 공허하게 움직이는 왼쪽 눈과, 어슴푸레한 촛불 아래에 있다가 햇빛에 적응하려고 애쓰는 오른쪽 눈을 포착했다. "로즈?” 그녀가 입을 열자 로즈의 표정이 변했다.

"네가 왜 여기 있어?"

"제발, 언니.” 아이리스가 로즈를 향해 다가갔다. 발아래로 닳아빠진 카펫의 감촉이 느껴졌다.

"설마, 나를 괴롭히려고 온 건 아니겠지? 실컷 비웃어봐, 내가 눈 하나 깜빡하나.”

"뭐라고? 아니야…그럴 생각은 추호도 없어.” 아이리스가 말했다.

"그냥 날 좀 내버려둘래?"

"언니가 그리워.” 아이리스는 과거 자기 자리였던 로즈 옆자리에 앉았다. 로즈는 늘 그렇듯 깨진 모서리에 걸려 찢어진 드레스를 입고 있었고, 그녀를 위해 맞춘 것만 같은 의자에 등을 기댔다. 시간이 제자리에서 삐걱거리는 것 같았다. 오래된 거미줄이 로즈를 칭칭 감은 것처럼 느껴졌다. 아이리스는 숨을 깊이 내쉬려고 애썼다.

"뭘 바느질하는 거야? 죽은 사람? 살아 있는 사람?"

로즈는 답이 없었다. 하지만 바늘을 한 땀씩 놓을 때마다 손을 떨었다.

"설터 부인은 어디 갔어?"

"일보러 나갔어. 새로운 견습생을 찾는 중이야. 네 뒤에 온 애가 금방 나갔거든."

"나…언니 생각 종종 했어."

입을 다물고 있던 로즈가 갑자기 폭발했다. "나한테 어떻게 그럴 수 있어?"

"뭘 말이야?"

로즈가 바느질거리를 내려놓았다. "어머니, 아버지, 그리고 나한테 어떻게 그럴 수 있느냐고?"

"그런 게 아니라는 거 알잖아."

"그럼 그게 뭔데? 나도 이제 버려지는 거에 익숙해." 로즈의 웃음이 마치 공허한 기침 같았다. "그리고 그 화가…그 남자 말이야. 아마 널 따먹었겠지…."

"로즈!" 아이리스가 소리쳤다. 로즈의 입에서 이런 말이 나올 거라고는 상상도 못했다. 아니, 이런 표현을 알 거라는 것도 몰랐다.

"어때? 아니야?"

아이리스가 고개를 숙였다. "제발…."

로즈가 웃었다. "그럴 줄 알았어. 욕구를 다 채우고 나면, 너도 알겠지만, 널 버릴 거야."

"그 사람은 안 그래." 아이리스가 쏘아붙였다. "그는 나를 사랑해."

둘은 아무 말도 하지 않았다. 아이리스는 목재에 새겨진 옹이의 나선형 무늬만 눈으로 좇았다.

아이리스가 다시 말했다. "내 마음을 알아주면 좋겠어, 언니에게 상처주려고 떠난 게 아니야. 난 언니를 사랑해."

"웃기는 소리 하지 마."

"사실이야! 어떻게 의심할 수 있어? 언닌 내 *언니*야. 언제나 언니 생각을 한다고."

"여기 갇혔다고 말이지."

"그래, 여기 갇혔다고," 아이리스가 말했다. "진실을 알고 싶어? 언니도 여기 있을 필요 없어. 다른 길이, 다른 방법이 있어."

"품위를 떨어뜨리는 길을 말하는 거니? 난 *곰보*라서 그건 안 되겠다."

"품위를 떨어뜨리지 않아." 아이리스가 말했다. 그리고 로즈를 안지 않으려고 양손을 맞잡았다. "내가 도와줄게."

"적선은 다른 데 가서 해." 로즈가 말했다. 그제야 아이리스는 방 안에서 나는 냄새가 무엇인지 깨달았다. 벽지 곰팡이 아래에도, 설탕 냄새 아래에도 배어 있었다. 그건 실의였다. 공기가 실의의 냄새로 시큼했다. 절망을 치유하기 위해 알약과 물약 뒤에 숨은 설터 부인. 그리고 로즈. 그녀를 갉아먹는 비통함, 단 한 장의 편지로 꿈이 산산조각 나버린 쓰라림, 아름다움과 장래를 상실한 고통. 그리고 한때 그랬던 또는 그렇게 될 수도 있었던 로즈의 모습을 매일같이 비추는 거울처럼 환하게 빛나는 아이리스의 얼굴. 아이리스는 로즈 생각에 마음이 약해져서 탁자 모서리를 쥐어야만 했다.

"언니가 그 일 때문에 나를 미워한다는 건 알아." 아이리스가 말하자 로즈가 고개를 돌렸다. "하지만 난 언니를 떠난 게 아니야…이 생활을 떠난 거야. 나는 이 따분함을, 이 끔찍함을, 설터 부인을, 이 고된 삶을 떠난 거야. 내가 얼마나 화가가 되고 싶어했는지, 언니가 나를 얼마나 응원했는지 기억 안 나? 함께 내셔널 갤러리에 갔던 일 생각 안 나?"

로즈의 머리카락이 앞으로 쏟아져 내려서 아이리스는 그녀의 표정을 읽을 수 없었다. 아이리스는 자신의 목소리가 쉬지 않고 징징대는 소리처럼 머릿속에서 메아리치는 걸 들었다. 하지만 몇 년 동안 눌러왔던 질문들이 걷잡을 수 없이 쏟아져 나왔다. "왜 모든 게 변한 거야? 내가 뭘 잘못했는데? 언니가 아팠던 것도, 언니가 실망한 것도 알아…하지만 내 잘못이 아니야. 내가 언니를 도울 수도 있었어, 친구가 될 수도 있었다고, 하지만 언니는 나를 밀어냈어, 그리고…."

로즈가 아이리스를 향해 몸을 돌렸다. 로즈의 한쪽 눈이 이

글이글 타올랐다. "아, 정말 잘하는구나, 아이리스. 탁월한 연기야."

아이리스가 노려봤다. "무슨 말이야?"

"너는 언제나 나를 질투했어. 언제나 나와 비교했어."

"아니야! 언니가…."

"그리고 질투가 끝나면 나를 불쌍하고 애처롭게 봤지."

"안 그래." 속이 매스꺼운 걸 참고 아이리스가 답했다.

"네 잘못이 아니라고 말하다니! 모든 걸 망쳐놓은 주제에."

"무슨 말이야? 난 모르는 일이야…."

"거짓말 하지 마."

"제발, 로즈, 정말 모른다고…."

"네가 그에게 편지를 썼잖아."

"누구에게 편지를 썼다는 거야?"

"찰스 말이야."

찰스가 로즈의 신사 이름이라는 걸 떠올리는 데 잠깐의 시간이 필요했다. "무슨 의미야? 언제를 말하는 거야?"

로즈가 망가진 얼굴을 가리켰다. "아팠을 때. 네가 일렀잖아. 그게 바로 너의 질투, 질투, 질투 때문이야! 교묘하게 환심을 사서 그와 친구가 된 너 말고 누가 그런 소릴 하겠어? 네가 내 병을 일러바쳤잖아. 그러고도 뻔뻔하게 나한테 그 사람 편지를 건네다니! 내가 행복해질 유일한 기회를 네가 앗아갔어. 내가 직접 그에게 말했다면, 어쩌면 그는….”

아이리스가 로즈의 말을 가로막았다. “하지만 난 쓴 적 없어. 맹세해…난 그게 연서인 줄 알았어. 정말 몰랐다고.”

“그러면 그가 어떻게 알았다는 거야?”

“그걸…그걸 내가 어떻게 알아.” 아이리스가 로즈에게 좀 더 가까이 다가섰다. “나도 몰라. 내 말을 믿어야 해.” 아이리스가 얼굴을 찌푸렸다. “얼마나 오랫동안 그런 식으로 날 오해한 거야? 왜 아무 말도 안 했어?”

로즈는 말이 없었다.

“내가 가진 모든 걸 걸고 맹세해. 제발 믿어줄 수 없어? 나도 같이 울었다고, 생각해봐.”

로즈는 바로 앞에 놓인 작은 코르셋에 시선을 고정했다. “하지만 난 그렇게 생각했어…항상 그렇게 생각했다고….”

“아니라니까.” 아이리스가 머리를 흔들었다. “아니라고. 누군가가 편지를 썼대도, 나는 아니야. 그는 내게 편지만 건네고 가버렸어. 나는 언니가 감기에 걸려서 고생한다는 말밖엔 한 적이 없어.”

“그래…그래 알았어.” 로즈가 무심결에 바늘로 자기 자신을 찌르고는 일감을 내려놓았다. “제발, 시간이 좀 필요해. 생각할 시간이.”

“내가 도와줄게. 오늘 하루 종일 도울 수 있어. 설터 부인도 싫어하지 않을 거야." 아이리스가 참지 못하고 흥분해서 계속 떠들었다. "가게를 차리자고 둘이서 계획했던 것 기억나? 가게에서 만들어 팔자며 내가 브로치도 그렸잖아, 푸른색 차양과 수백 개의 램프도 달기로 했잖아."

로즈가 고개를 숙이고 있어서 아이리스는 그녀의 얼굴을 볼 수 없었다. 로즈의 머리카락을 쓰다듬고 싶은 마음이 간절했다. 매일 아침 오소리 털로 빗어주곤 하던 로즈의 머리카락, 그녀가 놀리곤 하던 그 엉킨 머리카락.

"함께 가게 주인이 되자고 했잖아. 끔찍한 남편 따위는 필요 없다고 말했잖아. 기억 안 나?"

로즈의 눈물이 탁자에 툭 떨어졌다. 아이리스가 눈물을 닦아줬다.

"함께 계획했잖아, 우리 둘이서."

"미안해." 로즈가 말했다.

"나도 미안해. 좀 더 있다가 가면 안 될까?"

로즈가 고개를 저었다. "지금은 안 돼."

아이리스가 자리에서 일어나 문 쪽으로 걸어갔다. 하지만 말을 멈출 수가, 그들 사이에 아가리를 벌린 침묵을 견딜 수가 없었다. "금방 나갈게, 그런데 일단, 내가 언니에게 가게를 차려주려고 돈을 모으는 중이라는 걸 알아줘. 내가 도울 수 있어. 그의 돈은 원치 않는다는 거 알아. 하지만 나는 내 그림으로 돈을 벌

354

거야. 함께 차리는 가게지만 언니가 주인이고…나는 점원이 될 거야. 나 옛날보다 그림 실력이 늘었어, 이제 유화로 작은 초상화 정도는 어떤 거든 그릴 수 있어….” 손잡이를 돌리려는 찰나 아이리스가 뒤를 돌아봤다. 로즈의 눈이 그녀를 향하고 있었다. 로즈의 표정에 너무도 강렬한 비통함이 서려 있어서, 아이리스는 주먹으로 가슴을 한 대 맞은 것 같았다.

로즈가 뭐라고 중얼거렸다.

“뭐라고?”

“언제고 나를 만나줄래?”

아이리스는 고개를 끄덕였다.

칼

실크 해트를 쓴 남자들이 서로 인사를 나눴다. 다른 때와 달리, 앨비는 흉내 낼 요량으로 그들의 행동을 유심히 살피지 않았다. 세찬 물거품 속에서도 좀처럼 가라앉지 않는 나룻배 뒤의 표류물처럼, 앨비는 무언가가 자신을 짓밟을 때마다 반대로 기운이 솟는 녀석이었다. 하지만 지금은 가라앉고 있었다. 달리기도 줄었다. 노랫소리도 줄었다. 그리고 주구장창 피곤했다.

앨비의 두 눈두덩은 보라색이었고, 코는 황달에 걸린 것처럼 누르스름했다. 사일러스가 창문을 두 번이나 쾅쾅 두드린 이후로는 잠도 이루지 못했다. 협박이 진짜임을 알리는 단순한 경고이자 신호였다. 그것만으로도 그의 양심을 억압하기에 충분했다. 아이리스에게 경고하겠다던 꿈도 누나 생각 앞에선, 누나가 돼지처럼 목이 베일지도 모른다는 생각 앞에선 약해졌다. 앨비는 밤일이 끝나고 벌거벗은 채로 침대에 앉아 돈을 세던 누나를, 누나의 뒤틀린 미소를, 일을 끝낸 누나가 그녀의 다리를 자신의 다리에 끼우고 마침내 함께 잠들던 순간을 생각했다.

앨비는 차선책을 선택하기로 마음먹었다. 사일러스를 그림자처럼 따라다니며 누구와 접촉하는지 최대한 주의 깊게 감시하기로 했다. 누군가를 따라다니는 자를 따라다니는 것이었다. 런던 전체가 터무니없는 스파이 사슬로 얽혔다는 말처럼, 우스갯소리 같이 느껴졌다. 하지만 이건 바보 같은 짓이 아니었다. 만약 사일러스가 아이리스를 해치려고 한다면, 앨비를 먼저 처리해야 할 것이다. 그는 어설프게 사일러스를 공격한 일에서 교훈을 얻었다. 치아를 사려고 모아둔 돈으로 중고 가게에서 칼도 한 자루 샀다. 붕대를 감듯 천으로 칼을 잘 싸서 주머니에 단단히 넣어뒀다.

'미술원 사상 최고의 전시'라고 누군가가 말했지만, 앨비는 눈앞에 서 있는 거대한 석조 건물이 무엇인지 알지 못했고, 솔직히 알고 싶은 마음도 없었다. 그에게 거리는 위험천만한 곳이면서 피해야 할 장애물일 뿐이었다. 이를테면 공사장에서 떨어지는 돌이나 돌진하는 짐마차나 그의 뺨을 핥으려고 호시탐탐 기회를 노리는 채찍 같은 것들 말이다.

앨비의 눈이 사일러스를 좇았다. 사일러스는 종이 한 장을 들고 인파를 비집으며 나갔다. 앨비가 혀로 매끈한 잇몸을 핥았다. 그러면 가슴 속에 도사린, 목을 조여 오는 두려움이 누그러졌다.

앨비는 그 종이가 어제 날짜 만국박람회장 입장표와 비슷하다는 걸 알아차렸다. 즉, 그는 사일러스를 따라 들어갈 수 없었다. 그는 시퍼렇게 멍든 얼굴로 코를 훌쩍이는 가여운 아이에 불과했다. 아이리스가 도착한다 해도 이 세련된 사람들 사이에서는 적어도 안전하기를 바랐다. 그런 멋쟁이들 앞에서 사일러스도 그녀를 해칠 수는 없으리라.

앨비가 이마를 문질렀다. 만국박람회장에서 그런 것처럼 사일러스는 이곳에서도 몇 시간 머무르지 않을까? 어제는 몇 시간이나 사일러스를 기다려놓고도 소란한 틈에 그를 거의 놓칠 뻔했다. 그 말은…그 말인 즉, 어제 너무 두려워서 잡아채지 못한 순간이 바로 지금임을 의미했다. 시간은 충분했다. 남자의 가게에서 수상한 걸 발견하거나 아이리스를 해치려는 조짐을 발견한다면, 곧장 이곳으로 경관을 데려오면 됐다. 사일러스는 교수형에 처해질 것이다. 그렇게 되면 앨비의 누나는 안전할 것이고, 아이리스도 마찬가지였다. 그는 사일러스가 나쁘고 사악한 무언가를 숨긴 게 틀림없다고 확신했다. 겨우 2주 만에, 재빠르게 끓어오르는 공포심의 뚜껑이 열렸다.

앨비는 트라팔가 광장의 거대한 기둥에서 잽싸게 멀어졌다. 사일러스가 밀칠 때 생긴 상처로 왼쪽 다리가 여전히 아팠다. 그가 바깥으로 휘어진 발목을 하고 기우뚱한 양철 인형처럼 달렸다.

미술원, 미술원, 미술원, 앨비는 이렇게 되뇌며 마부의 고함이 들리거나 말거나 승객이 잔뜩 모인 승합마차 길을 가로질러 마구 뛰었다.

미술원, 미술원, 미술원.

앨비는 좌우를 잽싸게 훑으며 주변을 둘러본 뒤 사일러스의 가게가 위치한 골목으로 황급히 들어갔다. 주변 건물들은 선박만큼이나 컸고, 창문들은 깨졌다. 그 중 한 곳에서 연기가 피어올랐다. 골목은 잿더미와 먼지, 쓰레기로 가득했다. 진흙이 발에 찐득하게 들러붙었다. 사일러스의 가게는 맨 끝 이층집으로, 골목 쪽으로 비스듬히 기울어진 모습이 늙은 주정뱅이처럼 곧 쓰러질 것 같았다.

앨비는 코를 찌르는 썩은 냄새 때문에 질식할 것 같았다. 곰팡이가 핀 짐승 사체와 발골 작업을 하고 남은, 말벌과 구더기가 득실거리는 고기 살점이 보였다. 턱은 여우의 것 같았다. 이곳을 벗어나 안으로 들어가야 했다. 소매로 입을 막고 숨을 들이쉬었다. 재빨리 끝내야 했다. 혹시라도 사일러스에게 들킨다면 그가 무슨 짓을 하겠는가?

문을 흔들어봤지만 당연히 잠겨있었다. 위를 올려다보니 사일러스가 이층 창문을 약간 열어놓은 게 보였다. 틈새가 굴뚝 통풍관만 했다. 하지만 장난이나 지름길을 찾기 위해 벽을 타고 좁다란 틈새에 몸을 구겨 넣는 일이라면 그에게 익숙했다. 그의 발은 동물의 발처럼 튼튼했다. 앨비의 누나는 농담 삼아 그에게 종이처럼 접히는 뼈를 가졌으니 조금만 덜 정직했다면 런던 최고의 도둑이 됐을 거라고 말하곤 했다.

앨비는 주변을 둘러보고, 손을 비빈 뒤, 건물 벽면을 타고 올랐다.

특별 초대전

검은 코트를 걸친 남자들이 한쪽으로 모여 들며 불친절한 조소를 띠었다. 사일러스는 터무니없이 비싼 돈을 주고 표를 샀건만 입장을 못할 수도 있겠다는 생각이 들었다. 하지만 약간의 실랑이 끝에 마침내 입장을 허락 받았다.

지난 몇 년 동안 사일러스는 자신의 능력을 증명할 견본 몇 개를 들고 문밖에서 화가들을 기다리다가 그들에게 가게를 홍보해왔다. 그는 오늘 루이가 초대전에 올 거란 걸 의심하지 않았다. 모든 화가가 이곳을 찾았다. 루이도 아이리스에게 그의 작품을 보여주고 싶어 할 거라고 확신했다.

사일러스는 휑뎅그렁한 방들을 이리저리 돌아다녔다. 어수선한 배치가 신경에 거슬렸다. 그림들이 자로 잰 듯 크기가 같은 액자에 가지런히 걸려 있기를 바랐지만, 현실은 끔찍하리만치 화려한 벽지나 다름없었다. 적어도 천장만큼은 대칭의 소용돌이 장식으로 주조되어 있었다. 혼란한 마음을 잠재우기 위해 그가 천장을 쳐다봤다. 그러다가 구레나룻을 한 어떤 신사와 우연히 마주쳤다. 신사는 웬 하찮은 놈이 눈앞에서 얼쩡거리느냐는 듯 그를 바라봤다—*기든, 기든*—사일러스는 다시 한 번 자신이 이곳에 속하지 않는다고 느꼈다. 그는 스토크에도 속한 적이 없었다(심지어 그의 어머니도 그를 혐오했다). 그가 갈망하던 집단들은 그를 길거리의 개나 어릿광대 취급했다. 사일러스는 아이리스가 올 거라는 생각에, 곧 그녀를 보게 되리라는 생각에 집중하려고 애썼다. 그에게는 그녀의 눈길이, 그도 이 시설의 일부이며 그 역시 초대전 입장권을 가질 수 있음을 인정하는 그녀의 표정이 간절히 필요했다.

이처럼 많은 인파에 둘러싸인 사일러스를 본다면 아이리스가 얼마나 놀라겠는가! 사일러스는 그림은 거의 보지 않고 파이프 연기와 담배 연기 속을 방황했다. 아이리스에게 뭐라고 말할지, 감히 접근은 할 수 있을지 걱정됐다. 가게에 오지 않은 걸, 어제 전시회에 오지 않은 걸 나무라야 할까? 아이리스의 행동은 부당한 데다 무자비하기까지 했다. "미안해요." 그녀가 고개를 숙이며 말할 것이다. "보호자도 없이 갈 수는 없었어요."

사일러스가 방을 힐끔 둘러봤다. 그 순간이었다—좀처럼 믿을 수가 없었다—그녀가 이곳에, 벽에 걸려 있는 게 아닌가. 그는 인파를 뚫고 쏜살같이 질주했다. 팔꿈치에 부딪힌 한 남자가

"조심해서 다니시오"라고 꾸짖었지만 아랑곳하지 않고 곧장 달렸다.

그건 아이리스였다. 실물과 똑같은 데다 완벽하고, 고요했다. 실제를 빼다 박은 묘사에 사일러스는 소스라치게 놀랐다. 그림 속으로 기어들어가 그녀와 함께 할 수 있을 것만 같았다. 그러면 그녀의 목덜미에서 따뜻한 맥박을 느끼고, 그 차가운 비단 같은 손을 가슴에 댈 수 있을 것만 같았다. 그녀의 표정(두렵지만 희망으로 가득한)이 오직 그를 향하는 것처럼 보였다. 머리에는 금색 왕관을 썼다. 루이가 몇 달 전 돌핀에서 말한 것처럼, 그렇다, 여왕이었다. 사일러스는 한 무리의 남자들이 그림에 감탄하는 모습을 봤다. 하지만 그들은 그녀를 보면 안 됐다. 그는 그런 협잡꾼들이 키스를 부르는 그녀의 입술에, 비틀어진 쇄골에, 넓은 미간에 빠지는 걸 원치 않았다. 그녀는 *그의* 여왕이었다.

신사들이 자리를 옮기자 사일러스는 배경 그림을 더욱 자세히 관찰했다. 독방의 창살과 갈망하는 표정이 눈에 들어왔다. 창살 밖으로 훨훨 날아가는 저 새, 그녀가 목을 길게 빼고 바라보는 저 새는 *그의* 비둘기가 아닌가? 깃털 하나하나를 너무 완벽하게 표현해서, 그 생명체가 그림 속 새장을 벗어나 훨훨 날아가는 장면을 상상하는 건 어렵지 않았다.

사일러스가 아래에 적힌 글귀를 읽었다. "내 삶은 화…황량하고…. 임은 오…지 않네." 이어서 더 읽으려고 했지만, 해독에 실패했다.

상상하던 모든 것이 분명해졌다. 사일러스는 기쁨에 몸을 떨며 무얼 해야 할지 깨달았다. 어떻게 저 표정을 손에 넣을지, 어떻게 그녀를 온전히 차지할지. 어떻게 그녀를 기쁘게 하고, 그녀의 슬픔을 날려버릴지.

사일러스는 온몸에 기쁨이 흘러넘쳤다. 알 수 없는 전율과 주저하는 설렘을 병에 담을 수 있을 것 같았다. 이 환희는 스태퍼드셔의 초원을 질주할 때보다, 숫양의 말린 두개골을 발견했을 때보다, 마침내 플릭을 그의 것으로 만들어 입을 오롯이 차지했을 때보다 훨씬 거대했다.

아이리스는 그의 것이 될 것이다.

눈높이

"내 사랑." 아이리스가 루이의 팔을 끌어당기며 말했다. "귀네
비어보다 느리게 걷잖아요. 내가 눈높이에 걸렸는지도 그렇고,
알아볼 중요한 일들이 많다고요."

"나 참, 품위를 지켜요." 루이는 이렇게 말하면서도 웃으며 뛰
었다. "눈높이는 아닐 걸로 확신해요. 작년에 헌트의 〈린지〉처럼
구석으로 밀려났을 거예요."

왕립 미술원이 눈앞에 보였다. 그을린 듯 거무튀튀한 거대한
석조 건물이었다. 짙은 색 모자를 쓴 남자들이 파이프 담배를 피
우며 모여 있었고, 연기가 산들 바람에 띠를 이루며 흩어졌다.
어깨를 딱 벌린 채 당당하게 선 그 자신감이 건물을 떠받친 기둥
들의 작달만한 견고함에 그대로 반영되어 있었다. 건물은 지진에
도 흔들리지 않을 것 같았고, 창문은 바위처럼 뚫을 수 없을 것
같았다. 아이리스는 잠시 야금야금 씹혀버린 자신의 캔버스를 떠

올리고는 그 그림이 전시되지 않아 다시 한 번 기뻤다. 내년에는 그녀도 출품할 것이다. 그림은 적어도 5피트 높이의 완벽하고 야심찬 작품이 될 것이다. 아이리스는 공간을 차지하는 걸 두려워하지 않을 것이다.

문지기가 문을 열어주며 인사를 건넸다. 그리고 그들에게 줄을 건너뛰라고 손짓했다. 대리석 계단을 올라가며 루이가 긴장한 듯 팔을 잡자 아이리스의 욕구가 다시 고개를 쳐들었다. 장면들이 머릿속을 휙 스쳐갔다. 루이의 음경에 힘주어 맞닿은 입술, 위에서 오르락내리락할 때 벌어지던 그의 입. 아이리스는 얼굴을 붉히며 웃음을 참았다.

루이는 아이리스가 알지 못하는 다양한 사람들을 향해 모자―정확히는 밀레이의 모자(밀레이의 헌 옷가지 중 하나였다)―를 벗어들었다. 루이의 머리카락에 푸른색 물감이 묻은 걸 알아차렸다. 루이가 낮게 그들의 이름을 속삭였다 "저 사람은 브라운이에요. 그가 그린 초서에 엄청난 찬사가 들리더군요. 아, 이스트레이크군, 레이디 이스트레이크와 함께 왔군요. 저쪽은 레이놀즈, 그리고 레이튼…."

건물은 수다로 왁자지껄했고, 희뿌연 담배 연기가 자욱했다. 루이가 주머니에서 담배를 찾아 끄트머리를 물었다. 그들은 첫 번째 갤러리로 들어갔다. 루이가 주변을 둘러본 뒤 처음엔 눈높이, 그 다음엔 그 위, 그 다음엔 그 아래를 훑어봤다. 그를 따라

하려고 했지만 아이리스는 눈을 어디에 둬야 할지 알지 못했다. 오랫동안 이날을 고대하며 그림들이 일렬로 단정히 늘어선 장면을 상상했었다. 하지만 이건 혼돈, 아름다운 혼돈이었다. 벽에는 바닥부터 천장까지 금박 테두리가 덧대어져 있었다. 얼마나 많은 고생과 노동이 들어갔을지 가늠이 안 됐다. 모든 것들이 한 공간에 쌓이는 데 수십, 수백 년의 세월이 걸렸으리라. 아이리스는 스코틀랜드의 개울을 묘사한 그림을 눈여겨봤다. 그리고 안료 하나하나와 붓질 하나하나를 상상했다. 이곳은 각별한 고민과 온갖 평가가 숨은 방이었다. 평범한 시계 판 아래에서 부지런히 돌아가는 부품들처럼 모든 노력이 그림들 아래 숨어 있었다.

"여긴 없어요." 루이가 다음 갤러리로 이끌며 말했다. 그들은 쪽모이 세공을 한 바닥을 치맛자락으로 쓸며 군중을 뚫고 조금씩 이동했다. 어떤 이들은 그림을 감상했고, 또 어떤 이들은 그림을 가리키며 웃었다. 런던의 모든 사람들이 모여서 수다를 떠는 것 같았다.

"얼마나 많은 그림이 걸렸을까요?" 아이리스가 루이에게 물었다.

"뭐라고요?" 루이가 말했다. 그녀가 질문을 반복했다. "글쎄, 적어도 천 점은 넘겠죠. 그런데 어디 있는 거예요?"

아이리스가 루이의 소매를 잡아당겼다. "저기, *저기예요.*" 그녀가 말했다. 루이가 그쪽으로 성큼성큼 걸어갔다.

눈높이였다. 웨스트룸 한가운데 정확히 눈높이였다. 주변을 둘러싼 갈색 그림들 사이에서 루이의 그림이 밝은 빛을 뿜어냈다.

아이리스가 세상 앞에 전시되어 있었다. 루이는 그림 속에 아이리스를 고정하고 사면을 금색 액자로 둘렀다. 그녀가 그곳에, 실물 크기로, 흘러가는 순간 속에 정지한 채로 있었다.

그 모습이 어찌나 아름다운지!

그림을 마지막으로 보고 한 달 만이었다. 여왕이, *그녀가*, 독방에 서서 옆얼굴을 반쯤 돌린 채, 한 손은 옆구리에 다른 한 손은 창살 너머로 날아가는 비둘기를 향해 뻗고 있었다.

아이리스는 감히 자신이 어떻게 루이의 사랑을 의심했는지 궁금했다. 그제야 자신을 표현한 부드러운 붓질, 그 붓질 하나하나에 담긴 애정을 깨달았다. 그건 연서였다.

"담쟁이넝쿨을 좀 더 많이 그렸어야 했어." 루이가 인상을 쓰며 말했다. 그리고 한 걸음 뒤로 물러섰다.

"눈높이에요." 아이리스가 속삭였다. 소란한 분위기에도 방에는 경건함이 감돌았다. 그녀는 둘 사이의 이 순간을 간직하고 싶었다.

"맞아요." 루이가 말했다. "그래요, 그리고 봐요….." 루이가 가리켰다. "〈*노아의 방주로 돌아온 비둘기*〉도 눈높이에요. 〈*마리아나*〉는 약간 밑이고요."

아이리스는 루이의 그림 옆에 자신의 그림이 걸리는 장면을 상상했다. 이제 막 그림을 시작해서 아직은 딱딱한 하얀 캔버스에 명암을 살려 윤곽만 따라 그리는 수준이었다. 딸기 그릇의 곡선, 꽃이 흐드러지게 핀 꽃병 정도였다. 오늘 오후, 그녀는 처음으로 물감 칠을 할 예정이었다. 어서 작업실로 돌아가고 싶었다.

"프로스트 씨." 한 남자가 루이의 어깨를 치면서 말했다. 루이가 뒤돌아서서 그에게 인사하고 아이리스를 소개했다. 남자가 싱긋 웃으며 말했다. "정말 위풍당당하기 그지없네요! 키가 아주 크군요! 한 치의 실수도 없이 정확히 묘사 했어요…그녀도 같이 파나요?" 하지만 루이는 웃지 않았다. 그들은 러스킨이 이미 전시회를 다녀갔다며, 런던에서 이틀 동안 전시회 두 개를 개최하다니 얼마나 대단하냐며 사소한 잡담을 나누었다.

"그래도 우리 전시회가 *더 훌륭하죠*." 남자가 말했다. "하지만 만국박람회에 우리 손님들 대부분을 빼앗겼다고 하더군요."

루이가 비웃었다. "듣기로는, 개성도 턱없이 부족하고, 식상한 디자인만 이것저것 섞어났다는군요. 그 얘기도 들었나요, 현란한 색감을 쓰지 않으면 순수 미술은 걸어주지도 않는다는 것 말입니다. 상상해보세요, 예술적 기량이 아니라, 단순히 물감을 얼마나 준비했는지가 판단 기준이라니요!"

이미 들었던 불평이라, 아이리스는 얼마 뒤 귀를 닫고 그들의 입모양만 바라봤다. 남자의 뺨에 난 구더기 모양의 흉터가 말을 할 때마다 씰룩거렸다. 남자가 아이리스를 대화에서 빠뜨린 채 루이의 팔꿈치를 쳤다. "보딩턴 씨를 소개해도 될까요, 〈감금된 기주마르의 여왕〉을 구입하겠다고 의사를 밝힌 분입니다."

남자들이 인사를 건넸다. 아이리스는 눈을 깜빡이고 돌아섰다. "실례하겠습니다." 그녀가 말했지만 아무도 듣지 못한 것 같았다.

아이리스는 캔버스를, 자신의 표정에 깃든 부드러움을, 웃음기 없는 소극적인 표정을 다시 바라봤다. 무언가가 가슴을 무겁게 짓누르는 것 같았다. 그림이 찬사를 보낼 작품이 아니라 자신을 가두는 덫처럼 보이기 시작했다. 그림 속 여자는 아이리스와 비슷하면서도 비슷하지 않은, 그녀의 쌍둥이였다. 그 존재에 아이리스는 숨이 막혔다. 그러다보니 어디까지가 자기 자신이고 어디서부터가 이미지인지 알지 못하는 지경에 이르렀다. 그녀는 또 하나의 반쪽을 찾기 위해 다른 반쪽을 탈출시켰다.

아이리스는 〈기주마르의 여왕〉이 팔릴 거라는 생각을 왜 못했을까 궁금했다. 무슨 일이 있어도 루이가 자신을 간직할 거라고, 헤어지기 싫은 추억이 너무 많이 어린 그림이라 팔지 않을 거라고 생각했다. 하지만 그건 그녀가 *아니었다*. 스스로 이렇게 일깨웠지만, 그건 그녀 자신이기도 했다.

"물론, 모두의 취향을 만족시키지는 못하죠. 몇몇 비평가들은 이미 당신의 달콤한 아가씨에게 가차 없는 욕설을 퍼부었을 겁니다. 하지만 저는 굉장히 감동했죠. 얼마면 될까요?"

아이리스는 곁눈질로 루이가 웃으며 고개를 끄덕이는 모습을 봤다. 루이가 말했다. "여기서 장사하기는 싫지만, 4백 파운드 밑으로는 보내고 싶지 않습니다."

4백 파운드라니! 이게 그녀의 가치였다. 아이리스는 자신의 모습이 그려진 그림을, 그리고 여성들의 모습이 그려진 주변의 다른 그림들을 둘러봤다(그 이미지들 역시 수백 년 동안 보존되며 사람들의 감상과 비평을 받을 것이다). 모두 값이 매겨져 있었다. 이곳은 아름답게 꾸민 가게나 다름없었고, 그림 속 가냘픈 여성들은 판매용으로 줄지어 나온 것이었다. 그녀도 그 중 하나였다.

이리저리 돌아다니던 아이리스는 밀레이의 〈마리아나〉를 보고 조롱하는 한 프랑스인을 만났다. 하지만 개의치 않았다. 〈마리아나〉 역시 판매 중이었다. 아이리스는 감정을 억누르려고 노력했다. 루이는 화가고, 이건 거래며, 그를 그림을 팔아서 생계를 꾸려야 하는 사람으로 생각하려고 애썼다. 그림을 거래하듯 모델을 거래하는 것뿐이라고 생각했다. 하지만 그림에 대해 사색하는 그의 태도에는 이 일이 거래에 근간한다는 사실을 잊게 만드는 구석이 있었다. 아이리스는 밀레이의 말을 떠올렸다. *정말이지, 그걸 그리려면 놀랄 만큼 아름다운 존재가 필요할 거야. 그리고 지금은 어떤가. 정말 아름다운 물건이군!*

그때 누군가가 팔을 쥐는 걸 느끼고 아이리스가 펄쩍 뛰었다. 손가락으로 팔꿈치를 꽉 누르며 어찌나 세게 쥐었는지 설터 부인일 거라고 생각했다. 냄새가 코를 훅 찔렀다(오래도록 씻지 않은 시큼한 냄새였다). 아이리스는 그 손길을 견딜 수 없었다.

"전부 이해해요." 남자가 말했다. 아이리스가 그를 뚫어지게 바라봤다. 숨결에서는 악취가 풍겼고, 보랏빛 입술이 번들거렸다. 그 느닷없는 침범이 이로 물 듯 너무 날카롭고 갑작스러워서 몇 초 동안 아무것도 할 수 없었다. 충격에 깜짝 놀란 나머지, 어머니 손에 끌려가는 아이처럼 갤러리에서 조용히 끌려 나갈 수도 있겠다고 생각했다. 아이리스가 면사포 너머를 응시하듯 전시장을 뚫어져라 바라보며 입을 열었다. 하지만 아무 소리도 나오지 않았다. 그녀는 거미줄에 묶여 꼼짝 못하는 한 마리 파리였다.

"당신은 내 여왕이에요."

그제야 아이리스는 그가 누군지 알아봤다. 수상쩍게 접근해서 장신구를 줬던 그 가게 주인이었다. 엘리아스? 세실? 사일러스, 그렇다. 팔을 접어서 빼내려고 했지만 그가 놓아주지 않았다. 빠져나가야겠다고 생각하면 할수록 팔을 더욱 세게 거머쥐었다. 숨을 쉴 수도, 차갑고 불쾌한 손길을 견딜 수도 없었다. 먼저 몸을 제대로 가누어야 했다. 눈앞이 어질어질하고 악취에 숨이 막혔다.

그의 손톱이 살을 파고들었다. 그 통증의 충격이, 아이리스에게도 힘이 있다는 걸 일깨워줬다. "놔줘요." 이렇게 말하며 순간 거칠게 팔을 빼내자 뒤에 있던 한 무리의 신사가 이를 보고 동요했다. 그들은 한숨을 쉬며 혀를 찼고, 아이리스는 얼굴을 붉혔다. 그녀가 조용하고 격식 있는 분위기를 흐렸다.

아이리스는 뒤돌아서면서도 그가 따라와 팔을 더 세게 잡을지도 모른다고 생각했다. 하지만 시끄럽게 떠드는 인파가 무색하게 그는 그 자리에 꼼짝 않고 서 있었다. 그녀의 손길이 그를 나무라기라도 한 것처럼 그의 얼굴이 고통으로 일그러졌다.

박제 쥐

방이 어두워서 앨비는 눈을 깜빡였다. 눈앞으로 노란색 물체가 둥둥 떠다녔다. 창문으로 기어들어오며 몸부림을 치느라 선반에 부딪쳐 무릎도 욱신거렸다.

사일러스의 낡은 금속 침대 프레임과 놀랍도록 깨끗한 침대보가 눈에 들어왔다. 앨비는 반대쪽 벽에 솜털 같은 작은 공들이 줄지어 선 것을 보고 가까이 다가가 유심히 살펴봤다.

어둠에 적응한 후에야 장식품이 박제 쥐라는 걸 알았다. 몇 놈은 흰색이었고, 몇 놈은 갈색이었다. 쥐들은 죄다 치마와 코르셋, 보닛을 걸쳤다. 쥐들을 보자 앨비는 순한 얼굴에 프릴 장식을 두른 설터 부인의 인형들이 떠올랐다. 그가 가장 작은 박제를 집어 들었다. 무릎 높이까지 내려오는 치마 차림에다가 발톱이 작은 원처럼 꼬부라졌다. 머리에는 조그만 붉은 털이 붙어 있었다.

앨비는 쥐들이 오싹하게 느껴지면서도 한편으론 그 모습에 감탄했다. 다른 때 같으면, 길거리를 배경으로 쥐를 가지고 노는 모습을 상상했을 것이다. 시계가 요란하게 울리는 바람에 펄쩍 뛰었다. 그가 숨을 돌리고 아래층 가게로 내려갔다.

방은 조용했다. 스트랜드가에서는 아무 소리도 들려오지 않았다. 박제된 동물의 눈이 가게 곳곳에서 따라다녔다. 해골이 그를 향해 이빨을 드러냈다. 앨비는 자신이 뭘 찾는지 모른다는 사실을 깨달았다. 사일러스가 방에 여자 시체를 숨겨뒀거나 아이리스를 공격할 계획을 짜뒀을 걸로 상상한 자신이 어처구니없게 느껴졌다. 하지만 고요한 침묵이 소년을 오싹하게 했다. 손가락 끝으로 거대한 누런 뼈의 질감이 느껴졌다. 참새가 뾰족한 부리를 내민 채 날갯짓을 하며 멈춰 있었다. 시간의 바퀴가 멈추는 바람에 생명체들이 날다가, 앉다가, 자다가 그대로 굳은 것만 같았다.

앨비는 당장 해야 할 일에 집중했다. 서랍장을 뒤적였지만 이상한 종이 몇 장과 깨진 도자기 조각 몇 점 외에는 아무것도 나오지 않았다. 설령 그게 범죄를 입증할 기록이라 할지라도, 그가 이해할 수 없는 것들이었다. 구불구불한 손 글씨가 초점이 맞다가 안 맞다가 했다.

너무 고요하고, 너무 괴상했다. 앨비는 가게 뒤편 바닥에 사슴 가죽 양탄자가 깔린 걸 알아차렸다. 코가 납작하고 반질반질했다. 문득 사일러스가 표본을 어디에서 만드는지 궁금했다. 이 좁아터진 가게 안은 아닐 것이다. 침실에도 연장은 보이지 않았다. 다른 방이 있을까 해서 주변을 둘러봤지만, 맞은편 창문은 마당과 인접했고 거리로 이어지는 문 외에 다른 문은 없었다.

먼지 때문에 기침이 났다. 화학 약품 냄새로 머리도 지끈거렸다. 밖으로 나가야 했다. 사일러스에게 발각되면 무슨 일이 벌어질지 다시 한 번 상상하며 주머니를 쓰다듬었다. 좋아, 칼은 그대로 있었다. 앨비는 남자의 놀라운 힘을, 주먹에 맞아 치아가 빠지고 하루가 넘도록 머리가 웅웅거렸던 일을 회상했다. 대체 무슨 짓을 하는 것인가? 미친놈의 집에 침입해서 놈과 주사위 놀이라도 하는 것인가? 문을 열어봤지만 잠겨있었다. 한 번에 계단을 두 개씩 뛰어오르다가 발이 미끄러졌다. 땀이 나서 셔츠 안이 축축했다. 탈출해야만 했다.

앨비가 마룻바닥을 급히 지나가려는데—삐걱거리는 소리가 마치 고통에 울부짖는 새끼 고양이 울음소리 같았다—침대 밑으로 분홍색 깃털이 언뜻 보였다. 왜 신경이 쓰이는지 알 수 없었지만, 쪼그리고 앉아서 떨어진 깃털의 먼지를 털었다. 이런 걸 가지고 있다고 해서 문제될 건 없었다—사내는 잡동사니를, 그것도 대부분 해괴망측한 것들을 잔뜩 모으는 사람이었다—하지만 사일러스가 손톱으로 척추를 쓰다듬기라도 하듯 께름칙한 기분이 들었다.

앨비는 머리에 분홍색 깃털을 달고 다니던 누군가가 떠올랐다. 한때 누나 옆방에 살던 여자로, *만족한 척* 목소리를 떠는 연기로 유명했다. 하지만 그녀는 세인트 자일스의 빈민굴을 떠나 훨씬 환경이 좋은 소호로 진출해서 좀 더 나은 숙녀가 됐다. 블루벨. 그녀의 이름이었다. 수백 명의 아가씨들이 거쳐 가는 사창가다보니 앨비는 몇 년 동안 그녀를 생각한 적도, 그녀에 대해 들어본 적도 없었다. 사일러스가 길거리에서 큰 소리로 색색의 깃털 장식을 파는, 얼굴이 지저분한 동일한 어린 행상에게 이 깃털을 산 건 아닐까 싶었다.

매끄러운 동전을 세던 누나를 떠올리고, 앨비는 침대 아래로 깃털을 도로 밀어 넣고 일어섰다. 서둘러 그 작은 몸을 창문 사이로 구겨 넣는 바람에 아픈 발로 착지하며 반쯤 바닥에 굴러 떨어졌다. 골목에서 풍기는 죽은 동물의 악취조차 그의 마음에 은혜로운 위안이 됐다.

옥상

"그가 뭐라고 했다고요?" 루이가 지붕의 작은 홈에 누워 디캔터로 손을 뻗었다. 그들은 다락방 창문을 기어 나와 지붕 가장자리로 미끄러져 내려갔다. 포트와인을 가져가겠다고 우기는 바람에 루이는 난간을 잡을 손이 하나밖에 없었다. 옴폭 패인 지붕에서 보는 런던은 안개와 연기를 뚫고 우뚝 솟은 뾰족한 첨탑이 전부였다.

"정확히 기억나지 않아요." 아이리스는 이렇게 말하고 팔을 바라봤다. 손가락으로 누른 자리에 네 개의 빨간 자국이 남아 있었다. "나를 이해한다는 뭐 그런 말이었는데…아니 뭔가를 이해한다는 것 같았어요, 그의 여왕이라나…아, 모르겠어요. 괴상한 사람이었어요."

"그리고 그자가…그가 당신 손을 꽉 잡았다고?" 루이는 디캔터 채로 술을 벌컥 들이켰다. 아이리스가 입을 뾰로통하게 내밀자 그가 입에다 와인을 따라줬다. "말만 들어선 미친놈 같은데. 다른 사람한테도 접근했어요?"

"내가 본 바로는 아니에요." 아이리스가 말했다. 큰일 같지는 않았지만 이 일로 그녀는 불안했다. 아이리스는 자기 자신이 무력하게 느껴졌다. "그런데 전에도 한 번 여기에 왔어요…가게에 방문해달라고 했는데." 문득 생각났다. "그 표도 그자가 보낸 걸까요?"

"뭘 보내요?"

아이리스가 한숨을 쉬었다. "안 듣고 있군요."

"아, 그 편지. 당연히 듣고 있어요." 루이가 말했다. 그리고 아이리스 팔에 남은 손자국을 눈으로 훑었다. "그자가 그림 속 당신을 알아보고, 그 유사함에 감동 받은 건 아닐까요. 당신이 워낙 매혹적이어서."

"그런 게 아니에요." 아이리스가 말했다. 그때의 기분을 어떻게 설명하면 좋을까? 갑자기 얼마나 벌거벗은 느낌이었는지, 얼마나 두려웠는지? 남자들에 대한 은근한 두려움 때문에 평생 그들을 부추기지도, 무시하지도 않으려고 얼마나 조심했던가. 그들에게 그녀는 재미로 바라보고 만질 수 있는 대상이었다. 그들이 허리에 팔을 두르면 친근함의 표시였고, 귓전에 휘파람을 불거나 강제로 볼에 입을 맞추면 추켜세운 것이니 감사할 일이었다. 아이리스는 이런 남자들의 관심을 고마워하면서도 동시에 슬

379

쩍 거부했다. 관심을 부추기면서도 그 관심을 거절해야, 순수함과 선의에 의심을 불러일으키지 않았고 남자들을 무시한다는 인상도 주지 않았다. 마음이 지치고, 팔다리가 무거웠다. 다시 한 번 말했다. "아무것도 아닌 것처럼 들리는 거 알아요….."

"전혀 그렇지 않아요." 루이가 말했다. "당신 팔 좀 봐요, 그자가 만든 이 멍 자국을. 그놈이 누군지만 알면…."

"하지만 혹시라도 그가…." 아이리스는 '*집착하거나, 푹 빠졌다*'고 말할 뻔했지만 왠지 거만한 표현 같았다. "모르겠어요. 나만 콕 집어서 그러는 것 같았어요. 지금 밖에 있으면, 나를 지켜보고 있으면 어쩌죠? 생각만 해도…." 그녀가 몸서리를 쳤다. "불안해요."

"그에 대해 아는 게 있어요?"

"이름을 알아요, 사일러스예요. 내게 장신구를 줬어요. 나비 날개가 들어 있는…."

"사체 양반!" 루이가 몸을 일으켜 세우며 말했다. "이 짐승 같은 놈."

"아는 사람이에요?"

"알다마다. 그가 그림에 쓸 박제들을 만들어주거든요. 글쎄, 이상한 자인 건 *맞지만*, 크게 걱정할 필요는 없을 거예요." 잠시 루이가 사려 깊게 보였다. "누가 말해줬더라…앨비였지, 맞아요, 앨비. 녀석이 그가 밖에서 알짱대는 것 같다고 말하더군요…."

루이가 고개를 저었다. "별 거 아니에요."

"앨비가 뭐라고 했다고요?"

"기억이 잘 안 나요. 녀석이 그를 무서워한 것밖에는. 그땐 스케치에 완전히 정신이 팔려서." 루이가 잠시 말을 멈췄다. "하지만 사실 난 별 일 아니라고 생각해요. 그 사체 양반, 알고 보면 정말 가여운 영혼이에요. 한때 나와 밀레이에게 그림 소품으로 쓸 죽은 동물 따위를 팔려고 고워가 근처를 한창 어슬렁거렸어요. 그러기로 유명해요. 박제와 뼈를 팔기 위해 화가들이 있는 곳이면 어디든 나타나죠. 아마 그래서 미술원에도 왔을 거예요." 수수께끼라도 푼 것처럼 루이의 표정이 의기양양했다. "*이제야 전부 이해되네요. 내가 장담하는데, 무해한 자예요. 본인이 생각하는 것보다 능력이 대단하지도 않고. 착각에 빠졌다고 해야 하나.*" 루이가 어깨를 으쓱했다. "당신이 원하면 가게로 가서 단단히 일러둘게요. 당신에게 무슨 짓을 한 거냐고, 왜 그렇게 겁을 줬느냐고 물어보죠."

아이리스는 잠시 망설였다. 그리고 그 장면을 상상했다. 루이가 구원자처럼 문을 밀치고 들어간다. 그가 어르고 협박하며 언성을 높이자 사일러스가 뒷걸음질을 친다. 하지만 아이리스는 그 남자를 잊고 싶었다. 루이가 그를 도발해서 잿더미를 거대한 화산재로 만들까 두려웠다. 심지어 지금도 그자가 분위기를 지배했다. 아이리스는 고개를 저었다. "아니에요. 당신 말이 맞을 거예요. 그는 그냥 바보예요. 운이 나빴던 거예요."

루이가 다시 등을 편히 기댔다. "당신이 그렇다면야…그가 또 당신을 괴롭히면 꼭 말해요."

그들은 교대로 와인을 마셨다. 루이가 아이리스의 손을 잡았다. 아이리스는 신발을 신은 채로 지붕 타일을 더듬었다. 언제나 꿈꾸던 조용한 사랑이었다. 그녀가 루이의 어깨에 뺨을 기댔다. 루이가 머리를 쓰다듬었다. 이렇게 행복에 겹다보니 사일러스가 그들과는 무관한 터무니없는 존재처럼 느껴졌다. 루이는 그가 이상하고 외로운 자일 뿐이며 나쁜 마음을 먹고 그런 건 아닐 거라고 안심시켰다. 단지 그가 손목을 너무 세게 쥔 것뿐이었다.

"있잖아요, 어떤 사람이 내 그림을 사고 싶어 했어요."

"나도 모르게 엿 들었어요."

"그게, 팔지 않기로 했어요."

"왜요?"

"왜냐하면…." 루이가 말했다. "아, 지나치게 감상적이라고 생각할 거예요."

"아니에요."

"그럴 거예요." 루이가 이렇게 말하고는 아이리스를 간지럽히기 시작했다.

"알았어요!" 아이리스가 숨을 헐떡였다. "그럴지도 몰라요."

루이가 다시 자리에 앉았다. 와인 때문에 입술이 파랬다. "모르겠어요. 마치 그림이 당신인 것만 같아요. 내가 이상해요?"

"하지만 나는 *나예요*. 캔버스 속 그림이 아니에요. 진짜 여자라고요."

"굳이 말하지 않아도 돼요." 루이가 아이리스의 목에 코를 비볐다.

"그건 파는 물건이 아니에요, 러스킨이 부탁해도 안 팔 거예요. 보딩턴 씨에게는 〈여자 목동〉이 완성되면 주기로 했어요, 3백 파운드에 사갈 거예요."

"3백 파운드!" 아이리스는 인형 가게에서 일하던 그 모든 시간을 떠올렸다. 그 돈을 벌려면 15년 동안 인형에 분홍색 입술 수십만 개는 칠해야 했다. 그 시간이면 로즈는 닳아 없어지리라.

"그 중 50파운드를 당신에게 줄게요."

"뭐라고요? 그럴 수 없어요."

"왜요?"

"서 있는 것 말고 한 게 없는데…."

루이가 놀리듯 웃었다. "*그것* 때문에 주는 건 아니에요. 그게 아니라, 당신이 초원이며 하늘이며, 그 빌어먹을 미나리아재비도 그렸잖아요. 그것도 수십 포기씩이나. 단순한 수수료예요. 공짜로 일을 시키는 건 용납 못해요."

"받을 수 없어요." 아이리스가 말했다. 하지만 루이가 손을 들어 제지하자 더는 거부하지 않았다.

아이리스는 로즈가 가게 주인이 되는 장면을, 가게에 설탕절임 상자처럼 천 더미가 수북이 쌓인 장면을 상상했다. 로즈를 위해서라면 받을 수 있었다. 그리고 잇몸이 시키면 앨비를 위해서도. 앨비에게 새 치아를 해 넣으라고 3파운드를 주고 싶었다. 터무니없이 관대한 액수라는 건 그녀도 알지만, 왜 그러면 안 되는가? 아이리스가 가슴에 달린 장미 리본을 만지작거렸다. 루이를 제외하고, 지난 몇 달 동안 앨비는 그녀의 유일한 친구였다. 한번도 입 밖에 꺼낸 적은 없었지만, 앨비가 얼마나 고통 받는지도 알고 있었다. 앨비는 로즈에게 말을 건네면서 둘을 화해시키려고 노력했고, 바라는 것 없이 편지도 전해줬다. 그렇게 남은 돈 중 35파운드를 로즈에게 주고, 나머지 12파운드는 그녀가 가지기로 했다.

루이가 아이리스의 이마에 입을 맞췄다. "당신과 절대 떨어지고 싶지 않아요."

"왜 이렇게 감상적이실까." 아이리스가 말했다. 가슴이 터질 것 같으면서도 쓰렸다. "당신 와인에 뭘 넣은 거예요? 조만간 병실에 데려가야 하는 건 아니겠죠."

"그거 반가운 소리네요. 침실로 데려다줘요."

"침실이 아니라 *병실*을 말한 거예요, 바보 같으니."

루이의 말은 와인만큼이나 뜨거웠다. 아이리스는 디캔터로 몇 모금을 마시고 그에게 기대 진한 입맞춤을 건넸다. 그리고 그의 입 속으로 와인을 흘려보냈다. 더럽다고 투덜거렸지만, 그 역시 흥분한 걸 알 수 있었다. 루이의 입에서 계피와 파이프 담배의, 달콤한 맛이 났다. 이게 결혼 생활이 아니면 뭐란 말인가? 아이리스가 그의 가슴 아래쪽으로 슬금슬금 손을 내렸다.

"안으로 다시 들어갈까요?" 루이가 물었다.

"꼭 그래야 해요?" 아이리스가 물었다. 그리고 루이의 셔츠 단추를 세게 잡아당겼다. 비둘기와 갈매기 외에 보는 이는 없었다. 사일러스가 더는 신경 쓰이지 않았다.

* * *

그날 오후, 루이와 아이리스는 그녀의 작업실에 앉아 있었다. 해가 저물고 있었고, 루이는 껍질을 벗긴 배와 초콜릿 한 그릇을 배부르게 먹는 중이었다.

"자황색 좀 줘요." 아이리스가 말했다. 루이는 남은 시럽을 몽땅 들이켰다.

"군청색도 필요할 거예요, 그림자를 표현하려면."

루이가 유화 물감 두 개를 집어서 아이리스의 팔레트에 노란색과 푸른색을 짰다.

아이리스가 스케치를 끝낸 그림 속에는 팔짱을 낀 남자와 여자가 있었고, 그 뒤로는 아이리스 꽃과 장미가 가득 담긴 꽃병이 놓여 있었다. 꽃잎과 줄기도 일일이 그려 넣었다. 붓으로 색을 채워 생명을 불어넣을 참이었다. 루이가 사준 아이리스 꽃다발은 금세 갈색으로 시들어 꽃잎이 바스락거렸다. 하지만 그것만으로도 충분했다. 아이리스가 흑담비 털을 빨아 끝을 뾰족하게 만든 뒤 아마씨유를 섞은 옅은 군청색을 묻혔다. 꽃잎과 빛을 그릴 자리는 희뿌옇게 그대로 뒀다. 진행 속도가 너무 빠르다며, 색칠에 들어가기 전 밑그림을 좀 더 그려야 한다며 루이가 지적했지만, 아이리스는 무시했다.

그림 그릴 때 아이리스는 거만한 손님처럼 요구했다. "푸른색 좀 더. 에메랄드는 조금…아니, 좀 더, 그래요, 오일도." 그러고 나면 루이가 부드러운 털을 쫙 벌려가면서 색칠을 끝낸 붓을 빨았다.

"아이리스." 한참 멍하니 집중하던 그녀를 루이가 방해했다.

"음."

"우리가 영원히 결혼하지 않아도 괜찮아요?"

아이리스는 테레빈유용 수건으로 손을 닦으며 아무런 답도 하지 않았다. 대답하기 너무 힘든 질문이었다. 루이가 근심을 덜어주길 바라는 뜻에서 한 말이란 건 알지만, 그럴 수 없었다. 아무것도 못 가지는 것보단 이렇게 사는 게 낫지만, 그럼에도 괜찮지 *않았다.*

"진심으로 당신을 사랑해요." 루이가 말했다.

"그림 그리는 중이에요."

"매정한 여왕님 같으니." 루이가 말을 멈췄다. "방금 초인종이 울린 것 같은데? 내가 나가 볼게요. 대작을 그리는 데 방해할 순 없지."

루이가 나가고 문이 닫히자 아이리스는 창밖으로 각진 모서리들이 들쑥날쑥한 런던의 스카이라인을 응시했다. 도시가 그림처럼 작아 보여서 손만 뻗으면 정복할 수 있을 것 같았다. 지붕들을 죄다 비틀어 열고는 그 안에 든 작은 인형들로 놀이를 할 수도 있을 듯했다. 앨비와 그의 누나도, 가게에 있는 로즈도, 저녁 자리에서 성경책을 끼고 앉아 있을 부모님도.

"누구예요?" 아이리스가 물었다.

"내려가 보는 게 좋겠어요." 루이가 얼굴을 찡그렸다. "당신 언니예요."

아이리스가 팔레트를 떨어뜨리며 일어섰다. "아, 당신이 문을 열어줬군요…."

아래층으로 서둘러 내려가며 아이리스는 거울에 자신의 모습을 비춰봤다. 머리는 어지럽게 늘어졌고, 구겨진 작업복은 물감으로 얼룩덜룩했으며, 손톱에는 안료가 꼈다. "로즈." 아이리스가 말했다. "언니가 올 줄은 몰랐어. 미안해…내가…."

"먼저 서신을 보냈어야 하는 건데. 이렇게 불쑥 찾아와서 미안해. 하지만 셜터 부인이 심부름을 보내는 바람에 오늘 올 수 밖에 없었어."

로즈는 평소처럼 얼굴과 흉터를 가리는 챙이 넓은 보닛을 쓰고 복도에 서 있었다. 그녀가 아이리스 꽃 한 송이를 내밀며 말했다. "이제 막 피기 시작했어."

아이리스가 꽃을 받으며 상냥하게 말했다. "사치라며 엄청 싫어했잖아. 있지, 조금 전까지 그림을 그렸는데, 반쯤 죽은 그림이었어, 그런데 이거면 그림이 완벽해질 것 같아…아, 지금 차가 하나도 없어, 비스킷도 다 떨어졌고…귀네비어가, 웜뱃인데, 비스킷 상자를 싹 비워버렸어."

아이리스는 자신이 얼마나 정신없어 보이는지를 깨닫고 말을 멈췄다. 로즈를 데리고 거실로 들어간 아이리스는 난장판을 보고 움찔했다. 거북딱지 빗(귀네비어의 것이었다)과 더러운 브랜디 잔을 정리한 뒤 쿠션을 반듯하게 매만지고 나서야 로즈가 소파에 앉았다.

"완전히 달라 보이는구나! 하긴 언제나 나보다 왈가닥이었지." 로즈가 웃으며 말했다.

"아," 아이리스가 거울에 비친 자신의 모습을 보지 않으리라 굳게 마음먹으며 말했다. "그림 그릴 땐 이런 모습이야."

로즈가 아이리스를 바라봤다. 로즈의 목소리가 흐트러졌다. "그리웠어. 너무…너무 질투가 났어."

"아, 나도 정말 나빴어." 아이리스는 박람회 현장의 그 많은 인파 한가운데 로즈를 홀로 두고 도망쳐 겁먹게 한 일을 떠올렸다. 로즈가 이어서 사과의 말을 하려고 입을 열었다. 하지만 아이리스는 견딜 수 없었다. 로즈가 몸을 낮춰 사과하는 모습이 어딘가 얼토당토않아 보였다('*너는 나를 불쌍하고 애처롭게 봤지*'라는 로즈의 말이 떠오르며 다시 한 번 그 말이 사실임을 깨달았다). 이런 생각으로 마음이 불편해지자 아이리스는 목구멍에 갑갑하게 기름이라도 낀 것처럼 기침이 하고 싶었다.

"정말로 미….."

"제발 하지 마." 아이리스가 말을 가로막았다. 그러고는 이 말이 너무 뜬금없다는 걸 알아차리고 로즈 옆에 앉았다. "그러니까 내 말은, 그럴 필요 없어."

아이리스가 손을 뻗었다. 그들은 서로 손을 맞잡았다. 그 느낌이 본인의 손을 잡은 것처럼 익숙했다. 아이리스가 로즈의 손가락 관절에 패인 조그만 마마자국들을 뚫어지게 바라봤다. "설터 부인은 여전히 반은 인간이고, 반은 알약이야?"

"아편 때문에 헛것을 보는 게 부쩍 심해졌어. 오늘 아침에는 도자기 인형이랑 애정 행각을 벌였다고 나를 꾸짖지 뭐야."

웃긴 일은 아니었지만 아이리스는 웃었다. 설터 부인이 홧김에 로즈의 부드러운 살갗을 꼬집는 장면을 상상했다. "만약에 말이야…." 아이리스가 몸을 앞으로 숙였다. "언니가 가게를 차린다면 어떨 것 같아?"

"그래, 돈 나무에서는 은괴가 수 천 개씩 떨어지고 말이지."

"아니," 아이리스가 말했다. "내가 그 돈을 빌려준다면 말이야."

로즈가 비웃었다. "그런 돈을 어떻게 모으니. 생각해봐…월세도 내야지, 물건도 사야지. 필요한 돈이…잘은 모르지만, 아마 50파운드는 될 걸!"

"자본금 35파운드만 있으면 물건 살 돈은 빌리면 돼."

"하지만 나한텐 그만한…."

"나한테 있어."

로즈가 아이리스를 뚫어지게 바라봤다. "어떻게? 도대체 어떻게…."

"그림으로 벌었어."

"35파운드? 35파운드를 말이야?"

"루이의 그림에 배경 그리는 걸 도와줬는데, 그림이 팔렸어."

"얼마에?"

"아, 그건 몰라. 말 안 해줬어." 아이리스는 거짓말을 했다.

"못 받아. 그건 *네* 돈이잖아."

"일단 빌려주는 걸로 하자, 언니가 원한다면."

"생각해볼게." 로즈가 말을 가로막았다. 아이리스는 자신이 너무 성급해 보이거나 사치스럽게 보이는 건 아닐까, 그래서 로즈보다 돈도 기회도 많다고 우쭐대는 것처럼 보이는 건 아닐까 염려했다. 겨우 로즈를 되찾았는데 겁을 줘서 도망치게 만드는 건 아닐까 하고. 아이리스는 처음 받았던 감동을 떠올리며 어수선한 방을 둘러봤다. 금테 액자를 두른 그림들, 짙은 푸른색 벽지, 공작 깃털들, 수북하게 쌓인 정기 간행물과 소설, 동양식으로 재단한 천장 돌림띠. 로즈도 같은 기분이 들 게 분명했다.

"뭘 그리는 중이야?" 로즈가 물었다.

"이제 막 새로 시작했어. 아직은 이상해. 윤곽만 몇 개 그린 정도야."

"봐도 될까?"

"아. 가능은 하지만⋯."

"루이가 위층에 있구나."

"응." 아이리스가 말했다.

"그렇구나." 로즈가 팔에 난 멍 자국을 가리려고 소매를 내리며 말했다. "그래, 이제 막 만났으니까⋯그래도 루이만 반대하지 않는다면, 난 괜찮아."

"따라와." 아이리스가 말했다. 로즈는 동생과 팔짱을 끼고 계단을 올라가 작은 작업실로 향했다.

지하실

사일러스는 소매를 쥐어뜯었다. 손을 떠는 것도 모르다가 천이 찢어지는 소리를 듣고서야 간신히 떨림을 멈췄다. 사일러스는 달라진 자신의 모습이 낯설기만 했다. 안절부절 못하고, 지저분하고, 단순한 쾌락에서 더는 기쁨을 느끼지 못하는 인간이 되어버렸다. 그녀가, 그녀와 그녀의 농간이 그를 이렇게 만들었다. 사일러스는 그림 속 아이리스의 얼굴에 서린 달콤한 흠모의 표정을 생각했다. 왜 아이리스가 자신을 사랑하지 않는지 알지 못했다. 얼마나 깊이 흠모하는지, 얼마나 친절하게 대해 주었는지, 시간이며 돈이며 그들의 우정을 위해 얼마나 많은 것들을 베풀었는지 어떻게 그녀가 모를 수 있단 말인가? 아이리스는 매정하게 돌아서며 상처를 입혔다. 별 뜻 없이 살짝 긁었다고 해도 좋을 행동이 그의 가슴에 깊은 협곡 같은 흉터를 남겼다.

아이리스가 그를 싫어한다면, 사일러스는 그녀를 증오할 것이다. 아이리스가 손을 뿌리치던 순간 사일러스는 분노로 머리가 어지러웠다. 그녀에게 달려들고 싶은 마음을, 그 뻣뻣하고 한심한 모가지를 졸라 숨통을 끊고 싶은 마음을, 금테 액자에 머리를 찧고, 찧고, 또 찧고 싶은 마음을 좀처럼 억누를 수 없었다. 그녀는 그래도 마땅했다. 아이리스는 그를 비난했고, 수차례나 그를 거부했다. 셀 수 없이 많은 기회를 주었건만, 갈수록 무례하게 그의 친절을 헌신짝처럼 버렸다.

사일러스는 바닥에 쓰러졌다. 비통함, 분노, 외로움, 질투, 그밖의 알 수 없는 감정들이 밀려오며 와르르 무너졌다. 그러다가 결국 뺨을 닦으며 감정을 추슬렀다. 아니다, 사일러스는 생각했다, 이런 일로 무너지지 않을 것이다. 그녀를 가져야만 했다. 그녀를 가질 것이다. 너무 조급하게 굴어서 그가 이토록 약해졌다.

사일러스는 자리에서 일어나 사면이 돌처럼 단단한 지하실로 내려갔다. 귀에서 웅웅거리는 소리 외에 아무것도 들리지 않았다. 그는 계획을 짜기 시작했다.

＊　＊　＊

그로부터 2주가 넘는 시간 동안 사일러스는 쉬지 않고 일했다. 심지어 샴 강아지를 작업할 때보다도 열심히 일했다. 찢어진 옷도 기우고 몸도 씻고 향수도 발랐다. 천천히, 조심스레, 지하실의 표본들을 일층 가게로 옮겼다. 먼저 큰 유리병에 든 액체를 항아리에 하나씩 따라내고 뒤이어 축축한 표본을 옮겨 담았다. 피곤한 일이었지만 꼼꼼하게 정리하는 데서 만족감이 일었다. 모든 준비가 끝나간다는 생각으로 유리병들을 하나씩 발굴하는 일도 설렜다. 사일러스는 깨끗하게 비운 선반을 손으로 더듬으며 그것들을 정리하느라 들인 수고에 뿌듯해했다. 어떤 남편도, 어떤 연인도 사랑하는 이를 위해 이보다 세심하고 사려 깊게 정리하지는 않으리라. 하지만 그는 모든 걸 고려했다.

시골에서 준비하던 것과는 달랐다. 작은 초록빛 세상과 푸른색 구슬을 닮은 하늘. 블랙베리가 잔뜩 열린 수풀. 사일러스는 플릭에게 블랙베리 수풀에 대해 속삭였다. 플릭은 놀란 표정을 지으며 입술을 아치 모양으로 만들었다. 그가 말을 걸 때면 사람들이 보이는 한결같은 반응이었다. 플릭은 어깨 너머를 두리번거리며 다른 아이들이 보고 있지는 않은지 확인했다. 사일러스는 자신이 발견한 곳에 가면 산딸기가 엄청나게 많다고 말했다. 바닥이 산딸기로 뒤덮였고, 자두나무도 여럿 있으며, 사과가 주렁주렁 열려서 흙바닥이 과육으로 폭신하다고 했다. 그는 옷 밖으로 툭 튀어나온 뼈를 보고 플릭이 굶주렸다는 사실을 알았다. 플릭이 머리카락을 귀 뒤로 넘기고는 교묘하게 얼굴을 찡그렸다. 그를 믿어도 될지 확신하지 못하는 눈치였다. 그러더니 다시 한번 주위를 휙 둘러보며 둘의 대화 장면을 누군가가 보고 있지는 않은지, 그와 어울린다고 누군가가 놀리지는 않을지 확인했다.

다음 날, 사일러스는 런던 행 자금으로 시장에서 싱싱한 과일을 샀다. 그러고는 플릭에게 직접 딴 과일이라며 같이 가면 과일이 어디에 있는지 보여주겠다고 거짓말을 했다. 플릭은 누구도 본 적 없는 속도로 잽싸게 과일을 받았다. 손목이 나뭇가지처럼 가늘었다. 점심으로 물에 적신 더러운 상한 빵 외에 아무것도 먹은 게 없던 플릭은 평생 음식 구경을 못한 사람처럼 게걸스럽게 과일을 먹어치웠다.

나무 의자만 덩그러니 남은 지하실은 동굴이나 다름없었다. 이곳은 보금자리였다. 사일러스는 그림 속 감옥처럼 아이리스를 위해 지하실을 아늑하게 만들고 싶었다―이처럼 그는 관대했다―그림도 걸고, 안락의자도 놓고, 진미도 대접하고. 하지만 먼저 그녀를 신뢰해야만 했다.

사일러스는 자리에 앉아서 자신이 탈출한다면 어떻게 할까 상상했다. 고개를 들어 입천장처럼 휘어진 축축한 석벽을 응시했다. 그리고 돌 벽을 만져봤다. 축축했지만 부스러지지는 않았다. 평평한 흙바닥은 몇 년 동안 발로 밟아서 단단한데다 매끈하게 다져졌다. 빛이라곤 바닥에 놓인 램프 불빛뿐이었다. 층계도, 붙박이 가구도 모두 치워버렸다. 유리 조각도, 무기로 쓸 만한 어떤 것도 남아 있지 않았다. 심지어 선반까지 치웠다. 벨도 없앨까 망설이다가 결국 아이리스와 함께 있을 때 손님이 오는 소리를 들을 수 있도록 남겨됐다.

그가 천장에서 돌을 빼내려고 했다. 온힘을 다해 당겼지만 주먹만 까지고 손톱만 깨질 뿐이었다. 아니다, 그는 생각했다, 그녀는 이곳에서 안전하게 지낼 것이다. 사일러스는 아이리스가 사랑한다는 걸 증명하면 다시 세상으로 보내줄 생각이었다. 분명 그렇게 될 거란 걸 조금도 의심하지 않았다.

그는 다시 가게로 올라가 도구들을 가지런히 정리했다. 두껍고 조밀한 천을 사용해서 만든 끈으로는 의료용 붕대를 묶듯 그녀의 손을 단단히 묶을 예정이었다. 재갈과 가장 중요한 손수건, 그리고 런던 전역의 각기 다른 약국에서 구입한 클로로포름 병도 준비했다. 사일러스가 손가락을 꼽으며 숫자를 셌다. 스물여덟 병이었다. 스물여덟 병! 그는 바보 같은 반려 견을, 눈물이 그렁그렁하던 눈망울을, 질식사하며 서서히 사라지던 심장 박동을 떠올렸다.

사일러스가 할 일은 아이리스가 혼자 있을 때를 기다리는 것뿐이었다. 가게는 일주일에 걸쳐 모든 준비를 마쳤다. 마치 평생에 걸쳐 준비한 것 같았다.

치아

앨비는 몸 구석구석에서 나는 사일러스의 화학약품 냄새를 감지하기 시작했다. 심지어 꼬질꼬질한 손바닥에도 냄새가 배어 있었다. 아이리스에게 경고하기로 마음먹고 그녀의 집으로 걸어가기 시작한 순간이 한두 번이 아니었다. 하지만 그때마다 목이 잘린 누나와 홀로 남아 애도하는 자신의 모습을 떠올렸다.

앨비는 사일러스의 기분이 변한 걸 눈치 챘다. 몽롱한 듯 비틀거리던 걸음걸이가 놀랄 만큼 조심성 있게 변했다. 사일러스는 열한 시 종이 울릴 때부터 네 시까지 아이리스를 지켜보다가 서둘러 가게로 돌아갔다. 하지만 창문을 잠가놓고 떠나서 감히 그의 집으로 다시 기어 들어갈 생각은 못했다. 앨비는 침대 아래에 있던 분홍색 타조 깃털을 떠올렸다. 블루벨의 안부를 묻던 중 몇 주 전에 발이 미끄러져 배수로에 빠져 죽었다는 소식을 듣고, 그는 터져 나오는 비명을 겨우 참았다.

집중도 못하고, 예전처럼 길거리 노래로 즐겁게 해주지도 않고, 쉴 새 없이 손만 꼼지락거리는 앨비를 보고 누나가 놀랐다. "왜 그래? 우리 아가씨?" 그녀가 물었다. "너도 그 남자들에게 몸을 줘야 할까봐 초조한 거라면 걱정하지 마. 몰의 남동생은 나보다 돈이 궁해서 그런 거야. *너*는 빈민 학교에 가서 교육을 받아야지." 하지만 앨비는 누나 품에서 몸을 빼내며 아무 말도 하지 않았다.

다섯 시였다. 앨비는 사일러스가 아침까지는 가게에서 꼼짝하지 않을 걸 알고 있었다. 몸을 좀 쉬려고, 금쪽같은 시간을 틈타 눈을 붙이려고 노력했다. 사일러스는 여덟 시에 집을 나섰고, 누나의 밤일이 끝나기 전까지는 집에 돌아오지 못했다.

앨비가 누나를 바라봤다. 하얀 머리카락이 베개에 펼쳐졌고, 입은 느슨하게 처졌다. 팔다리를 이상하게 구부린 채 쥐 죽은 듯이 누워 있어서 혹시 죽은 건 아닐까 하는 두려움이 엄습했다. 누나의 뺨을 만져봤다. 누나의 숨결로 손이 뜨거워졌다.

그때 누군가가 창문을 쾅쾅 두드렸다. 앨비가 펄쩍 뛰었다. 또 사일러스일 것이다.

"앨비." 누군가가 불렀다. 다행히 앨비에게 동물 사체가 있는 곳을 알려주는 아이였다.

"쉿." 앨비가 속삭이며 답했다. "누나가 막 잠들었어."

"안 들려." 소년이 외쳤다. "밖에서 보자."

앨비는 회색 담요를 던지고 계단을 터벅터벅 올라갔다.

"너를 만나고 싶어 하는 여자가 또 왔어." 소년이 말했다. "너를 찾아달라고 1페니를 줬어."

앨비가 고개를 저었다. "못 찾겠다고 말해."

소년이 어깨를 으쓱했다. "그건 힘들어. 지금 요 아래 와 있거든."

앨비가 고개를 돌리자 아이리스가 손을 흔들었다. 빨강 머리가 꼬불꼬불했다. 그녀가 오줌과 식초와 말똥과 사람 똥 개울을 지나 굳이 여기까지 왔다. 앨비는 손을 들었다.

"아가씨, 잠깐만요…여긴 아가씨 같은 사람한테 어울리는 곳이 아니에요."

아이리스가 벽이 휘어진 얼룩덜룩한 건물을 가리켰다. "여기 살아?"

"네, 아가씨." 앨비가 말했다. 그는 아이리스를 보려하지 않았다.

"너한테 줄 게 있어." 아이리스가 팔을 활짝 벌려 안으려고 했지만, 앨비는 그 자리에서 꼼짝하지 않았다. "요즘 너를 찾는 게 귀신 찾는 것보다 어렵구나. 이리 와봐…내가 차와 깜짝 선물을 준비했어."

변덕스러운 주인한테 억지로 끌려가는 우울한 반려 견처럼 그는 아이리스를 따라 길거리로 나갔다.

하지만 루이의 집 앞에 도착하자 앨비가 고개를 저었다. "들어갈 시간이 없어요."

"특별히 차가운 커스터드를 사놨어." 아이리스가 말했다. "네 치아로도 쉽게 먹을 수 있을 거야⋯."

"배 안 고파요, 아가씨." 앨비가 말했다. 그때 배가 꼬르륵 하며 그 말을 부정했다. 앨비는 아이리스가 사라진 송곳니를 눈치챘을지 궁금했다. 그리고 윗입술을 아래로 잡아당겼다. "배가 아파서요."

"안으로 들어오지 않을래?"

"심부름거리가 있어요." 그는 일부러 아이리스와 거리를 두려고 무정하게 말했다.

앨비는 아이리스를 보지 않았다. 보지 않을 것이다. 그런데도 아이리스의 목소리에서 놀라움과 실망이 읽혔다.

겁쟁이.

"적어도 깜짝 선물은 가져가야지." 아이리스가 말했다. 앨비는 별 수 없이 안으로 들어갔다.

앨비가 자신을 향하고 있던 아이리스의 신발을 봤다. 신발도, 치맛자락도 그를 찾으러 오는 길에 묻은 끈적끈적한 갈색 오물투성이였다.

"그래, 시간이 많지 않다니," 아이리스가 헛기침을 했다. "루이가 〈여자 목동〉이라는 그림을 팔았어. 너와 내가 등장하는 그림…그가, 그러니까, 나에게 수익금 일부를 줬어."

앨비는 귀담아 듣지 않았다. 카펫 무늬를 바라보면서 빈민굴의 낡은 계단을 생각했다. 평온하게 잠자던 누나의 모습.

"요건은," 아이리스가 말을 이었다. "치아를 해 넣을 돈 3파운드를 너에게 주고 싶어."

"네?" 앨비가 불쑥 고개를 들다가 실수로 아이리스의 얼굴을, 그녀의 친절한 두 눈을 쳐다봤다. 그는 황급히 머리를 돌리고 다시 양탄자를 유심히 살폈다.

"치아를 해 넣는 데 써. 큰돈인 건 나도 알아. 어리석은 짓이라고 생각하는 사람들도 있겠지만, 넌 내 동생이나 마찬가지니까." 아이리스가 말을 멈췄다. "몰랐어…정말 그 빈민굴에 사는 거야? 그럼 누나가…?"

앨비는 말이 없었다.

경고하라고, 이 겁쟁이 새끼야…이 이기적이고 비열한 인간…약해빠진 놈!

앨비가 팔을 긁기 시작했다. 작은 핏방울이 맺히며 인조 다이아몬드처럼 반짝였다. 그런데도 손톱으로 팔을 계속 긁었다.

아이리스가 주머니에 손을 넣는 게 보였다. 앨비는 그녀가 그러지 말기를, 자신을 그냥 내버려두기를 바랐다. 그는 그럴 만한 자격이 없었다.

말하라고, 이 빌어먹을 멍청아!

앨비는 스스로를 말릴 새도 없이 아이리스가 준 돈을 도둑처럼 날쌔게 움켜쥐고 달리기 시작했다.

"앨비…." 아이리스가 불렀다. 앨비의 무례함 때문에 충격과 상처를 받은 것 같은 목소리였다.

잘했어, 앨비는 생각했다. 그가 돈을 요구한 것도 아니지 않은가. 그가 요구한 게 아니었다. 앨비는 도로에 힘껏 몸을 던져, 짐마차 바퀴 아래로 뛰어들고 싶었다.

메갈로사우르스, 메갈로사우르스, 메갈로사우르스….

집중하려고 안간힘을 썼지만 단어가 꼬였다.

메갈로시리스, 메갈로시리스, 아이리스, 아이리스, 아이리스, 아이리스….

앨비는 숨이 차고 코가 막혀서 오래 달릴 수 없었다.

* * *

윗입술에 콧물을 묻히고 흰자위를 셔벗처럼 붉게 한 채로 앨비가 가게에 도착했다. 한 손으로는 뺨의 물기를 닦아내고 다른 한 손으로는 지폐를 꽉 움켜쥐었다. 절대 놓지 않을 생각이었다, 단 한 순간도.

"썩 꺼져!" 앨비가 들어서자 치아가 든 병들을 가로 막으며 주인이 소리쳤다.

"왜 돈도 없이 왔을까봐 그래요?" 앨비는 이렇게 크게 소리를 치면서도 돈은 보여주지 않을 생각이었다. 2기니 때문에 칼에 찔려 죽은 행상도 봤다.

"보여 줘봐."

"질 좋은 상아 치아를 보여주기 전까진, 어림도 없어요."

"누굴 등쳐먹은 거야? 보나마나 훔쳤겠지."

"그게 무슨 상관인데요? 정직하게 얻었대도, *어디서* 났는지는 댁과 상관없는 일이에요."

주인이 한숨을 쉬며 재킷 목덜미를 붙잡고 안으로 끌어들였다.

은으로 된 로켓 펜던트만큼이나 귀중한 치아가 진주처럼 화려한 자태를 뽐냈다. 딱딱한 분홍색 잇몸, 하얗게 반들거리는 치아.

"3파운드가 있어요, 나리…딱 3실링이 부족한데, 그 돈에 바다소 치아를 줄 순 없을까요? 박람회 할인 겸 말이에요, 꼭 그게 갖고 싶어요, 나리, 도자기처럼 깨지지도 않고, 워털루 치아처럼 누렇지도 않은 걸로."

앨비가 지폐를 슬쩍 확인해봤다. 손에 둘둘 말린 1파운드짜리 지폐가 다섯 장인 걸 알고 경악했다.

비천한 빈민굴에 산다는 걸 알고 마음을 바꿔 돈을 더 준 걸까? 누나 얘기를 듣고?

넌 내 동생이나 마찬가지니까.

"그거로는 부족해." 남자가 말했다.

"충분해요." 앨비가 말했다. "제가 착각했어요."

"더러운 입에 치아를 끼운 채로 달아날 생각일랑 마. 그러면 치아를 네놈 목구멍 아래까지 처넣어서 위장에 박히게 해줄 테니까." 남자가 유리 선반을 열고 치아를 건넸다.

금색 경첩은 나선형으로 감긴 머리카락처럼 멋졌고, 치아는, 정말이지, 이런 물건은 지금껏 본 적이 없었다. 그가 치아를 입으로 밀어 넣으며 몸을 살짝 떨었다.

치아가 터무니없이 크고 불룩하게 느껴졌다. 그가 말을 하려고 했지만 *그라-ㄱㄱ흐흐* 하는 소리밖에 나오지 않았다.

"적응하려면 시간이 걸릴 거야." 남자가 거울을 건네며 말했다.

앨비가 웃으며 턱을 움켜쥐었다. 치아가 아름다웠다. *그가* 아름다웠다. 그가 원한 전부, 그가 동경해온 전부였다. 앨비의 얼굴에 평범한 웃음이 번졌다. 부드럽게 줄지어선 가지런한 치아들. 혀로 치아 뒷면을 가볍게 쳤다. 세상에, 누나 것보다 훌륭했다….

침대 위에 아무렇게나 누워 있을 앨비의 누나. 곧 남자들이 그녀를 찾으리라. 5파운드가 그녀에게 어떤 의미인가, 빚을 갚고 빈민굴에서 탈출할 길이 아닌가, 그런데 앨비가 단순한 허영심에서 그 돈을 허비해 버린다면….

앨비는 치아를 뱉고 순식간에 남자의 손을 교묘히 빠져나가 계산대에 바다소 치아를 내려놓았다.

리뷰와 답장

1851년 5월 7일자 런던 타임스에 실린 '왕립 미술원 전시회, 그 두 번째 단평'의 발췌문

그들의 어리석음을 굽히지 않고 맹렬히 옹호하는, 자칭 *PRB* 라고 하는 젊은 화가 집단의 이상한 정신 상태나 시선은, 아무리 혹평해도 우리가 원하는 정도에 도달하기 불가능하다. *PRB*는 해석하자면 라파엘전파형제회를 의미한다. 그들의 신념은 원근법과 명암의 법칙을 절대적으로 경멸하고, 모든 형태에 깃든 아름다움을 혐오하고, 날카로움과 기형의 과잉을 포함, 아니 추구하면서 피사체의 소소한 장애에 오롯이 헌신하는 것이다. (…)

이 젊은 화가들은 안타깝게도 구식 스타일과 가식적인 단순함에 중독된 것으로 악명이 높다. 이들이 진짜 예술을 흉내 내는 것을 보면, 잡지 ≪펀치≫의 중세 발라드와 디자인이 초서와 조

토를 흉내 내는 것과 다름없다. 그들의 작품에 독창성과 천재성의 흔적이 배어 있다면 예술의 변덕조차 최대한 인내하겠지만, 태곳적의 조잡한 색깔, 답답한 스타일, 거짓된 원근법을 독창성 없이 단순히 노예처럼 흉내만 내는 것들에는 인내를 베풀 수 없다. 퓨젤리(Fuseli)가 '접히지 않고 툭 끊겼다'고 지칭한 그 형편없는 옷 주름을, 뇌졸중에 걸린 듯 불어터진 얼굴을, 해골처럼 여윈 몸을, 약국에서 파는 물감 단지를 그대로 찍어 바른 색깔을, 캐리커처로 만들어버린 표정을 우리는 보고 싶지 않다. (…)

진실함, 아름다움, 진정한 감정을 단순한 기벽에 희생시켜버린 그 소름 끼치는 열병은 대중의 이해를 받을 자격이 없다.

* * *

1851년 5월 런던 타임즈, 존 러스킨이 편집자에게 보낸 편지의 발췌문

선생님,

당신의 한결같은 관대함 덕분에 제 유감의 글이 당신의 칼럼에 실리게 될 것을 믿어 의심치 않습니다. 저의 유감이란, 지난 수요일자 타임스에 당신이 현재 왕립 미술원 소속인 밀레이 군, 프로스트 군, 헌트 군의 작품에 대해 쓴 비평의 톤이 그보다 훨씬 혹독하면서도 경멸스러웠어야 했다는 것입니다.

그 이유는 첫째, 그들이 작품에 들인 온전한 노동과 특정한 진실의 명령에 대한 충성심(노동과 충성심에 대해선 반박할 여지가 없죠)은 단순한 경멸에 그쳐서는 안 될 것들이기 때문입니다. 그리고 둘째, 저는 이 젊은 화가들이 직업적으로 가장 중요한 시기에 놓였다고 믿습니다. 아무것도 아닌 존재로 가라앉느냐, 위대한 예술가로 성장하느냐를 가르는 전환점에 있죠. 또한 저는 그들이 위로 올라갈지, 아래로 떨어질지는 그들의 작품이 감당해야 할 비평의 결에 조금도 영향을 받지 않는다고 믿습니다. […] 당신이 다음과 같이 격렬하게 말한 부분에 대해 유감스럽게도 저는 간언을 올릴 수밖에 없었습니다. 이 화가들이 '감정뿐만 아니라 진실을 기벽에 희생시킨다'라니요. […]

하지만, 그런 구체적인 부분으로 들어가기 전에, 먼저 당신의 기사가 대부분의 사람들에게 주게 될 인상을 바로잡고자 합니다. 왜냐하면 그건 전부 잘못된 것이기 때문입니다. 이 라파엘전파 형제회(가명을 선택했다는 점에서 상식적으로 그들을 칭찬할 수가 없습니다)는 고대의 그림을 흉내 낼 욕심도 없고, 그런 척하지도 않습니다. 이 젊은 화가들의 작품과 닮았다고 하는 고대 그림에 대해서 그들은 아는 바가 없습니다. […] 그들은 오로지 한 가지 지점 때문에 초기 시절로 돌아가고자 하는 겁니다. 그건 바로, 그림에서 볼 수 있듯이, 눈에 보이는 것을 그리는 것, 그들이 믿는, 그들이 표현하고자 하는 풍경의 사실적 진실을 그리는 것입니다. 작법의 관습적인 규칙 따위와는 상관없이 말입니다.

[…]

선생님, 당신의 충직한 하인이 되어 영광입니다.

현대 화가들의 작가
덴마크 힐에서, 5월 9일

병

에딘버러, 그레이트 킹 스트릿, 62번지

5월 2일

내 사랑, 내 강인한 기사님, 나의 발렌타인,

병이 더욱 심해졌어요. 내가 보낸 편지들에 당신이 답을 주지 않아서 몹시 슬픕니다. 어떻게 이토록 무심한가요?

의사가 가망이 없다고 하더군요. 클라리사가 지난 몇 달 동안, 마땅히 연인이 주어야 할 상냥함으로 저를 간호했어요. 이 유한한 육신의 고리를 떠나기 전에 당신이 내 곁으로 와주기를 간곡히 부탁드립니다.

'환난 날에 나를 부르리라, 내가 너를 건지리니 네가 나를 영화롭게 하리로다.'

그날까지는, 버티겠어요.

당신의 실비아

* * *

에딘버러, 그레이트 킹 스트릿, 62번지

5월 2일

사랑하는 오빠에게,

임종이 가까워지면 편지를 쓰겠다고 약속했어. 때가 거의 임박한 것 같아. 어쩌면 몇 시간밖에 안 남았는지도 모르겠어.

실비아가 오빠를 계속 찾아. 하지만 곁을 지키러 오기 전에 마음의 준비를 해야 할 거야. 모습이 많이 변했거든. 암 때문에 야위고 쇠약해졌어. 얼굴엔 반점이 생겼고, 몸에는 종양의 기색이 역력해. 이건 잔인하고 불명예스러운 질병이야.

부디 죽어가는 여자의 가책을 덜어주기를 바라. 오빠가 뒤늦게 후회할 일은 만들지 않으면 좋겠어.

제인이 오빠 아들을 학교에서 집으로 불렀어. 지금 오는 중이야.

오빠가 제 시간에 도착하기를 기도해.

사랑을 담아,

클라리사

에딘버러

"그거 봤어?" 아이리스가 문을 열자마자 밀레이가 물었다. 그가 스탠드에 모자를 내려놓았다. "루이! 루이…어디 있어요, 나리? 오늘자 *타임스* 읽었어?"

"뭘 읽었느냐고?" 루이가 물었다. 그의 뺨에 홍조가 살짝 돌았다. 밀레이가 초인종을 누르는 순간, 아이리스는 절정에 이르기 직전이었다. 그들은 서둘러 옷을 입으며 꽃을 파는 한 쌍의 아이들처럼 깔깔거리며 웃었다. 루이의 셔츠 단추가 엉망으로 채워졌다.

"이거 말이야." 밀레이가 신문을 흔들며 말했다. 그가 기사를 읽기 시작했다. "당신의 한결같은 관대함 덕분에"—어쩌고저쩌고—"특정한 진실의 명령에 대한 충성심은…단순한 경멸에 그쳐서는 안 될 것들이기 때문입니다."

"뭘 그렇게 중얼거리는 거야?" 루이가 물었다. 그러고는 흥미를 보이며 앞으로 다가가더니 밀레이에게서 신문을 빼앗았다.

"러스킨이야." 밀레이가 속삭이듯 말했다. "그가 *타임*스에 글을 보냈어…그가 우리 편을 들었다고. 존 러스킨이! 그리고 우리의 원칙을 완벽하게 설명했어."

아이리스는 루이의 어깨 너머로 기사를 읽었다. 겨우 반쯤 읽었을 때 루이가 말했다. "정말 좋은 글이군. 격찬은 결코 아니지만. 그래도 펀드는 건 피했어, 그게 더 많은 사람들의 마음을 움직일지도 몰라."

"놀랍지 않아? 그가 내게도 편지를 보냈어." 집사가 깨끗한 거북이 수프 그릇을 내놓듯, 밀레이가 곱게 다림질한 편지를 꺼내며 말했다. "〈*돌아온 비둘기*〉를 사고 싶어 하는데 이미 팔렸어. 아, 조금만 기다렸더라면! 그리고 자네의 〈*기주마르*〉에 대해서도 묻더군."

"그건 판매용이 아니라고 전해줘." 루이가 말했다.

"하지만 *러스킨*이야." 밀레이가 아연실색하며 말했다. 아이리스는 웃음을 숨겼다. 차라리 루이가 캔버스를 잘게 잘라 담배를 백 개 말았다고 말하는 편이 나을 것 같았다. "이 사람은 보딩턴 씨가 아니야, 도시의 점원도 아니고. 러스킨이라고, 이 시대 가장 위대한 평론가."

"그가 누군지는 너무나 잘 알지." 루이가 말했다. "하지만 그 그림은 판매용이 아니야." 그는 신문에 정신이 팔린 것처럼 보였다. "그런데 러스킨, 그가 정말 내 그림을 사고 싶어 했어?"

"그렇다니까." 밀레이가 말했다.

"공격하는 듯한 뉘앙스도 있다는 걸 잊지 말라고." 루이가 말했다. 아이리스는 루이와 밀레이가 일주일 전 잡지 ≪펀치≫에서 〈마리아나〉와 〈감금된 여왕〉을 풍선 머리 모양으로 패러디한 걸 보고 태연한 척 하던 모습을, 타임스의 리뷰를 읽고 루이가 신문에 성냥불을 붙이던 장면을 떠올렸다. *답답한 스타일, 대강 만든 색깔, 캐리커처.* 루이가 신문을 바스락거렸다. "하지만 분명 이건 우리의 분기점이 될 거야, 안 그래? 위대함에 발을 들이는 순간이 될 거라고."

밀레이가 고개를 끄덕였다. "나도 그렇게 믿어."

"너무 잘됐네요." 아이리스가 말했다.

아이리스는 그들을 따라 거실로 갔다. 루이가 뜨거운 파이와 브랜디를 사들고 온 아이에게 심부름 값을 주려고 잠시 자리를 떴다. 아이리스는 더는 술을 마시고 싶지 않았다. 전날 먹은 술로 머리가 지끈거렸다. 루이와 아이리스는 로세티와 헌트와 함께 리치몬드로 노를 저어 소풍을 갔다. 로즈도 초대했지만 새 견습생을 찾을 때까지 가게를 비울 수 없다는 설터 부인의 말에 단념할 수밖에 없었다. 그들은 클라레 포도주와 큐라소 두 병을 샀다. 5월의 아름다운 오후였다. 강둑에는 분홍색 꽃들이 피어 있었고, 물 아래로 숭어 그림자가 유유히 떠다녔다. 남자들이 죄다 최악의 갑판장들이라 돌아오는 길에는 아이리스가 루이의 도움을 받아 노를 책임지다시피 했다. 이에 로세티가 분개했지만, 루이가 지적했듯이 그에게 직접 노를 젓게 할 정도의 강한 분노는 아니었다. 아이리스가 물길을 젖힐 때마다 루이의 팔이 그녀의 팔에 닿았다. 아이리스를 곁눈질하는 그의 눈에 애정이 듬뿍 담겨 있었다.

* * *

편지가 도착한 건 늦은 오후였다. 밀레이는 산책을 나갔고, 아이리스는 소파에 앉아 목탄으로 딸기 그릇을 그렸다. 딸기의 완만한 곡선과 딸기 꼭지가 그릇 가장자리에 놓인 모습을 표현하기 힘들었다. 루이는 반복적으로 그리다보면 손이 모양을 익힌다고 조언했다. 아이리스는 루이의 접힌 다리를 받침대 삼아 스케치북을 기댔다.

초인종이 울리자 루이가 한숨을 쉬었다. "미안하지만 당신의 책상은 잠시 사라져야겠어요." 이렇게 말하고 그가 아주 잠깐 자리를 비웠다. 루이가 돌아와 자리에 앉더니 엄한 곳만 바라봤다. 손에는 편지가 들려 있었다.

"뭐예요?" 아이리스가 물었다. "무슨 일이 생겼어요?"

"실비아예요." 루이가 말했다. "보통은 안 열어보는데 봉투를 보니 클라리사 필체이기에."

"그래서요?" 아이리스는 그 이름에 마음이 움찔거리는 걸 무시하려고, 담담한 척하려고 애썼다. "뭐라고 썼어요?"

"그녀가⋯." 루이가 편지를 내려다봤다. "임종이 가까운 것 같아요."

"아." 아이리스가 다시 말했다.

"나를 기다려요. 작별 인사를 나누고 싶어 해요."

목탄을 만지작거리느라 아이리스의 손이 시커멨다. "그래서 갈 건가요?"

"내 생각엔⋯그래야 할 것 같아요. 내가 곁에 있어주길 원해요. 에딘버러로 가는 증기선이 있어요⋯." 루이의 눈이 시계로 휙 옮겨갔다. "곧 배가 떠날 거예요, 서두르면 탈 수 있어요. 그녀가 *죽어 가는데*, 모른 척할 수는 없어요. 화해하길 원해요."

"화해라뇨?" 아이리스가 언성을 높였다.

"그런 뜻이 아니에요⋯아니, 그녀가 원한대도 그건 내가 싫어요. 가서, 그러니까, 악감정 같은 건 없다고 안심시키려는 거예요. 이대로 보내면 몹쓸 짓이지 않겠어요? 내가 가지 않는 것도, 마음에 가책을 안고 죽게 만드는 것도 잔인한 일이에요. 그리고 내 아들⋯그 녀석도 위로해줘야 하고요."

"당신 입으로 꾀병이라고 말하지 않았나요."

"여동생이 편지에 그렇게 썼어요, 정 못 믿겠으면⋯."

"당신을 못 믿는 게 아니에요." 아이리스가 말했다. "그녀를 못 믿겠어요."

루이가 아이리스에게 편지를 건넸다. "당신이 직접 읽어봐요."

"내 사랑, 내 강인한 기사님, 나의 발렌타인…어떻게 이토록 무심한가요…? 마땅히 연인이 주어야 할…내 곁으로 와서 화해하기를…당신의 실비아…."

아이리스의 손이 떨렸다. 간사하게 아양을 떠는 태도가 몹시도 신경질적이고 가식적이었다. "이건 연서예요."

"연서라니." 루이가 편지를 뺏으며 말했다. "죽어가는 여인의 마지막 전갈이에요."

"그러시겠죠." 아이리스가 툭 내뱉었다. "그녀를 좋아해요?"

"그걸 질문이라고 하는 거예요?" 루이가 물었다. 아이리스는 그가 아니라고, 말도 안 되는 소리라고 우기길 기대했다. 하지만 그는 이렇게 말했다. "당연히 좋아하죠."

아이리스는 루이의 머리 위 벽지만 뚫어지게 쳐다봤다. 벽지 무늬가 들쑥날쑥했다. 무늬가 자꾸 눈에 거슬려서 벽지를 몽땅 찢어버리고 싶었다.

루이가 손을 잡으려고 하자 뿌리쳤다. 공감하며 지지하고 싶었지만 아이리스는 화가 치밀었다.

"알아요, 당신이 어떻게 생각…."

"제발, 내가 무슨 생각하는지 말하지 마요."

"내가 당신을 사랑하는 거 알잖아요. 실비아를 사랑하는 게 아니에요…어떻게 그래요? 하지만 지금 죽어가잖아요, 그리고 나는 그녀를 아껴요. 그녀와 결혼까지 했어요, 실비아는 나의 아내에…아내였어요." 루이가 아이리스를 바라봤다. "조금만 기다리면 자유로워질 거예요."

"자유로워진다고요?" 아이리스의 짜증이 서서히 누그러졌다. "그러면 어떻게 되는데요?"

"더욱 당당해질 수 있죠."

아이리스는 감히 대놓고 물어볼 수 없었다. 그녀는 아침에 눈을 떠, 땀에 젖은 따뜻한 루이의 품속에서 빠져나와 팔꿈치로 턱을 괴는 상상을 했다. *사랑하는 내 남편,* 이렇게 말할 것이다. 부모님도 모델 일을 하겠다던 경솔한 선택을 용서할 것이다. 번들거리는 문지기보다 나은, 훨씬 나은 혼처를 얻었으니 말이다. 그리고 아이리스는 루이를 사랑하고 있었다…얼마나 그를 사랑하는가! "더욱 당당해진다고요?"

"그렇죠, 더는 아내가 없으니."

"그럼…뭐가 달라지죠?" 아이리스가 목탄을 집어 들다가 다시 내려놓았다.

루이의 얼굴이 어두워졌다. "아, 아이리스…그게 아니에요. 그런 의도가 아니에요…내 말은…내가 누차 결혼에 동의하지 않는다고 말했잖아요? 내 말은, 마음이 홀가분해질 거라는 거였어요. 그럼 어떤 추문도 생기지 않을 테니까." 루이가 귓불을 잡아당겼다. 불안할 때 나오는 오래된 습관이었다. 하지만 루이의 말은 휘두르는 주먹 같았다. "내가 당신을 얼마나 사랑하는지 알아주면 좋겠어요."

"그거로는 충분하지 않아요."

"하지만 사실이에요! 그것도 아주 많이…영원히 당신과 함께하고 싶어요."

"당신은 알아야 해요." 아이리스가 말했다. 베일처럼 그녀를 꼭 조이던 분노가 다시 일었다. 2분 전만 해도 루이에게 숨기고 싶던 굴욕적인 감정들을 또박또박 표현하기 시작했다. "그게 나에겐 어떤 의미인지 알아야 해요. 우리 부모님은 나를 보는 것도 못 견뎌하세요! 내가 당신 말을 따르기를 바라면서, 당신은 나에게 아내가 되는 기본적인 대접조차 해주지 않잖아요…그런데 *그녀에게는*, 실비아에게는 해줬죠."

"하지만 내가 거듭 밝혔잖아요, 결혼에 동의하지 않는다고. 실비아와 상관없이 말이에요…덧붙이자면, 그녀는 나의 두 번째 결혼을 가로막는 방해물이 아니라 한 인간이에요."

"아, 순전히 원칙을 따르는 것뿐이다! 당신에겐 정말 쉬운 일인가보군요!"

"전혀 쉽지 않아요." 루이가 말했다.

"어떻게요? 어떻게 안 쉬워요?" 아이리스가 그를 응시했다. "당신은 원하는 전부를 가졌잖아요! 원칙도 고수하겠다, 유리한 사회적 신분도 가졌겠다! 이렇게…이렇게 나와 *어울린다고 해서*…당신의 품위가 떨어질까봐 그러나요. 세상 사람들의 눈에 당신은 한량이지만, 나는 창녀라고요." 루이가 움찔했다. 아이리스가 더 큰 목소리로 다시 한 번 말했다. "그래요, 창녀! *내* 원칙은 어떻게 하고요? 심지어 당신의 파출부조차 조롱하는, 나를 보는 세상의 시선은 어떻게 하고요? 나는 그냥 당신의 정부일 뿐이에요…. 당신이 나를 버리면, 내겐 아무것도 남지 않아요."

"그런 뜻이 아니라…."

"아니요." 아이리스가 말했다. 그리고 고개를 돌렸다. "감히 당신을 구속하지도, 당신의 품위를 떨어뜨리지도, 달콤한 사랑의 설렘 때문에 당신의 옛 아내를 고통스럽게 하지도 않을게요."

"그 말을 한 건 로세티예요, 내가 아니라."

"당신이 한 거나 마찬가지예요." 아이리스가 말했다.

루이가 손을 잡으려고 하자 뿌리쳤다.

"사랑해요, 아이리스."

"하지만 나와 결혼하지는 않을 거잖아요."

루이는 침묵했다. 그것으로 답은 충분했다.

매정한 매질처럼 실망이 가슴을 때렸다. 아이리스는 더는 견딜 수 없었다. 재빨리 치아를 뽑듯 서둘러 그를 보내야 했다. "배는 언제 떠나요?" 그녀가 물었다.

"우리 좀 더…."

"언제 떠나느냐고요?" 아이리스가 다시 물었다. 루이는 양손을 들었다.

"매일 저녁 여섯 시."

아이리스가 대형 괘종시계를 흘깃 쳐다봤다. "그럼, 이제 가는게 좋겠네요. 부탁받은 대로, 실비아의 *발렌타인* 노릇을 하러." 화가 누그러졌다. "그리고 돌아오면 나로부터 풀려났다는 기분좋은 소식도 듣게 될 거예요."

아이리스는 이미 시작한 말을 멈출 수가 없었다. 그들 사이에아슬아슬한 기운이 감돌았다. 입 밖으로 나온 단어들을 곧장 주워 담고 싶었지만 그러기에 그녀는 너무 당당했고 너무 늦었다. 아이리스는 휘어진 거울에 비친 자신의 모습을, 이제는 산산조각난 그 작은 세상을 빤히 바라봤다.

"아이리스…안 돼요." 루이가 새파랗게 질려서 말했다. 아이리스가 그를 찰싹 때렸다. "진심일리 없어요."

"마차를 잡아줄게요."

"안 떠날 거예요, 당신이…."

"떠나세요." 아이리스가 마지막으로 모질게 말했다. "가요…마차를 불러줄 테니까."

루이가 말릴 새도 없이 아이리스는 문을 쾅 닫고 미끄러운 지푸라기들을 밟으며 거리로 뛰쳐나갔다.

상상이 소용돌이쳤다. 베니스에 간 루이가 무도회장에서 춤을 춘다. 루이의 손이 실비아의 허리를 단단히 쥔다. 루이가 위에 올라타고 아이가 생긴다—"나의 강인한 기사님." 실비아가 루이의 등을 꽉 잡으며 속삭인다—그런데 지금은 실비아가 임종을 기다리며 누워 있다. 배게 위에 머리를 풀어 헤친 채 카메오 브로치 속 여인처럼 아름다운 모습으로. 루이가 충직한 반려 견처럼 찾아가 실비아 옆에 앉아서 손에 입을 맞춘다. 그가 사랑한다고 말하자 실비아가 편히 임종을 맞이한다. 멈추려 했지만 아이리스의 상상은 점점 커져만 갔다. 실비아의 입술 위에 놓인 루이의 입술, 순간 그의 욕망이 다시 꿈틀댄다. 아이리스는 고개를 저었다. 죽어가는 여인을 질투하는 건 공평하지 못하다는 걸 알기 때문이었다. 루이는 *가야만* 했다. 그래야만 했다. 하지만 그녀를 가슴 아프게 하는 건 그가 실비아 곁으로 간다는 사실이 아니었다. 실비아는 결혼을 선택할 만큼 사랑했지만, 그녀에게는 같은 자격을 주지 않는다는 것이었다.

"사랑해요!" 아이리스가 샬롯가의 모퉁이를 돌 때 루이가 작업실 창문에서 소리쳤다. "제발, 아이리스."

하지만 아이리스는 대답하지 않았다. 그녀가 할 수 있는 건 복받쳐 오르는 흐느낌을 감추는 것뿐이었다.

역마차

여름이 일찍 찾아오면서 날씨가 더워지기 시작했다. 두꺼운 벨벳 천을 두른 탓에 사일러스는 옷깃 아래로 땀을 흘렸다. 그는 실로 꿰맨 푸른색 코트를 벗고 빈 가게의 창턱을 기어가는 고양이를 눈으로 좇았다. 고양이의 척추가 희한하게 굽은 걸 보고 그 부분만 부러졌는지 아니면 선천적 기형인지 궁금했다. 몇 달 전 같으면 녀석을 따라가서 덫을 놓고 작업대 위에 등뼈를 올려놓았겠지만, 그는 이내 흥미를 잃고 다시 루이의 집을 감시했다. 어린 소년이 편지를 전해주고 갔다. 사일러스는 이마를 닦았다. 곧 저녁이 오고 시원해지면 그도 쉴 수 있을 것이다.

그때 문이 쾅 닫혔다. 사일러스가 고개를 들어보니 아이리스가 서둘러 도로를 걸어가는 모습이 보였다. 그녀가 루이를 떠나고 있었다. 자갈바닥에 치마가 쓸려 금세 더러워졌다.

창문이 열리자 사일러스는 유리창 뒤로 몸을 당겼다. "사랑해요! 제발, 아이리스." 루이가 외치는 소리가 들렸다. 사일러스의 입에서 씁쓸한 레몬 맛이 났다.

아이리스는 사일러스에게 올 것이다. 동 틀 무렵인 그림 속에서 그런 것처럼, 램프 불빛에 턱을 살짝 돌린 채로 올 것이다. "당신 덕분에 당신을 사랑하게 됐어요." 그녀가 말할 것이다. "어째서 전에는 제대로 알아보지 못했을까요?"

사일러스는 아이리스를 따라가야 할지 고민했다. 하지만 그녀는 외출할 때마다 착용하는 숄이나 보닛을 걸치지 않았다. 그는 아이리스가 곧 돌아오리라 기대하며 기다렸다. 실제로 몇 분 후 그녀가 다시 나타나자 사일러스는 스스로를 자랑스러워했다. 그가 경관이라면 얼마나 쓸모가 있을지 생각해보라, 그의 관찰력으로 얼마나 많은 범죄를 해결하겠는가! 아이리스 뒤로 역마차가 달가닥거리며 따라왔다. 더위로 암갈색 말의 입에서는 거품이 흘러내렸고, 궁둥이는 땀으로 번들거렸다. 마부의 생강 색 콧수염은 바다소 상아처럼 말려 올라갔다. 사일러스는 아이리스가 마차에 올라타서 마부와 단 둘이 있게 될까 걱정했다.

하지만 그건 루이를 위한 마차 같았다. 루이가 작은 트렁크를 들고 문 앞에 서 있었다. 그가 가방을 마차 지붕으로 끌어올리자, 마부가 밧줄로 가방을 단단히 묶었다. 말이 나지막이 울부짖으며 투레질을 했다.

"런던 브릿지 부두요." 루이가 말하는 소리가 들렸다. "서둘러

주세요."

루이가 손을 잡으려고 하자 아이리스가 뿌리쳤다. 그들은 사일러스가 알아들을 수 없는 이야기를 하며 언성을 높였다. 루이가 조금 애원하는가 싶더니 한숨을 쉬며 마차에 올랐다.

어찌나 이를 갈았는지 사일러스는 머리가 아팠다. 하지만 아이리스가 루이를 진심으로 사랑하지 않는다는 걸 알게 돼서 한결 마음이 놓였다. 문득, 어떤 생각이 머릿속에 떠올랐다. 그저 새싹일 뿐이었지만—흙을 뚫고 고개를 내미는 초록빛 새싹과 같았다—사일러스는 그 싹을 꽉 움켜쥐었다. *지금이야말로 그를 위한 순간이었다*. 너무 완벽하고, 너무 절묘해서 설계를 해야만 일어날 수 있는 일이라고 생각했다.

모든 준비가 끝났다. 지하실도 준비됐고, 마개를 씌운 클로로포름 병도 스물여덟 개나 구입했다. 아이리스를 맞이할 준비를 마쳤다. 사일러스는 파리에서 온 매춘부가 저택 응접실에서 사용하던 프랑스어를 떠올렸다. 세쥬르(séjour, 거주지 또는 거실이라는 뜻—옮긴이). 그가 그녀의 세쥬르를 준비했다. 지체할 수 없었다. 완벽하게 준비를 마쳤는데 그 순간 로즈가 찾아온다면 어떻게 하겠는가? '유니버시티 칼리지 런던'을 어슬렁거리다가 주워들은 의사들의 토론 내용도 그러했다. 클로로포름에 취해 누워 있는 사람은 신속하고, 깨끗하게, 올바른 각도에서, 적절한 압력을 가해 절개해야 한다. 꼼꼼함은 정확성뿐만 아니라 타이밍에 의해서도 좌우된다.

마차가 모퉁이를 돌자 루이가 창문 밖으로 그 어리석은 손을 흔들었다. 아이리스는 팔짱을 낀 채 그곳에 서 있었다. 아이리스가 울기 시작했다.

내 삶은 황량해. 사일러스가 그녀에게 기쁨과 위안을 줄 것이다.

아이리스는 완전히 혼자였다. 이건 운명이었다. 누가 운명을 부정한단 말인가?

* * *

사일러스는 몇 년 만에 처음으로 달렸다. 걸음을 재촉하는 다리가 삐딱하니 볼썽 사납게 벌어졌다. 부자나 숙녀, 청소부나 행상 할 것 없이 마구 헤치며 뛰었다. 피라미드처럼 쌓인 오렌지가 도로로 쏟아지자 한 여자가 고함을 쳤다. 사일러스는 뛰어가는 그 꼬마 놈을 봤을 때처럼 달렸다. 심장이 쿵쾅대고, 목은 열기로 따끔거렸다. 등에는 땀이 송골송골 맺혔고, 짭짤한 구슬땀이 뺨에서 뚝뚝 떨어졌다.

사일러스는 아이리스가 길을 따라오는 모습을 머릿속으로 그려봤다. 아이리스의 발걸음이 사일러스의 희미한 흔적 위로 겹쳐졌다. 하지만 숙녀이니 만큼 아무리 급해도 달리지는 않을 거라고 확신했다. 그리고 그녀의 시선으로 기울어진 건물들을 봤다. 아이리스는 이 모든 걸 어떻게 받아들일까? 사일러스는 방향을 틀어 그가 사는 골목으로 들어갔다. 전에는 벽마다 찐득한 녹색 물체가 묻은 걸 눈치 채지도, 집들이 다닥다닥 붙어서 비좁다고 느끼지도, 벽돌담 옆에 질펀하게 쏟아진 쓰레기 더미에 관심을 두지도 않았다. 건물들이 비틀거리다가 넘어져 그를 압사시킬 것만 같았다. 아이리스는 골목을 따라 이리로 내려올까, 아니면 골목 입구에서 기다릴까? 골목은 좁고 악취가 진동했다. 바닥에서 스패니얼의 사체를 찾아봤지만, 뼈 수집가가 풀 공장에 팔려고 수거해 간 것 같았다. 적어도 막다른 골목길에는 아무것도 없었다. 바람을 피해 누울 곳을 찾는 누더기 차림의 아이들조차 보이지 않았다. 그리고 이 시각이면 스트랜드가를 지나는 마차의 삐걱대는 바퀴 소리로, 일을 마치고 허둥지둥 집으로 달려가는 시커먼 사무원들의 수다로 귀가 먹먹할 만큼 시끄러웠다. 아무도 그녀의 비명을 듣지 못할 것이다. 누군가가 골목길을 휙 돌아본다면? 하지만 그럴 가능성은 없었다. 너무 어두웠다. 눈이 적응하는 데 시간이 걸릴 것이고, 사일러스는 재빨리 움직일 것이다. 심지어 그도 지금 앞이 잘 보이지 않았다. 흰 집들이 늘어선 바깥 거리가 눈이 부실 정도로 밝아서, 어두운 골목으로 들어서자 초록색과 노란색 모양들이 떠다니며 눈앞이 어지럽기만 했다. 아이리스도 같은 증상을 겪을 것이고, 문설주 뒤에 웅크린 그를 눈치 채지 못할 것이다.

이미 답을 찾고도 사일러스는 모든 것이 제자리에 있는지 마지막으로 확인하기 위해 서둘러 집으로 들어갔다. 덧문을 덮은 양가죽을 들추며 아이리스를 품안에 사뿐히 들고 조심스럽게 가게 안으로 들어가는 장면을 상상했다. 지하실로 옮기다가 그녀가 발목이라도 접질린다면 탈출 시도만 힘들어질 것이다. 사일러스는 떨리는 손을 진정시키려고 애썼다. 그러고는 서랍장에 놓인 클로로포름 병을 만진 뒤, 곤봉으로 쓸 허벅지 뼈를 쓰다듬었다. 곧 그에게 동반자가 생길 것이다.

사일러스에게 필요한 건 오직 편지 대서인뿐이었다. 스트랜드가에서는 수십 명의 편지 대서인이 일감을 찾았다. 교육을 받은 적도 없으면서 받은 척하는 사무원들이 가끔씩 그들을 이용하곤했다.

사일러스는 편지에 쓸 말을 미리 준비해뒀다.

벼룩

"그가 뭘 시켰어?"

깃펜을 든 거만한 소년이 하던 일을 멈췄다.

앨비는 더 세게 밀어붙였다. 그리고 광고판에 가지런히 휘갈겨 쓴 글씨들을 바라봤다. 저런 고리들이 어떻게 글자를 이루는지, 사람들이 어떻게 그걸 알아보는지 궁금했다.

"그가 뭘 써달라고 부탁했어?" 앨비가 따졌다.

"누가 뭘 물었다는 거야?"

"조금 전에 나간 남자. 푸른색 코트." 앨비는 오후 내내 사일러스를 따라다니다가 루이가 마차를 타고 런던 브릿지 부두로 출발하는 걸 봤다.

"그게 너랑 무슨 상관인데?" 소년이 비웃었다. 소년은 닳아서 너덜너덜한 벨벳 재킷과 가장자리에 지푸라기가 풀린 밀짚모자를 걸치고 있었다. 소년이 앨비를 무시한 채 모음을 길게 빼며 크게 소리쳤다. "편지 대신 써주고 5펜스요! 훌륭한 편지가 5펜스!" 그런 뒤 소년이 목소리를 낮춰 말했다. "꺼져, 이 몹쓸 놈아, 손님 모으는 데 걸리적거리잖아."

"잘 들어, 쌍놈아." 앨비가 씩씩거렸다. "그 남자. 그 사람한테 뭐라고 써줬어?"

"꺼지라고." 소년이 다시 말했다. 소년은 자신이 교육을 받아서 더 뛰어나다는 눈빛으로 앨비를 노려봤다. 소년 앞에는 휴대용 책상이 놓여 있었고, 그 위엔 문진과 끈으로 고정한 모조 피지와 종이 더미, 그리고 잉크를 담은 우유병이 있었다. 앨비가 병을 쥐더니 뚜껑을 열어서 바닥에 잉크를 살짝 튀겼다. "그거 이리 내!" 소년이 소리쳤다. "10실링이나 한단 말이야!"

하지만 앨비는 머리 위로 병을 들어올렸다. "떨어뜨릴 거야, 진짜." 그가 말했다. "이제 말해봐, 그에게 뭐라고 써줬어? 이 정도 박살내는 건 하나도 겁나지 않아."

"그럼 재미없을 줄 알아…후회할 거야!"

"그냥 그가 뭘 부탁했는지 그것만 말해." 앨비는 다급함을 숨기려고 애써 담담한 목소리로 말했다. 손으로 내려쳐서 녀석을 박살낼 수도 있었다. *말해,* 앨비가 명령했다. *제발 말 좀 해달라고.*

"그 하람이," 소년이 앨비의 말투를 흉내 내며 말했다. "내게 편지를 써달라고 했어."

"그건 나도 알아." 앨비가 말했다. "뭐라고 썼어? 장난으로 이러는 거 아냐." 그가 돌바닥에 잉크를 한 번 더 뿌렸다.

소년은 성질을 부리다가 이내 화를 누그러뜨렸다. "어떤 여자가 자기 여동생한테 그 남자를 만나러오라고 부탁하는 쪽지였어. 저 골목 아래로…." 소년이 사일러스의 가게 방향을 가리켰다. "그리고 자기가 다쳤다는 식으로 말했어. 그게 내가 아는 전부야…그게 다야. 그게 무슨 뜻인지는 제기랄 나도 모르지. 이제 그거 돌려줘, 후려치기 전에."

앨비는 이 혼란스러운 내용을 이해하려고 애쓰며 입술을 깨물었다.

"편지 받는 여자 이름이 머야?"

"'이름이 뭐야'라고 해야지." 소년이 비웃으며 바로잡았다. "그리고 말할 수 없어."

"아이리스였어?"

"그럴지도. 이제," 소년이 흐트러진 억양으로 말했다. "안 놀릴게, '도둑이야'라고 외치기 전에 그 병 이리 내, 10실링을 물어내라곤 안 할 테니까."

앨비는 소년에게 잉크병을 찔러주고 그가 뒤쫓기 전에 사람들 사이를 이리저리 빠져나갔다. 모퉁이를 돌자 걸음이 느려졌다.

앨비는 편지를 꾸며낸 사일러스와 혼자 남겨진 아이리스를 생각했다…트렁크를 끌고 간 것으로 보아 루이는 며칠 동안 집을 비울 게 분명했다.

아이리스가 가짜 편지를 믿을까? 앨비의 심장이 벌렁거렸다.

이 겁 많은 비겁자, 나약한 놈…네가 아이리스를 곤경에 처하게 했어.

앨비의 누나는 메릴본의 여성구호단체가 운영하는 새 숙소로 옮겨서 안전했다. 그녀의 앞치마에는 그 안에 집어넣고 꿰맨 3파운드도 들어 있었다. 앨비의 누나는 빚을 갚고 빈민굴에서 풀려난 뒤 하녀 일을 배우기 시작했다. 곧 일자리를 찾아서 점잖은 신분을 얻게 될 것이다. 사일러스도 그녀를 찾을 수 없으리라.

앨비는 확신이 들면 행동으로 옮길 거라고 늘 자기 자신에게 말했다. 그런데 이제 확신이 생기지 않았는가?

넌 내 동생이나 마찬가지니까.

한 발 한 발 뛸수록 싸늘한 수치심이 온몸으로 퍼지는 게 느껴졌다. 앨비는 자신을 발로 차고 몸뚱어리에서 숨을 끊어내고 싶었다. 어떻게 이토록 경고를 *지체했단* 말인가?

하지만 너무 늦지는 않았다. 아이리스는 아직 안전했다. 아이리스에게 경고해야 했다.

앨비는 편지 배달원보다 더 빨리 달릴 수 있었다. 아이리스에게 먼저 도착할 수 있었다. 그런 다음에는 어떻게 할 것인가? 사일러스를 체포할 만한 충분한 증거가 없었다. 하지만 적어도 앨비는 할 수 있는 전부를 했을 것이고, 아이리스는 기지를 발휘해서 아무 해도 입지 않았을 것이다. 이거면 대단한 일 아닌가? 어쩌면 그가 찾은 깃털(블루벨의 깃털)이 사일러스를 옭아맬지도 몰랐다.

앨비는 증기를 동력으로 삼은 듯, 태어나서 처음 달리는 듯 그렇게 달렸다. 목구멍에 닿는 공기가 차가웠다. 목적지까지 몇 시간은 걸리는 것 같았다. 그는 자신이 아는 오래된 지름길로, 눈 감고도 뛸 수 있는 거리로 달렸다. 단지 어린아이에다가 길거리 꼬마일 뿐이었지만, 힘이 솟는 게 느껴졌다. 이제 아이리스에게 경고할 수 있게 됐다. 그는 사일러스를 지켜보며 알맞은 때를 기다렸다. 누구도 가지지 못한 정보가 그에게 있었다.

앨비의 다리가 대장장이의 망치 아래에서 구부러지는 시뻘건 쇠처럼 이상하게 흐느적거렸다. 그는 아이리스를, 그가 만든 장미 리본을 쓰다듬던 그녀의 모습을, 누나가 아프다는 소리를 듣고 6펜스를 건네던 그녀의 손길을, 치아를 사라며 준 5파운드를 생각했다. 콜빌 플레이스에서 5분도 걸리지 않는 옥스퍼드가를 향해 질주할수록 앨비는 마음이 어수선했다. 귓전을 윙윙거리는 잡생각에 정신이 팔려서 어떤 형체도, 마차도, 쉭쉭대며 다가오는 위험도 보거나 확인하지 못했다.

쾅, 철과 철이 부딪치며 삐걱거리더니 나무 쪼개지는 소리가 났다. 말이 사납게 울어댔다.

덜커덕거리며 달리는 말발굽에 가슴이 짓밟히고, 거세게 회전하는 짐마차 바퀴 아래에서 헝겊 인형처럼 나뒹구는 충돌의 순간, 쇠바퀴가 두개골을 달걀 껍데기처럼 두 동강 내며 가느다란 생명줄을 싹둑 자르기 직전의 그 고요한 찰나, 앨비는 누나를 생각하지 않았다. 사랑이나 꿈, 심지어 아이리스도 생각하지 않았다. 단지 어느 날 인형 가게에서, 미니어처 치마의 이음새를 훑으며 벼룩의 등을 터뜨리던 아이리스의 손가락만 생각했다. 굉장한 소리가 톡 하고 났고…피가 구슬처럼 참 예쁘게 맺혔었다.

럼리 코트

럼리 코트, 14번지

아이리스 양에게,

안면은 없지만 로즈 양을 대신해서 이 글을 씁니다. 로즈 양에게 사고가 났습니다. 스트랜드가를 걸어가다가 공격을 당했고, 악한은 체포됐습니다. 저희 집으로 데려왔는데, 당신 주소를 건네며 당장 동생을 불러달라고 애원하더군요. 럼리 코트 거리 맨끝 집으로 오시면 됩니다. 의사가 다녀가긴 했지만 부상이 심각하진 않으니 그 점은 염려 마시기 바랍니다.

진심을 담아,
T. 베이커 드림

짐마차

옥스퍼드가에서 소동이 발생했다. 짐마차 한 대가 옆으로 쓰러졌다. 아이리스는 고개를 쭉 내민 행인들을 밀치며 도로를 뛰다시피 지나갔다. 그러면서 자신에게 그쪽을 보지 말라 타일렀다. 비명이 들리고 한 숙녀가 기절하는 바람에 사람들이 허둥대며 흥분했다. 고통스러울 걸 알면서도 아이리스는 보이지 않는 실이 잡아당기듯 고개가 돌아가는 걸 막을 수 없었다. 그 짧은 순간에 말이 동요하며 하늘로 발굽을 치켜드는 게, 치켜든 무릎에 뼈가 훤히 드러난 게, 말의 입에서 나온 빨간 거품이 배수로에 웅덩이를 이룬 게 보였다. 마부는 말을 진정시키려고 애쓰며 말이 사살될 거라고, 소년이 앞을 보지 않았다고 탄식했다. 소년의 작은 몸은 천으로 덮인 채, 진흙 묻은 발가락만 작은 고둥 껍데기처럼 삐죽 튀어나와 있었다.

옅은 금발 머리의 한 소녀가 소년의 몸 위에 웅크리고 있었다.

소녀는 단정하게 갓 다림질한 밋밋한 푸른색 드레스를 입고—아이리스는 천과 재단 방식을 보고 자신이 클라리사의 여성구호단체에 바느질해준 옷감과 똑같다는 걸 알았다—온몸을 부들부들 떨었다. 소녀가 애처롭게 흐느끼며 남자를 향해 소리쳤다. "내 동생…내 동생 살려내!"

"그놈이 앞을 보지 않았어요! 불쑥 튀어나왔단 말입니다!" 마부가 경관을 향해 소리친 뒤 바퀴살을 훔쳐 도망가려는 한 꼬마를 채찍으로 찰싹 때렸다.

이 장면을 떨쳐내려는 듯 아이리스는 고개를 흔들며 몸을 돌렸다. 공기 중에 무언가가 전염되는 것 같았다. 먼저 실비아의 임종이 가까이 다가왔고, 로즈가 기습을 당했고, 이젠 이 아이까지 바로 자신의 집 모퉁이에서 마차에 치여 죽었다. 아이리스는 두려움을 묻으려고 애썼다. 이런 일은 늘 일어났다. 그녀는 자신이 기억하는 것보다 더 많은 시체를 길에서 봤다. 어떤 건 마음에 깊이 새겨지기도 했다. 문간에서 얼어 죽은 대변 수거인, 심장을 부여잡고 쓰러진 노신사, 회색빛 아기를 붙잡고 흐느끼던 가난한 여인. 하지만 얼마나 많은 시체를 봤든, 여전히 이런 장면에는 그녀를 충격에 빠뜨리는 힘이 존재했다.

아이리스는 로즈가 얼마나 심하게 다쳤을지 궁금했다. 차라리 팔이 부러졌을지언정 얼굴을 다쳐 상처가 심해지지 않기를 바랐다. 그리고 로즈가 질투를 완전히 거두고 루이에게 손을 내밀던 순간을 떠올렸다.

아이리스는 루이를 용서할 생각이었다. 그가 마차에 올라타며 결혼하겠노라고 말했지만, 너무 화가 나고 상처가 커서 그의 말을 진지하게 받아들이지 못했다. "나는 당신이 *원하기*를 원해요, 내가 애걸복걸하며 매달려서가 아니라"라고 아이리스는 말했다. 로즈의 부상 소식을 알리는 편지가 도착했을 때는 이미 분노가 식어 부두까지 루이를 쫓아가려고, 그가 증기선을 타고 떠나기 전에 싸움을 매듭지으려고 망토를 두르는 중이었다. 그녀는 대신 에딘버러로 루이에게 편지를 쓸 생각이었다.

도시는 활기로 가득했고, 삶은 계속됐다. 아이리스가 원하는 건 오직 로즈와 루이를 붙잡는 것뿐이었다. 목구멍으로 거친 숨소리가 새어나왔다. 초록색 치마를 입은 소녀가 뒤축이 다 닳은 구두 한 켤레를 들이밀었다("2펜스예요, 아가씨."). 한 꼬마는 팔을 잡고 은색 빗처럼 반짝이는 고등어 바구니를 내밀었다. 행여 생선을 쳐서 바닥에 떨어뜨릴까봐 몸을 틀었다.

아이리스는 거리가 붐비고 배설물로 발 디딜 틈 없을 땐 걸음을 늦추며 이리저리 지그재그로 걸었다. 거리는 구불구불하고 정체도 심했다. 이따금 길을 잘못 들어 골목을 되돌아 나오기도 했다. 템스 강의 악취가 심해질 때쯤 룰스 레스토랑에서 술 취한 신사가 비틀거리며 나오더니 그녀를 보고 씩 웃었다. 하지만 아이리스는 그저 강 쪽을 향해, 스트랜드가로 계속 걸어갔다. 그리고 스트랜드가에 도착해서는, 무너진 개미굴에서 쏟아져 나오는 개미떼처럼 걸음을 재촉하는 혼잡한 사무원 무리에 휩싸였다. 아이리스는 그 집이 어디에 있을지 궁금했다. 고급스러운 두꺼운 카드에 글을 적어 보낸 걸로 보아 거대한 저택일 거라고 예상했다.

"럼리 코트가 어딘지 아니?" 아이리스가 한 아이에게 물었다. 아이는 얼룩덜룩한 비누 바구니를 짊어진 채 구부정하게 서 있었다. 셔츠가 순수한 자황색이었다.

"네, 알죠." 아이가 낡은 터널 방향을 가리키며 말했다. "저기예요."

정말 희한하다, 아이리스는 혼자 생각했다. 어쩌면 베이커 씨는 편지로 짐작한 것처럼 부자는 아닌 모양이었다. 그녀는 그림 모델을 서주던 루이를, 잘생긴 소년 같은 그 얼굴을, 검은 곱슬머리를 떠올렸다. 그리고 머리 그늘을 에메랄드색으로 칠하고 싶었다.

두 번 볼 새도 없이 골목길을 달려 내려가는 바람에 돌로 된 입구에 어깨가 긁히고 옷이 더러워진 것도 알아차리지 못했다. 아이리스는 집을 찾아 두리번거렸다. 하지만 태양이 눈부신 거리에서 어둠 속으로 발을 들이자 앞이 보이지 않았다. 그때 뒤통수에 쿵 하고 무언가가 세게 부딪쳤고, 아이리스는 의식을 잃었다.

3장

Ses sires l'ad mis'en prisun
En une tur de marbre bis,
Le jur ad mal e la nuit pis

그녀가 회색 대리석 탑에 갇혔으니,
낮은 끔찍하고 밤은 더 처참하더라.
　　　　　　　—마리 드 프랑스,
　　　　　　　　〈기주마르〉(11세기)

내 삶은 황량하고,
임은 오지 않네.
　　　　　　　—알프레드 테니슨
　　　　　　　　〈마리아나〉(1830년)

세두르

아이리스는 사일러스의 지하실 바닥에 누워 있었다. 사일러스가 그녀에게 손을 뻗었다. 얼굴은 창백했고, 입술이 상처 자국처럼 벌어져 있었다. 그가 목까지 올라오는 드레스를 살살 내렸다. 지금까지 그가 본 대로, 그것이 거기 있었다. 만국박람회 현장에서, 미술원 전시회 그림 속에서, 그녀가 숄을 펄럭이던 거리에서 본 그것. 뒤틀린 뼈를 덮은 살갗. 자주 만져서 닳은 나무 난간의 옹이처럼 질감이 좋았다. 사일러스가 웃었다. 마침내 해냈다. 그를 비웃고 조롱하던 어떤 이들(그의 어머니, 도자기 공장의 소년들, 기든)도 그가 해낸 걸 이루지 못하리라. 그의 박물관, 이곳 세주르에 그녀를 모시는 것 말이다.

아이리스는 쏟아지는 햇살을 등에 업고 골목에 나타나서는 사일러스를 지나쳐 곧장 달렸다. 물론 머리에 뼈다귀를 내리치는 건 힘든 일이었지만, 사일러스는 그 일이 힘들 거라는 걸 잘 알고 있었다. 쉬운 일에서 어떻게 만족감을 얻겠는가? 그건 접시를 만드는 것과 비슷했다. 두 번 굽는 수고를 들이지 않는다면, 녹로공, 선반공, 유약을 바르는 직공들을 필요로 하지 않는다면, 매끄러운 도자기를 탄생시키는 기쁨을 어디에서 찾겠는가?

타이밍은 완벽했다. 아이리스가 살짝 휘청거리며 신음할 때 사일러스가 클로로포름을 묻힌 천으로 얼굴을 꽉 눌렀다. 아이리스는 완전히 정신을 잃고 몸부림도 거의 치지 않았다. 팔다리를 휘두르며 낮게 신음하는가 싶더니 너무 쉽게 고분고분 잠에 빠져서, 그녀도 이 일을 원했다고 확신할 정도였다. 사일러스는 편지가 아이리스 손에 있는 걸 보고 안심했다. 다 감수하고 저지른 일이었지만 아주 위험할 뻔했다. 편지를 집에 두고 나왔다면 루이가 어디로 가야 그녀를 찾을 수 있는지 알 것이기 때문이었다.

다시 한 번 아이리스를 빤히 바라보다 사일러스는 갑작스러운 슬픔을 느꼈다. 왠지 이해할 수 없었다. 목구멍 뒤에서 올라온 씁쓸한 맛이 아무리 침을 삼켜도 사라지지 않았다. 그가 한숨을 쉬고 아이리스를 들어 의자에 앉혔다. 그리고 다리와 손목을 단단한 끈으로 꽉 조이고는 필요 이상으로 여러 번 매듭을 묶은 뒤 자리에 앉았다.

사일러스는 아이리스가 혼자서 이 상황에 적응하도록 내버려둘 생각이었다. 그런 다음 음식을 가져다주며 이야기를 나눌 것이다. 그들은 서로의 버릇과 인생사에 대해 조금씩 알아갈 것이다. 그러다가 더욱 신뢰하면 손을 풀어주고 함께 식사할 것이다. 아이리스는 인형 가게에서의 삶이 어땠는지 들려주고, 둘은 루이의 험담을 늘어놓으며 깔깔거리고 웃을 것이다. ("그 돼지새끼 같은 놈. 이런 말을 쓰면 품위 없다는 건 알지만 부디 하나님이 용서하기를! 그의 손아귀에서 풀려나다니 얼마나 다행인가요.")

침울한 기분이 금세 가시고 사일러스가 미소를 지었다. 그리고 가게로 올라가서 나비 진열장을 덧문 위로 끌어다놓고 큰 소리로 웃었다. 너털웃음이 이토록 껄껄거리며 이어진다면 그 힘으로 어디든 갈 수 있을 것 같았다. 무엇이든, 원하는 *무엇이든* 가능했다. 그는 신이 나서 방으로 올라갔다가, 넘치는 힘과 기쁨을 주체 못하고 미친 사람처럼 다시 가게로 내려왔다.

적막

눈을 떴지만 감은 것과 다르지 않았다. 한 번도 본 적 없는 칠흑 같은 어둠과 한 번도 들어본 적 없는 침묵 속이었다. 달빛도, 희끄무레한 거리의 노란 가스 불빛도 없는 암흑이었다. 취객의 노랫소리도, 아기의 희미한 칭얼거림도, 말의 울음소리도 없는 적막이었다. 캄캄한 벨벳에 둘둘 말린 것처럼 갑갑하고, 끈적끈적하고, 후덥지근했다.

아이리스는 손을 얼굴에 갖다 대려다가 자신이 단단히 묶인 걸 알았다. 주먹을 힘껏 움직였지만 꿈쩍하지 않았다. 손목이 끈에 쓸렸다. 다리는 단단히 고정되었고, 발은 피가 고여 부었다. 어지러웠다. 머리가 아파왔다.

신음을 내려고 했지만, 입에 무언가가 씌워져 있어서 소리가 나오지 않았다. 아이리스는 자신의 숨결로 뺨이 따뜻해지는 걸 느꼈다. 숨을 헐떡였지만, 입술이 천으로 꽉 조여져 있었다. 그녀는 침을 뱉고 온몸을 비틀었다.

두려움이 온몸을 휘감으며 오싹한 기분이 들었다. 어디에 있는 걸까? 무슨 일이 일어난 걸까? 그녀는 아주 잠깐, 즐거운 상상을 했다. 루이가 장난치는 건 아닐까 하고. 하지만 그가 아니란 걸 깨달았다. 파도처럼 밀려오는 공포 때문에 초조하고 위축되고 진이 빠졌다.

아이리스는 별안간 닥치는 고통의 신호로 자신이 무얼 하는지 간신히 의식했다. 발은 바닥을 치고 있었고, 손가락은 비틀어 뒤틀었다. 넘어질 때까지 의자를 흔들었다. 의자가 옆으로 넘어지며 갈비뼈와 골반이 고통의 노래를 불렀다. 팔이 아래쪽에 깔리면서 팔꿈치가 배를 파고들었다. 얼굴은 바닥에 착 달라붙었고, 목구멍 뒤에서 와인의 퀴퀴한 탄닌 맛이 났다. 속박에서 벗어나기 위해 부딪치고 몸부림칠수록 공포는 커져만 갔다.

<u>느그그그흐흐흐흐흐</u>, 부드러운 솜뭉치에 숨이 막혔지만, 아이리스는 말을 하려고 애썼다. <u>느그그그그흐흐흐흐</u>.

숨을 쉴 수 없었다. 공기를 찾아 헐떡거렸지만, 아무리 힘껏 숨을 쉬어도 매번 치아 앞까지만 닿는 느낌이었다. 공기가 없었다. 맥박은 점점 희미해졌고, 팔다리는 도자기 인형처럼 빳빳하게 식어갔다. 아이리스의 몸은 오롯이 아찔한 공포만 남은 상태로 후퇴했다. 그러자 방광이 아파오며 소변을 배출하고 싶었다.

족쇄에 쓸려 살이 아렸다. 그제야 아이리스는 알아차렸다.

사일러스.

살을 파고드는 끈은 그녀의 손목을 잡은 사일러스의 손가락이었다. 움켜쥔 손길, 그 손길을 뿌리치려고 얼마나 발버둥 쳤던가! 흙바닥은 움켜쥔 그의 손바닥이자 눅눅한 그의 냄새였다. 재갈은 그녀의 입에 닿은 그의 입이었다. 차가운 수건처럼 흐물흐물하고 서늘한 입. 사일러스가 편지로 유인했고, 아이리스는 썩은 고깃덩이에 낚인 강아지처럼 그 장단에 맞춰 춤을 췄다.

생각이 끔찍한 방향으로 흘러가자, 아이리스는 고삐를 잡으려고 애썼다. 사일러스가 목을 조르고 그녀가 숨을 헐떡거린다. 그가 내려오면 무슨 짓을 할까? 혹시 아이리스가 죽도록 그냥 내버려 두는 건 아닐까, 뒤집힌 들통에 갇힌 쥐새끼처럼?

아이리스는 살아 있었다. 처음보다 호흡이 훨씬 안정됐다. 그녀는 벽지에 대고 쫙 펼친 손가락을, 피를 나르는 푸른색 정맥들을 생각했다. 그리고 심장 박동을 들으며 간신히 안정을 되찾았다.

하지만 그러는 내내 아이리스는 떨고 있었다.

카라멜 트러플

사일러스는 양손에 초록색 종이봉투를 든 채 서둘러 거리를 통과했다. 비이성적인 생각이란 건 그도 알고 있었다. 아이리스가 무거운 나비 진열장을 밀치고 감금에서 탈출할 길은 없었다. 그런데도 그는 자신의 보물이 손가락 사이로 빠져나갈까 두려웠다. 문을 열고 들어섰는데 침묵만이 남아서 한낱 꿈이었음을 일깨운다면, 다시 혼자가 될 것이다. 고독은 채찍이었다. 그는 언제나 고독을 즐기는 척했다. 선택의 여지가 없는데 이미 벌어진 일을 슬퍼하는 게 무슨 소용이란 말인가? 하지만 가게에 감도는 외로움, 차갑게 식은 넓은 침대, 혼자 중얼거리며 나누는 대화, 불쑥 찾아오는 생각들. 그는 공허했다.

그런데 이제 아름답기 그지없는 생명을 곁에 두게 됐다. 사일러스가, 그녀가 가장 좋아하는 간식을 그녀가 가장 좋아하는 노점에서 사왔다는 걸 알면 아이리스의 모든 괴로움이 사라질 것이다. 어떻게 안 그러겠는가? 아이리스는 감사함을 배운 숙녀였다.

사일러스는 문을 열고 소리에 귀를 기울였다. 바닥에 귀를 대자 희미한 소음이, 안간힘을 쓰는 소리가 들렸다. 하지만 고양이나 근처 건물에서 나는 어린아이의 소리일지도 몰랐다.

나비 진열장을 밀고 덧문을 들자 훌쩍이는 소리가 커졌다. 사일러스는 아이리스를 조용히 시켜야 할지, 아니면 자신을 구원자이자 위안자라고 안심시켜야 할지 곰곰이 생각했다. 그는 한순간도 그들의 관계에 대해 스스로 어떻게 바라보는지 생각하지 않았다. 아이리스는 그의 포로인가, 손님인가, 하녀인가, 표본인가? 반대로 사일러스는 그녀의 포획자인가, 주인인가, 구원자인가, 그도 아니면 수집가인가? 진정 중요한 건 그녀가 *이곳에*, 그와 함께 있다는 사실 뿐이었다.

사일러스는 기름 램프를 들고 종이 가방을 입에 문 채 아래로 내려갔다. 사다리 맨 아래 계단에 다다라서 뒤돌아서자 아이리스가 의자에 묶인 채로 바닥에 넘어져 있었다. 벌겋게 충혈된 눈이 사나웠다.

"당신을 다치게 하고 싶지 않아요." 사일러스가 말했다. 하지만 그가 다가가자 아이리스는 몸을 웅크렸다. 사일러스가 그녀를 일으켜 세웠다. "당신에게 줄 선물이 있어요."

아이리스가 노려보자 사일러스가 소매를 만지작거렸다. 그 공포에 질린 표정이라니! 사일러스는 이해할 수 없었다. 그가 무슨 대단히 놀라운 일을 한 것도 아니었다. 오랜 시간에 걸쳐 수천, 수백만 명의 여성들이 겪은 일이지 않은가. 그녀도 그런 숙녀가 주인공인 그림에 등장하지 않았던가.

사일러스가 뒤에 들고 있던 초록색 봉투를 잽싸게 꺼냈다. 쏘아보는 아이리스의 눈빛이 칼날처럼 매서웠다. "초콜릿에 적신 토피요." 그가 말했다. 하지만 그녀의 표정에는 변화가 없었다. 이번에는 다른 방식으로 접근했다. "착하게 굴면 끈을 풀어줄게요."

사일러스가 헛기침을 했다. 그는 이렇게 힘 있는 위치에 익숙하지 않았다. 불쾌한 건 아니었지만, 두 손으로 뭘 해야 할지 막막했다.

사일러스가 재갈을 풀었다. 하지만 아이리스는 턱만 움직일 뿐 아무 말도 없었다. 비명도 지르지 않았다.

"초콜릿을 먹여줄게요." 사일러스가 말했다. 하지만 그는 이런 제안이 필요 없기를 바랐다. 아기나 개에게 하듯이 음식을 먹이는 건 무례한 짓이었다.

"보내줘요." 아이리스가 말했다. 목소리가 어찌나 갑작스럽고 간절한지 사일러스는 봉투를 떨어뜨릴 뻔했다. "제발…보내줘요. 누구에게도 얘기하지 않을게요…아무 말도 안 할게요…그러니 부탁드려요, 제발, 날 풀어줘요."

"당신이 가장 좋아하는 노점에서 산 것들이에요." 사일러스는 주제를 바꾸면서 아이리스가 눈치 채지 못하기를 바랐다.

"나한테 뭘 바라는 거예요? 돈이라면 루이가 얼마든지 줄 거예요. 제발 풀어줘요."

"가운데에 토피가 들었어요." 사일러스가 하나를 건네며 말했다. "1페니에 열두 개예요."

"초콜릿 따위는 필요 없어요!" 아이리스가 소리쳤다. 눈동자가 다시 거칠게 흔들렸다. "제발, 보내줘요."

"나는 당신의 친구가 되고 싶을 뿐이에요."

"그럼 날 풀어줄 건가요?" 하운드가 떨어진 스테이크를 물듯 그의 말을 덥석 물었다. "당연히 당신은 나의 친구예요…그러니 제발, 나를 보내줘요, 그럼 보여줄게요."

"편지로 우정을 증명해주면 좋겠어요."

"편지요?"

"전해요…." 사일러스가 목소리를 낮췄다. "당신이 말한 그 남자한테, 당신은 안전하니까 걱정하지 말라고."

"하지만 거짓이잖아요!"

"하지만 사실이에요." 사일러스가 아이리스만큼이나 확신에 찬 목소리로 말했다. "당신은 내 옆에서 *안전해요*."

아이리스가 의자를 다시 앞뒤로, 앞뒤로 흔들기 시작했다. "뭘 원하는지 모르겠어요." 그녀가 말했다. "당신의 친구가 될게요… 뭐든 할게요…그냥…."

"편지를 써줘요." 사일러스가 우겼다. 그러고는 부자연스럽게 톤을 높이며 명령조로 말하려고 애썼다. "편지를 써야 할 거요."

하지만 아이리스는 고개를 저었다. "제발 보내줘요." 똑같은 말을 되풀이했다. "뭐든 할게요."

사일러스는 혐오감이 치솟는 걸 느꼈다. "말했잖아요. 당신이 내 친구라는 걸 알게 되면 풀어주겠다고."

"친구예요, 친구 *맞아요*…그걸 증명하려면 뭘 해야 하는지만 말해줘요."

"초콜릿을 가져왔어요." 거듭되는 우는 소리에 신물을 느끼며 사일러스가 말했다. 말에게 먹이를 주듯 평평한 손바닥에 트러플을 올리고 내밀었다.

아이리스가 고개를 똑바로 쳐들더니 손가락을 힘껏 깨물었다. 전혀 예상 못한 일이었다. 손을 비틀어 빼내는 바람에 주먹이 그녀의 치아에 세게 부딪쳤다. 그가 손가락을 소중히 감쌌다. 손가락이 부러졌을지도 몰랐다.

이어진 것들은 더욱 끔찍했다. 아이리스의 비명이 지하실을 메웠다. 날카로운 울부짖음이 방 안 가득 울려 퍼졌다. 사일러스는 양손으로 귀를 틀어막고 머리를 힘껏 후려치고 싶었다. 그녀의 입술 사이에서 나온 건 상상처럼 희미한 흐느낌이 아니라, 공기를 찾아 힘겹게 헐떡이다가 목이 찢어진, 목이 쉰 짐승의 절규였다.

"그만해!" 사일러스가 주머니에서 유리병을 뒤적이더니 헝겊에 내용물을 쏟아 부었다. 아이리스는 비명을 지르고 또 질렀다. 효과가 나타나기까지 몇 시간은 걸리는 것 같았다. 아이리스는 버둥거리다가, 반항하다가, 흐느끼다가…마침내…조용해졌다. 그러다가 앞으로 픽 고꾸라졌다.

쇄골

사일러스의 눈이 램프 불빛을 받아 노랗게 빛났다.

무슨 짓을 한 거예요? 이렇게 묻고 싶었지만 재갈이 물려서 소리를 낼 수 없었다. 뭔지 알 수 없었지만, 사일러스가 마술사라도 되는 것처럼, 손수건이 거부할 수 없는 깊은 잠을 불어넣은 것 같았다. 아이리스가 싸우거나 비명을 지르지 못할 때 그가 무슨 짓을 할까?

"무례하게 굴면, 계속 입을 막아놓을 거요."

아이리스는 사일러스 손 없이는 말하지도, 걷지도, 먹지도 못했다. 그보다 더한 건, 방광이 가득 찼다는 것이었다. 그녀는 이곳에서 벗어나기를 바라며 요의를 참았다. 두려움이 지배하지 못하도록 감정을 다스려야 했다. 이 모든 고통에도 불구하고, 아이리스는 무너지는 평정심과 새된 비명, 사납게 대들던 자신의 모습이 떠올라서 어딘가 마음이 불편했다. 그녀는 언제나 열정을 숨기라고, 큰 소리를 내지 말라고, 남자의 의견을 존중하라고 배웠다. 아이리스의 감정은 언제나 허락된 것보다 높이 끓었고, 지금은 끓어 넘쳤다. 분노로 숨이 막혀 죽을 지경이었다.

하지만 내일이면 로즈가 빈 숙소를 발견할 것이고, 루이도 곧 에딘버러에서 돌아올 것이다. 루이에게 사일러스가 손을 잡은 일도 말해줬다…그들의 싸움이 가벼운 말다툼이었음을 루이가 깨닫지 않을까? 루이가 구출해줄 것이다. 꼭 그럴 것이다.

아이리스는 지하실 벽을 응시했다. 천장은 낮고 축축했으며, 곳곳에 작은 결정들이 형성되어 있었다. 불빛이 낮은 곳을 비추며 가볍게 흔들렸고, 사일러스의 시선은 불타올랐다. 그는 좀처럼 눈길을 거두지 않았다. 그 시선이 아이리스를 시들게 하다, 말리다, 바싹 태워 죽일 것 같았다.

몇날 며칠이고 뚫어지게 보아야 해. 이곳을 완전히 익힐 때까지.

아이리스는 단지 모델을 서는 것뿐이다. 통증은 가만히 앉아 자세를 잡는 데서 비롯된 것이고, 그녀를 지켜보는 저 눈은 화가의 눈이다…루이의 눈, 욕망과 사랑으로 가득한 루이의 얼굴이다. 아이리스가 풍덩 빠지고픈 두 개의 깊은 웅덩이, 그녀는 절대 구현하지 못할 색깔. 곧 루이가 움직여도 된다고 말할 것이다….

아이리스가 피라미처럼 잽싸게 사일러스를 흘깃거렸다. 그의 시선에서 굶주림을, 물속에서 서서히 퍼져나가는 검은색 물감 같은 음흉한 미소를 봤다. 그 시선이 그녀와 모든 걸 물들였다. 아이리스는 루이를, 루이가 이젤에 붓을 두드리던 모습을, 루이가 자신을 눈에 익히던 모습을 떠올리려고 애썼다. *나의 여왕님…*.

문득 이상한 생각이 들어 아이리스가 사일러스의 시선을 좇았다. 그가 얼굴도 가슴도 아닌 목을, 정확히 쇄골을 보고 있었다. 그제야 옷이 찢어져서 쇄골이 드러난 걸 알아차렸다.

아이리스는 의자에 앉은 채로 미친 듯이 날뛰었다. 모든 조각이 맞춰지기 시작했다. 모든 접근 시도를 무시했는데도, 그가 왜 하필 자신을 선택했는지. 아이리스는 유리판에 갇힌 나비 날개와 그의 손에 들려 있던 물건들을 떠올렸다. 강아지 해골과 가죽이라고 했다. 루이는 그가 그림 소품으로 쓸 박제품을 만든다고 했다. 그는 뭘 하는 사람일까…수집가? 뼈를, 죽은 것들을 조립하는…소름 끼치는 수집가…아이리스의 외침이 벽을 맞고 튀어나왔다. 여태껏 꽉 조이고 있던 방광이 느슨해졌다. 의자 밑으로 따뜻한 액체가 웅덩이처럼 고이다가 아래로 뚝뚝 떨어졌다.

블랙베리

사일러스는 신문을 손에 들고 가게에 있었다. 불룩한 나무통 가장자리에 걸터앉은 자세였다. 까마귀 열 마리가 그 속에 둥둥 떠 있었지만, 가장자리를 두른 녹슨 양철에 가려 보이지 않았다. 원래는 지하실 유리병에 보관되어 있었는데, 표본을 전부 가게로 이동할 때 거기에 옮겨 담았다. 표본들은 그의 지난 욕망을 기리는 묘비에 지나지 않았다.

방은 산더미 같은 물건들로 엉망진창이었다. 질서정연함도, 깨끗한 서랍장도, 단정하게 라벨을 붙인 항아리도 보이지 않았다. 가게는 사일러스의 어지러운 마음 상태를 반영했다. 온통 먼지투성이에다—그가 재채기를 했다—악취도 심했다. 플라스크 하나는 금이 가서 유체가 바닥으로 샜고, 비둘기 심장은 썩은 채로 내동댕이쳐졌다. 사일러스는 더는 형체를 알아볼 수 없는 물체—무언가의 뼈일까?—가 담긴 유리병을 쓰다듬다가 손가락에 낀 때를 봤다.

아래층에서 새어나오는 희미한 소음을 듣고 사일러스는 그 냄새, 소변에서 나는 암모니아 악취를 떠올렸다. 경악을 금치 못할 일이었다. 아름답고, 침착하고, *숙녀다운* 그의 여왕이 우리에 갇힌 짐승처럼 울부짖더니 그를 물고 바닥에 실례를 했다. 아이리스에게서 벗어나고 싶은 마음에 사일러스는 몸을 돌려 사다리 위로 허겁지겁 올라왔다. 그는 아이리스의 몸속에 있을 복숭아 속살처럼 축축한 분홍빛 방광을, 그걸 몸에서 떼어내 바삭한 돼지 귀처럼 하얗게 말린 걸 상상했다.

사일러스는 읽는 속도가 좀 더 빠르면 좋겠다고 생각하며 신문을 훑었다. 그리고 시시껄렁한 비누와 향수 광고 면에 이르러서야 안도의 한숨을 쉬었다. 아이리스가 실종됐다는 기사는 없었다.

그는 이 장소에서, 이 정신 산만하고 혼란한 곳에서 탈출하기 위해 모자를 썼다. 잠시라도 *그녀*에게서 벗어나야 했다. 병 속의 조용한 벗들과 함께 할 때는 지하실이 좁게 느껴진 적이 없었다. 하지만 아이리스는 마치 괴물처럼 자라나서 꽥꽥거림과 소변 냄새로 방을 가득 채웠다. 그래도 최소한 앉아 있으니 키 문제로 고민할 일은 없었다. 사일러스는 처음으로 의심이 들었다. 아이리스가 그가 생각한 것과 다른 사람일지도 모른다는 생각. 그 말인 즉, 그녀가 다르게 행동할 수도 있다는 뜻이었다. 그러면 그를 사랑하지 않을 수도, 계속 지금처럼 고집스럽게 버릇없이 행동할 수도 있다는 말 아닌가?

사일러스는 걷기 시작했다. 해가 중천에 걸려 있었고, 승합마차들이 일꾼들을 싣고 덜그럭거리며 지나갔다. 사일러스는 스스로를 책망했다. 겨우 열두 시간, 열네 시간가량 머물렀을 뿐인데, 그녀의 행동을 놓고 걱정하고 있었다. 아이리스가 혼란스러운 것도, 적응하는 데 시간이 걸리는 것도 당연했다. 그는 그저 인내심을 가지고 그녀의 기행을 용서하면 됐다. 게다가 지난밤은 누군가가 곁에 있어서 정말 빨리 지나갔다.

사일러스는 인형 가게로 가서 로즈를 감시했다. 마음을 진정시키기 위한 것일 뿐 다른 이유는 없었다. 정오쯤에는 산책하는 로즈를 따라갔다. 로즈는 아이리스의 숙소로 향했다. 여사감이 문을 열어줬다. 사일러스는 둘이 무슨 대화를 나눌지 짐작했다. 아이리스가 간밤에 돌아오지 않았다고 알려줬으리라. 그는 로즈의 흉한 이마에 생긴 주름과 황급한 손짓에서 드러나는 불안함을 눈여겨봤다. 로즈는 루이의 집을 찾아가 문을 두드리기도 했다. 하지만 아무런 답이 없자 거리로 돌아섰다. 사일러스는 아이리스가 로즈에게 얼마나 많은 이야기를 했을지 궁금했다. 그리고 왕립 미술원에서 아이리스의 손목을 잡은 일을 다시 후회했다. 그는 통제력이 부족한 자신에게, 지식이 모자란 자신에게 욕설이 나왔다. 아이리스가 루이에게 편지를 쓰게 해야 했다. *그래야만*

했다.

로즈를 떠난 사일러스는 하이드 파크로 이어지는 구불구불한 골목을 어슬렁어슬렁 걸어갔다. 발에 물집이 잡혀 다리를 절뚝거리게 되자 손을 흔들어 마차를 세웠다. 사일러스는 플릭에게서 어떤 냄새가 났는지 떠올리려고 애썼다. 아이리스와 달리 분명 깨끗한 냄새가 났다. 그는 플릭의 하얀 순수함을 기억했다. 하지만 플릭이 블랙베리를 입에 쑤셔 넣는 모습과 풀밭 위에 싸늘하게 누운 모습 사이에 조각 하나가 빠져 있었다. 이런 이미지들이 늘 섬광처럼 떠올랐지만, 그는 항아리에 넣고 뚜껑을 꽉 닫아 기억을 차단했다. 플릭을 죽인 건 그녀의 아버지였고, 그는 시체만 발견했다. 어쩌면 그 시체도 단지 그의 상상이거나 생생한 꿈일지도 몰랐고, 플릭은 공장과 아버지의 손찌검에서 벗어나 런던으로 도망쳤을지도 몰랐다.

사일러스는 사포질한 도자기처럼 당시 기억들을 매끄럽게 마모시켰다. 온실 과일을 건네며 자신을 따라오면 더 많은 과일이 있을 거라고 하자 플릭이 보인 그 표정. 그때만 해도 정말 아무런 계획이 없었다. 어린데다 아마추어였던 그는 단지 플릭과 함께 저녁을 보내기를, 플릭이 사랑해주기를 원했을 뿐이었다.

플릭은 사일러스와 함께 걷지 않았다. 무슨 일이 있어도 그와 함께 걷거나, 그를 위해 다른 아이들의 조롱을 견디려하지 않았을 것이다. 플릭이 자세를 바꿀 때면 가슴에 봉긋하게 솟은 새싹이 보였다. 사일러스는 그게 임신한 하운드의 젖꼭지처럼 생겼을지, 아니면 그보다 더 예쁜 새끼 고양이의 촉촉한 코와 비슷할지 궁금했다. 플릭은 다른 아이들이 떠날 때까지 기다렸다가 그를 따라 딸기나무가 무성한 후미진 시골로 들어갔다.

"이게 그거야?" 플릭이 앙상한 가지를 바라보며 말했다. 블랙베리가 루비처럼 빛났지만, 주위를 둘러보고는 얼굴을 찡그렸다. "블랙베리에다가 사과며 자두며 복숭아 같은 것도 있다고 했잖아. *이런* 나무들은 마음만 먹으면 우리 집 근처에서도 얼마든지 찾을 수 있어."

사일러스는 안절부절 못했다. "그러니까 나는…."

"거짓말쟁이." 플릭이 말했다. "지난번에 준 과일은 시장에서 산 것이구나."

"아니야." 사일러스가 우겼지만 속에서는 화가 부글부글 끓어올랐다. 얼마나 힘들게 준비했던가! 많은 돈과 정성을 들였다.

"돈은 어디서 슬쩍한 거야?"

"아니야." 사일러스가 말했다. "도둑질한 거 아니야. 그냥 너한테 보여주고 싶어서…."

"너희 어머니한테 일러야겠어." 플릭이 말했다. 그러고는 공장의 망치와 모루처럼 양손 가득 담은 블랙베리를 입 속으로 밀어 넣으며 탐욕스럽게 먹기 시작했다. "왜 그렇게 쳐다봐?"

"그렇게, 라니?"

"마치⋯." 플릭이 얼간이처럼 얼굴을 찡그렸다. 사일러스는 그녀가 싫어졌다. "집에 가."

"하지만 여긴 내가 찾은 곳이야." 사일러스가 말했다. "내가 널 이리로 데려왔다고. 너한테 내 수집품을 보여주고 싶어. 돈도 모았어⋯함께 런던으로 갈 수 있어."

"썩 꺼져." 플릭이 고양이를 쫓듯 말하며 그에게 블랙베리를 던졌다. 블랙베리가 셔츠에 부딪쳐 터지자 깔깔거리고 웃으며 또 하나를 던졌다. 사일러스가 손을 잡았다.

"이거 놔." 플릭이 말했지만 더 세게 잡았다.

"내 물건들을 보여주고 싶어." 사일러스는 보물들이 놓인 그늘 진 잡목림으로 플릭을 끌고 갔다. 숫양, 들쥐, 여우의 두개골이 가지런히 놓여 있었다. 하지만 플릭은 왠지 그것들을 보고 싶어 하지 않았다. 도무지 이유를 짐작할 수 없었다. 플릭은 사일러스 의 손길을 뿌리치려다가 그를 할퀴었고, 그녀를 진정시키기 위해 그가 뺨을 때렸다. 플릭이 반항하려다가 숫양 표본을 발로 차는 바람에 두개골이 두 동강 났다.

그런 다음 플릭은 풀밭에, 베리 과즙에 물든 푸르뎅뎅한 얼굴 로 누워 있었다.

사일러스는 여전히 플릭의 말에, 플릭의 조롱에 분노가 치미 는 걸 느꼈다. 그들은 함께 시골길을 달리지 않았던가? 태양이 그녀의 머리카락을 환히 비추지 않았던가?

아니다.

사일러스는 이 생각은 하지 않기로 했다. 대신 눈앞에 놓인 거대한 건물을 뚫어지게 바라봤다. 강아지가 전시된 수정궁이었다. 진흙이 잔뜩 묻은 얼굴로 그를 조롱하던 공장의 모든 애새끼들은 지금쯤 만성 폐병에 걸려 죽었을 것이다. 기든도 명성을 얻는 데는 실패한 모양이다. 사일러스는 몇 년 동안 초조한 마음으로 ≪란셋≫을 훑어보며 이렇게 짐작했다. 그놈 역시 구빈원에서 전염병에 걸려 죽었으리라.

만국박람회장이 햇빛에 반짝거렸다. 건물의 계단식 구조와 돔형 지붕이 인형 가게 양 옆에 위치한 제과점에서 보던 정교한 케이크 같았다. 반듯한 기하학적 구조가 그를 기쁘게 했다.

엄청난 인파들이 이동했다. 사일러스는 도마뱀 꼬리처럼 길게 늘어선 어린 학생들과 여행자들을 밀치며 지나갔다. 한 여자가 콘월에서 걸어왔다며 아무나 들으라는 듯 큰 소리로 떠들었다. 그가 회전문을 지나며 시즌 티켓을 보여줬다. 공업용 기계를 이루는 거대한 검은 톱니바퀴들(엔진, 인쇄기, 보일러)을 한가로이 구경하며 그만의 시간을 즐길 생각이었다. 인쇄기가 철커덕거리며 돌아갔고, 기계에선 증기가 뿜어져 나왔으며, 공기는 석탄 냄새로 탁했다. 아이리스가 나타날 거란 걱정이 없어서 그런지 더욱 차분하게 감상을 즐겼다.

사일러스는 복도를 아래위로 어슬렁거리다가 다양한 전시품을 보고 감탄을 금치 못했다. 박물관에는 이 세상에서 발명하고, 건설하고, 제작한 모든 물건이 전시된 것 같았다. 확장형 관, 코이누르 다이아몬드, 양고기 지방으로 만든 꽃병, 속보기, 객차. 그가 가장 관심 가는 전시품 앞에 잠시 멈춰 섰다. 독일 관세 동맹이 제출한 박제 수집품으로, 개구리들이 턱받이를 두른 채 면도를 하고 있었고, 새끼 고양이 한 무리는 식탁에 앉아 차를 마시고 있었다. 그는 허술한 바느질과 부자연스러운 각도로 돌출한 작은 다리에 주목했다.

사일러스는 자신의 전시품을 마지막까지 아껴뒀다. 눈깔사탕을 소매 속에 감춰두면 기다리는 설렘 때문에 훨씬 맛있어지는 것과 같은 이치였다. 두 몸이 하나로 붙은 강아지—하나는 박제였고, 다른 하나는 조립한 해골이었다—가 이중 받침대에 놓여 있었고, 그 아래에는 그의 이름이 적혀 있었다.

'사일러스 리드.'

바로 그였다. 그의 작품이었다.

가게로 초대했을 때, 박람회에 초대했을 때 아이리스가 와주기만 했다면. 일은 다르게 흘러갔을 것이다. 플릭이 놀리지 않고 나란히 손잡고 걸어줬다면. 사일러스는 단지 그들과 친구가 되고 싶었을 뿐이었다. 그러니 사실, 그들이 탓해야 할 건 그들 자신이었다.

예복

아이리스의 눈물이 재갈을 적셨다. 뺨은 소금기로 따끔거렸고, 허벅지는 가렵고 쓰라렸다. 의자에 앉은 채로 큰일도 봤다. 그녀도 어쩔 수 없었다. 움직일 때마다 그것이 엉덩이에 쓸려 미끄러졌다. 배가 고프고 목이 말랐지만, 사일러스의 손으로 음식을 받아먹는 건 도무지 견딜 수 없었다. 이 동굴에서 탈출할 수 있을지도 알 수 없을 만큼 적막하고 애처로운 상황이었다.

"편지를 써줘요." 사일러스가 거듭 요구했다. "그게 내가 원하는 전부요, 그냥 편지 한 통."

사일러스는 이 말을 화폐처럼 사용했다. 1실링이면 팽이 하나요, 1기니면 도자기 인형 하나요.

편지만 써주면, 손을 풀어주고 혼자 힘으로 먹게 해줄 것이다.

편지만 써주면, 아무런 속박 없이 지하실을 거닐도록 해줄 것이다.

편지만 써주면, 가게로 들여보내줄 것이다.

편지만 써주면, 해줄 것이다, 해줄 것이다, 해줄 것이다. 하지만 아이리스는 여전히 입을 굳게 다문 채 고개를 저었다.

전부 거짓임을 알기 때문이었다. 루이에게 너무 많은 희망을 걸어서 그런지 아이리스는 괴로웠다. 이 기회를 놓친다면 그녀에게 희망은 없었다.

* * *

아이리스는 손가락으로 손바닥을 후벼 팠다. *그만 울어,* 스스로 이렇게 타일렀다. *그만해.* 여기서 흐느끼고 있지만은 않을 것이다. 짐승처럼 사일러스의 손으로 음식과 물을 받아먹는 한이 있더라도, 살아남기 위해 뭐든 할 것이다. 목숨을 부지할 것이다.

정신을 딴 데로 돌리기 위해 아이리스는 루이의 그림을, 여왕의 예복에 묶인 섬세한 매듭을, 그 붓질의 엄정함을 생각했다. 한 번에 한 부분씩, 칠을 더한다. 마르지 않은 하얀 바탕 위로 청록색 그림자를 입힌다. 이 모든 붓질이 모여 실제 사람, 실제 풍경의 환상을 창조해낸다. 사실은 안료와 흑담비 털의 조합에 불과한데 말이다. 기주마르만이 풀 수 있는 매듭. 아이리스는 그 생생한 색감을 떠올리려고 애썼다. 온통 갈색, 검은색, 노란색뿐인 곳이어서 에메랄드색, 진홍색, 군청색은 상상 속에서만 존재하는 것 같았다.

그나마 사일러스가 램프를 남겨 두고 가서 아이리스는 자신이 어떻게 묶였는지 볼 수 있었다. 의자를 살펴봤다. 종아리가 의자 다리의 가로대 윗부분에 묶여 있었다. 소용돌이 문양의 팔걸이 양쪽에, 팔꿈치 바로 아랫부분을 동여맸다. 나무 팔걸이는 좌석과 만나는 부분으로 내려갈수록 점점 가늘어졌다.

몸을 뒤틀어 팔걸이의 가는 부분을 향해 꼼지락거리며 끈을 내렸다. 몇 시간이 걸렸다. 아주 조금씩 끈이 움직이며 느슨해지기 시작했다. 손을 굽혀서 손가락으로 매듭을 비틀었다. 손가락으로 연필을 쥐고 장문의 글을 쓸 힘이 있다면, 몸에 묶인 끈을 풀 힘도 있지 않을까? 그건 틀림없는 사실이었다. 끈이 조금씩 풀리더니 마침내 오른쪽 손목에 묶인 끈이 풀렸다.

아이리스는 자유를 찾을 것이다. 여기에서 죽지 않을 것이다. 반쯤 농담을 섞은 루이의 목소리를 다시 들을 수 있을 것이다. *메리아뒤크 왕으로부터 당신을 구출하러 왔소.*

손가락을 굽혀—팔에 끈 자국이 뚜렷이 남았다—재갈을 벗겼다. 혀로 입술을 핥았다. 입에서 시큼하고 텁텁한 맛이 났다. 공기가 한결 신선했다.

왼손을 푸는 건 순식간이었다. 다리도 쉽게 풀었다. 자리에서 일어서려고 하자 다리가 제멋대로 휘었다. 굳기 전에 틀에서 꺼낸 젤리 같았다. 한 발씩 차례로 아주 천천히 일어섰다. 고통이 너무 심해서 비명을 참기 힘들었다.

아이리스는 소용없다는 걸 알면서도 사다리를 밟고 올라가 덧문을 밀었다. 차라리 왕립미술원의 문을 두드리는 편이 나을 것이다.

탈출 대신 아이리스는 다른 계획을 세웠다. 램프를 들어봤다. 무거웠다. 사일러스의 머리를 후려치는 상상을 하며 시험 삼아 램프를 휘둘러봤다. 램프로 그를 기절시키고 도망칠 생각이었다. 램프를 너무 세게 휘둘렀는지 갑작스러운 바람에 촛불 심지가 깜빡거리며 꺼지자 그녀가 욕설을 퍼부었다.

더듬더듬 의자를 찾아 제자리에 앉은 아이리스는 팔다리에 끈을 걸쳐 묶인 척했다. 램프는 사다리 반대편 오른손에 뒀다. 사일러스가 단번에 눈치 채지 못하길 바랐다.

덧문을 누르고 있던 무거운 물건이 바닥을 긁는 소리가 들리자 심장이 요동쳤다. 사일러스가 탈출하는 데 필요한 시간을 알고 딱 그만큼의 시간을 준 것 같았다. 마치 한낱 게임에 불과하다는 듯.

사일러스가 계단을 밟고 내려오는 소리가 작은 지하실에 울려 퍼졌다. 구름 사이로 비치는 햇살처럼 불빛이 아래로 새어 들어왔다. 그는 말없이 무언가를 들고 있었다. 의자였다. 의자를 움켜쥔 모습이 어색했다. 심지어 마지막 몇 계단을 남기고 넘어지는 바람에 낮게 욕설을 지껄였다.

사일러스가 몸을 가누기 직전, 아이리스가 램프를 들었다. 하지만 잽싸게 피하는 바람에 램프가 그의 귀를 스쳤다. 다시 램프를 휘둘렀다. 램프에 옆구리를 맞은 그가 바닥으로 휘청거리며 넘어졌다.

아이리스는 사다리로 몸을 던졌다. 덧문이 열려 있었다. 손에 닿는 가로대가 미끄러웠다. 금속의 촉감이 단단하고, 차갑고, 반가웠다. 덧문 가장자리로 몸을 끌어당겨 이상하고 지저분한 방으로 나가려는데, 무언가가 그녀를 방해했다.

사일러스가 한쪽 발을 꽉 잡고 있었다. 아이리스는 마구 발길질을 하며 생각했다. *너는 절대 나의 주인이 되지 못해, 절대 나를 쓰러뜨리지 못해.* 그러고는 발목을 획하니 뺐다. 가게에 반쯤 몸을 내놓은 상태로 다리를 막 들어 올리려는데, 그가 다시 발목을 잡았다. 이번에는 훨씬 세고 족쇄처럼 단단했다.

"도와주세요!" 아이리스가 소리쳤다. "도와줘요! 습격을 받았어요! 도와줘요! 도와주세요! 이자가 날 죽이려고 해요. 이 사람이…."

발 디딜 공간이 사라지며 끓어오르는 분노와 좌절을 안은 채 아이리스는 다시 지하실로 떨어졌다.

마지막 기회일지도 모르기 때문에 무조건 해내야 했다. 꼭 탈출해야만 했다. 자리에서 일어서려고 몸을 움직였다. 아이리스는 싸우고 할퀴고 몸부림칠 각오가 됐다. 하지만 사일러스가 손수건을 들고 위에 올라탔다.

귀에서 큰 소리가 울렸다. 무엇으로 때린 걸까? 주먹일까? 아이리스는 바닥에 쫙 뻗어버렸다. 손수건이 가까이 다가왔다.

"안 돼." 아이리스가 빌었다. "제발 하지 마요, 의자에 앉을게요, 착하게 굴게요. 제발⋯."

"당신을 믿을 수 없어." 사일러스가 이렇게 말하며 머리채를 거머쥐었다. 손수건으로 입을 덮고 코를 세게 눌렀다. 아이리스는 깨어 있으려고 온 정신을 집중했다. 숨을 참았다. 정신을 붙잡으려고 온몸을 비틀었지만, 세상이 신기루처럼 어른거렸다.

그러고는 사라졌다.

벗

이자가 날 죽이려고 해요.

사일러스는 잠든 아이리스를 지켜봤다. 아이리스는 왜 그렇게 생각했을까? 적어도 그녀의 엉뚱한 행동과 두려움에 대한 설명은 됐다. 사일러스는 자신의 의도가 고결하며, 그가 원하는 건 친구가 되는 것뿐이라고 아이리스를 설득해야만 했다. 얼마나 아름다운가. 움푹 들어간 감은 두 눈, 그리고 저 쇄골. 사일러스는 아랫도리가 불끈거리는 걸 느꼈다. *물건이 정말 훌륭하네요.*

사일러스는 빈민굴의 여자를, 그녀의 거짓말을, 허허로운 음색을, 염색한 머리카락을 떠올렸다. 더러운 방에서 나던 냄새. 아이리스의 배설물만큼이나 지독한 악취였다.

만국박람회에서 돌아온 사일러스는 의자 한가운데 구멍을 뚫기 위해 목수를 찾아갔다. 그건 선물이었다. 아이리스가 깜짝 놀라며 기뻐할 거라고 생각했다. 하지만 의자를 가지고 내려간 그

472

에게 돌아온 건 손찌검이었다. 그나저나 끈은 어떻게 풀었을까? 사일러스는 다친 곳을 치료했다. 두개골, 척골, 그리고 손가락. 얼마나 사악한 짐승이던가. 불빛 아래에서는 생김새조차 유인원처럼 보였다.

아이리스는 새 의자에 앉은 채 앞으로 축 늘어졌다. 아래에는 양동이가 받쳐져 있었다. 사실 보고 싶은 마음은 굴뚝같았지만, 사일러스는 패티코트를 들추면서도 몸에 손은 대지 않았다. 친절을 베푸는 의미로 끈을 살짝 느슨하게 풀어줬다. 피부에 멍이 들어 일주일 된 시체처럼 얼룩덜룩했다. 라벤더 오일을 가져와 관자놀이와 치마에 문지른 뒤 숨을 들이마셨다. 분뇨 냄새가 향기에 가려졌다. 너무 달콤하고 너무 아름다웠다.

아이리스의 입이 살짝 움직였다. 거기에 침 한줄기가 매달려 있었다. 캑캑거리는 소리가 들리더니 눈꺼풀이 깜빡였다. 사일러스의 죄수, 그의 반려 짐승이 깨어났다.

아이리스가 주위를 살피며 신음했다.

"새 의자로 옮겼어요." 사일러스가 말했다. "소리쳐도 소용없어요. 아무도 듣지 못할 테니까."

아이리스는 입술을 깨물며 침묵을 지켰다.

"단지 당신의 친구가 되고 싶을 뿐이에요, 내가 바라는 건….'

"나를 죽일 거잖아요." 목소리가 떨렸다. "나를 당신의 표본 중 하나로 만들 거잖아요. 당신은 나의 쇄골을 원해요…."

사일러스가 몸을 숙여 눈높이를 맞췄다. "아니에요." 그가 말했다. "당신은 몰라요. 절대 모를 거요. 어떻게 그런 생각을 할 수 있지? 친구가 되고 싶어요. 당신이 날 사랑하길 원해요."

아이리스가 고개를 절레절레 흔들었다.

"무슨 뜻이요?" 사일러스가 물었다.

"당신을 사랑해?" 아이리스가 비웃었다. 사일러스의 어머니가 그런 것처럼 입가에 조소가 흘렀다. "절대 그럴 리 없어. 당신을 경멸해요! 증오해요. 나는⋯."

"진심이 아니오. 사랑하는 법을 배우게 될 거요. 두고 보면 알 거요."

아이리스가 턱을 치켜들고 한 마디씩 내뱉었다. "절대. 그렇지. 않아요."

"하지만 그렇게 될 거요."

"당신을 보면 구역질이 나."

이런 독설을 뱉으리란 예상은 못했다. 사일러스는 가슴 속의 분노를, 고집스러운 언동에 무너져 내리는 좌절감을 천천히 다스렸다. 아이리스는, 가마에 쓸 석탄을 싣고 비틀거리다가 넘어지며 제 갈 길을 벗어나기 일쑤이던 고집 센 황소보다 완고했다. 하지만 현장 감독관이 등에 채찍을 휘갈기며 황소를 길들이자 결국 녀석은 경망스러운 걸음을 터덜터덜 늦추며 고개를 숙였다.

사일러스는 아이리스가 말을 할 때까지 기다렸다. 마침내 그녀가 입을 열었다. 하지만 그를 쳐다보지는 않았다.

"왜 이런 짓을 하는 거예요?" 아이리스가 물었다.

"이런 짓이라니?"

"수집이요. 생명을 죽여서 목숨을 빼앗는 짓을 왜 하는 거죠?"

사일러스가 고개를 저었다. 아이리스는 이해하지 못한다. 그는 목숨을 빼앗는 게 아니라 그들의 기억을, 영원히 지속될 상징물을, 골목에서 잿빛으로 썩어갈 가죽을 보존하는 것이다. 무엇보다 그에게는 *의미 있는* 일이었다. 왜 현대에는 모든 것에 기능이 필요하단 말인가? 즐거우면 그걸로 된 것 아닌가? 그가 자신의 생각을 설명하려는데 아이리스가 말을 가로막았다.

"먹을 걸 줘요." 공주가 노예에게 명령하는 투로 말했다.

사일러스는 먼저 재미 삼아 아이리스를 놀릴 생각이었다. "그래야 할지 잘 모르겠군요."

아이리스가 반응하지 않자 사일러스가 한숨을 쉬었다.

"전에 나를 물어뜯었죠, 안 그래요?" 사일러스가 손가락을 내밀었다. 벌겋게 부은 네 개의 손가락에 앞니가 남긴 낫 모양의 깊은 상처가 남았다.

"안 그럴게요. 이번에는 안 그럴게요. 너무 배가 고프고 목이 말라요." 아이리스가 눈을 들었다. 아름다웠다.

"좋아요, 좋아." 사일러스가 마음먹은 것보다 일찍 포기하며 말했다. 그러더니 싱긋 웃었다. 아이리스도 어떻게 대처해야 할지 알고 있었다.

사일러스가 콩팥 모양으로 생긴, 수술용 쇠접시를 꺼냈다. 이번에는 손으로 먹이는 위험은 감행하지 않았다. 그가 지하실 바닥에 내팽개친, 먼지 묻은 초콜릿 봉봉을 주웠다. 그러고는 접시 위에 그것들을 올려놓고 아이리스의 입 앞에 들이밀었다. 그녀가 고개를 모로 돌리고 입으로 초콜릿을 하나씩 집었다. 그렇게 그것들을 몽땅 먹어치웠다.

"물." 아이리스가 말했다. 사일러스가 코트 속을 뒤져 물병을 꺼내 접시에 물을 붓자 고양이처럼 핥았다. 접시에 먼지가 둥둥 떠 다녔다.

"좀 나아요?" 사일러스가 물었지만 답은 없었다.

아이리스가 그를 사랑하도록 만들어야만 했다.

"진심이에요." 사일러스가 말했다. "그저 당신과 친구가 되고 싶어요."

사일러스는 기다렸다. 아이리스가 잠든 건 아닐까 궁금했다.

"나는 그동안…." 사일러스가 이 단어를 뱉은 건 처음이었다. 한 번도 큰 소리로 말해본 적 없는 단어였다. "외로웠어요. 그동안…그동안 너무 외로웠어요."

여전히 답은 없었다.

"어린 시절, 아무도 나와 친구가 되길 원하지 않았어요. 친구가 한 명도 없었죠. 누구라도 친구가 되어주길 바랐지만 그들 모두가 나를 경멸했어요. 나를 비웃었어요. 친구가 생겼다고 생각한 적도 있었죠, 의사였어요, 하지만 그도 나를 조롱했죠…."

사일러스는 아이리스에게 모든 걸 말했다. 목이 쉬도록 말하고 또 말했다. 기든, 어머니, 공장 안주인에게 팔았던 두개골들. 사일러스는 자신의 인생을 방 안에 쏟아냈다. 그의 말과 고민이 지하실 골조 구석구석에 깊이 박혔다. 얼마나 슬펐는지, 얼마나 힘들게 일했는지, 어떻게 그의 호기심으로 그곳을 탈출했는지 모두 털어났다.

여전히, 아이리스는 말이 없었다.

어둠

시간이 흘렀다. 아이리스는 얼마나 많은 낮과 밤이 지났는지 알 수 없었다. 사일러스가 음식과 물을 가져다줬다. 그녀의 일부가 천장이 긁히는 소리를, 덧문의 경첩이 삐걱거리는 소리를, 사일러스의 발이 사다리 가로대를 딛는 소리를 고대하기 시작했다. 이런 자신이 싫어서 반기를 들듯 발로 바닥을 쿵쿵 굴려보기도 했다. 하지만 사일러스가 함께 있어야 그녀는 미쳐간다는 느낌이 들지 않았다.

온통 검은색, 검은색, 검은색, 검은색만 끝없이 펼쳐져 있어서 이러다간 질식해 죽을지도 모른다고 생각했다. 이 어둠을 표현할 만큼의 검은 안료도, 두툼한 붓도 존재하지 않았다. 아이리스의 생각이 너덜너덜해지며 비현실적으로 변해갔다. 로즈가 구석에 앉아서 고개를 숙인 채 바느질을 한다고, 바늘을 찌르는 소리가 들린다고 상상하기 시작했다. 쥐가 바닥을 긁는 소리는, 밀레이가 팔레트 나이프로 캔버스를 착착 긁는 소리로 탈바꿈했다. 단단한 끈의 압박은 팔을 만지는 루이의 애무로, 귀를 간질이는 루이의 속삭임으로 둔갑했다. 아이리스는 통 속에 실례를 하고 큰일을 봤다. 그녀는 수도원에 갇힌 은둔자였다. 탑에 갇힌 중세의 아가씨였다. 음모를 꾸미다가 감옥에 갇힌 죄수였다. 상자에 갇힌 인형이었다. 우리에 갇힌 개였다.

정말이지, 그걸 그리려면 놀랄 만큼 아름다운 존재가 필요할 거야.

그녀는 얼마나 아름다운 창조물인가!

아이리스는 음식을 먹으며 힘을 비축했다. 실패하지 않을 계획을 세우기 전까지 함부로 탈출을 감행하지 않을 생각이었다. 신중하게, 침착하게, 인내심을 가져야만 했다. 먼저 사일러스의 신뢰를 얻어야만 했다. 그가 실수로 무언가를 잊어야만 했다. 감시가 느슨해져야만 했다. 전에는 너무 성급하게 굴었다. 좀 더 기다렸어야, 아니 램프로 더 세게 내리쳤어야 했다. 아이리스는 자신의 어리석음을 탓하며 의자에 앉아 몸을 마구 흔들었다. 이제 기회는 단 한 번뿐이었다.

* * *

아이리스는 루이가 돌아왔는지 궁금했다. 천 가지 시나리오가

머릿속을 스쳤다. 건강을 회복한 실비아와 다시 사랑에 빠져 에
딘버러에 머물기로 했다. 증기선이 연착됐거나 가라앉았다. 집
으로 돌아왔지만 아이리스 말대로 자신을 버렸다고 생각한다.

아니면….

아니면….

루이가 콜빌 플레이스에 도착해서 집안을 감도는 적막함과 방
안의 한기를 느낀다. 아이리스를 불러보지만 목소리만 울려 퍼질
뿐이다.

루이가 망토를 두르고(편지만 놓고 왔더라면!) 샬롯가에 위치
한 숙소로 걸어간다.

일주일 넘게 아이리스가 보이지 않는다고 여사감이 말한다.
(일주일일까? 고작 며칠은 아닐까? 시간을 정확히 파악하기 어
려웠다.) 방에서 사라진 게 없으니 여행을 갔다고 추측하기는 힘
들다. 루이가 불안해한다.

루이가 로즈를 찾지만—초인종 소리가 들리고, 역겹도록 달콤
한 냄새가 나고, 신발 아래로 덕지덕지 기운 카페트가 느껴지는
것 같다—그녀 역시 들은 바가 없다. 아이리스가 산책을 가자는
약속을 지키지 않아 불안해하던 참이다. 로즈는 아이리스와 루이
가 충동적으로 둘이서만 산책을 갔다고 생각했다.

그제야 루이가 사일러스를 떠올린다. 당연히 기억한다. 장신
구와 아이리스의 팔에 남은 손자국, 그녀의 불편함과 두려움을

떠올리고 곧장 가게로 향한다.

　루이가 사일러스의 턱을 사정없이 날리며 가게 안으로 밀치고 들어온다.

　위층에서 발소리가 들리자 아이리스가 고래고래 비명을 지른다.

　루이가 덧문을 가로막은 무거운 물체를 밀어젖힌다.

　덧문이 열리고 그 사이로 루이가 보인다. 그가 아이리스를 부르고, 그녀를 껴안고, 매듭을 풀어준다….

마담

사일러스는 안락의자에 앉아 있다가 덫이 찰카닥 하는 소리를 들었다. ≪란셋≫과 타임스를 조심스레 접어서, 직접 뼈를 다듬고 오소리 가죽을 잘라 만든 잡지용 선반에 밀어 넣었다. 그러고는 손가락 관절을 하나씩 우두둑 꺾었다.

보통은 앨비에게 표본을 부탁했지만, 몇 주 동안 녀석을 볼 수 없었다. 얼마 전에는 그들의 *합의*를 상기시키는 의미로 그 놈의 집 창문을 두드리다 쓸데없이 다른 아이를 겁줄 뻔했다. 아마도 새로운 사창가로 집을 옮긴 모양이었다. 거기에선 사일러스의 관대함 없이 살아야 하리라. 그에게도 이편이 훨씬 수월했다. 이곳, 그의 *세주르*에 아이리스를 데리고 있는 동안 조그만 악마 놈이 근처를 킁킁거리며 돌아다니는 걸 원치 않았기 때문이다. 앨비가 이미 너무 많은 걸 의심하는 게 염려됐다.

포동포동한 흰쥐가 덫에 걸린 채 누워 있었다. 멍하니 허공을 바라보는 빨간 루비 같은 두 눈과 달리 배가 꿈틀거리며 움직였다. 사일러스가 이쑤시개로 쥐를 쿡 쑤셨다. 이게 무슨 조화인가!

그제야 사일러스는 이해했다. 배에서 새끼 쥐들의 태동이 느껴졌다. 그도 이런 경우는 하운드에서 한 번 밖에 보지 못했다. 녀석들에게 이름이 있으려나? 마우스링즈? 마우스릿츠?

사일러스가 덫을 비틀어 쥐를 빼냈다. 훌륭한 표본이었다. 척추가 부러진 건 문제될 게 없었다. 그가 원하는 건 가죽이었고, 털은 찢어진 데가 없었다.

사일러스는 작업 의자에 앉아서 도구들을 가지런히 늘어놓고 ―작은 메스 세 개, 엘보 시저, 살을 벗기는 기구, 가죽을 벗기는 기구―쥐의 네 발을 고정했다. 스스로 외과의사라고 상상하며 꿈틀거리는 배를 갈랐다.

"이 못된 쥐새끼야." 사일러스가 말했다. "네 사생아 놈들을 꺼내보자꾸나."

새끼들이 뱃속에서 꿈틀거렸다. 사일러스는 세포막을 갈라 생명들을 하나씩 끄집어낸 뒤 놈들이 탁자 위를 꼼지락거리며 기어다니기 시작하는 모습을 지켜봤다. 여섯 마리의 새끼 쥐들이 비틀거렸다. 모두 날 것의 분홍색이었다. 눈두덩은 파리 구더기처럼 푸르스름했다. 그가 반투명한 주둥이에 메스를 찔러 넣으며 슬며시 웃었다.

그러다가 지겨워지자 나무망치로 놈들을 차례대로 짓이겼다.

사일러스는 어미 쥐에 집중하며 근육과 털이 부착된 지점(귀, 꼬리, 앞다리)을 중심으로 세심하게 작업해나갔다. 그리고 소금을 뿌린 흐물흐물한 가죽을 손에 넣고는 그대로 말려서 박제하기로 했다. 그렇게 해야 곰팡이가 생길 확률이 적었다.

사일러스는 루이와 그 빌어먹을 썩은 비둘기를 떠올렸다. 그 일로 아이리스를 놈에게 넘기면서 모든 일이 시작됐다.

축축한 손가락으로 쥐의 털가죽 안쪽을 훑던 사일러스는 아침이 밝고 처음으로 아이리스를 떠올렸음을 자각했다. 그녀는 공포로 가득한 눈빛과 들통에서 풍기는 배설물 냄새로 그를 지치게 했다. 역겹고 비인간적이었다. 그녀가 이런 *냄새*를 풍길 거라고는 생각조차 못했다.

누군가가 문을 두드렸다.

사일러스는 노크 소리에 움찔 하며 놀랐지만 무시하기로 마음먹었다. 손님들이 골목을 걸어오는 소리가 수차례 들렸지만 '휴업'이라는 팻말 앞에서 그들은 초인종을 울리지도, 노크도 하지 않고 발길을 돌렸다.

문을 쾅쾅 두드리는 소리가 집요하게 커졌다. 사일러스는 떨리는 두 손을 허벅지 밑으로 집어넣었다. 지하실에서 희미하게 초인종 소리가 들렸다. 아이리스도 들었을 것이다. 평범한 손님이 아니었다. 루이가 앨비의 손에 이끌려 문 앞에 서 있는 모습을 상상했다….

"리드 씨…명령입니다. 당장 이 문 여세요!" 한 남자가 근엄하고 위압적인 목소리로 말했다. 하지만 사일러스는 꼼짝하지 않았다.

또 다른 목소리가 들렸다. "문 열어, 이 개자식아."

사일러스는 어디에서든 이 울부짖음을 알아차렸다. 돌핀의 마담이었다. 그녀가 또 뭘 원하는 걸까? 설마 그 죽은 창녀 때문에 아직도 저런 말도 안 되는 짓을 벌이는 건 아니겠지? 신문에 기사조차 나지 않았으니 중요한 일일 리 없었다. 좋은 때가 아니었다. 그는 지하실의 아이리스를, 그녀의 지독한 비명을 떠올렸다. 재갈을 얼마나 세게 물렸던가? 그의 이마에 땀방울이 맺혔다.

"문 열어요!" 남자가 소리쳤다. 문의 경첩이 덜컥 움직였다. 대답하지 않으면 문을 때려 부술 기세였다. 사일러스는 남자가 누굴까 생각하다가, 술집의 덩치일 거라고 결론 내렸다.

사일러스는 서랍장을 뒤져서 큰 표본에 쓰는 날카로운 칼을 찾았다. 묻는 말에 답하면서 두려움을 누그러뜨릴 생각이었다. 하지만 만약 덩치가 말도 안 되는 걸 요구한다면, 글쎄, 놈과 맞서 싸울 생각이었다.

"무슨 일이요?" 사일러스가 삐걱거리며 문을 열고 물었다.

놀랍게도 남자는 마담과 일하는 덩치가 아니라, 긴 감색 코트를 걸치고 윤이 나는 가죽 모자를 쓴 키 큰 경관이었다. 경관봉,

램프, 딸랑이가 손목에 걸쳐 있었다. 은색 배지와 버클이 청어처럼 반짝거렸다.

사일러스는 칼이 손바닥에서 미끄러지는 걸 느끼고 바지 뒤춤에 집어넣으려고 안간힘을 썼다.

"방해해서 죄송합니다." 경관이 말했다. 마담이 두 눈을 뱀처럼 게슴츠레하게 떴다.

"이 개자식…네놈이 그런 거 다 알아." 마담이 앞으로 달려들며 말했다. 하지만 경관이 손으로 제지했다.

"부탁입니다, 부인…진정하세요."

"내가 뭘 했단 말입니까?" 사일러스가 애써 밝은 척하며 말했다. "조사할 게 있으면 협조하겠습니다, 알려주시죠."

경관의 입이 제멋대로 뻗친 콧수염 아래에서 움직였다. 잠깐 동안 사일러스는 입의 움직임에서 눈을 뗄 수 없었다. 작업대 위를 꿈틀거리는 작은 포유류 같은 입….

"무슨 일이요?" 사일러스가 눈을 깜빡이며 물었다.

"제인 시몬드와 안면이 있으신가요?"

"블루벨 말이야." 마담이 사납게 말했다. "블루벨. 네놈이 모를 리 없지, 겁쟁이 같은 놈…."

"다른 손님들과 마찬가지로 안면은 있습니다. 거기서 가끔 몸을 팔곤 하던 여자죠." 사일러스는 경관이 발을 툭툭 차는 걸 보고 이미 마담에게 짜증을 느끼고 있다는 걸, 마담의 행동을 히스테리로 치부하고 싶어 한다는 걸 눈치 챘다. 그는 어떻게 행동해야 할지 알고 있었다. 경관과 인간 대 인간으로 말해야 했다.

"개인적으로는 알지 못합니다. 마주친 적은 있죠." 사일러스가 말을 이었다. "행실이 아주 나쁜 여자였어요. 부고 소식을 들었지만, 사실 까맣게 잊고 있었습니다." 그가 당혹스러운 표정을 지었다. "하지만 뭔가 수상쩍다는 생각은 하지 않았습니다. 듣기로는 아편인지 술인지에 취해 정신을 잃고 미끄러졌다더군요. 경관님이 왜 여기까지 왔는지 도무지 짐작할 수가 없군요."

경관이 고개를 끄덕였다. "저희도 그렇게 결론 내렸습니다만…." 그가 손짓으로 마담을 가리켰다.

"네놈이 한 짓인 거 알아." 마담이 쏘아붙였다. "나는 알아, 이대로 이 일을 묻진 않을 거야."

사일러스가 턱을 목 쪽으로 파묻으며 일부러 놀란 표정을 지었다. "사고라면서, 대체 저와 무슨 연관이 있다는 건지 모르겠군요."

경관이 그에게 사과의 눈짓을 보냈다. "질문을 좀 해야겠습니다. 그날 밤 어디에 있었습니까?"

"집에 있었습니다, 제 기억으로는." 사일러스가 한쪽 발을 다른 발 위에 포개며 자연스러운 자세를 취했다. 하지만 다리가 떨리고 몸이 후끈거렸다. 칼이 미끄러지기 시작했다. 그들을 없애버리고 싶은 마음이 간절했다….

아이리스가 조용히 부스럭거리는 소리가 들렸다.

사일러스는 심장이 쑤셨다. 이보다 덜한 충격에도 인간들은 죽어왔다. 그들을 보내야 했다…여기서 쫓아내야만 했다.

"선생님?" 경관이 사일러스를 자세히 바라보며 물었다. 사일러스가 억지웃음을 지었다.

"죄송합니다. 잠깐 딴 생각을…."

"피해자와 다툰 날 오후에 무슨 일이 있었는지 물었습니다. 돌핀에 도착한 후부터 그 뒤의 일까지 말씀해주시죠."

사일러스는 빈민굴에 들렀다가―머리색을 속인 사기꾼 같은 계집을 만났다―돌핀으로 돌아간 뒤, 아무 짓도 않고 곧장 콜빌 플레이스로 가서 아이리스를 기다렸다. 그밖에도 뒤엉켜 있던 루이와 아이리스, 그리고 블루벨의 향수 냄새가 떠올랐다. 사일러스는 문틀에 몸을 기대야만 했다. 하지만 그 일을 떠올려서는 안 됐다. 그들이 아이리스의 울음소리를 듣지 못하게 했어야 했다.

"그날 오후에 뭘 하셨습니까?" 경관이 대답을 재촉했다.

"돌핀에 갔습니다. 그녀가 조금 무례하게 군 건 맞습니다." 사일러스가 답했다. 그의 입에서 말들이 술술 흘러나왔다. 그도 자신의 언변이 얼마나 매끄러운지, 얼마나 설득력이 있는지, 얼마나 지적인지 믿을 수 없을 정도였다. 하지만 마음속은 어지러웠다. "하지만 취한 걸 알고 봐줬죠. 의자에 앉은 채로 흔들흔들하더군요. 어떤 신사분과 함께 있었습니다. 나이 많은 사람이었죠.

정말 그때 일은 떠올린 적이 전혀 없습니다. 여기 마담에게도 말했지만…."

마담이 으르렁거렸다.

"그녀가 많이 취한 것 같아서 염려했죠."

"이놈이 성을 벌컥 냈어요! 얼굴이 시뻘게질 정도로 화를 냈단 말입니다."

경관이 손을 내밀며 마담을 조용히 시켰고, 사일러스가 말을 이었다. 그가 쉴 새 없이 떠든다면 속을 가득 채운 끓어오르는 감정들을 가릴 수 있을 것이다.

"그런 다음에, 글쎄요, 이리로 돌아왔습니다."

"누구와 함께 있었습니까?" 남자가 물었다.

"저는 혼자 삽니다. 그 점에 대해선 의심할 게 없겠죠?"

경관이 말을 가로막았다. "그럼 대체 저 소리는 뭡니까?"

"무슨 소리 말입니까?" 사일러스가 물었다. 등줄기가 서늘했다. 목이 바싹 말라서 기침을 했다.

"저 소리 말입니다. 들리실 텐데요?"

"아, 저 소리 말인가요. 저도 미칠 것 같습니다." 사일러스가 말했다. "저기 사는 저 버릇없는 놈들이…." 그가 뒤쪽의 버려진 건물을 가리켰다. 몇 주 동안 건물에서는 아무도 보이지 않았다. "우리에다가 고양이를 가둬놓고 키운답니다. 어찌나 잔인한지 제 마음이 다 아프더군요."

"그렇군요." 경관이 어깨를 으쓱했다. "부랑아들이라니."

그리고 그는 런던의 주택 문제와 같은 소소한 잡담으로 대화의 주제를 돌렸다. 사일러스는 경관이 블루벨에 대한 단서를 포기했다는 사실을, 아이리스의 울부짖음을 그가 말한 대로 받아들였다는 사실을 좀처럼 믿을 수 없었다. 경관은 한 치의 의심도 없이 그를 신뢰했다.

"다른 물어볼 말이 더 있나요?" 대화를 끝내려고 사일러스가 용기를 내 이렇게 물었다. "애통하신 건 압니다, 마담. 늘 뜻이 맞는 사이는 아니지만, 그래도 그렇지, 비통한 사고인 게 분명한 일을 놓고, 저를 수렁으로 끌어들이다니…."

"이 개자식! 너…." 마담이 사일러스에게 달려들어 머리채를 휘어잡고는 꼬집고 할퀴었다. 하지만 경관이 마담을 떼어내고 꾸짖을 때까지 그는 아무런 대응도 않고 묵묵히 손찌검을 참아냈다.

"왜 이러세요, 마담."

"그녀를 탓하지 않겠습니다," 사일러스가 말했다. "술이 웬수죠. 술을 자주 마시면 뇌가 히스테리에 찌들 수도 있죠."

경관이 눈을 굴리며 말했다. "그 정도면 충분합니다, 부인. 불편함을 참아주신 점 감사합니다…." 사일러스는 문을 닫고, 등을 기대며, 숨을 크게 내쉬었다.

기주마르

친애하는 기주마르에게,

우리의 연인 관계는 끝났습니다. 작별 인사 말고는 할 말이 없군요. 제 걱정은 마세요. 그저 저를 찾지도, 답장하지도 말 것을 부탁드립니다.

당신의,

아이리스

짐승

아이리스는 눈을 감았다. 뺨에 닿은 바닥이 차가웠다. 미친 듯이 날뛰며 다시 의자를 넘어뜨렸다. 들통이 의자와 함께 옆으로 쏟아졌다. 내용물 일부가 바닥으로 스미며 치마를 적셨다. 가망이 없었다. 모든 게 수포로 돌아갔다. 정말 열심히 노력했다. 애를 쓰고, 애를 쓰고, 또 애를 쓰며 재갈 물린 입으로 목이 쉬도록 힘껏 울부짖었다. 고래고래 소리를 지르며 쿵쾅거리고 의자를 흔들었다. 한 여자의 외침—희미하지만 그 비슷한 것이었다—과 문이 닫히며 흔들리는 소리가 들렸기 때문이다.

그러더니 이제는 천장을 가로지르는 사일러스의 발자국 소리가 들렸다.

무거운 물체가 당겨지고 덧문이 열렸다. 밝은 램프 불빛에 아이리스가 눈을 껌뻑였다. 몸에서 냄새가 났다. 오줌 냄새와 찌든 땀 냄새. 충격적이었다. 아이리스는 매일 아침 들통에 물을 담아

492

몸을 씻던 것을, 석탄에 데운 물을 스펀지에 적셔 겨드랑이 아래로, 다리 사이로 조금씩 흘려보내던 것을 떠올렸다.

"편지를 써줘요." 사일러스가 그녀를 일으켜 세우고 재갈을 벗긴 뒤 말했다. 불안에 떠는 그의 주먹이 새하얬다. 하지만 그와 함께 있다는 게 아이리스에게는 중요했다. 그가 마지막으로 찾아온 지도 하루가 넘은 것 같았다. 목은 갈증으로 타들어갔고, 위장은 음식을 찾아 요란한 소리를 냈다. 혀는 입안에서 무겁게 축 늘어졌다.

아이리스는 생각했다. *사일러스의 손이 내 쇄골에 놓여 있다….*

아이리스는 생각했다. *쥐들이 바닥에서 시끄럽게 찍찍댄다….*

아이리스는 생각했다. *탈출해, 탈출해, 탈출해. 탈출하면 루이를 찾아야지, 그리고 그의 사랑 고백을 받아들이는 거야. 로즈를 안아주고 앨비의 학비도 내줘야지….*

사일러스가 종이와 깃펜을 내밀었다. "내가 원하는 건 당신이 루이에게 편지를 써주는 것뿐이에요. 당신이 이렇게 반항만 하지 않아도 얼마나 좋을까!"

아이리스가 말을 하려고 했지만 갈증 때문에 목이 꺽꺽거렸다. "편지…쓸게요."

"뭐라고요?" 놀라움과 불신에 찬 사일러스의 눈이 그녀를 향했다.

"그…그 빌어먹을 편지 써줄게요."

"사랑하는 아이리스, 그런 상스러운 단어는 쓰지 말아요."

아이리스는 이를 갈았다. "할게요, 대신 끈을 느슨하게 풀어주고, 음식과 물을 가져다준다는 조건으로."

사일러스는 잠시 멈칫했다. 아이리스는 그가 비웃는 걸 보고 자신을 놀릴 생각이라는 걸 알았다. 하지만 그가 한숨을 쉬더니 요청한 대로 쇠로 된 그릇을 내줬다. 아이리스는 그를 쳐다보지도 않고 희끄무레한 액체를 핥았다. 그러다가 난데없이 루이에게 증오심이 일었다. 루이는 어디에 있는 걸까? 왜 그는 오지 않는가?

사일러스가 오른팔을 풀어주며 축축한 손으로 손바닥을 가볍게 스치자 아이리스가 비명을 질렀다. 손목을 돌렸더니 관절에서 딸깍 하는 소리가 났다.

사일러스가 펜을 건넸지만 펜이 손에 잡히지 않았다. 아이리스는 한숨을 쉬고, 방이 떠나가도록 울분을 터트렸다.

"쉿, 쉿." 사일러스가 펜을 다시 쥐어주며 다독였다. "내 인내심이 무한하지 않을까봐요? 천천히 해요."

그러면서 사일러스는 써야 할 단어들을, 펜촉으로 불러내야 할 거짓들을 불러줬다.

편지가 완성되자 사일러스가 종이를 낚아챘다.

아이리스는 기주마르라고 부른 것만으로 충분한 암시가 됐기를 바랐다. 농담으로만 기주마르라고 불렀기 때문에 루이가 그걸 보면 놀라서 어리둥절해할 것이다. 그런 다음 아이리스는 자신이 그림 속 여왕처럼 갇혔으니 구하러 오라는 신호로 루이가 알아차리길 바랐다. 아이리스에게 남은 유일한 기회이자 도박이었다. 하지만 루이가 편지를 믿어버린다면, 더는 소식을 듣고 싶어 하지 않는다고 믿어버리면 어떻게 할 것인가?

아이리스가 기침을 했다. 가슴이 쓰렸다. 천장에서 물이 뚝뚝 떨어지는, 사면에 습기가 찬 눅눅한 방. 이곳을 탈출해 손발을 자유롭게 놀리며 달리기를, 햇빛과 하이드 파크의 광활한 초록빛을 보기를 얼마나 고대했던가.

"친…애하는…." 사일러스가 편지를 읽다가 멈췄다. 그리고 편지를 가까이에서 살폈다. 그가 종이를 툭툭 치더니 아이리스의 얼굴 앞에서 편지를 접었다. 아이리스가 움찔했다.

"이게 뭐요?" 사일러스가 물었다. "구…구…지…마르?"

"나는 그렇게 불러요. 루이라고 부르지 않아요. 내가 '루이'라고 적으면, 내가 아닌 걸 알 거예요."

"거짓말."

"거짓말이 아니에요." 아이리스가 우겼다. "아니에요. 나는 그렇게 불러요. 기주마르라고. 나만의 애칭이에요…."

"거짓말이야." 사일러스가 이렇게 말하며 다시 소리를 질렀다. 그러고는 편지를 구겼다. "거짓말. 이 거짓말쟁이. 당신은 한낱 추잡한 짐승, 동물에 지나지 않아. 나는 그저 당신을 사랑하고 싶어서 그토록 힘들게…."

"동물이라고? 내가?" 아이리스가 소리쳤다. 그녀의 성질도 만만치 않았다. "나를 여기에 가두고, 이리로 꾀어낸 짐승은 내가 아니야…."

"당신이 원했잖아."

"내가 원했다고? 그건 당신 착각이야…이 망상에 빠진 악마! 네놈을 증오해. 나의 존재 하나하나, 내 몸에 남은 마지막 숨결까지 네놈을 증오해. 한심하기 짝이 없는 인간 같으니. 네놈이 친구 하나 없는 것도, 지금껏 혼자인 것도 전혀 놀랍지 않아…."

"조용해!" 사일러스가 소리쳤다.

"그래서 네놈의 어머니가 널 혐오한 거야. 네놈의 사악하고 추악한 영혼을 봤으니까." 오랫동안 눌러왔던 독설이 검은 파도처럼 멈추지 않고 마구 흘러나왔다. 얼마나 오래 됐을까? 일주일? 이주일? 아니면 겨우 며칠일까? 루이는 어디에 있는 걸까? 왜 그는 오지 않는가?

"조용히 해!" 사일러스가 다시 고함을 쳤다. 그가 주머니를 뒤적였다. 이제 뭐가 나타날지 아이리스는 알고 있었다. 헝겊이었다. 원치 않았지만, 그녀의 입에서 말들이 계속 쏟아져 나왔다. 아이리스는 한편으로 그가 두려웠다. 하지만 입을 다물어야 한다는 걸 알면서도 노여움이 가시지 않았다.

"당신을 사랑하지 않을 거야, 절대. 네놈에게 줄 수 있는 건 증오뿐이야…네놈의 어머니보다 널 더 증오할 거야!" 아이리스가 가래 덩어리를 모아 목을 활 모양으로 둥글게 뽑고는 얼굴에 퉤하고 뱉었다. 가래가 그의 뺨을 따라 미끄러지자 즐거워했다.

사일러스가 의자를 흔들어 아이리스를 바닥에 쓰러뜨리고는 두 손으로 목을 졸랐다. 아이리스는 더듬거리며 말을 하려고, 고함을 지르려고, 울부짖으려고 안간힘을 썼지만 소용없었다. 낼 수 있는 소리라곤 오직 목이 멘 고양이 소리뿐이었다.

구슬 눈

사일러스가 아이리스를 보고 온 지 이틀이 지났다. 그는 공상에서 깨어나듯 정신을 차리고—그의 손가락이 목을 조르고 있었고, 아이리스는 공기를 찾아 캑캑거렸다—비틀비틀 뒤로 물러났다. 그리고 의자를 똑바로 세웠다. 찢어질 것 같은 쉰 목소리가 그를 질책하는 것처럼 들렸다. "미안해요, 미안해." 그가 중얼거렸다. "하지만 그러지 말았어야 했어요…나를 화나게 하지 말았어야 했어요." 그러자 아이리스가 구역질을 했고, 사일러스가 노란 토사물을 친절하게 닦어줬다. "봐요, 보라고, 내가 당신을 얼마나 아끼는지." 그가 재갈을 교체하며 말했다. 그러고는 뒷걸음질 치며 계단 위로 올라왔다. 거칠게 충혈된 아이리스의 두 눈이 이리저리 흔들렸다. 그리고 이어진 그녀의 훌쩍거림! 사일러스는 편지를 서랍장에 쑤셔 넣고 다시는 보지 않으리라 마음먹었다.

사일러스는 아이리스의 표정과 목소리를 잊을 수 없었다. 이

498

정도면 이틀 동안 그녀로부터 떨어져 지내기에 충분했다. 게다가 할 일도 많았다. 매일 아침 신문을 샅샅이 뒤지고, 앨비를 수소문하고, 쥐 박제를 준비해야 했다. 지금은 솜으로 왕관을 채우고, 눈에 검정 구슬을 달고, 발끝에 천을 집어넣는 중이었다.

박제 작업은 사일러스를 차분하게 만들었다. 얼마 지나지 않아 쥐가 덫에서 꺼냈을 때처럼 통통해지기 시작했다.

사일러스는 블루벨에 대한 걱정을 떨쳐버리려고 애썼다. 더 이상의 조사도 없었고, 신문에 난 기사도 없었다. 어쨌거나 히스테리 환자의 정신 나간 의심 말고는 증거가 없었다. 마담이 경관에게 혹할 수밖에 없는 미끼를 던졌음에 틀림없었다─어쩌면 경관도 돌핀을 뜸하게 찾는 손님 중 하나일지도 몰랐다─경관의 회의적인 생각을 단번에 알아차리고 그걸 고쳐놓기 위해서 말이다. 경관이 진지하게 질문했을 리 없었다. 그들이 정말 그를 의심했다면 가게를 쑥대밭으로 만든 뒤 감옥으로 끌고 갔을 것이다.

철사를 꼬리 속으로 구겨 넣으며 온정신을 집중했다. 블루벨에 대해 더는 아무런 이야기도 듣지 않을 거라고 확신했다. 하지만, 만약 경관이 우리에 갇힌 고양이 이야기를 미심쩍게 생각했다면 어떻게 됐겠는가? 만약 경관이 가게로 밀고 들어와 등 뒤에 숨긴 칼을 봤다면, 그리고 지하실에서 아이리스를 발견했다면 어떻게 됐겠는가? 사일러스는 발자국을 쓸고 흔적을 지우며 조심

또 조심해왔다. 하지만 모든 것이 끝장나는 데는 어리석은 실수 한 번이면, 문을 두드리는 호기심 어린 목소리 하나면 충분했다. 게다가 루이가 곧 돌아오면 실종된 걸 알지 않겠는가?

사일러스가 이마를 찡그리며 쥐를 똑바로 세웠다. 최고의 작품은 아니었지만 그대로 절개 부분을 봉합했다. 손이 마음대로 움직이지 않아서 털을 푹 찌르고 바늘을 너무 깊숙이 꽂는 것으로도 모자라 봉합도 삐뚤삐뚤 제멋대로였다. 사일러스가 한숨을 쉬었다. 그에게 무슨 일이 일어나고 있는 것인가? 보통은 작업 때마다 이전보다 나아지곤 했다.

사일러스는 상한 마음을 달래기 위해, 자신의 능력에 대해 너무 엄격하다며 스스로를 위로하기 위해 쥐들이 놓인 선반을 찾아 서둘러 위층으로 올라갔다. 쥐의 수를 세어봤다. 열세 개였다. 딱 열세 개짜리 한 묶음이었다. 가장 최근에 만든, 갈색 털에 분홍색 깃털이 달린 쥐를 집어 들었다. 바느질을 꼼꼼히 살피며 가지런한 지그재그 선에 감탄했다. 얼마나 훌륭한 바느질인가! 그리고 난생 처음 박제한 쥐를 살펴봤다. 두피에는 연한 적갈색 털 조각이 붙었고, 손에 접시를 든, 다소 몸집이 작은 쥐였다. 비전문가이던 초짜 시절에 만들다보니 몸통이 살짝 쳐진 데다 머리에는 솜이 과하게 들어갔고, 털은 늘어졌다.

어쩌면 새로 만든 쥐는 그가 생각하는 것만큼 나쁘지 도 몰랐다. 책상으로 돌아가서 쥐를 집어 들었다. 하지만 전부

엉망이었다. 철사는 발끝까지 들어가지 않았고, 솜은 울퉁불퉁했다. 애써 위층까지 올라갔다 왔건만, 그를 진정시키기엔 역부족이었다.

이 거짓말쟁이, 악마 같은 놈, 진절머리 나는 사일러스, 불안정하게 한쪽으로 치우친 울새. 모든 인간들이 그를 조롱하고, 증오하고, 괴롭혔다. 사일러스는 주먹으로 책상을 쾅 하고 내려치고 의자를 뒤로 홱 빼낸 뒤, 아이리스를 봐야겠다고 마음먹었다.

건포도 번

아이리스의 쇄골에는 손이 놓여 있었고, 목에서는 숨결이 느껴졌다…루이? 사일러스? 아니면 한낱 상상인 걸까? 루이가 앞에서 일어섰다. 지독한 신기루였다…뒤로 말린 루이의 머리카락, 그가 웃었다. 귀네비어가 그녀를 위해 성을 지었다며 루이가 환하고 거대한 작업실로 안내했다. 사면이 수천 개의 유리창으로 된 작업실 가운데에는 모델이 편하게 누울 수 있도록 연단이 솟아 있었다…그때 바닥이 서서히 사라지더니 아이리스가 깜깜한 암흑 속에 갇혔다. 루이의 얼굴이 사일러스의 얼굴로 변했다…돌아오라고, 떠나지 말라고 애원했지만, 너무 늦었다. 손이 나타나 쇄골을 거칠게 만졌다. 대영박물관에서 가지고 온 대리석 손이 돌로 만들어진 손가락으로 그를 꽉 잡고 있었다….

"루이." 아이리스가 거친 목소리로 꺽꺽거렸다. "내 사랑…내 사랑." 그러고는 말했다. "물 좀 줘요." 입술에 촉촉한 유리가 닿

앉다. 아이리스는 물을 마시고 또 마셨다. 앞섶으로 물이 흘러내리며 몸을 식혔다. 설탕을 바른, 반짝이는 건포도 번도 있었다. 사일러스가 번을 작게 뜯어서 먹였다.

"더 줘요." 이미 배가 꽉 찼지만, 사일러스가 이번에는 얼마나 오래 내버려둘지 알 수 없어서 이렇게 말했다. 그가 발길을 끊어 굶어죽게 내버려둔다면 어떻게 할 것인가? 그가 어딘가에 수감되거나 살해당하면 어떻게 할 것인가? 그녀가 이곳에 갇혔다는 사실을 아는 사람은 아무도 없었다. "더 줘요."

아이리스는 게걸스럽게 번을 하나 더 먹어치웠다.

"당신이 오기 전까지 너무 외로웠어요." 사일러스가 말했다. 아이리스는 머리가 아파왔다.

"제발 보내줘요." 아이리스가 말했다. 이 말을 얼마나 많이 했는지 셀 수도 없었다. "제발 보내줘요. 당신에 대해서는 입도 뻥끗 안 할게요…잠시 어디 갔다 온 척할게요."

"거짓말." 사일러스가 말했다. 하지만 목소리가 퉁명하지는 않았다.

"제발요." 아이리스가 매달렸다. 눈물이 코로, 뺨으로 흘러내렸다. "제발, 사일러스. 나는 여자예요, 당신과 같은 사람이에요, 표본이, 동물이 아니라고요…제발."

"당신이 내 친구가 되길 원했어요." 사일러스가 말했다. "그토록 원했는데, 당신은 나를 무시했어요."

"미안해요." 아이리스가 흐느끼며 격하게 기침을 했다. 열이 나서 몸도 축축했다. 무조건 사일러스를 옆에 둬야 했다. 그가 음식과 물을 가지고 다시 오게 만들어야 했다. "당신은 내 친구 예요. 친구 맞죠, 그렇죠?"

"안 믿어요."

"사실을 말하는 거예요." 아이리스가 힘주어 말했다. "풀어주 긴 할 건가요? 그럴 건가요?"

침묵이 감돌았다.

"당신을 보러 올게요, 계속 당신 친구로 지낼게요, 같이 박람 회도 보러 가요."

"지난번엔 안 왔으면서."

"이젠 당신을 알잖아요! 당신을 안다고요, 날 보내주기만 하 면, 내가 당신과 얼마나 친구가 되고 싶어 하는지 알게 될 거예 요, 내 진심을, 내가 얼마나…."

마구 지껄이다보니 단어들이 서로 메아리처럼 되풀이됐다. 아 이리스는 *친구, 친구, 친구*라는 단어를 무한 반복했다. 사일러스 는 양팔로 자신의 몸을 꽉 껴안은 채 자리에 앉아 있었다.

"당신에 대해 말해 봐요." 사일러스가 말했다.

"다음에 말해 줄게요." 아이리스가 말했다. *제발 다음이 있게 해주세요.* "따뜻한 파이와 우유, 그리고 소고기 수프를 가져다주 면요…."

지하실 구석에 달린 벨이 쌕쌕거리며 말을 가로막았다. 사일러스가 자리에서 벌떡 일어났다.

아이리스가 소리를 질렀다. 하지만 며칠 전의 선명한 비명과 달리 꺽꺽거리는 쉰 소리만 새어나올 뿐이었다. 그녀가 공기를 한껏 들이마시기도 전에 사일러스가 손수건에 이상한 액체를 묻혀서 얼굴에 갖다 댔다.

아이리스가 자리를 박차고 일어서며 머리로 사일러스를 들이받았다. 그리고 입과 코를 막은 천 조각 너머로 목소리를 높이려고, 손수건을 떨쳐내려고 온힘을 다했다.

초인종이 다시 울렸다. 아이리스는 몸부림치고 또 몸부림쳤다.

깨어 있어야해, 아이리스, 그녀가 자신에게 말했다. 잠들면 안 돼. 또 한 번의 기회, 또 한 번의 빛줄기야. 잠들면 안 돼…빅토리아 여왕의 결혼식에 모인 인파의 함성…말 털로 속을 채운 매트리스…짐마차에 깔린 소년과 그 누나의 절규…캔버스에 묻은 붓 자국…끝이 뾰족한, 준비된 붓…로즈가 사 온 아이리스 꽃…머리에 딱 맞게 움푹 들어간, 루이의 가슴팍…루이, 루이, 루이, 루이….

초인종 둘

벨소리를 듣고 사일러스는 공상에서 화들짝 깨어났다. 잠깐이나마 아이리스를 믿었다. 진정으로 친구가 되고 싶어 한다고, 친구라고 믿었다. 진심으로 풀어줄 생각도 잠깐 했다. 결국엔 그럴지도 몰랐다. 사일러스는 아이리스가 자신에게 감사해한다는 사실을, 자신이 관대하다는 사실을 마음껏 누리게 될지도 모른다고 생각했다. 시간이 지나면, *아이리스가* 표본 작업을 하는 그에게 음식을 가져다주고 옆에 앉아서 그를 위로할지도 몰랐다. 다시 가게를 열지도 몰랐다. 조만간 집주인이 밀린 집세를 요구할 텐데. 그러면 어떻게 할 것인가?

하지만 아이리스의 비명이 지하실을 가득 메우는 순간 사일러스는 모든 게 거짓임을 알았다. 그녀를 풀어줬다면 경관을 불렀을 것이고, 그러면 모든 게 엉망이 됐을 것이다.

사일러스가 앞으로 고꾸라진 아이리스를 잠시 응시했다. 벨소리가 집요하게 울렸다. 노크 소리도 멈출 줄 몰랐다. 마담과 경관이 다시 온 거라면, 그래서 아이리스를 두고 도망치기 전에 그들이 들이닥친다면, 그들은 열린 덧문을 보게 될 것이다. 사일러스는 급하게 가게로 기어 올라가려다가 가로대에서 손이 미끄러졌다. 지하실 입구에 진열장을 끌어다놓고 서둘러 현관문의 빗장을 벗겼다. 마담이 분명했다. 그녀 말고 이토록 끈질긴 사람은 없었다.

"무슨 일이요?" 사일러스가 따져 물었다.

하지만 문간에 서 있는 사람은 마담이 아니었다.

그 개자식, 루이였다. 로즈가, 보라색 암퇘지처럼 추한 모습으로 옆에 서 있었다.

사일러스는 주춤하며 주먹이 날아올 것을, 최후를 대비했다.

하지만 남자는 일방적으로 달려들지도, 가게로 박차고 들어오지도, 아이리스를 찾겠다며 뛰어들지도 않았다. 사일러스는 문틀을 부여잡았다. 그 말인 즉, 루이가 모른다는 뜻이었다. 알았다면 경관을 데려왔거나, 직접 법을 행사하겠다는 심산으로 적어도 깡패 친구 하나쯤은 끼고 오지 않았겠는가? 루이를 쫓아내지도, 의심을 불러일으키지도 않으면서 최대한 평범하게 행동해야 했다. 사일러스가 억지로 입을 일그러뜨리며 애써 미소를 지었다. 하지만 얼굴이 일그러지며 으르렁거리듯 치아만 드러났다.

"제가…도와드릴 일이라도 있나요?" 사일러스가 물었다. 억지로 밝은 척하느라 목소리가 떨렸다. 아이리스가 클로로포름에서 깨어나려면 얼마나 남았을까? 5분? 몸부림치는 소리를 루이가 듣는다면, 그는 고양이 이야기에 넘어가지 않으리라. 새장 벽을 두드리는 카나리아처럼 심장이 벌렁거렸다. "다른 표본을 구하러 오신 건가요? 또 비둘기인가요, 아니면 고양이?"

사일러스는 자신의 죄가 얼굴 전체에 쓰여 있기라도 한 것만 같았다.

"아이리스는 어디 있나?" 루이가 따졌다. 로즈가 한쪽 눈을 흘겼다.

겁이 났지만, 사일러스는 그들이 아무것도 모른다는 사실을 떠올렸다. 그들의 의심은 근거가 없는 것이었다.

"뭐라고 하셨나요?" 사일러스가 말했다.

"여기 있지?" 루이가 물었다. "자네가 데리고 있지?"

"당신이 손목을 잡았다고 내 동생이 루이에게 말한 적 있어요." 로즈가 뒤에서 말했다. "내 동생 숙소에도 왔었죠. 내 동생이 흔적도 없이 떠났어요. 어디 있어요?"

'*떠났어. 납치됐어나 사라졌어*'가 아니었다. 사일러스는 이 엉뚱한 믿음의 단서를 마음에 새겼다. 하지만 여전히 숨쉬기가 힘들었다. "아, 안에 있죠, 물론…차를 마시는 중입니다만." 이렇게 말하면서도 조금씩 두려움이 커졌다. 그가 가짜 웃음을 터트렸다.

루이가 이쪽을, 다시 저쪽을 바라봤다. 그러고는 손으로 머리카락을 훑었다. 단검이 있다면, 루이를 벽으로 밀친 뒤 놈의 숨통을 끊어놓고 싶었다. 멍청이 같으니, 풋내기 같으니!

"안으로 들어와도 좋습니다." 사일러스가 말했다, "하지만 댁들이 뭘 찾는지는 오직 하늘만이 아시겠죠."

사일러스가 뒤를 슬쩍 돌아보며 서랍장 위에 올려 둔 칼을 확인했다.

루이는 문간을 넘어서는 순간 광기 속으로 추락이라도 할까 봐, 겁먹은 사람처럼 어둠 속을 응시했다. 거절하리라는 사일러스의 짐작을 깨고 루이가 말했다. "그러지, 자네가 반대하지 않는다면." 그러더니 루이와 로즈가 그를 밀치고 안으로 들어왔다.

"어디 한 번 찾아보시죠. 어디 옷장 서랍도 열어보시지 그래요?" 사일러스가 몸을 조여 오는 공포를 억누르며 말했다. "나와요, 그대여!"

사일러스가 주머니 속으로 칼을 미끄러뜨렸다.

루이는 아무 말도 않고 그저 전시품만 둘러보다가—무례하게도—사일러스의 방으로 이어지는 계단을 올랐다.

"분명히 말하는데 이건 선을 넘는 일입니다…." 하지만 루이는 무시했다. 얼굴이 우묵하게 패인 처자가 사일러스를 노려봤다. 순간 그는 곰보자국에 넋이 나갔다. 두개골에서 살갗을 벗겨내고 평평하게 펼쳐도 저 오목한 자국이 그대로일까 궁금했다.

"아이리스가 떠나다니, 그게 무슨 말인가요?" 사일러스가 물었다. 순간 기발한 생각이 뇌리를 스쳤다. 로즈를 등지고, 서랍을 뒤져 종이쪽지를 찢어서 주머니에 넣었다.

"사라졌어." 루이가 말했다. "쪽지도, 말 한마디도 없이." 사일러스는 루이가 다시 아래로 내려오는 걸 보고 안심했다. 루이의 얼굴에서 당혹스러운 불안감이 보였다.

"침대 아래에는 없던가요?"

"농담할 일이 아니에요." 로즈가 쏘아붙였다. "동생이 사라졌고, 우리가 찾을 거예요. 이건 예삿일이 아니에요."

"빌어먹을 맞는 말이야, 농담할 일이 아니야." 루이가 말했다. 얼굴이 평소보다 훨씬 창백했다. "자네는 이 상황을 가볍게 여길지 모르지만, 자네가, 앨비가 자네에 대해 경고했지, 아이리스도 마찬가지고, 그녀를 공격하고 불안에 떨게 만들었어. 그리고 자네가 접근하고 몇 주 만에 완전히 사라졌어, 에딘버러에서 돌아온 뒤에 알게 됐지…이건 전혀 그녀답지 않은 행동이야."

사일러스는 루이의 승합마차가 지푸라기 깔린 길을 삐걱거리며 떠날 때, 아이리스가 키스를 피하고 화가 난 듯 발을 쿵쾅거리며 걷던 장면을 떠올렸다.

"그럴 만한 이유가 있었던 건 아닐까요? 이를테면, 다툼이라든가?"

"이 일과는 아무 상관없어." 루이가 말했다. 하지만 사일러스는 그의 목소리가 떨리는 걸 감지했다. "그리고 앨비가…녀석이 말했어. 자네가 아이리스를 지켜봤다고."

"앨비가?" 사일러스는 이렇게 묻고 머리카락을 한 가닥 뽑았다. 앨비, 그 악마 같은 놈을 여태 처리하지 않은 게 화근이었다. 모든 걸 망쳤다. 사일러스는 자신을 배신한 그 꼬마 놈의 숨통을 끊어놓고 싶었다. 그런데 앨비가 누나를 위험에 빠뜨리면서까지 루이에게 모든 걸 털어놨을까?

"앨비는 죽었어." 루이가 담담하게 말했다.

"죽어요?" 사일러스가 되물었다.

"짐마차에 치였네. 앨비의 누나가 내게 왔지. 내가 하녀로 고용했어. 앨비가 자네를 얼마나 혐오했는지 나에게 다 말해주더군."

비열한 부랑아, 그토록 친절을 베풀었건만 대놓고 배신하다니! 사일러스는 그대로 있을 수 없었다. 그들을 가게에서 몰아낼 궁리를 찾아야 했다. 대충이라도 계획을 짜서 행동에 옮겨야 했다. 계획이 먹히지 않거나 아이리스가 깨어나기라도 한다면…그가 손가락으로 칼날을 훑다가 엄지손가락을 거의 벨 뻔 했다. 그들을 불시에 덮쳐서 내장부터 사타구니까지 이놈을 쭉 찢어버리고 단번에 로즈의 목을 따리라 마음먹었다.

"사실, 사라지는 건 아이리스의 특기죠." 사일러스가 말했다.

"자네가 아이리스에 대해 뭘 알아?" 루이가 날카롭게 말했다.

"아이리스가 말하지 않던가요?"

"뭘 말하지 않았다는 거야?" 루이가 앞으로 다가갔다. 로즈도 눈을 떼지 않고 지켜봤다. 로즈의 눈이 마차 램프처럼 따가웠다.

"숙녀의 사생활이라…그게," 사일러스가 비밀이라도 된다는 듯 짓궂게 말했다. 심장이 쿵쾅거려서 흥분이 가라앉지 않았다. "그게…좀 무례한 얘기일 수도 있어서 말입니다."

"자네가 감히." 루이는 화를 내려다가 사일러스가 말을 하게 내버려뒀다.

"어떻게 말해야 할지 모르겠습니다만…그게…." 사일러스가 아랫입술을 깨물었다. "우리는…연인 관계였습니다. *성적*으로 하나 된 사이죠."

"그럴 리 없어…." 루이가 말했다.

"거짓말쟁이!" 로즈가 말했다. "그랬으면 내가 알았겠지."

"오, 로즈. 등잔 밑이 어둡다더니."

"이 악당 같은 놈…악마…."

사일러스는 서서히 통제력이 약해지는 걸 느꼈다. "당신이 설터 부인의 가게에서 일할 때, 내가 아이리스를 찾아 가게로 갔었죠?" 순간 그는 자신의 기억력에 놀라움을 금치 못했다. 때로 그의 기억은 싯누런 안개처럼 흐릿했지만, 어떨 땐 바늘처럼 날카로웠다. "기억하나요?"

"그게 언제죠?" 루이가 로즈에게로 몸을 돌리며 물었다. "그게 무슨 말이에요?"

"나는…나는 동생에게 화가 났어요. 동생이 저런 역겹고 끔찍한 자와 엮였을까봐."

사일러스의 손가락이 칼 손잡이에 가까워졌다. 하지만 항아리에 둥둥 뜬 토끼에 시선을 고정하고 숨을 돌렸다.

"물론 오래된 관계는 아닙니다, 하지만 나는 아이리스를 아꼈습니다, 나를 왕립 미술원 특별전시회에도 초대했죠. 그녀의 초상화가 그곳에 걸렸다더군요. 그런데 내가 아이리스를 붙잡고 공격하다니, 그 무슨 말도 안 되는 소리인가요?"

"자네가 아이리스의 손목을 잡았잖아." 루이가 말했다. "잡고 놓아주지 않았다고 했어."

사일러스가 코웃음을 쳤다. "그런 짓은 한 적이 없습니다. 아이리스가 나를 초대했고, 우린 정중하게 대화를 나눴습니다…당신의 연민이나 관심을 얻기 위해 지어낸 얘기가 아니라면 또 모를까…."

"거짓말." 루이가 말했다. 하지만 목소리가 떨렸다. "아이리스가 거짓말을 하다니, 자네를 믿을 수 없어…."

"정말 짜증나는 일이죠."

"아이리스에게 무슨 짓을 한 거야?" 루이가 다시 다그쳤다.

사일러스가 주머니에 손을 넣었다. 아이리스가 깨기까지 얼마나 남았을까? 그들을 보내야만 했다.

"아무 짓도 안 했습니다. 정말입니다. 절대 아니에요. 그게 아이리스의 버릇이에요, 사라지는 것 말입니다. 두 사람이 다투지 않았다고 믿습니다만, 글쎄요, 만약에 다퉜다면 또 모르죠. 친언니도 쉽게 버리지 않았나요?"

"그건 달라요." 로즈가 끼어들려고 했지만 사일러스는 멈추지 않았다.

"그리고 저 역시 다 먹은 사과 속을 버리듯 무참히 버렸죠. 본인의 상황을 보세요."

사일러스가 주머니에서 편지를 꺼냈다. '기주마르에게'로 시작하는 부분은 찢은 뒤였다. 그는 편지 내용을 암기하고 있었다.

"*우리의 연인 관계는 끝났습니다. 작별 인사 말고는 할 말이 없군요. 내 걱정은 마세요. 그저 나를 찾지도, 답장하지도 말 것을 부탁드립니다. 당신의, 아이리스.*"

루이가 종이를 낚아챘다. 로즈가 어깨너머로 목을 길게 뺐다.

"어디서 났어?" 루이가 물었다.

"아이리스가 보낸 겁니다…. 그녀 글씨 아닌가요?"

루이가 얼굴을 감쌌다. "세상에, 믿을 수 없어."

"이건 가짜예요." 로즈가 말했다. "무슨 속임수를 써서 이걸 손에 넣었는지 모르겠지만."

"정말…믿을 수 없어," 루이가 말했다. 하지만 기가 한풀 꺾인 목소리였다. "이대로 아이리스를 보내진 않아, 빌어먹을! 포기할 수 없어."

"이제, 괜찮다면, 저는 해야 할 일이 있어서."

루이가 주먹을 올리며 달려들었지만 로즈가 말렸다. 그녀의
점잖은 손길이 권투 선수의 주먹과 비슷한 효과를 발휘했다. 루
이는 축 쳐진 채 숨을 천천히 뱉으며 로즈의 손에 이끌려 가게
를 떠났다. "이게 마지막이 아니야…아직 끝난 게 아닌 줄 알라
고." 루이가 말했다. 하지만 그의 말에서 날카로움은 사라지고
없었다.

사일러스는 문을 쾅 닫았다.

갑자기 쿵쿵거리는 소리가 들렸다.

"네놈을 믿지 않아…조금도 믿지 않아." 루이가 소리쳤다. "바
닥까지 샅샅이 뒤질 거야, 아이리스를 해치기라도 했다면 후회하
게 될 거야, 난 아이리스를 사랑해…." 사일러스는 루이가 흐느
낀다는 걸 알았다.

"가요, 있어 봐야 얻을 건 없어요." 로즈가 말했다. 문이 마지
막 발길질과 함께 크게 흔들렸다.

달콤한 침묵의 순간이 찾아왔지만, 이내 아이리스의 가냘픈
울음이 다시 시작됐다.

비둘기

자매가 어릴 적, 새 장수가 집 앞 길바닥에 새들을 갖다놓고 큰 소리로 호객 행위를 하곤 했다. 새 장수는 누런색 조끼와 챙이 뒤집어진 모자를 걸치고 비둘기와 방울새가 든 나무 새장을 휘둘렀다. 깃털에는 이국적인 새들처럼 화려한 색깔이 칠해져 있었다.

"카나리아가 1실링, 앵무새가 2실링이요." 새 장수가 외쳤다. 아이리스는 아침마다 그곳을 어슬렁거리며, 접착제로 다닥다닥 붙은 날개에서, 무기력한 새들의 울음소리에서, 날아갈 듯한 자세로 새장 모서리만 쪼아대는 모습에서 눈을 떼지 못했다.

새들이 갇힌 모습을 견딜 수 없어 하던 아이리스가 로즈와 함께 새 장수에게 안타까운 마음을 털어놓았다. 로즈는 눈을 동그랗게 뜬 채 매달렸고, 아이리스는 발을 쿵쿵거리며 새들을 놓아 달라고 떼를 썼다. 새 장수가 자매를 쫓으며 아이리스의 머리를 찰싹 때렸다. 그러면서 정직하게만 일하고 잔꾀를 부리지 않으면 가난한 행상밖에 될 수 없다고 말했다.

"하나는 딸기처럼 달콤하고, 하나는 붉은 까치밥 열매처럼 시큼하구먼." 새 장수가 말했다.

"저 새장에 갇힌 게 *아저씨*라면 퍽이나 좋겠어요." 아이리스가 되받아쳤다.

"오, 제발 새들을 풀어주세요." 로즈가 애원했다.

새 장수를 지나칠 때마다 아이리스의 분노는 커져만 갔고, 결국 난로 불쏘시개처럼 뜨거워졌다. 어느 날, 무슨 이유에서인지 아이리스가 벌을 받을 때였다. 앞치마를 더럽혀서 그랬을 수도, 저녁 식사 자리에서 입을 다물고 대답하지 않아서 그랬을 수도, 푹 익힌 채소를 먹지 않겠다고 투정을 부려서 그랬을 수도, 예배를 보다가 크게 웃어서 그랬을 수도, 호기심 때문에 촛불에 눈썹을 태워서 그랬을 수도 있었다. 아이리스는 새 장수의 관심을 딴 데로 돌려달라고 로즈에게 속삭였다.

"무슨 짓을 하려고?" 로즈가 두려운 눈빛으로 아이리스를 바라봤다.

"그냥 정신을 딴 데로 돌려봐."

로즈는 새 장수에게 비둘기에 대해 재잘대다가 인간도 날 수 있느냐고 물었다. 그러자 남자가 껄껄거리며 말했다. "인류가 날 수 있느냐고? 날기도 전에 달 위를 걷게 될 게다." 아이리스는 새장 하나를 움켜쥐었다. 자물쇠를 풀려고 낑낑댔지만 새장은 굳게 잠겨있었다. 새 장수는 여전히 수다를 떨었다. 아이리스가 성냥 크기만 한 나무 빗장 세 개를 부러뜨렸다. "날아가." 색칠한 비둘기에게 날아가라고 재촉했다. 하지만 비둘기는 당황한 듯, 구구거리며 가만히 쳐다보기만 할 뿐이었다.

"가라고." 아이리스가 새장을 흔들며 애원했지만 새는 꿈쩍도 하지 않았다.

이를 발견한 새 장수가 아이리스를 잡으려고 움직이자 때마침 새가 새장에서 폴짝 뛰어나왔다. 아이리스는 비둘기가 미니어처 공작새처럼 화려한 날개를 뽐내며 하늘로 훨훨 날아오를 거라고 상상했다. 우울한 잿빛 비둘기 무리에 자리 잡고 열렬히 환영 받을 거라고 생각했다. 물감을 칠한 탓에 깃털이 다닥다닥 붙어서 날개를 펼칠 수 없을 거라는 생각은 못했다. 새는 걸을 때마다 목을 흔들며 뒤뚱뒤뚱 거리로 걸어 나갔다.

"안 돼." 아이리스가 소리쳤지만 이미 늦었다…새는 개 수레바퀴에 깔려 짓이겨졌다.

아이리스는 자기 자신이 미웠다. 선한 의도로 한 일이었다. 새 장수가 신발 가죽 끈으로 그녀를 후려쳤고, 아이리스는 흐느꼈다. 결국 새 장수는 부모님을 찾아가 2실링을 받아냈다.

* * *

아이리스는 어쩌다가 이 일이 떠올랐는지 알 수 없었다. 잡다한 생각들과 상상들이 머릿속을 비집고 들어왔다.

루이와 함께 지붕 위에 누웠던 날, 그녀의 몸에 부딪히던 그의 몸, 허리춤까지 올라간 치마, 무릎에 걸린 그의 바지. 하늘 아래서, 염치없이 태연하게 펼친, 대낮의 정사. *사랑해요, 사랑해요, 사랑해요.* 귓바퀴에 대고 속삭이던 루이의 고백.

루이는 오지 않았다. 그가 사다리를 타고 내려와 묶인 끈을 풀어주며 구출하는 일 따위는 없었다. 아이리스는 위에서 어떤 소동이 벌어졌는지, 몇 분 전에 어떤 구원의 손길이 스쳐갔는지 도무지 알 길이 없었다.

내 삶은 황량하고, 임은 오지 않네.

아이리스는 루이가 지하실에 갇힌 자신을 발견하는 모습을 상상했다. 더럽고, 악취에 찌든 데다, 몸에선 열이 나고 지저분한, 감금된 이의 진짜 얼굴. 우리에 갇힌 돼지와 다름없는 모습. 루이의 그림에서처럼 창백하고, 깨끗하고, 태양을 향해 얼굴을 돌리고 선, 그런 이상적인 얼굴이 아니었다.

덧문이 긁히는 소리를 목이 빠지게 기다렸지만 소리는 들리지 않았다. 머리 위로 사일러스가 오가는 소리가 들렸다. 행여 그가 멀어지기라도 하면 아이리스는 겁에 질렸다. 사일러스가 열렬한 애정을 보여주기를, 해치지 않겠다고 안심시켜주기를, 그저 친구가 되기를 원한다고 말해주기를 바랐다.

날 보러 와요. 아이리스가 매달렸다. *나에게 말을 걸어줘요. 먹을 걸 줘요.*

그건, '*여기서 혼자 죽게 내버려두지 마요*'라는 뜻이었다.

아이리스는 두려움에 사로잡혔다.

비둘기.

접착제로 붙인 날개.

아이리스야말로 새장에 갇힌 새였다. 하지만 그녀에게 나무 빗장을 부러뜨려줄 아이는 없었다.

바로 그때, 어떤 생각이 뇌리를 스쳤다. 어렴풋한 아이디어였다.

왕립 미술원

사일러스는 정오가 지나서야 눈을 떴다. 침대 위에는 신문이 놓여 있었다. 아이리스가 편지에 *기주마르*라는 가짜 이름을 꾸며 내지 않았다면, 신문 왼쪽 아래 모퉁이에 적힌 글귀를 그냥 지나 쳤을 것이다. 루이가 그를 찾아온 지 겨우 하루 만에 신문에 광 고를 실었다. 넌지시 암시한 말이 그를 자극한 모양이었다.

사일러스가 신문을 집어 들었다. 종이가 손에 잡혀 일그러졌 다. 처음에는 글자를 하나씩 더듬거리며 읽어나갔지만, 어느새 눈을 감고 암송할 정도가 됐다.

나의 여왕님,

그대를 찾기를 멈추지 않을 겁니다. 당신을 사랑합니다. 당신 도 나를 사랑한다는 걸 알아요. 우리의 언쟁은 그저 말다툼에 지 나지 않습니다. 그대를 찾아서 당신과 결혼할 겁니다. 당신이 나

의 초라한 청혼을 받아준다면—제발 저에게 답장을 주세요—당신이 없으면 나는 아무것도 할 수 없습니다.

당신의 기주마르

지독하게 감상적인 글이었다. 너무나 진부하고 너무나 기괴했다—루이는 사랑에 대한 개념도, 인내심도, 계획도, 관심도 없는 놈이었다—사일러스는 자리에서 일어나 선반 위에 놓인, 옷을 걸친 쥐들을 바라봤다. 입이 바짝 마르며 몸이 갈라지는 것 같은 심한 통증이 느껴졌다.

사일러스는 더는 기억을 지울 수 없었다. 도자기를 만드는 쥐가 보였다. 접시를 든 연녹색의 작은 쥐였다.

무서운 그 얼굴은 아버지의 주먹에 맞아 찌그러진, 점토가 묻은 플릭의 얼굴이었다. 플릭은 웃는 대신 겁에 질린 표정으로 사일러스 아래쪽에서 고함쳤다. *거짓말쟁이,* 그녀가 말했다, *거짓말쟁이.* 플릭은 서둘러 도망치려다가 소중한 표본을 발로 차버렸다. 뿔이 구부러진 숫양의 두개골—사일러스는 생생하게 기억했다—이 두 조각으로 갈라졌다. 그 일이 그의 흥분과 분노를 폭발시킨, 결국 주먹을 휘두르게 만든 결정타였다. 사일러스는 자신이 무슨 일을 벌이는지 알아차리기도 전에, 플릭 위에 올라타서 양 손으로 목을 졸랐다. 보라색으로 멍 든 얼굴은 퉁퉁 부어올랐고, 입술을 꼭 다물었다. *그가 한 짓이었다.* 사일러스는 플릭을 찾아 나선 무리에 합류했다. 그러는 중에도 플릭의 시체를 두 번이나 찾아가 멍들고 부패한 피부를 손가락으로 훑었다. 플릭의 몸을 떠받치는 뼈대를 파헤치고 싶었지만, 수색 작업이 그를 두려움에 떨게 만들었다. 결국 어느 깊은 밤, 사일러스는 플릭을 숲에 묻었다. 초승달과 놀라 도망간 여우만이 그 모습을 지켜봤다. 나뭇잎들은 두려움에 떨며 둥글게 이파리를 말았고, 부엉이들은 부엉부엉 울며 허공에 비밀을 퍼뜨렸다. 딱정벌레는 보이지 않는 곳으로 허둥지둥 숨어버렸다.

그가 플릭 쥐를 내려놓았다. 옆에는 의대생 복장을 한 유일한 수놈 쥐가 놓여 있었다. 쥐는 반질반질한 조그만 모자를 쓰고 플란넬 재킷과 앞치마를 둘렀다. 분홍색 앞발로는 메스 대신 바늘을 쥐었다.

기든이었다.

바람이 거세게 불고 비가 추적추적 내리는 어느 밤이었다. 사일러스는 기든이 늦게 하교하는 걸 보고 자신을 그리워한 건 아닐까 궁금해했다. 그는 한 손에는 칼을, 가슴 속에는 사무치는 분노를 품고 기든을 기다렸다.

사일러스가 손가락으로 쥐들을 훑으며 치아를 핥았다. 그리고 당당한 여왕의 모습을 한 그림 속 아이리스를 떠올렸다.

사일러스는 몇 주 만에 처음으로 몸을 씻었다. 천으로 겨드랑이와 생식기를 박박 문지르며 깨끗한 향기로 인간의 냄새를 지워버렸다. 그리고 옷을 입고, 난생 처음 생명을 절개할 때 사용했던 가장 날카로운 메스를 서랍장에서 꺼내 집을 나섰다.

사일러스는 스트랜드가의 소음 속으로 들어갔다. 구레나룻이 시커먼 하인들과 위가 널찍한 버섯 모양의 보닛을 쓴 여직공 무리가 승합마차에서 쏟아져 나왔다. 인파가 앞에서 쫙 갈라졌다. 사일러스는 평생을 조롱당하고 멸시당하며 살아왔다. 이 사실이 그를 *비참하고* 너무나, 너무나 외롭게 만들었다.

그는 트라팔가 광장으로 성큼성큼 걸어갔다. 심지어 구운 감자를 파는 상인과 부딪히고도 눈 하나 깜빡이지 않았다. 상인 앞으로 주황색 석탄이 불꽃을 튀기며 도로를 향해 쉭쉭거렸다.

왕립 미술원 입구에 남자가 서 있었지만 멈출 생각이 없었다. 한 쌍의 남녀가 팔짱을 끼고 걷는 걸 보고도 당황하지 않았다. 여자가 남자의 귀에 무언가를 속삭였지만 고개를 돌리지 않았다. 주머니에는 칼이 있었다. 믿음직스러웠다. 사일러스는 그림으로 도배한 거대한 미로 같은 방들을 지나 곧장 웨스트룸으로 향했다.

그곳에 아이리스가 있었다.

그림 속 아이리스는 너무나 달콤하고, 깨끗하고, 순수했다. 지난 초대전 때만 해도 사일러스는 희망에 가득 차 있었다. 아이리스가 그를 사랑할 거라는 욕망과 확신이 열기구처럼 둥실둥실 떠올랐다. 매일 그녀를 보면, 그녀의 쇄골을 만지면, 그녀와 대화를 나누면 언제까지나 행복할 줄 알았다. 그림에서처럼 그녀의 얼굴이 그를 향할 거라고, 그녀가 그의 포로가 되어 기뻐할 거라고 상상했다. 아이리스를 충분히 신뢰하게 되면 지하실을 돌아다니게 하고, 발밑에 음식도 수북이 쌓아놓을 생각이었다. 와인이 가득 채워진 은제 고블릿, 신선한 빵 덩어리, 딸기와 무화과가 가득한 도자기 그릇. 등 뒤로 머리카락을 늘어뜨린 아이리스는 늘 얌전하고 청순할 거라고, 피부는 깨끗하고 부드러우며, 치마는 매끄러울 거라고 상상했다.

하지만 사일러스가 믿던 작고 완벽한 세상은 첫날부터 흔들리기 시작했다. 아이리스는 더러운 짐승의 정체를 드러냈고, 재갈에 쓸린 피부를 벌겋게 내보였다. 말버릇은 역겨운 데다 천했으며, 참을성이라곤 찾아볼 수 없었다. 게다가 경관과 루이가 다시 찾아올 수도 있었다. 벌써 가게에 와 있을지도, 그녀의 외침을 유심히 듣고는 나비 진열장을 들어내고 풀어줬을지도 몰랐다. 그가 턱을 문질렀다.

여왕의 얼굴을 가까이에서 응시하던 사일러스가 뺨에 묻은 붓자국을, 눈빛에 칠해진 물감을, 끔찍하리만치 부자연스러운 입안의 초록빛을 봤다. 가까이에서 본 그림은 그저 속임수에 불과했다. 그 창녀의 가짜 붉은 머리와 다름없는 사기였다. 그는 이 거짓됨을 참을 수 없었다. 무엇보다 최악이었다.

칼을 꺼내는 사일러스의 손이 떨렸다. 인파가 줄기를, 구석에서 들리는 시끌벅적한 대화 소리가 더욱 커지기를 기다렸다. 그가 캔버스 모서리에 칼날을 갖다 댔다. 나무처럼 딱딱했지만 메스가 워낙 날카로워서 푹 하고 캔버스에 구멍이 생겼다. 그림은 크지 않았다. 그의 팔 길이 정도였다.

칼을 부드럽게 끌어당기며 캔버스를 가로질렀다. 목이 쉰 듯한 소리가 났다. 물감이 떨어져나가며 실이 너덜너덜하게 풀렸다. 여왕의 손목이 잘리고 창문이 둘로 갈라졌다. 사일러스가 칼을 주머니에 넣으며 웃었다. 그러고는 즐거운 마음으로 마루를 가로질러 계단을 내려간 뒤, 뜰을 지나 거리의 떠들썩한 소음 속으로 재빨리 사라졌다.

물

사일러스가 무릎 힘줄이라도 자른 것처럼 다리가 말을 듣지 않았다. 아이리스는 그의 손에 들린 번뜩이는 수술용 가위를 상상했다. 싹둑, 싹둑.

사일러스가 떠나는 소리가 들리자마자, 아이리스는 의자에서 등을 떼며 발가락 쪽으로 조금씩 몸을 굽히려고 안간힘을 썼다. 하지만 통증이 일며 비명이 새어나와―다리 근육이 너무 굳은 데다 약해졌다―다시 몸을 뒤로 흔들었다.

아이리스는 재갈 사이로 숨을 헐떡였다. 입 냄새는 구역질이 날 정도로 역겨웠고, 뺨 주위의 피부도 몹시 쓰라렸다. 하지만 그것들이 다시 시도할 힘을 줬다. 탈출해야만 했다. 신선한 공기를 들이마시고, 자신의 배설물이 아닌 다른 냄새를 맡고, 그 시커먼 공간이 아닌 다른 걸 봐야만 했다. 두 번째 시도 만에 겨우 의자를 벽 쪽으로 끌고 가는 데 성공했다. 차갑고 축축한 돌 벽에 이마를 기대며, 근육의 경련을 견디려고 입술을 꽉 다물었다.

나는 살아 있다, 아이리스는 생각했다.

처음 팔걸이를 벽에 부딪칠 때는 불구가 되는 건 아닐까 걱정했다. 나무가 돌에 긁히고, 두 물체가 덜컹거리며 충돌했다. 팔뚝이 베이고, 숨이 막히고, 따뜻한 피가 흘러내렸다. 하지만 개의치 않았다. 고통에서 변태 같은 기쁨이 일었다. 그 무엇도 견딜 수 있었다.

통증으로 팔다리가 쑤시고 머리가 서서히 지끈거렸지만 벽에 몸을 던지고, 던지고, 또 던졌다. 이따금 미세하게 쪼개지는 소리가 들린 것 같아 손목을 비틀었다. 하지만 그때마다 나무는 꿈쩍도 하지 않았다. 한쪽 팔만 자유로워지면 나머지는 스스로 풀 수 있었다. 딱 한쪽 팔만….

아이리스는 때로 눈을 감고 희망이 없다고 말하기도 했다. 보이지 않는 힘이 잡아당기는 것 같았고, 가련한 현실이 짓누르는 것 같았다. 절대 그를 벗어나지도, 자유를 얻지도 못할 것이다. 아이리스는 목이 쉬도록 기침을 했다. 머리가 어지러워 세상이 빙글빙글 돌았다. 열이 펄펄 끓고, 몸이 좋지 않아 잠이 쏟아졌다.

하지만 아이리스는 싸울 것이다. *그럴 것이다. 그래야만 했다.*

팔이 베이고 다리가 쓸렸다. 벽에 몸을 내던진 횟수를 세어봤다. 열두 번, 열세 번, 열네 번.

아이리스는 자신의 팔다리가 도자기라고, 찢어진 더러운 드레스는 도자기 인형의 맵시 있는 의상이라고 상상했다. 몸에는 가장자리에 풍성한 레이스가 달린 빳빳한 비단 드레스를 걸치고 있고, 발은 까만 물감을 칠한 작은 단추다. 몸이 쑤시는 건 로즈가 천으로 된 그녀의 몸에 치마를 두른 채 바느질을 하다가 실수로 바늘을 찔렀기 때문이다.

"죽었어, 아니면 살아 있어?" 아이리스가 로즈에게 묻는다. 로즈가 웃음을 감춘다.

"동생아, 매번 이 놀이를 해야겠니?"

"눈이 살짝 흐릿하네. 내 생각에는…."

죽었을까, 아니면 살아 있을까, 그녀는….

아이리스가 포효하며 마지막으로 벽에 몸을 날리는 순간, 깜짝 놀랄 만큼 다리에서 힘이 솟았다. 그리고, 마침내 눈부시게 찬란한 소리가 들렸다. 나무가 쪼개지는 소리였다.

곧바로 느낌이 왔다. 순간 끈이 풀리는 느낌이었다. 우지직 하며 통증이 손목을 지나 팔 윗부분까지 통과했다. 아이리스는 잠깐 동안 조금 전의 충격과 극도의 통증 때문에 쓰러졌다. 하지만 한계를 뛰어 넘었다는 데서 위안을 얻었다. 손가락을 움직여 나머지 끈 세 개를 풀고 손목과 발목을 스트레칭 했다. 뒤이어 일어서려고 애를 썼다.

사일러스가 서성이는 소리가 들렸다. 천장이 삐걱댔다. 발걸음이 덧문 위에서 멈췄다.

사일러스가 내려온다면 부러진 팔걸이와 발밑에 놓인 끈을 보게 될 것이다. 하지만 아이리스에게 준비된 계획은 없었다. 그녀는 약하고 무기력했다. 그가 다시는 팔걸이를 부숴서 탈출하지 못하도록 방법을 달리해 더 단단히 묶을 것이다. 그러면 절대 탈출하지 못하리라.

무언가가 끌어당겨지는 소리를 듣고 아이리스는 소리를 지르려고, 저주를 퍼부으려고, 욕을 하려고 했다. 덧문이 열렸다. 지하실 벽에 고름처럼 누렇게 빛이 비쳤다. 긁힌 팔에선 피가 흘러내렸고, 옷은 변과 얼룩으로 더러웠다. 램프가 짤랑거리는 소리, 사일러스의 신발이 바닥을 긁는 소리가 들렸다. 그가 곧 내려올 것이다….

아이리스는 소리를 지르려고, 욕설을 퍼부으려고 안간힘을 썼다. 하지만 갈증이 너무 심해서 단어를 뱉을 수 없었다. 목이 말을 듣지 않았다. 목에서 그르렁거리는 괴물 같은 소리만 난다는 걸 알지 못했다.

내려오지 마, 아이리스가 머릿속으로 외쳤다. *오지 마*….

그리고 그때—믿을 수 없었다—문이 닫히더니 발소리가 멀어졌다.

* * *

의자에서 몸을 빼내자 다리가 후들거렸다. 아이리스는 모델을 서기 위해 한 시간 동안 다리를 접고 앉았다가 몸을 움직이려고 애쓰던 순간을, 루이가 웃는 모습을 떠올렸다. 아이리스가 취한 사람처럼 기우뚱하며 소파에 옆으로 쓰러졌다. 루이가 그녀를 붙잡았다. 루이는 한 번에 한 걸음씩 팔다리에 무게를 싣도록 받쳐주면서 그녀가 일어설 수 있게 어르고 달랬다. 로즈가 응원의 목소리를 속삭였다. *다시 해봐, 동생아.*

유일한 무기는 의자 팔걸이였다. 뭔가—유리조각 하나라도—있을까 해서 바닥을 뒤졌지만, 사일러스는 주도면밀한 인간이었다. 아이리스는 구석에서 울리던 벨을 떠올렸다. 벨을 뜯어 선을 분리할 순 없을까? 어떤 도움이 될지 확신할 수는 없었지만, 뭔가 무기가 될지도 모른다고 생각했다. 적어도 시도는 해봐야 했다.

손가락으로 돌 천장을 한 줄씩 훑었다. 천장은 습하고 미끈했으며 결정체들이 쉽게 바스러졌다.

차가운 금속이 우연찮게 눈에 들어왔다. 벨은 반구형으로, 옆에 작은 망치가 달려 있었다. 거미줄이 손에 걸리적거렸다. 아이리스는 벽을 더듬어 벨을 찾아서 조심스럽게 당겼다. 떨어뜨리거나 소리가 나면 안 됐다. 선은 망치와 연결되어 있었다. 하지만 전선이 팽팽해서 늘어날 기미가 보이지 않았다. 톱질을 하듯 몸을 앞뒤로 흔들었다. 온 힘을 실어 전선을 잡아당기다가 미끄러져 넘어졌다. 다시 한 번 시도했다. 순간 아득한 곳에서 쿵 하더니 금이 가는 소리가, 금속에서 마찰음이 나며 선이 풀리는 소리가 들렸다. 전선을 조금씩 당겼다. 조그마한 소리가 날 때마다 움찔했다. 위에서는 발소리도, 고함소리도 들리지 않았다. 사일러스가 잠이 들었거나 외출한 게 틀림없었다.

아이리스는 선으로 무얼 할지 다시 고민했다. 하지만 팔걸이가 부러졌을 때 무기로 쓸 무언가가 있다는 사실만으로도 위안이 됐다. 놈을 묶을 수 있을까? 목을 졸라야 할까? 이번에는 사일러스에게 해를 입힌다 해도 두렵지 않을 것이다. 나무를 휘두르며 무게를 힘껏 실을 생각이었다. 허공에 대고 나무 휘두르는 연습을 했다.

이제 사일러스가 나타나는 일만 남았다.

* * *

아이리스는 기다리고, 기다리고, 또 기다렸다.

그러다가 팔걸이가 하나뿐인 의자에서 잠이 들었다. 눈꺼풀이 저절로 내려앉았다. 근육이 약해질까 봐 이따금 걸을 때를 제외하고는 가만히 앉아서 힘을 아끼려고 노력했다. 하지만 1분이 다르게 몸이 약해지는 게 느껴졌다. 정신이 다시 몽롱해졌다. 목이 마르고 배가 고팠다.

이런 갈증은 한 번도 느껴보지 못했다. 갈증은 아이리스를 도려내고, 갉아먹고, 날카로운 통증에 지배당하도록 만들었다. 물을 마시기를, 탁한 물그릇에 붓을 담갔다가 바닥까지 마시기를 꿈꿨다….

아이리스가 눈을 깜빡였다. 그녀는 자신의 몸에, 숨결에 집중하려고 버둥거렸다.

아이리스는 살아 있었다.

왜 그는 오지 않는 걸까?

아이리스는 위에서 경련이 일 때까지 벽의 물기를 혀로 핥았다. 토할 것도 남아 있지 않았다. 팔을 깨물어 피를 빨아먹을까도 생각했지만, 그게 무슨 도움이 되겠는가? 그러면 세상을 붙잡고 있는 손에 힘만 빠지지 않겠는가?

아이리스는 투명한 호수를 수영했다. 잠수를 하며 입을 벌리자 시원한 물이 입 속으로 흘러들어왔다. 그러다가 돌을 쥐었다. 하지만 그건 돌이 아니라 그녀가 엎지른 물 때문에 얼룩덜룩해진 도자기 인형의 머리였다. 다시 보니, 여자의 두개골, 아니 *그녀의* 두개골이었다. 호수 바닥이 두개골로 빼곡했다. 수없이 늘어선 인형들, 수없이 늘어선 그림 속 여자들, 수없이 늘어선 두개골들. 죽음, 죽음, 온통 죽음뿐이었다.

그는 어디 있는가? 속이 텅 비려면 얼마나 남았을까?

아이리스는 온 힘을 다해 싸웠고, 이제는 완전히 지쳤다.

루이의 얼굴이 암흑 속에서 어렴풋이 보였다. 아이리스는 뺨에 닿는 루이의 숨결을 느꼈다.

"안으로 들어가죠." 루이가 아이리스의 귓불에 코를 비비며 말했다.

"여기 좀 더 있어요." 아이리스가 말했다. 루이가 햇빛에 데워진 포트와인을 입에 넘치도록 부었다. 치마에 얼룩이 졌다. 루이는 아이리스가 아무것도 느끼지 못할 때까지 입을 맞추고, 또 맞췄다.

어둠이 거위 털로 기운 이불처럼 너무나 부드럽고 따뜻했다. 아이리스는 어둠 속에, 루이 속에 자리를 잡았다. 마침내 그녀는 루이와 함께였다.

바늘

사일러스는 작은 나무 조각을 풀로 붙였다. 성냥개비 네 개만 한 크기였다. 그리고—바로 그곳—황금빛 광장의 테두리에 마지막 조각을 올렸다.

사일러스가 흰 쥐를 집어 들었다. 쥐는 단정하게 바느질한 푸른색 민무늬 드레스를 입고 있었다. 그가 엿 듣던 대화 속 많은 외과 의사들처럼, 그는 메스만큼이나 바늘과 친숙했다. 사일러스는 의사들이 양말 기우는 능력이 출중하다느니, 딸의 인형 옷으로 바느질 연습을 한다느니, 매년 열리는 의사 자수 대회가 어떻다느니 떠들어대는 소리에 귀를 기울이곤 했다.

"참으로 아름답군요, 여왕님." 사일러스가 쥐에게 말을 걸었다. 그리고 쥐의 부드러운 머리털을 쓰다듬고는 스탠드에 고정했다. 그림 속 아이리스가 잡으려던 비둘기를 대신해 쥐 앞에 파리가 매달렸다.

사일러스가 완성품을 평가했다. 완벽하진 않았지만 그만하면 괜찮았다. 저녁에 위층으로 가져가서 다른 쥐들 옆에 놓을 생각이었다.

하루 넘게 사일러스는 아이리스의 소리를 듣지 못했다. 울음소리도, 쿵쿵거림도, 아무 소리도 들리지 않았다. 침묵은 오싹한 만큼 그에게 위안이 됐다.

아무런 소음도 들리지 않고, 말을 걸 사람도 없으니 얼마나 고요하고 기괴한가! 사실 사일러스는 안도했다. 으르렁거리는 소리도, 멈출 줄 모르는 날카로운 비명도, 풀어달라고 꾀이는 교활한 속삭임도 없었다. 아니, 의도한 건 아니었지만 이편이 훨씬 나았다. 곧 모든 병과 표본들을 지하실로 돌려놓을 수 있을 것이다.

사일러스는 병 모양의 유리 덮개들에 묻은 먼지를 닦고, 천에 기름을 묻혀 뼈들에 윤기를 내고, 박제한 가죽들을 다시 정리했다. 그러고는 ≪란셋≫에서 오려낸 자투리를 집어 들고 쇄골이 다른 뼈들과 어떻게 연결되었는지, 복장뼈가 흉골과 쇄골의 접합부와 어떻게 이어졌는지에 대한 부분을 읽었다. 노크 소리가 들렸다. 사일러스가 외쳤다. "누구세요?"

"메이블입니다." 누군가가 대답했다. "주인마님이 주문한 나비 브로치를 찾으러 왔습니다."

사일러스가 문을 열었다. 하녀가 문 앞에 서 있었다.

"초인종 말인데요, 나리. 고장 난 것 같아요. 그런데도 안내판에는 노크하고 초인종을 누르라고 돼 있네요." 하녀가 가리킨 부분을 바라봤다. 벽에는 구멍이 움푹 패였고, 벨을 누르는 장치가 흙먼지 속에 뒤집혔다. 그가 욕설을 퍼부었다.

"들어가도 될까요, 나리?"

사일러스가 웃으며 고객 응대용 표정을 지었다. "유감이지만 잠시 가게를 비웠더니 엉망이 돼서 말이야. *엉망이.* 이틀 뒤에 다시 오면 전부 예전처럼 돌아가 있을 거야."

하녀가 떠난 뒤 사일러스는 초인종을 살펴봤다. 갑작스럽게 닥친 더위로 조이는 부분이 녹은 게 분명했다. 고칠 수 있는지 지하실로 내려가 살펴봐야 했다.

나비 진열장을 밀치고 램프 불빛을 아래로 비췄다. 아이리스가 앞으로 고꾸라진 채 의자에 앉아 있었다.

사일러스는 손수건으로 코를 막고 한 손으로는 사다리를 잡은 채 아래로 내려갔다. 숨을 들이마시지 않으려고 애썼다.

바닥에 도착해 뒤를 돌자 아이리스가 거기 있었다.

아이리스의 피부는 생전에 보던 그 어떤 순간보다 하얬다. 돼지껍데기에 묻은 물기처럼 피부에 땀이 송골송골 맺혀 있었다. 그녀가 애썼다는 걸 알 수 있었다. 블루벨보다, 플릭보다, 어느 누구보다 열심히 몸부림치고, 열심히 발버둥 쳤다.

사일러스는 축 늘어진 아이리스의 머리카락을 사랑했다. 손으로 머리카락을 쓸었다. 동물의 털처럼 부드러웠다. 황금빛에 갈색과 적갈색이 더해졌다. 그가 머리카락을 당겼다. 살짝 엉켜 붙었지만 연인의 손길로 하나씩 떼어줬다.

그러자 그가 처음 발견한 여우가, 여우의 붉은 가죽이, 알루미나만큼 하얗고 보송보송한 복부의 털이 떠올랐다. 그 강한 턱뼈, 접합제 같은 색감, 그리고 턱에 붙은 이빨들. 한때 움직임으로 충만했을 해골은 과거의 그 존재를 기리는 기념물에 지나지 않았다.

순간, 사일러스의 목에서 울음이 끓어올랐다. 모든 감정을, 지난 열흘 동안 눌러온 걱정과 두려움과 사랑을 전부 쏟아냈다. 그 열흘이 아이리스와 함께 머문 시간의 전부였다. 이 아름다운 쥐를, 이 작고 달콤한 존재를 가두었던 열흘. 다시금 흐느낌이 복받쳤다. 마음 속 깊은 우물에서 올라온 흐느낌이었다. 이런 놀라운 존재가 더는 세상에 존재하지 않는다니!

"미안해요." 사일러스가 거듭 말했다.

아이리스의 눈이 앞으로 축 늘어진 머리카락에 가려 보이지 않았다. 사일러스가 자신의 얼굴을 가리고 흐느꼈다.

나비 진열장

아이리스는 사일러스가 머리카락을 당기자 남부 독일 농부의 머리털로 박음질한 인형의 머리카락을 당긴다고 상상했다. 그녀의 입술은 암적색의 안료였다. 팔다리는 불에 구운 차가운 도자기였다. 눈은 반짝이는 초록색 구슬이었다. 아이리스는 설터 부인 가게 가판대의 금속 스탠드에 고정된 채 빳빳하게 굳어 있었다. 사일러스의 손—번들거리는 손—이 잠시도 가만있지 못하는 꼬마처럼 그녀의 손을 만지작거렸다. 하지만 그녀는 미동도 않을 생각이었다.

사일러스는 팔걸이가 사라진 것도, 감긴 끈이 느슨해진 것도, 손바닥에 전선이 걸쳐진 것도 눈치 채지 못한 것 같았다. 냄새가 달라졌다. 그에게서 깨끗한 화학 약품 냄새가 풍겼다. 으깨진 알약, 로션, 시럽 등 영원한 젊음과 건강을 보장한다고 약속하는 것들이 가득한 설터 부인의 약상자에서 나는 것과 비슷한 냄새였다. 그에게서 테레빈유와 깨끗하게 씻은 붓 냄새가 났다.

아이리스의 시야가 흔들렸다. 유일한 기회는 기습뿐이었다. 그녀가 죽었다고 사일러스가 계속 믿어야만 했다. 아이리스는 콩 닥거리는 심장 소리가, 얕게 들이마시는 숨소리가 그에게 들릴 거라고 확신했다.

사일러스가 흐느끼기 시작하자 티끌 같은 연민이 오히려 아이리스의 증오심을 자극했다. 힘껏 소리치고 싶을 정도로 경멸스러운 소리였다. 하지만 가만히 있어야만 했다. *여왕 아가씨, 움직이지 마요.*

나를, 망자를 기리는 은판 사진이라고 착각할지도 몰라요. 지금 내 모습을 사진으로 찍으면 흐릿하게 나오는 일 따윈 없을 걸요.

사일러스가 웅크린 채 손으로 얼굴을 감쌌다.

공기가 진흙탕처럼 텁텁했다. 아이리스가 팔을 들려고 안간힘을 썼지만 말을 듣지 않았다. 팔이 마치 다른 이의 것처럼 옆구리에 걸쳐 있었다. 몇 시간 동안 깔고 앉아서 서서히 마비시킨 것처럼 꿈쩍하지 않았다. 조금씩―물감을 차곡차곡 쌓듯이―움직여야 했다. 먼저 손가락을 꿈틀거린 다음 손목을 돌려야 했다.

루이가 한쪽에 앉아 있고, 로즈가 그 맞은편에 있었다. 아이리스는 지하실 벽에서 다시 그들을 보는 상상을 했다. 이번엔 어른거리는 모습이 아니라 선명한 그들 모습 그대로였다. 정말 그들이 보였다. 가게 주인의 모습을 한 로즈는 옆에 견습생을 둔 채 회계장부에 판매내역을 연필로 끼적였다. 루이는 로즈 옆에서 그림을 그렸다. 그의 입 꼬리가 상상 속 농담을 향해 삐죽거렸다. 캔버스에 붓질을 하는 그의 손에서 힘이 느껴졌다. 미술원에는 완성한 그녀의 그림이, 전시장 눈높이에, 아니면 그보다 살짝 위나 아래쪽 어디쯤에 걸려 있었다.

물에 빠진 여인이 공기를 찾아 마지막 발버둥을 치듯 아이리스가 힘을 주자 팔이 번쩍 들렸다. 몸이 활처럼 휘어지며 의자 팔걸이로 사일러스의 머리를 내리쳤다. 시원하게 딱 소리가 났다. 어깨 위로 두개골이 흔들리는 게 느껴졌다. 세상이 별안간 번쩍거렸다. 팔레트 나이프를 세차게 휘둘러서 완성한 작품에 난데없이 물감을 아무렇게나 뿌린 것만 같았다. 사일러스가 버둥거리며 몸을 틀었다. 아이리스가 한 번 더 나무를 치켜들어 이마를 내리쳤다. 나무 팔걸이는 더 큰 증오와 분노로 그녀를 중무장시켰고, 마침내 그녀는 온몸을 떨며 그 감정들에 한껏 취했다. 피가 흘러내렸다…충격적이게도 순수한 심홍색이었다.

사일러스가 울부짖었다. 그의 손이 아이리스의 다리를 잡으려고 바닥에서 허우적거렸다. 그녀는 배설물이 찰랑거리는 들통을 들어 그의 머리에 끼었었다. 그가 경악하며 눈을 질끈 감았다. 그녀가 팔걸이로 다시 그를 때렸다. 주변 세상이 회전하다가 내려앉았다. 뼈가 부러지고(사일러스의 갈비뼈 같았다) 나무 쪼개지는 소리가 들렸다. 아이리스는 벽에 기댄 채 몸을 가눴다. 지하실이 빙글빙글 돌았다.

사다리의 가로대가 매력적일 만큼 멋있는 자태로 그녀 앞에 놓여 있었다. 하지만 발에 걸리적거리는 스커트와 피로 때문에 걸음은 더디기만 했다. 손목에는 전선이 둘러져 있었다. 아이리스는 피를 보고서야 손바닥을 베인 사실을 알았다. 세상이 주변에서 튀어 오르고 사물이 어디선가 불쑥 나타나서 걸음을 멈췄다. 손가락이 미끄러웠다.

사일러스가 신음하며 아이리스 쪽 허공을 더듬었다. 아이리스는 탈진과 어지러움 때문에 비틀거렸다. 이게 마지막 기회라고 스스로에게 말했다. 그녀는 살 것이다…*살아야만 했다.*

아이리스는 가로대를 다시 잡고 좀 더 천천히, 좀 더 조심스럽게 움직였다. 아래쪽에서 사일러스의 신음이 들렸지만 귀를 막으려고 애썼다. 떨어지면 안 됐다. 페티코트를 걷어차며 한 걸음 위로 올라갔다. 그런 다음 또 한 걸음. 그리고 다시 한 걸음. 몸이 반쯤 가게로 나왔다.

햇빛이 돌연하고도 순수했다. 비스듬히 비추는 햇살이 너무 환해서 손가락 사이로 낚아챌 수 있을 것만 같았다. 눈부신 햇살에 눈을 가늘게 떴다. 스트랜드가를 달리는 마차 바퀴 소리가 아득하게 웅웅거렸다. 평범한 사람들이 평범한 삶을 살아가는 소리. 공기도 훨씬 깨끗했다. 보존 용액에 담긴 동물들이 뿌연 유리병 속에서 그녀를 바라봤다. 아이리스가 가게로 몸을 끌어올렸다.

그때 다시 느낌이 왔다. 사일러스가 발목을 잡고 있었다. 아이리스가 몸을 돌리자 아래쪽으로 끈적하게 떡이 진 머리카락이 보였다. 발로 찼지만 역부족이었다. 그녀는 서서히 아래로 끌려 내려갔다. 전선, 아이리스는 전선을 떠올리고 사일러스의 손가락 관절 위로 휘갈겼다. 비명이 이어졌다. 누구의 비명인지 그녀도 알 수 없었다.

발을 감쌌던 족쇄가 풀렸다.

그 틈을 이용해 아이리스는 가게 바닥 위로 몸을 끌어올렸다. 빛이었다. 아이리스는 빛에 흠뻑 취해 마지막 한 방울까지 전부 음미하고 싶었다. 하지만 아래쪽에서 사다리를 걷어차는 공허한 발길질 소리가 들렸다. 그녀가 덧문을 밀었다. 덧문이 쿵 하고 닫혔지만 가장자리가 맞물리지 않았다. 모서리가 들렸다. 사일러스의 손이 덧문을 밀고 있었다. 주변을 둘러봤지만, 그녀에게 서랍장을 옮길 힘은 남아 있지 않았다. 심지어 설 힘도 없었다. 아이리스는 찢어진 더러운 치마폭에 주저앉았다. 뺨은 재갈에 쓸려 벌겋게 드러났고, 팔은 팔걸이째 벽에 부딪쳐 상처투성이였다.

아이리스는 진열장(무거운 마호가니에 유리가 끼워졌다) 반대편으로 기어가서 거기에 몸을 기댔다. 진열장이 살짝 흔들렸다.

몸을 던지듯 진열장을 밀었다. 누군가가 조종이라도 하듯 진열장이 흔들리더니 마침내 바닥으로 쾅 하고 넘어졌다. 먼지가 피어오르며 나무가 쩍 갈라졌다. 유리가 산산조각 나며 나비 날개가 가게 이쪽저쪽으로 튀어나왔다.

사일러스가 갇혔다는 걸 깨닫고 아이리스는 무릎을 꿇었다. 그리고 문 쪽으로 몸을 끌어당겼다. 세상이 흐릿하고, 구부러지고, 뒤틀리며 그녀를 둘러쌌다. 주먹에는 유리 조각이 박혔고, 무릎에서는 피가 흘러내렸다. 치마는 우글쭈글했다. 그녀가 가게 밖 골목으로 쓰러졌다.

아이리스는 버둥거리며 몸을 일으켜 세웠다.

음식 튀기는 냄새, 템스 강의 지독한 악취, 파이프 담배 냄새, 장작 타는 냄새, 부패한 채소 냄새, 그밖에도 수천 개의 다른 냄새들을 맡았다. 잿더미가 흙먼지만큼이나 건조해서 마차가 달리자 기침이 났다. 먼지를 뚫고 높은 건물들 사이로 햇빛이 환하게 비쳤다. 모두 아름다웠다. 모두 그녀의 것이었다. 고요한 한 순간의 평화였다.

아이리스는 자신 안에 아무것도 남아 있지 않다고 생각했다.

하지만.

하지만, 아이리스는 앞으로 비틀비틀 나아갔다. 혼란과 소음을 향해, 발걸음을 재촉하는 사무원들 무리를 향해.

그러나 무엇보다, 바로 그 광경. 아이리스는 며칠이고, 몇 년이고 그 광경을 바라볼 수 있을 것만 같았다. 절대 질리지 않을 것 같았다. 건물의 깨진 벽돌, '편지요'를 외치는 소년의 내뻗은 팔, 안으로 불쑥 들어갈수록 좁아지는 스트랜드가의 원근감. 아이리스는 이젤과 물감이 있었으면, 루이가 옆에 앉아 물감을 어떻게 써야 하는지 보여줬으면 좋겠다고 생각했다. 실크해트의 검은색, 신나게 달리는 마차의 순수한 에메랄드색, 그리고 붉은 머리를 풀어헤치고 달리는, 한 여자.

런던

1852년 5월

그림

왕립 미술원 : 두 번째 공지. 그림 비평. 〈일러스트레이티드 런던 뉴스〉 1862년 5월 22일자 리뷰에서 발췌

    지난 몇 해 동안 나는 라파엘전파형제회의 팔레트를 혹평하는 글을 써왔다. 하지만 올해는 비난의 수위를 조금 낮춰야겠다. 사실 누구든 이스트룸에 들어서자마자 눈높이 살짝 아래에 걸린 중간 크기의 캔버스에 곧장 시선이 가는 자기 자신을 발견하게 될 것이다. 그림에서 드러나는 감정이 어찌나 기품 있는지, 나는 이 그림을 감상하느라 정말 즐거운 시간을 보냈다. 전달 방식에 다소 부족한 점이 보이고 기술적으로 더욱 발전해야 함은 의심의 여지가 없지만, '자연스러움'에 대한 그녀의 반응은 유쾌하기만 하다.

    이른바 PRB의 작품들과 마찬가지로 이 그림 역시 빛을 주의

깊게 다루고, 선정적인 색깔을 사용하며, 각 피사체에 고르게 집중해 동일한 중요성을 부여한다. 물론 이런 접근법은, 사소한 것들은 아주 자세하게 복제하되 중요한 것들엔 주의를 거의 기울이지 않는다는 문제점이 있다. 배경을 보면 쥐가 고양이의 손아귀에서 달아나고, 꽃병에는 아이리스 꽃과 장미가 활짝 피어 있고, 주인이 눈을 돌린 틈을 타 금발의 하녀가 그릇째 딸기를 먹는다. 이런 불필요한 세부 사항이 작품의 핵심인 진실한 포옹, 이름하야 껴안은 연인으로부터 주의를 분산시킨다. 연인은 막 웃음을 터뜨릴 듯 서로를 바라본다. 그 시선 처리가 놀랍도록 자연스럽고 달콤해서 이 장면이 역겨운 감상주의로 빠지는 걸 막아준다.

벽에 걸린 볼록거울도 선명하게 묘사했는데 거울은 그림 밖의 더 넓은 차원까지 담아낸다. 현대 미술에서 많이 사용하는 수사적 표현이긴 하지만 여기서 거울의 삽입은 피사체를 이중으로 묘사함으로써 그 의도를 정당화한다. 거울 속에는 탁자에 앉아 있는 중앙의 여성과 거의 동일한 한 여성이 보인다. 그녀는 황동으로 된 금전 등록기에 온통 정신이 팔렸다. 처리 방식도 훌륭하거니와 그녀의 훼손된 얼굴이 시간의 흐름과 쇠락을 암시한다. 현대의 저울과 같은 역할을 하는 금전 등록기는 시간의 흐름과 형이상학적인 판단을 상징한다.

한편, 흰 머리의 하녀는, 창밖에서 들어오는 첨탑 모양의 빛속에 놓인 푸른색 반바지의 소년과 비슷한 모습을 취한다. 이 소년은 관객을 향해 손을 뻗고 있는데, 그 모습이 관람자에게 프레임 속으로 들어오라고 손짓하는 것 같기도 하고, 동전을 달라고 구걸하는 것 같기도 하다.

산만하면서도 단순한 이 그림은 셰익스피어나 시에서 힌트를 얻은 것으로 보이지는 않는다. 하지만 집안에서 벌어지는 풍경을 색다르면서도 정직하게 표현한 그 방식이 (입버릇 나쁜 악당이자 조롱꾼 역할을 자주 맡았던) 이 비평가의 마음을 자연스러운 사랑스러움을 향한 감탄사로 가득 채워줬다.

작가 노트: 소설의 배경이 된 그 시절, 리지(Lizzie)는 그녀의 성을 'Siddall'로 표기했다. 하지만 훗날 훨씬 품위 있게 들린다는 이유로 로세티가 'Siddal'로 바꾸도록 권유했다.

감사의 말

감사합니다.

메디. 당신은 챔피언이자 동력원이자 친구이자 최고의 에이전트입니다. 차도, 샴페인도, 나에 대한 믿음도, 전문가다운 인도와 침착함도 고맙습니다. 마들렌 밀번 에이전시의 모든 분들, 안나 호가티, 자일스 밀번, 헤일리 스티드, 앨리스 서덜랜드 호스도 마찬가지입니다.

최고의 편집자 소피 조나단. 당신의 매와 같은 눈과 통찰력이 이 책을 만들었습니다. 수천 번도 넘게 고마움을 표하고 싶습니다. 미국 편집자 에밀리 베스틀러. 당신의 귀중한 조언과 코멘트와 열정 고마워요. 두 분께 너무나 감사합니다.

홍보담당 여신인 카멜라 엘워디, 폴 배걸리, 라라 볼랭이, 질 피츠제랄드-켈리, 케이티 투크를 비롯해 피카더(Picador)에 계신 모든 분들께 감사합니다. 미국 사이먼 앤 슈스터에 계신 분들, 특히 라라 존스와 리비 맥과이어에게 고맙습니다.

런던의 제 워크숍 회원들. 뛰어난 실력을 가진 최고의 친구들 메간 데이비스, 리처드 오할로란, 소피 커크우드, 캄파스페 로이드-제이콥, 톰 왓슨, 고마워요. 에밀리 루스 포드에게는 더더욱 감사합니다. 당신의 편집 능력과 지지, 우정은 제게 모든 것이었습니다.

리디아 매튜와 다이애나 파커. 지난 10년 동안 제가 쓴 모든 글을 읽어주고 슬럼프에 빠질 때마다 격려해줘서 감사합니다. 루시 클라크, 알레산드라 크로퍼드, 엘리자베스 데이, 크리스 맥퀴티, 줄리아 멀데이, 에드 페리-스미스, 엠마 샤프, 나엘라 위크라마수리야, 엘리자베스 위그널. 저를 인도해주고 격려해준 사람들. 특히 이 소설 초고에 많은 도움을 줬습니다. 당신들을 친구라고 부를 수 있는 저는 참으로 행운아입니다.

저의 영어 선생님, 폴 치담, 피파 도날드, 롭 해리슨, 조 맥키, 베티 톰슨에게도 감사합니다. 소머빌 컬리지에서 저의 튜터였던 피오나 스태포드. 당신은 제게 빅토리아 소설에 대한 사랑을 키워줬고, 1850년대 문학의 혼란성을 주제로 학사 학위 논문을 쓰도록 격려해줬습니다. 그 논문으로 인해 수집가들과 라파엘전파 형제회, 만국박람회에 대한 관심이 처음으로 생겼습니다.

저를 지지해주고, 밀어주고, 가르쳐주신 UEA의 모든 분들, 저의 튜터였던 자일스 포덴, 필립 랑게스코브, 로라 조이스, 레베카 스탓, 특히 조 던손에게 감사합니다. 그리고 이 소설의 첫 챕터를 읽은 뒤 계속 글을 쓰라고 말해준 워크샵 그룹 회원들에게도 감사합니다.

말콤 브래드버리, 이안 와트 파운데이션에서 주신 장학금 덕분에 글을 쓸 시간을 얻었습니다. 칼레도니아 소설 어워드와 웬디 바우에게도 감사합니다. 중요한 시기에 최고의 소식을 들려줘서, 저를 에이전트에 소개해줘서, 그 이후로도 계속 지지해주고 친구가 되어줘서 감사합니다.

조쉬 베넷, 테리 블런델, 댄 리브, 빅터 윈드. 중세 로맨스부터 박제, 유화까지 여러 주제에 걸쳐 전문적인 지식을 주셔서 감사합니다. 잘못 묘사한 부분이 있다면 전적으로 제 탓입니다.

그리고,

제 모든 가족들에게 감사합니다. 최고의 자동차 여행 친구인 디나 이모. 언제나 진실을 말씀해주시는 분. 그리고 나의 형제자매인 피터, 헥터, 로라. 수년 동안 사랑해주고, 경쟁해주고, 즐겁게 해줘서 고마워. 조부모님인 이너드 본과 아서 본. 제가 어떤 것도 이루지 못했을 때조차 저를 자랑스러워 해주시던 분들, 그리고 저에게 많은 것을 가르쳐주신 분들. 첫 소설을 쓰겠다고 언제나 약속했었죠. 같이 나눌 수 있었다면 얼마나 좋았을까요. 그립습니다.

존. 모든 것에 감사해요.

부모님. 제가 상상한 이상을 이루도록 언제나 격려해주시고, 실패하면 안아주시며 다시 시도해보라고 위로해주시던 분들. 제가 보낸 모든 글을 (아무리 끔찍할지라도) 읽고 좋아해주셔서, 언제나 항상 그곳에 계셔주셔서. 감사합니다.